KB232993

렌 ①

렌 蓮 ❶

초판 인쇄 | 2004년 10월 15일
개정판 1쇄 발행 | 2011년 12월 10일

지은이 | 지 영
펴낸이 | 김형호
펴낸곳 | 아름다운날

주소 | (121-837) 서울시 마포구 서교동 351-10 동보빌딩 103호
전화 | 02)3142-8420
팩스 | 02)3143-4154
출판등록 | 1999년 11월 22일
전자우편 | arumbook@hanmail.net
홈페이지 | http://www.arumbook.com

ISBN 978-89-93876-21-5 (03810)
ISBN 978-89-93876-20-8 (세트)

렌 ①

지금으로부터 400여 년의 시간을 거슬러 올라가
너무나 애틋한 두 남녀의 사랑이 시작된다 | 지영 장편소설

아름다운날

보람과 는개 ᄀ득ᄒ 靑山 아래 ᄒ올로 핀 믹화곳이
힛귀 드리온 못ᄀ새 곤히 잠든 녓곳을 보고는
곳송이째 믈 위로 떠딘다.

볕 아래 곳 피우는 계절이 다ᄅ기에 서르 닿을 연이 아니건만,
情은 그보다 기픈지라 곳으로 하여금 제 쳘을 닞게 ᄒ니
보는 이의 애를 긏는다.

하늘의 飛雪은 두 곳의 서름인 양 눖믈인 양 믈 위로 달뜨들고
희미ᄒ 들빛 아래 남겨진 거슨 듯온 ᄆ슴뿐이라
사름의 한뉘 덛없다지만 이내 눖믈 드리워 기ᄃ린다.

빗속의 즐픠향이 운무텨로 머리 퍼뎌 아련해지면 오시는 님이여
그딕 듯오는가, 진졍 듯오는가.

—본문 중에서

차 례

렌蓮 ①

망향의 비가와 낯선 운명

望鄕の悲歌と不慣れな運命

선조[1] 재위 30년인 정유년 유월[2]의 여름은 어느 해보다도 길고 무더웠다. 이는 봄부터 시작된 오랜 가뭄 탓도 있겠지만 그보다는 여섯 해나 끌어온 긴 전란에 하늘도 땅도 모두 지쳐버렸기 때문이었다. 그만큼 임진년(壬辰年)에 발발한 왜란[3]은 지독히 무참했다. 하여 그토록 아름다웠던 조선의 강산은 이 땅의 무고한 백성들이 흘린 피와 눈물로 시뻘겋게 물들고 말았다.

그래서일까, 내리쬐는 땡볕 역시 유난히 뜨거웠다. 작열하는 여름날의 태양은 기름지고 촉촉해야 할 땅을 풀 한 포기 자라기 어려울 정도

---

1) 선조(宣祖, 1552~1608) : 조선 제14대 왕.

2) 정유년(丁酉年) 유월(酉月) : 1597년 음력 8월.

3) 왜란(倭亂) : 임진년(壬辰年)인 1592년 음력 4월 13일 왜군이 부산 영도를 점령하면서부터 시작된 전쟁.

로 메마르게 만들었다. 마치 손으로 톡 건드리기만 해도 힘없이 바스러져 먼지가 되는 한 줌의 흙덩이처럼. 모든 것이 죽고 다만 멀리 보이는 황톳빛 대지에서 아른아른 피어오르는 아지랑이의 일렁임만이 살아 움직이는 듯했다. 전란은 그렇게 조선의 산하와 백성들의 가슴에 독을 품은 날카로운 손톱을 박아 깊은 생채기를 남기며 끝도 없는 나락으로 떨어지고 있었다.

그런 유월의 어느 날. 어둑어둑한 새벽을 틈타 강릉 사화(沙火)나루에서 황급히 조선을 떠난 일본의 관선(關船)에는 수십이 넘는 포로들로 가득했다. 동해의 된 너울에 더딜 수밖에 없었던 뱃길 내내 서로 웅송그려 앉은 그들의 가슴에는 호된 삭풍만이 불고 또 불었다. 전란의 와중에 적군에게 사로잡힌 자들은 사람이 아니라 승자의 전리품에 불과했기에 인간으로서 받을 수 있는 최소한의 대우조차 기대하기 어려웠다. 하여 그들에게 여름은 없었다.

뱃머리에서 보초를 서는 왜병의 험상궂은 눈을 피해 불안에 떠는 이들은 모두가 조선의 민초들이었다. 너무 순박해서 어수룩하기 그지없는 그들이 어쩌다 왜국으로 끌려가는 신세가 되었는지는 하늘만 알 일이다. 나라님도 버린 백성을 생판 남인 왜인들이 불쌍히 여겨 두남둘 리가 만무했다. 그저 숨 쉬고 살아 있는 것만으로도 감지덕지할밖에. 한밤중에 영문도 모른 채 짐승 내몰리듯 억지로 관선에 오른 뒤부터 그네들은 두려움을 벗 삼아 여름밤을 고스란히 지새워야 했다.

"참말로 오늘따라 달이 왜 이리도 곱다냐. 보름도 지났는디 둥글기가 옥쟁반같이 매끈헌 게 꼭 울 친정엄니 얼굴 같구먼."

한 아낙의 처량 맞은 혼잣말에 고개를 숙이고 있던 사람들이 하나

둘씩 밤하늘을 올려다보기 시작했다. 그 아낙의 말대로 까만 바다 위로 휘영청 뜬 달은 유난히도 밝고 커다랬다. 그래서인지 삐거덕거리는 노 젓는 소리가 아득히 멀게 들리면서 구슬픈 심사를 재촉했다.

"어휴 참! 지지리 궁상이로고. 이년의 팔자는 박복도 하지. 난리통에 생때같은 자식새끼와 서방을 잃은 것으로도 모자라 이렇게 타관객지로 끌려가기까지 하니. 어이구, 더러운 년의 팔자! 참말로 징글징글하구먼."

"이제 가면 언제 올 거나 살아서 만날 수는 있을 거나."

누구의 입에선가 흘러나오는 구성진 타령소리에 푸념을 늘어놓던 아낙의 주름진 뺨 위로 굵은 눈물이 주르륵 흘러내렸다. 동병상련이라고, 아낙의 눈물에 옆에 있던 이들 역시 저마다 붉어진 눈시울을 옷고름으로 찍어대며 훌쩍였다.

그때 뒤에서 부르짖는 소리가 들렸다.

"어머니? 정신 차리세요, 어머니!"

소리가 나는 쪽을 보니 열두어 살 남짓한 소녀가 제 어미인 듯한 여인의 몸을 겨우 부축하고는 어찌할 줄 몰라 발만 동동 구르고 있었다. 혼절을 했는지 눈을 감은 어미의 몰골은 바싹 여위고 파리한 것이 언뜻 보기에도 병색이 완연했다.

"옷차림을 보아하니 대갓집 마나님인 모양인데 어쩌다 저리 되었을꼬, 쯧쯧!"

"저래도 싸지! 나라가 도륙이 나고 우리네가 요 모양 요 꼴이 된 게 다 저 양반입네 하는 것들이 서로 네 것 내 것 따지다 이렇게 된 거 아니오!"

생각만 해도 부아가 나고 울화통이 치미는지 남정네 하나가 이를 부드득 갈며 쏘아붙였다.

"임금은 난리가 나기 무섭게 꽁무니가 빠져라 도성을 버리고 도망치고 양반이란 것들은 제각기 저 살 궁리만 하느라 코가 빠져도 모를 정도로 날뛰기밖에 더했소? 우리네 천것들이야 뒈지든 말든 저놈들이 신경이나 썼겠냐 이 말이오!"

"그 말이 맞구먼! 똥줄 빠지게 일한 건 우리네지. 저것들은 앉아서 넙죽넙죽 받아먹기만 할 줄 알았지 뭘 알겠남."

"그러니 낯가죽 두껍기로는 짐승보다 양반이 웃길이라잖소!"

여기저기서 두 모녀를 곱지 않게 보는 원성 어린 말들이 쏟아져 나왔다.

"아따, 남정네들 속이 밴댕이도 아닌데 어찌 그리 좁소! 시방 다 같이 붙들려 남의 나라로 끌려가는 처지인데도 그런 말이 입으로 나오요? 그래봐야 한 땅에서 태어나 자란 다 같은 백성 아니오! 보아하니 배 위에서 다 죽어가는 저 양반 댁 마나님과 두발부리라도 하고 싶은 모양인디 어디 어느 밸 빠진 시러베아들이 저 마나님과 멱살잡이를 할런가, 내 그 꼬락서니를 좀 봐야 쓰겠구먼."

제일 처음 운을 뗐던 아낙이 곱지 않은 표정으로 남정네들을 휘휘 둘러보자 모두 꿀 먹은 벙어리마냥 입을 다물었다.

"보소! 이녁이 하려오?"

아낙이 손가락으로 삿대질을 하며 지적하자 턱수염이 더부룩한 사내는 머쓱한 듯 고개를 돌렸다.

"누…… 누가 그런댔소?"

"하면 다들 입 다무시오! 어째 갈수록 인심이 이 모양일꼬. 쯧쯧!"

마뜩찮은 얼굴로 투덜대던 아낙은 슬그머니 소녀에게 다가가 앉았다.

"아기씨, 괜찮으우?"

"저희 어머니가 눈을 못 뜨세요. 제발 도와주세요, 아주머니."

"이를 어쩌누. 입술이 바싹 마른 걸 보니 조갈이 난 모양이구려. 마실 물이라도 있으면 좋으련만, 이런 배 위에선 마실 물 구하기가 금싸라기를 찾는 것보다 더 어려우니……."

딱하지만 어쩔 수 없다는 듯 머리를 흔드는 아낙의 말에 소녀는 무슨 생각이 들었는지 벌떡 일어나 보초를 선 왜병에게 달려갔다.

"부탁입니다! 제발 물 좀 주세요!"

소녀의 애원에 보초병은 험상궂은 얼굴로 마구 호통을 쳤다. 무슨 뜻인지는 몰라도 썩 물러가라는 소리가 틀림없었다. 하지만 이대로 있다가는 어머니가 돌아가실지도 모른다는 생각에 소녀는 다시금 매달렸다.

"제발 부탁드립니다! 우리 어머니를 살려주세요! 물 좀 주세요!"

물 마시는 흉내를 내며 애걸복걸 매달리던 소녀는 치마허리에 차고 있던 방아다리4)노리개를 내밀었다. 노리개를 받아 들고 이리저리 살펴보던 보초병은 그제야 마지못한 듯 물병을 건네주었다.

소녀는 물병을 들고는 어머니 곁으로 돌아왔다.

"어머니, 물 좀 드세요."

물로 입술을 축이자 겨우 정신을 차린 듯 젊은 어미가 힘겹게 눈을

---

4) **방아다리** : 금, 은, 옥 따위로 만든 허수아비 모양의 노리개.

떴다.

"제가 누군지 알아보시겠어요, 어머니?"

"설연이로구나."

"예, 저예요."

설연이라 불린 소녀는 안도의 한숨을 내쉬며 고개를 끄덕였다.

"이제 괜찮으세요?"

"오냐, 아가."

어미는 눈시울을 붉히며 고사리 같은 딸의 손을 잡았다.

"널 생각해서라도 내가 살아야지……. 암, 살아야 하고말고!"

말은 그렇게 하면서도 소녀의 어미는 이미 기력과 의지 모두를 잃은 상태였다. 그래서 그녀에게는 살고자 하는 마음도 죽고자 하는 마음도 없었다. 그저 살아지는 대로, 죽어지는 대로 하루하루 연명하고 있을 뿐이었다. 하지만 그렇다고 죄악감마저 못 느끼는 만무방5)이 된 것은 아니었다. 무능하기 짝이 없는 자신을 그래도 어미라고 발을 동동 구르며 애달아하는 어린 딸이 있기 때문이었다. 이 아이를 보고 있노라면 어떤 게 옳은 것인지 갈피를 잡을 수가 없었다.

사대부가의 여인으로서 더럽혀지기 전에 깨끗이 죽어 정절을 지키는 게 가문에 누를 끼치지 않는 일이라는 걸 잘 안다. 하지만 차마 그러질 못했다. 이제 겨우 열한 살밖에 되지 않은 딸아이를 홀로 남겨두고 죽자니 도저히 눈이 감기지 않을 것 같았던 것이다. 그렇다고 앞길이 구만 리 같은 어린 걸 데리고 함께 죽을 수도 없는 노릇이고.

---

5) 만무방 : 염치가 없이 막된 사람.

그녀는 어릴 때부터 고삭부리[6]라 놀림을 받으며 자랐을 만큼 원체 약한 체질이었다. 하여 자식을 낳긴 어렵다는 의원의 말에 금강산에 있는 절을 찾아가 천일기도 끝에 어렵게 얻은 딸이 바로 이 아이다. 인두겁을 쓴 짐승이 아니고서야 그런 귀한 자식에게 어찌 같이 죽자고 할까. 어미란 자식의 일 앞에서는 물불을 가리지 않는 존재다. 차라리 왜놈에게 능욕을 당해서라도 구차하게 살지언정 하나밖에 없는 어린 외딸을 생으로 죽게 할 수는 없는 것이다. 그렇게 마음을 독하게 먹으며 자식을 위해 어떻게든 살아볼 결심을 하지만 문득문득 밀려드는 후회와 갈등으로 인해 괴롭기는 마찬가지였다. 부덕을 목숨처럼 지키며 살아온 양반가의 여인이 정절을 잃고 살아야 하는 삶이 얼마나 치욕스러울지 불을 보듯 뻔했기 때문이다. 모르기는 몰라도 죽기보다 사는 게 더 모질고 고통스러우리라.

'보서요, 도승지 영감! 어찌할까요? 제가 무엇을 어떻게 해야만 하는 겁니까? 가여운 우리 아이…… 어쩝니까?'

소녀의 어미는 힘없는 시선으로 딸을 보다 왈칵 솟구치는 눈물을 감추기 위해 눈을 꼭 감았다.

노가 물살을 거스르는 소리 뒤로 누군가 아리랑을 흥얼거렸다.

"아리랑 아리랑 아라리요. 아리랑 고개로 넘어간다."

뱃전에 기대어 앉은 채 출렁이는 파도와 무심한 달을 바라보던 사람들은 저마다 고향을 떠올리다 이내 눈물바람을 하고 말았다. 그런데 모두가 시름에 잠겨 있는 그 순간 갑자기 바다를 지켜보던 왜병 하나가 소리를 질렀다.

---

6) **고삭부리** : 몸이 약하여서 늘 병치레를 하는 사람.

"켄카이나다[7]다!"

그 말에 다른 왜병들이 서로 앞다투어 뱃머리로 달려오더니 제각기 환호성을 지르며 크게 웃음을 터뜨렸다. 그들의 말을 알아듣진 못해도 느낌으로 십분 짐작이 갔다. 드디어 왜국에 도착한 것이다. 서로 부둥켜안으며 고향에 돌아왔음을 자축하는 왜병들과 낯설고 물선 땅으로 끌려가는 조선인들 사이에 희비가 엇갈렸다. 무섭다 못해 그 섧고도 애달픈 마음을 누가 알아주랴. 무정한 관선은 바다를 유유히 헤쳐 나갈 뿐이었다.

무술년 축월[8]

살짝 얼어 더 미끄러운 논길을 조심조심 걸으며 설연은 이를 악물었다. 자칫하다가 어깨에 지고 있는 분뇨통이 쏟아지기라도 하는 날에는 담당 마름에게 치도곤을 당하기 때문이다. 분뇨를 얼른 두엄발치에 갖다 놓고 다시 짐승 우릿간을 치워야 했다. 그곳은 조선으로 치자면 사축서[9]인 셈이다.

왜나막신은커녕 헌 짚신도 없이 맨발로 다니는 통에 발바닥이 갈라지면서 피가 흘렀지만 이제 그런 것쯤은 아무렇지도 않았다. 제대로 씻지 못해 몸에서 역한 쉰내가 나고 머리엔 기름때가 덕지덕지 들러붙었어도 상관없었다. 이곳에 끌려온 지도 벌써 일 년이 훨씬 넘은 지금은 오로지 생존이 목적이기 때문이었다.

---

7) 켄카이나다(玄界灘) : 현해탄. 일본 규슈 북서부에 펼쳐 있는 해역.
8) 무술년(戊戌年) 축월(丑月) : 1598년 음력 12월.
9) 사축서(司畜署) : 조선시대 마소 이외의 가축을 기르는 일을 맡아보던 관아.

우선은 살고 봐야 했다. 조선으로 다시 돌아가자면 악착같이 살아남아야 했던 것이다. 더구나 몸져누운 어머니를 대신해 두 사람 몫의 일을 하자면 숨 쉴 새도 없었다. 그나마 어머니를 노역에서 빼낼 수 있었던 것은 이곳 마름인 자가 자신에게 지나친 호의를 가져 주었기 때문이었다. 그놈의 음흉한 속셈을 떠올리자니 저절로 이가 앙다물어졌다.

무거운 지게를 지고 터벅터벅 걷는데 어디선가 욕설과 함께 돌멩이가 무수히 날아들었다.

"멍텅구리!"

"천한 년!"

짓궂은 마을 아이들이 심심풀이로 돌팔매질을 한 것이다. 날아드는 돌에 이마가 깨져 피투성이가 된 그녀를 향해 녀석들은 손가락질을 하며 까르르 웃어댔다.

"하하!"

"뒈져라!"

게 중 제일 나어리게 생긴 코흘리개 아이놈 하나가 설연의 얼굴에 퉤퉤 침을 뱉었다. 아무것도 모르는 철부지지만 녀석도 천민인 그녀를 업신여기고 깔보는 거였다. 이게 조선에서 끌려온 대다수 포로들의 현실이었다. 글을 좀 안다든가 아니면 이런저런 기술을 가진 사내들은 그나마 좀 나을런가. 그렇지 않은 사람들은 이렇게 에타[10]나 히닌[11] 같은 천민 취급을 받으며 힘겨운 삶을 이어가고 있었다. 그러니 부녀자들의

---

10) 에타(えた) : 주로 강가에 살며 마소의 도축업이나 청소를 담당하던 천민. 갖바치나 백정과 유사함.
11) 히닌(非人) : 에도 시대에 사형장에서 잡역에 종사하던 사람. 시체 처리를 도맡아 함.

처지야 더 말해 무엇 하겠는가. 천민은 농민 중에서도 최하류층인 농노에게조차 함부로 말대꾸를 해서는 안 되는 비천한 존재였다. 그러니 이런 상황을 못 참고 분에 못 이겨 아이들에게 함부로 대거리를 했다가는 마을 사람들의 손에 맞아 죽기 십상인 것이다. 어느 쪽이 옳고 그른지는 중요하지 않았다. 천민은 사람이 아니기에 설령 죽인다 해도 처벌을 받지 않기 때문이다.

자신의 처지를 잘 알기에 설연은 입술을 꼭 깨물고 버텼다. 신기한 곤충을 잡아서 갖고 놀 듯 서너 번 집적거리고 나면 제풀에 지쳐 돌아갈 테니 그저 참기만 하면 되었다. 얼마나 지났을까. 확실히 아이들은 자신들의 기대와는 달리 그녀가 무반응으로 있자 흥미를 잃은 눈치였다. 잠시 머뭇거리던 녀석들은 저들끼리 숙덕대더니 슬금슬금 뒤로 물러나는 듯했다.

이에 설연이 내심 안도의 한숨을 쉬며 묵묵히 지나가려는데 아직 성에 차지 않은 녀석이 있었는지 이번에는 기다란 막대기를 들고 와서 그녀의 몸을 쿡쿡 쑤셔대기 시작했다. 그래도 별 반응이 없자 숫제 소맷자락을 걷어붙이고서는 있는 힘껏 그녀를 떼밀어 넘어뜨렸다. 와당탕하고 지게통이 논길 아래로 구르면서 분뇨가 죄다 쏟아졌다. 그와 함께 논바닥으로 나동그라진 그녀는 어느새 분뇨로 뒤범벅이 되었다. 그러자 큰 구경이라도 난 듯 아이들이 박장대소를 하며 깔깔거렸다.

순진한 것만큼 잔인한 것도 없다 했던가. 하지만 그렇다 한들 아무것도 모르기에 더욱 잔혹한 철부지의 어리석음을 누가 나무랄 수 있겠는가. 잠시 갖고 놀기 위해 날개를 뜯어버린 잠자리는 곧 죽게 된다는 것에는 아랑곳없이 단지 즐거운 장난감쯤으로 여기는 어린것들일 뿐인 것을. 그저 어려서 무지한 것이 죄라면 죄일까. 그러니 저들을 모질다 탓할 필요도 없는 것이다. 체념하듯 짧은 한숨을 내쉰 그녀는 가만히 있는 것으로 이 상황을 애써 견디고자 했다.

그런데 그때 멀리서 이 광경을 지켜보던 마을 어른 하나가 느릿느릿 다가왔다. 그러고는 일장연설을 하듯 아이들에게 뭐라뭐라 나무라고는 모두를 집으로 돌려보냈다. 하지만 그뿐이었다. 그는 분뇨통을 뒤집어 쓴 그녀를 마치 더러운 물건 보듯 마뜩찮은 시선으로 흘겨보고는 금세 가버렸다.

그제야 긴장이 풀리면서 팔다리가 후들거렸다. 뒤늦게 그 사실을 깨달았지만 설연은 결코 내색하지 않았다. 대신 땅바닥에 쏟아진 분뇨를 손으로 흙덩이를 긁어모아 눈덩이와 함께 지게통에 담았다. 눈물은 마른 지가 오래였다. 늘 겪는 일이라 새삼 대수로울 것도 없었던 것이다. 이런 일로 운다면 흘릴 눈물이 아까울 뿐이었다. 분을 삼키고 서러움을 삼키고 눈물을 삼켰다. 자신이 가야 할 길은 이보다 더 험난하고 멀 테니까. 그녀는 논바닥 군데군데에 쌓인 눈으로 몸에 들러붙은 분뇨를 대충 털어내고는 다시 지게를 짊어지고 일어섰다. 그러고는 묵묵히 논 길을 걷기 시작했다.

해넘이께야 겨우 우릿간을 치우고 나니 손목이 시큰거리고 어깨와 허리가 뻐근했다. 설연이 손으로 어깨를 주무르며 밖으로 나오자 기다리고 있었던 듯 제법 나이가 든 동자치[12]가 보자기를 덮은 샷반[13]을 불쑥 내밀었다.

---

12) **동자치** : 동자아치의 준말. 남의 집에서 부엌일을 하는 여자, 식모.
13) **샷반** : 갈대로 채반처럼 만든 그릇.

"오늘은 네가 제일 굼뜨게 일을 마쳐서 남은 대궁[14]이 없다. 어제 먹다 남은 무밥이야. 대신 매나니[15]로 먹긴 뭐할 거 같아서 장아찌를 조금 넣었으니까 그럭저럭 한 끼니 때우긴 충분할 거야."

"예."

꾸벅이며 삿반을 받아드는 그녀에게서 지독한 인분 냄새가 나자 동자치는 손으로 코를 막으며 얼굴을 찡그렸다.

"아휴, 냄새! 동네 애들이 못살게 굴었다더니 분뇨를 뒤집어쓴 모양이구나. 요즘 추위에 샛강도 얼어붙었을 텐데 어쩌나? 할 수 없다. 삼경(三更) 즈음이면 졸경군도 없을 시각이니 몰래 마을 우물가에서 씻는다고 크게 경치는 일은 없겠지."

여들없는 말이었지만 은근히 신경 써주는 자상한 속내를 엿볼 수 있었다.

"그리고 이것도 받아. 네 따위가 버선을 신고 다니면 남들이 가만두지 않을 테니 이걸로 발감개나 해."

동자치가 건넨 것은 다 낡아 해진 천 조각이었다.

"고맙습니다."

이곳에서 처음 받아 보는 온정이 낯설어 설연은 서름하게 대답하고는 서둘러 천민부락으로 향했다. 마을에서 북쪽으로 조금 떨어진 산비탈에 여러 채의 움파리[16]가 옹기종기 모여 있는데 모두가 조선에서 끌려온 사람들이 사는 곳이었다.

---

14) **대궁** : 밥그릇 안의 먹다 남은 밥.

15) **매나니** : 맨밥.

16) **움파리** : 움을 파서 만든 막. 움막.

퀴퀴한 시궁창 냄새와 더불어 곳곳에서 힘없이 터져 나오는 푸념이 간간이 들렸다. 고달프기만 한 노예생활에 실낱같은 희망이라고는 오로지 고향으로 되돌아가는 날을 학수고대하는 일이 전부였다. 그네들의 한숨에 묻어나는 설움이 그녀에게 물씬 다가왔다.

설연은 어머니가 계신 움파리 안으로 얼른 들어섰다.

"다녀왔습니다."

"늦었구나."

몸져누운 어머니가 반색을 하며 딸을 맞이했다. 꺼칠한 어머니의 얼굴에 모처럼 화색이 도는 듯했다. 그녀는 바닥에 깔린 삿자리를 보고는 다행스런 표정을 지었다. 얼마 전에 길바닥에 버려진 것을 구해 온 것인데 군데군데 찢어지긴 했지만 그나마 요긴하게 쓸모가 있는 게 고마웠던 것이다. 축축한 맨땅에서 지내는 것보다는 한결 나을 테니 말이다. 이나마 없었으면 어머니나 자신이나 얼어 죽었을지도 모른다.

그녀는 바닥에 앉아 삿반에서 밥그릇을 꺼냈다.

"이것 좀 드세요."

"매번 널 고생시켜 미안하구나."

"그런 말씀 마시고 몸조리나 잘하세요."

"내가 이렇듯 네게 짐이 되어서는 안 되는데."

"이렇게 곁에 계신 것만으로도 제겐 큰 힘이 되니 그런 나약한 말씀은 하지 마세요, 어머니."

"고맙구나, 아가."

두 모녀는 눈물이 그렁그렁한 눈으로 서로를 바라보며 고된 하루의 시름을 잊어갔다.

멀리 산사에서 삼경을 알리는 종소리가 울리자 설연은 자리에서 부스스 일어났다. 동자치의 말대로 우물가에서 몸을 씻기 위해서였다. 옆에 곤히 잠든 어머니의 숨소리는 마치 해녀가 내쉬는 날카로운 숨비소리[17]처럼 거칠고 가빴다. 하루 끼니를 잇기도 빠듯하고 보니 의원을 부르거나 약을 구하기란 꿈도 못 꿀 일이었다.

이곳에 끌려온 지도 벌써 일 년 반 가까이 흘렀으니 해만 넘기면 자신도 이젠 열세 살이다. 그와 더불어 어머니의 병은 점점 더 시난고난[18]되었다. 이렇게 고통스러워하는 어머니를 볼 때면 마을 마름 놈이 구슬리는 소리에 마음이 자꾸 흔들렸다. 그놈의 말인즉 올해 육순이 되는 제 늙은 아비가 자신을 윗방아기로 들이길 원한다는 것이었다. 그렇게만 해주면 어머니를 위해 의원도 불러주고 약값도 몽땅 대준다며 놈은 안달복달해댔다. 그러나 만약 그의 요구를 따른다면 아마도 어머니는 그 자리에서 혀를 깨물고 자진할 게 뻔했다. 며칠 전에도 마름 놈이 움파리를 찾아와 넌지시 윗방아기 말을 꺼내려 하자 어머니는 두발부리까지 해가며 그를 쫓아냈던 것이다. 오랜 병고로 인해 일어나 앉을 기운도 없던 어머니의 마르고 여윈 몸 어디에서 그런 힘이 솟아났던 것일까? 모르긴 몰라도 자식을 지키려는 모정이 안간힘을 쓰게 만든 것이리라. 그 일이 있은 후로 어머니는 진이 다 빠졌는지 몸져누운 채 아예 꼼짝도 못하게 되고 말았다.

가슴을 짓누르는 생각들로 인해 무겁게 숨을 내쉬던 그녀는 조심스레 움파리를 나섰다. 스무날에 뜬 새벽달이 산길을 어스름하게 비추었

---

17) **숨비소리** : 바다 위에 떠오른 해녀가 참고 있던 숨을 내쉴 때 나는 휘파람소리.

18) **시난고난** : 병세가 점점 악화되는 모양.

다. 종종걸음으로 서둘러 우물가에 도착해 보니 정말 아무도 없었다. 하지만 언제 졸경군이 들이닥칠지 몰라 겁이 났다.

새가슴이 된 그녀는 몰래 주위를 살피며 황급히 두레박으로 물을 퍼 올렸다. 그리곤 급한 마음에 옷을 벗을 새도 없이 찬물을 그대로 뒤집 어썼다. 쌩하니 부는 매서운 겨울바람에 이를 맞닥뜨리며 덜덜 떨었지 만 추위보다는 씻는 게 급선무였다. 아니 오히려 추우면 추울수록 기 분은 더할 나위 없이 상쾌했다.

덕지덕지 엉겨 붙은 머리의 때까지 말끔히 씻어낼 무렵 마침 순찰을 돌기 위해 막사를 나온 졸경군이 물소리를 듣고는 버럭 소리를 지르며 달려왔다.

"게 누구냐!"

화들짝 놀란 설연이 다급히 몸을 숨기려고 했지만 졸경군이 더 빨랐 다. 우악스런 손길로 그녀의 머리카락을 잡아챈 그는 어이가 없다는 듯 눈을 부라리며 을러댔다.

"요런 맹랑한 년을 보게나? 어린 계집이 아주 간이 배 밖으로 나왔구 먼!"

"살려주세요, 나리! 몸이 하도 더러워서 그랬습니다."

"시끄럽다! 이 시각에는 아무도 밖을 나다녀선 안 된다는 걸 모르진 않았을 터! 움파리에서 잠이나 퍼 자고 있어야 할 년이 오밤중에 멋대 로 쏘다니다니 죽으려고 작심을 한 모양인 게지. 오냐, 내 네 소원대로 해줄 테니 어디 뜨거운 맛 좀 봐라!"

"나리, 잘못했습니다."

"이런 주리경을 칠 년! 어디서 엄살이야?"

울먹이며 두 손을 모아 비는 그녀의 애원을 무시하듯 졸경군은 콧방귀를 뀌었다. 그리곤 손바닥에 침을 퉤퉤 뱉고 나선 육모방망이를 틀어쥐고 들고패기 시작했다.

"분수도 모르고 날뛰는 네깐 년들한테는 그저 몽둥이찜질이 최고지!"

어깻죽지며 등허리로 사정없이 떨어지는 몽둥이질에 그녀는 자신도 모르게 신음을 내뱉으며 졸경군 발치에 몸을 납작 엎드렸다.

"염병할 년! 우리 형님이 네년 나라에서 개죽음을 당했다고! 장가도 못 가고 죽은 것도 억울한데 그나마 백 리 밖의 바다에 수장되어 물고기 밥이 되었단 말이다! 이 육시랄 년아! 그 생각만 하면 내가 울화통이 치밀어 자다가도 벌떡 일어난다고, 알아!"

"나리, 죽을죄를 지었습니다. 제발 한 번만 용서해 주세……."

"아가리 닥쳐!"

증오감에 시퍼렇게 눈을 희번덕이는 장정의 힘을 당해낼 수는 없었다. 설연은 손으로 머리를 감싸 안고 땅바닥에 엎드려서는 인정사정없이 퍼부어지는 뭇매를 고스란히 맞았다. 퍽퍽 살이 패는 소리가 났고 뼈가 바수어질 만큼 아팠으나 어느 순간을 넘어서니 고통조차 느껴지지 않았다. 감각을 잃은 것이다. 이대로 맞아 죽으면 불쌍한 어머니는 어쩌나 싶어 왈칵 눈물이 쏟아졌다.

"야심한 시각에 무슨 소란이냐?"

준엄하면서도 권위가 묻어나는 목소리에 가혹한 매질이 멎었다.

"어이구, 쇼니님!"

어디선가 나타난 사내의 모습에 졸경군은 허리를 굽실대며 쩔쩔맸다.

“이런 곳까지 어인 일인갑쇼?”

“이 무슨 추태냐! 아무리 힘쓸 데가 없기로 어린 계집애한테 매타작이라니? 자넨 창피하지도 않나!”

“그게 아니오라 허락도 없이 우물물을 쓰다 걸린 천비년에게 혼뜨검을 내주던 참일 뿐입니다요. 마을에서 공동으로 쓰는 우물을 감히 이깟 년 따위가 쓰다니 가만두어선 안 될 일이 아닙니까?”

“그렇다고 뼈도 여물지 않은 어린것을 그리 왁살스럽게 다루면 쓰나?”

“이깟 천비 년들은 가끔씩 이래 줘야 정신을 차린다굽쇼.”

“천비니까 아무렇게나 홀대해도 괜찮다는 뜻이냐?”

“예에? 그게 무슨 말씀이온지?”

“아니다. 됐으니 그만 물러가라.”

“아, 예.”

엄중한 명령에 졸경군은 꽁지가 빠지도록 후닥닥 도망을 갔다.

그 꼴을 물끄러미 지켜보던 사내는 그때까지 땅바닥에 죽은 듯 쓰러져 있는 계집아이에게로 천천히 시선을 돌렸다.

“많이 다쳤느냐?”

“죽을죄를 지었습니다, 나리! 부디 용서해 주세요.”

“괜찮으니 그만 네 쉴 곳으로 돌아가거라.”

“고맙습니다! 고맙습니다, 나리.”

뜻밖의 자상한 목소리에 설연은 연거푸 고개를 숙이며 머뭇머뭇 몸을 일으켰다. 그 순간 그녀의 얼굴을 알아본 사내가 놀란 표정으로 눈을 휘둥그렇게 떴다.

“아니, 너는?”

그녀 역시 사내가 낯설지 않았다.

“저 혹시 강릉 태령암에서 뵈었던?”

“맞다! 용케 살아 있었구나!”

자신의 손을 덥석 잡으며 반가워하는 사내를 그녀는 멍한 시선으로 응시했다.

“내 너를 얼마나 찾았는지 아느냐? 됐다! 이제라도 만났으니 됐어!”

기묘한 인연이랄까, 왜장 쇼니 신겐과의 재회는 설연에게 낯선 운명이 시작되었음을 예고하는 듯했다.

고독한 그림자

孤獨な影

고요제이 천황[19] 치세인 게이초 5년[20] 축월 열사흗날 자시(子時) 무렵의 히타치.[21]

깊은 어둠은 고요한 적막을 이끌었다. 그 칠흑 같은 어둠을 뚫고 지축을 뒤흔드는 말발굽 소리가 들리기 시작했다. 잠시 후 성하촌[22]을 지나 성으로 가는 길목인 언덕 위에 어림잡아도 족히 만은 넘어 보이는 군사들이 모습을 드러냈다. 그들은 어느새 언덕을 넘어 성곽 주변을 둘러싼 해자(垓字)에까지 다다랐다.

지옥과도 같았던 전쟁을 마치고 지금 막 고향에 당도한 그들은 히타

---

19) 고요제이 천황(後陽成 天皇, 1586~1611) : 일본 107대 천황.

20) 게이초(慶長) 5년 : 1600년.

21) 히타치(常陸) : 지금의 이바라키 현.

22) 성하촌(城下町) : 봉건 영주의 거주지를 중심으로 발달한 마을.

치 다이묘의 직속 무사(武士)이자 도쿠가와 이에야스[23]가 이끄는 십만 동군(東軍) 중에서도 가장 사납고 용맹하기로 이름난 최정예군사였다. 이에야스가 각별히 아끼는 뜻에서 따로 호칭을 내려주었을 정도로 최고의 신임을 받고 있는 히타치의 군대는 가료바이[24]라 불렸다. 가료바이란 히타치 다이묘 집안의 문양인 바이카[25]에서 착안한 것으로, 이들이 지나간 자리에는 오직 죽음뿐이라는 말이 나돌 만큼 일당백의 능력을 자랑하는 무사들을 칭송하는 이름이었다.

세키가하라[26]에서의 치열했던 전투를 마치고 혼죠[27]인 세이후(淸風)성에 도착한 그들의 얼굴에는 희색이 만연했다. 전투를 시작한 이래 최대의 승전을 거두고 돌아왔기 때문이다. 군대는 해자 앞에서 일제히 행보를 멈추고 일사불란하게 도열했다. 그러자 맨 앞에서 깃발을 들고 있던 소년병 하나가 재빨리 나오더니 횃불을 들고 다리 밑으로 내려가 해자의 상태를 살폈다.

"해자가 얼어붙었습니다!"

소년병의 보고에 무사들이 의아한 표정으로 고개를 갸웃거렸다. 세이후 성에서 해자 관리를 이렇듯 소홀하게 하다니 이상한 일이다. 성곽 주위에 해자를 설치한 목적은 첫 번째도 두 번째도 적의 침입을 막기 위해서다. 그러므로 어떤 혹한에도 해자는 얼어선 안 되었다. 그런 해자가 얼다니 어쩐지 느낌이 좋지 않았다.

---

23) 도쿠가와 이에야스(德川家康, 1542~1616) : 일본 에도 바쿠후의 초대 세이이타이쇼군.
24) 가료바이(臥龍梅) : 와룡매. 줄기와 가지가 늘어져서 땅을 향하는 매화.
25) 바이카(梅花) : 매화꽃.
26) 세키가하라(關が原) : 혼슈 중서부의 시가에 있는 곳으로 아부키 산지와 스즈카 산지 사이에 있음.
27) 혼죠(本城) : 다이묘의 본거지인 성.

별다른 지시가 없자 소년병은 냉큼 다리를 건너가 성문을 두드리며 큰소리로 외쳤다.

"성문을 열어라! 오토노사마[28)]께서 돌아오셨다. 어서 성문을 열라!"

밤하늘을 울리는 우렁찬 목소리에 성벽의 곳곳에 설치된 파수탑에 하나둘씩 낭연(狼煙)이 피어오르기 시작했다. 꼬리에 꼬리를 물고 이어진 횃불의 행렬은 드디어 아성(牙城)의 중앙에 있는 천수각에까지 도달했다. 불꽃이 성벽을 따라 연이어 점화되는 모습은 실로 진풍경이었다. 이윽고 인기척 소리가 나더니 굳게 닫혀 있던 성문이 둔탁한 굉음과 함께 열리면서 수문병들이 뛰어나와 히타치의 군대를 맞이했다.

"어서 오십시오, 오토노사마!"

"오토노사마!"

좌우로 선 수문병들이 땅바닥에 납작 엎드려 머리를 조아리자 그 사이로 사십 해가 넘도록 히타치의 다이묘 가문인 키타가와 가를 섬겨온 집사 시타로가 나와 무릎을 꿇고 절을 했다. 올해 예순이 넘은 노인이었지만 무가(武家)의 예법인 오가사와라류[29)]에 한 치도 흐트러짐이 없는 자세였다.

"무사히 귀환하신 걸 환영합니다, 토노.[30)]"

"그동안 별일 없었나?"

상급무사들 중 선두에 섰던 한 명이 말에서 내리며 묻자 집사의 표정이 금세 어두워졌다.

---

28) **오토노사마(お殿様)** : 토노사마(殿様)는 에도 시대의 다이묘와 하타모토에 대한 존칭으로 오토노사마는 영주님이라는 뜻.

29) **오가사와라류(小笠原流)** : 무로마치 바쿠후 시대부터 생겨난 예의범절의 한 유파.

30) **토노(殿)** : 영주. 귀인에 대한 높임말.

"저 실은……."

늙은 집사가 쩔쩔매자 무사는 미간을 찡그리며 다그쳤다.

"무슨 일인가?"

"그게…… 하시히토님께서 지금 출산중이십니다."

그 말에 무사들의 눈이 일제히 휘둥그레졌다. 히타치에서는 여인의 출산을 부정적으로 여기는 풍습이 있기 때문이었다.

"뭐라고?"

"미처 산실을 마련하지 못하는 바람에 하는 수 없이 카미야시키[31] 내실에 산모를 눕혔습니다. 설마 토노께서 오늘 당도하실 줄은 몰랐기에……."

집사가 죄스러운 듯 말끝을 흐리자 무사는 격앙된 어조로 소리쳤다.

"지금 제정신인가, 시타로? 어찌 감히 그따위 짓을 해!"

"죽여주십시오!"

"산실은 혼마루[32]에서 되도록 멀리 떨어진 장소에, 그것도 새로 지은 건물에 배설하는 것이 관례다. 그걸 누구보다 잘 아는 자네가 이런 실수를 하다니 도대체 어떻게 된 건가?"

무사가 성난 눈빛으로 으르렁대며 책임을 추궁하자 시타로의 아들 산죠가 대신 입을 열었다.

"그게 아닙니다, 신지님. 마님의 산통이 예정일보다 달포나 일찍 시작되는 바람에 달리 손 쓸 틈이 없었습니다. 더구나 토노께서 당도하신

---

31) **카미야시키(上屋敷)** : 에도 시대의 지위 높은 무사. 특히 다이묘나 하카모토 등이 평상시에 사는 집.

32) **혼마루(本丸)** : 성의 중심이 되는 제1구역.

다는 연통도 없었던 터라……."

"시끄럽다, 산죠! 지금 뉘 앞에서 변명을 늘어놓는 게냐!"

아버지의 호통에 산죠는 찔끔한 표정으로 고개를 숙였다.

"죄송합니다."

"신지님, 이 모두 소인의 불찰입니다. 어떤 처분이라도 달게 받겠습니다."

집사의 비장한 대답에 신지는 낭패감 어린 한숨을 내쉬며 중얼거렸다.

"휴우! 이거 큰일이군. 다시 성하촌의 여관으로 되돌아간다 해도 만 명이 넘는 군사들이 쉴 만한 봉놋방을 쉬이 구할 리 만무고, 그렇다고 갑자기 바오달[33]을 만들 수도 없으니……. 이를 어쩐다."

이리저리 머리를 굴려보던 그는 아무래도 안 되겠다는 듯 뒤에 있는 누군가를 향해 보고했다.

"아무래도 때를 잘못 맞춘 것 같습니다, 토노. 여장을 풀 만한 다른 마을을 찾는 것이 좋을 듯합니다."

그러자 무사들 사이로 누구도 꼼짝 못할 만큼의 위엄이 가득한 목소리가 흘러나왔다.

"하시히토가 아이를 낳는다고?"

어두운 그림자 속에서 훤한 달빛 아래로 모습을 드러낸 사내는 흙투성이가 된 투구와 갑옷 차림이었지만 검게 빛나는 두 눈동자만큼은 감추지 못했다.

무거운 투구를 벗자 그의 얼굴이 드러났다. 땀에 젖은 머리칼이 이

---

33) **바오달** : 많은 군인들이 기거하는 집과 그 주변. 병영.

마를 가린 채 입을 굳게 다물고 있는 모습은 금방이라도 피를 부를 것처럼 음산했다. 이 사내가 바로 키타가와 류타카. 히타치의 다이묘이자 이곳 세이후 성의 당주다.

그가 말에서 내리며 다시 물었다.

"얼마나 됐나?"

당주에게서 뿜어져 나오는 위압감에 꼼짝 못하던 시타로는 뒤에 있던 산죠가 옆구리를 쿡 찌르며 일깨우자 그제야 정신이 난 듯 바닥에서 몸을 일으키며 대답했다.

"벌써 한나절이 훨씬 넘었습니다."

"그렇군."

알았다는 듯 짧게 고개를 끄덕이는 류타카였지만 그다지 기뻐하는 기색은 아니었다.

"토노께서 오시는 날 이런 불미스런 일을 보여드려 죄송합니다. 대죄하고 있겠습니다."

"이미 벌어진 일이니 시끄럽게 굴지 마라."

그는 무뚝뚝한 어조로 집사를 타이르고는 성큼성큼 성안으로 향했다.

당주가 먼저 성으로 들어가자 상급무사들도 말에서 내려 말고삐를 병사들에게 건네주고는 그 뒤를 따랐다. 일행이 마스가타[34]를 지나 성안의 너른 마당에 당도하니 잔뜩 긴장한 표정의 하인과 하녀들이 줄줄이 나와 있었다.

"어서 오십시오, 오토노사마."

---

34) 마스가타(升形) : 성문 안의 네모진 빈터.

모두들 당주인 류타카의 귀환을 환영하려 모인 것이었으나 정작 당사자는 무심한 눈빛으로 그들을 지나쳐 혼마루로 향했다.

"토노?"

부관인 신지가 부르는 소리에 그는 돌아보는 대신 걸음을 멈추었다.

"아직 다음 일정을 정하지 않았습니다. 점호를 끝낸 뒤 각 부대의 주장(主將)들을 공실(公室)로 집결시킬까요?"

"오랜 여정으로 다들 피곤할 테니 오늘은 그냥 쉬도록 하지. 나머지 문제들은 내일 처결하기로 하고."

"알겠습니다."

당주의 지시에 신지는 질서정연하게 서 있는 무사들을 향해 명령을 전달했다.

"가료바이 해산!"

"존명!"

말이 떨어지기가 무섭게 무사들은 삼삼오오 모여 각자의 숙소가 배정되어 있는 별채로 움직였다.

여덟 달 만에 자신의 성에 돌아온 류타카는 제일 먼저 몸에 밴 피 냄새를 닦아내고 싶었다. 세키가하라의 벌판에 즐비하게 쌓인 시체들을 보면서 느꼈던 찐득찐득한 불쾌감이 영영 가시지 않은 까닭이었다. 전쟁은 벌써 끝난 지 오래이건만 자신은 아직도 그 아수라장 안을 헤매고 있는 듯한 기분이었다. 죽은 이들이 너무 많아 적군이건 아군이건 가릴 것 없이 바닥에 쓰러진 시체들은 불에 태워야 했다. 그나마도 모두 수습할 수가 없어 장수인 듯한 자만 그리했고 일개 사병들은 대충 모아다 구덩이에 던져 놓기만 했으니 아마도 지금쯤은 썩어 문드러진 송장에서 흘러나온 추깃물[35]로 땅이 온통 젖어 있을 것이다.

사람의 살이 타고 썩는 냄새를 오래 맡다 보면 미치는 건 한순간이었다. 실제로 비릿한 누린내를 견디지 못해 반미치광이가 된 병사들이 몰래 탈영을 하려다 붙잡힌 사례를 수없이 보아온 그였다. 자신도 막사에 혼자 있을 때면 더는 견디지를 못하고 종종 속을 게워 내야 했으니 어린 병사들은 오죽했겠는가. 혼탁하고 피폐해진 몸과 마음을 깨끗이 하려면 목욕이 제일이다. 그렇다고 악몽 같은 전쟁의 기억을 다 지워주진 않겠지만…….

세이후 성의 혼마루는 지하 1층과 지상 6층으로 지어진 천수각과 카미야시키의 두 구조로 나뉘어 있었다. 그 중 카미야시키는 키타가와 가의 직계가족들이 기거하는 곳이었다. 그래봐야 류타카 자신과 일곱 명의 처첩이 전부였지만. 집사와 함께 혼마루 안으로 들어가려던 그는 계단에 웬 사내아이가 손가락을 입에 물고 멀뚱멀뚱 서 있는 것을 보곤 걸음을 멈추었다.

"누구냐?"

그가 나직이 묻자 집사가 눈치를 살피며 대답했다.

"요시노 도련님입니다."

키타가와 요시노. 그의 이복아우다. 오랜만에 보아서 그런지 제법 의젓하게 자란 게 확 눈에 띄었다. 그는 새삼스러운 시선으로 아이를 쓱 훑어보았다. 확실히 녀석은 아버지보다는 제 생모를 많이 닮았다. 정확히는 모르겠지만 이제 서너 살은 되었을 것이다.

---

35) **추깃물** : 송장이 썩어서 흐르는 물.

잠시 이복아우를 눈여겨보다 지나치려는 그의 뒷등으로 뇌쇄적인 여인의 목소리가 들려왔다.

"형님께 절을 해야지요, 요시노."

말소리가 들리는 쪽으로 고개를 돌리니 매우 고혹적으로 생긴 여자가 아이의 뒤로 다가와 서며 묘한 웃음을 짓고 있었다. 농염한 몸매를 드러내는 붉은 유카타[36]를 입은 그녀는 요시노의 생모인 키타가와 마사코였다. 아시카가 가의 장녀이자 아버지의 여섯 번째 측실로 자신의 서모(庶母)이기도 한 여자. 눈부신 미모를 한껏 자랑하며 농익은 여인의 향내를 물씬 풍기는 그녀는 목욕을 갓 하고 나온 듯 머리가 젖어 있었다.

"얼른."

어미의 재촉에 아이가 엉거주춤 허리를 구부렸다.

그의 검은 눈동자가 요시노에게로 향하자 마사코가 매혹적인 어조로 입을 열었다.

"어서 오세요, 류타카님. 승전하신 것을 진심으로 경하드립니다."

백분을 바른 밀랍처럼 하얀 얼굴이 활짝 미소 짓고 있는데도 웃음이 전혀 보이지 않았다. 표정이 없는 여자의 얼굴은 섬뜩했다.

"히로이님이 살아계셨다면 크게 기꺼워하셨을 겁니다."

서모가 죽은 부친의 이름을 들먹이자 류타카의 눈동자에 아주 잠깐 적의 비슷한 빛이 스쳤다. 그가 말없이 쏘아보자 그녀는 대뜸 말을 이었다.

"저런! 어디 불편하십니까?"

---

36) 유카타(ゆかた) : 목욕을 한 뒤 또는 여름철에 입는 무명 홑옷.

조롱하는 게 분명한 말투였지만 그의 표정에는 더 이상 아무런 변화가 없었다.

"마사코님, 전장에서 막 돌아온 무사의 앞길을 막는 것은 아녀자의 도리가 아닌 줄로 압니다."

보다 못한 시타로가 살얼음판을 걷는 듯한 긴장을 깨고 나서자 그녀는 의도적으로 류타카를 꼿꼿이 처다보며 물었다.

"그렇습니까?"

"마…… 마님! 자꾸 이러시면 곤란……."

제 분수도 모르고 쓸데없이 참견하는 노 집사에게 왈칵 짜증이 난 마사코는 미간을 잔뜩 찌푸렸다.

"닥쳐라! 허드렛일이나 보는 상늙은이 주제에 감히 나를 가르치려 들다니! 무가의 예법이라면 무가에서 태어나 자란 내가 네놈만 못하겠느냐? 나는 다만 토노께서 우리 요시노를 까맣게 잊으신 듯해서 얼굴이나 보여 드리려고 나왔을 뿐이다!"

시타로에게 앙칼지게 쏘아붙인 그녀는 류타카를 향해 다시금 웃음을 흘렸다.

"이 정도는 큰 무례가 아니라고 생각되는데요. 안 그렇습니까, 류타카님?"

일부러 가시 돋친 말로 자극해 보았지만 그는 여전히 침묵으로 일관할 뿐이었다.

마사코는 억지로 웃으며 말을 이었다.

"그렇게나 할 말이 없으십니까? 역시 토노께서는 정말 무신경한 분이시라니까요."

무표정한 얼굴을 한 류타카는 웃으면서 비아냥거리는 서모에게서 그대로 시선을 돌렸다. 마치 그녀의 존재 자체를 무시하듯.

그가 등을 돌린 채 가버리자 생글거리던 여자의 눈에 살기가 번득였다. 모멸감과 분노로 뒤범벅이 된 눈빛으로 당주의 뒷모습을 노려보던 마사코는 새빨간 입술을 깨물면서 어린 아들의 손을 거칠게 잡아끌었다.

"갑시다, 요시노. 그대와 내가 해야 할 의무를 다했으니 더 있을 필요는 없겠지요."

빠른 걸음으로 계단을 내려가던 그녀는 저주스런 표정으로 혼마루를 돌아보며 나지막하게 부르짖었다.

"언제고 내게 피눈물을 흘리게 한 대가를 치르게 하리라!"

키타가와 류타카, 두고 보라지! 최후의 승자는 바로 내가 될 테니까. 이곳 세이후 성에서 버러지 취급 받는 것도 이제는 신물이 난다. 언제까지고 이렇게 엎드려 지낼 수는 없는 노릇이었다. 포석은 미리 깔아놓았으니 이제는 슬슬 그 결과를 기다려 볼 차례다. 어쩌면 그가 예상보다 빨리 돌아온 것이 오히려 호기일 수도 있겠다는 생각이 들었다. 오늘밤 이 성 안에서 누군가가 반드시 죽는다. 그러면 자신은 그 죽음을 발판으로 복수와 야망이란 두 마리 토끼를 잡게 될 것이다. 죽는 이에겐 무척 애석한 일이겠지만⋯⋯.

그녀는 기대 어린 시선으로 요시노를 바라보았다. 이 아이야말로 자신의 꿈을 이뤄 줄 희망이었기에. 좀 더 일찍 태어났더라면 하는 아쉬움도 있었지만 지금도 그렇게 늦은 건 아니다. 길게 잡아봐야 앞으로 오 년. 그때까지 무럭무럭 자라주기만 하면 될 것이다.

"요시노, 조금만 기다려요. 곧 좋은 소식이 올 테니."

혼잣말을 하는 마사코의 입가에 냉혹한 미소가 흘렀다.

집무를 보는 정청이자 자신의 숙소인 천수각 꼭대기 층에 도착한 류타카는 집사의 도움을 받으며 갑옷을 벗었다.

"혼마루가 어수선하다."

당주의 조용한 질책에 갑옷과 투구를 받아들던 시타로는 송구스러운 듯 머리를 조아렸다.

"각별히 주의하겠습니다, 토노."

가벼운 평복으로 갈아입은 그는 가부좌를 틀고 앉아 조용히 명상에 잠겼다. 내색은 안 했지만 솔직히 몹시 지쳤다. 그것도 육체보다는 정신이 더욱 힘들고 피곤했다. 방심한 탓이다. 자신에게 전쟁터는 바깥뿐만이 아니라 안에도 있었다는 걸 깜박 잊고 있었다. 밖이 단순한 육탄전이라면 안은 치열한 심리전이라고나 할까.

그러고 보면 차라리 전장에 있을 때가 더 편했던 것 같다. 떼어내려야 떼어낼 수 없는 그림자처럼 그의 발목을 잡고 늘어지는 족쇄. 그것을 재확인시키고자 서모는 일부러 요시노를 데리고 나온 것이다. 부친의 피를 물려받은 그 아이로 인해 그녀의 안전 역시 보장받는 것일 테니.

키타가와 마사코! 역시 대단한 여자다. 아무리 그렇다 하더라도 자신의 앞에서까지 그런 배짱을 부리다니. 류타카는 서모의 여장부다운 기질을 인정하면서도 차갑게 일소했다. 언젠가는 그 지나친 자신감이 큰 화를 부르게 되리라. 아무래도 그녀는 뭔가 크게 착각하고 있는 모양이었다. 같은 피를 나눈 형제이기에 그가 요시노를 죽일 수 없을 것이라는 잘못된 믿음 말이다. 어째서 그런 생각을 하게 된 걸까? 못하는 것이 아니라 하지 않는 것뿐인데.

연민이나 동정 따위에 흔들릴 그였다면 애초에 이 자리에 있지도 않았다. 히타치의 백호라는 이름이 거저 얻어진 것은 아니니까. 죽여야 한다면 반드시 죽인다. 설령 그것이 자신의 아내와 곧 태어날 자식일지라도 한 치의 망설임은 없다. 그러니 마사코와 요시노 따위는 그 이름만큼의 값어치도 없는 존재인 셈이다. 하지만 그렇게까지 해서 지켜야 하는 게 과연 있는가? 아니면 형제간에 피를 부르는 싸움에 어떤 의미라도 있는 건가? 혼란한 세상에 혼탁한 마음뿐이다. 명상을 위해 규칙적으로 내뱉는 그의 심호흡 속에 깊은 시름과 번뇌가 묻어났다.

하녀들이 빨래할 옷가지들을 들고 조용히 물러나는 소리가 어렴풋이 들렸다.

"곧 목욕물을 올리겠습니다."

집사의 말에 류타카는 눈을 감은 채 물었다.

"의원은?"

"산실 밖에서 대기하고 있는 중입니다."

"몸이 약해서 더디겠구나."

"알아보겠습니다."

"됐다."

"아, 예."

일언지하에 거절하는 당주의 냉정한 음성에 시타로는 우물쭈물하다가 허둥지둥 방문을 나섰다.

비로소 홀로 있게 된 그는 곰곰이 생각에 잠겼다. 하시히토가 아이를 낳는다니 왠지 기분이 묘했던 것이다. 그의 나이는 올해 스물넷. 그런데 이제야 첫아이를 얻게 되는 것이니 늦어도 매우 늦은 편에 속했다. 그런데도 어색하고 껄끄러운 느낌이 드는 이유는 뭘까? 정실인 하시히토를 비롯해 측실이 모두 여섯, 그래서 일곱 명이나 되는 여자들이 그의 아내로 있지만 그녀들은 지금껏 아이를 낳지 못했다. 몸이 약한 하시히토는 그렇다 치더라도 여섯이나 되는 첩이 있음에도 그간 일점혈육이 없었다는 것은 분명 큰 문제였다. 다이묘에게 있어 후사란 결코 사사로울 수 없는 일이기 때문이다. 그런데 측실들은 오히려 그의 탓이라며 원망했다. 그가 외방37)을 찾지 않는다며 다들 불만이 많았던 것이다. 과히 틀린 말은 아니었다. 그리고 어쩌면 그녀들의 말대로 전적으로 그의 책임인지도 모른다. 하지만 상관없었다. 아이란 하늘이 정하는 일이니 없으면 없는 대로 살아도 무관했던 것이다. 게다가 솔직히 그는 그런 일에는 전혀 관심이 없었다. 그에게 여인이란 그다지 위로가 되지 않는 존재였기 때문이다. 여자들은 다루기도 귀찮거니와 거추장스럽기만 했다.

다만 그가 그녀들을 그대로 놔둔 것은 일국의 다이묘로서 영토를 관할하고 유지하기 위해서였다. 다이묘들 사이에서 정략혼은 피할 수 없는 문제였기 때문이다. 그런데 드디어 하시히토가 아이를 낳는다. 오래도록 없었던 자식을 이제야 겨우 얻는 것이니 큰 경사임에 틀림없었다. 하지만 그는 조금도 기쁘지가 않았다. 의당 즐겁고 반가워야 할 일인데도 전혀 그렇지가 않았던 것이다.

그것은 아내의 집안과 자신의 집안 사이에 풀리지 않은 원한 때문만

---

37) **외방** : 첩의 방

이 아니었다. 그보다는 굳이 혈육에 집착하고 싶지 않은 마음이 큰 탓이었다. 가문을 승계한다는 게 어떤 의미인지 그 자신이 어린 시절부터 뼈저리게 느끼질 않았는가. 하여 자신의 자식에게까지 그런 과중한 책임을 넘겨주고 싶지 않았던 것이다. 이제 태어나게 될 아이가 짊어져야 할 책임이 얼마나 무겁고 또 잔인한지 알기에 그저 씁쓸할 따름이었다.

그 아이가 앞으로 어찌 자랄지, 또 앞날이 어떨지 이런저런 밀려드는 상념들로 인해 류타카는 기분이 착잡했다.

"토노, 목욕물이 준비되었사옵니다."

목욕 시중을 드는 하녀의 말에 그는 말없이 자리에서 일어났다.

새근거리며 곤히 잠든 요시노의 머리를 쓰다듬으며 마사코는 회심의 미소를 지었다.

"지금쯤이면 소식이 올 때가 되었는데……."

아니나다를까. 그녀가 혼잣말을 중얼거리기가 무섭게 처소 밖에서 인기척 소리가 들렸다.

"안에 계십니까?"

"들어오세요."

그녀의 대답이 떨어지기가 무섭게 겁에 질린 얼굴의 세 여인이 남의 이목을 피해 급히 안으로 들어섰다.

카에데를 비롯하여 오히사와 나미에였다. 모두가 류타카의 측실들로 어떻게든 세이후 성의 안주인이 되고자 안간힘을 쓰고 있는 여인들이었다. 카에데는 야마노우치 우에스기[38]의 딸이었고 오히사는 아자이

---

38) **야마노우치 우에스기(山內上杉)** : 고즈케(上野, 군마현)의 다이묘.

나가마사[39]의 질녀, 그리고 나미에는 사이토 도산[40]의 손녀였다. 집안만 놓고 보자면 내로라하는 다이묘의 정실 자리를 차지하지 못할까마는 순전히 정치적 목적 때문에 이용당하는 불쌍한 족속들이었다.

마사코는 속으로 비웃으며 류타카의 여인들을 맞이했다.

"야심한 시각에 어인 일들입니까?"

그러자 카에데가 새파래진 안색으로 숨죽여 말했다.

"아무래도 오늘 밤을 넘기지 못할 것 같습니다."

"잠시만 조용히 해주세요."

마사코는 이야기가 길어질 것 같자 요시노가 자고 있는 방의 장지문을 닫았다. 방문이 굳게 닫힌 것을 확인한 그녀는 고개를 끄덕이며 말을 이었다.

"그렇겠지요. 병약한 하시히토로서는 산통을 하루 이상 버티지 못할 겁니다."

"이 일이 크게 번지기라도 하는 날엔……."

불안한 듯 속삭이는 카에데의 말에 오히사가 겁에 질린 듯 몸을 떨었다.

"서…… 설마요?"

"설마가 아니라니까요! 하필 오늘 같은 날에 류타카님이 귀환하셨다는 게 마음에 걸립니다. 더 일찍 서둘렀어야 했어요. 차일피일 미루다 낭패를 보게 생겼으니 이 일을 어쩝니까?"

---

39) 아자이 나가마사(淺井長政, 1545~1573) : 오미(近江, 시가현)의 다이묘로, 오다 노부나가의 매제이자 도쿠가와 히로타다의 장인.

40) 사이토 도산(齋藤道三, 1494 1556) : 일본 미노(美濃, 기후현)의 다이묘로, 오다 노부나가의 장인.

"하면 우린 이제 어떻게 되는 겁니까?"

오히사가 파랗게 질린 얼굴로 울먹이자 나미에가 자포자기한 어조로 말했다.

"차라리 류타카님께 자백을 하는 것이 어떻겠습니까? 처음부터 해서는 안 될 일이었어요. 이렇게 시시각각 피가 말라서야 무슨 수로 견디겠습니까?"

그 소리에 카에데는 기도 안 찬다는 듯 앙칼지게 쏘아붙였다.

"나미에님! 일은 같이 저질러 놓고 이제 와서 혼자 꽁무니를 뺄 요량입니까?"

"그런 것이 아니라……."

"섭섭합니다. 함께 머리를 맞대고 위기를 모면할 방법을 모색해도 시원찮은 마당에 딴 생각이라뇨?"

"제가 뭘 어쨌다고 이리 역정입니까?"

서로 아옹다옹하는 꼴을 보고 있자니 마사코는 그저 한심하기만 했다. 류타카의 측실들은 말만 독하게 해댈 뿐 하나같이 헤물러터지기만 한 위인들이었던 것이다. 배포 좀 있다 싶은 카에데마저 저리 손을 벌벌 떨고 있으니 나머지는 안 봐도 뻔했다. 칠칠치 못한 업숭이들! 저런 것들과 무슨 일을 도모할까?

그녀는 마땅찮은 표정으로 천천히 입을 열었다.

"언제까지 탁상공론만 벌일 참이에요? 나미에님, 실토하겠다고요? 나쁘지 않은 방법이지요. 정말 다른 방도가 없다면 그렇게라도 하는 수밖에요. 하나 그리하면 목숨을 부지할 성싶은가요?"

세 여인의 시선이 집중되자 그녀는 한심하다는 듯 혀를 찼다.

"쯧쯧! 다른 일도 아니고 여러분이 작당하여 하시히토를 독살한 겁니다. 측실들이 짜고서 정실을 죽인 거라고요. 만에 하나 이 사실이 발각되기라도 하면 살아남을 성 싶은가요?"

"말씀이 지나치십니다, 마사코님! 우리가 작당을 했다니요? 듣기 거북합니다."

발끈하는 카에데를 향해 마사코는 차갑게 웃으며 상기시켰다.

"왜요? 내가 헛것을 본 거라고 우기시렵니까?"

그러자 카에데는 찔린 듯한 얼굴을 하더니 더는 말을 잇지 못했다. 하시히토의 수발을 드는 하녀 하나를 매수해서 탕약에 독을 넣게 한 걸 마사코에게 들킨 까닭이다.

그녀는 낭패한 표정으로 애꿎은 입술만 잘근잘근 깨물었다.

"그건……."

"나한테까지 거짓을 늘어놓을 셈이에요? 정말 안 했다면 모르되 이왕 저지른 일이라면 솔직하세요, 카에데님."

그 일을 모르는 척 묵인해 주는 대가로 카에데를 비롯한 류타카의 측실들이 마사코에게 바친 뇌물을 다 합치면 큰 사찰 하나쯤은 너끈히 세우고도 남을 터였다.

"뭐 이미 엎질러진 물이니 덮어야겠지요."

마사코는 어르듯 말하며 세 여인의 표정 변화를 꼼꼼히 살폈다. 모두 죄책감과 두려움에 짓눌린 기색이 역력했다. 잘된 일이다. 그녀들이 겁에 질리면 질릴수록 자신에게는 득이 될 테니까. 그녀는 적이 만족스러운 얼굴로 자개장을 뒤져 새 초를 찾았다. 그러고는 부싯돌로 초에 불을 붙이니 방안이 더욱 환해졌다.

그녀의 뚱딴지같은 행동에 오히사가 영문을 모르겠다는 듯 물었다.

"등화(燈火)가 저리도 밝은데 갑자기 초는 왜 켜시는 겁니까?"

"초를 보지 말고 그 옆을 보세요. 초가 밝으면 밝을수록 주위는 더 어두워지는 법이지요. 그래서 한 자루의 초를 켰을 때보다는 두 자루의 초를 켰을 때가 더 넘어지기 쉽답니다. 밝다는 것에 너무 의존한 나머지 주변의 어둠을 의식하지 못하기 때문에요."

의미심장한 대답이었다.

그 말의 속뜻을 먼저 깨달은 카에데가 퍼뜩 고개를 들었다.

"하면?"

"그러니 갑자기 밝아진 불빛에 허둥댈 게 아니라 어둠에 가려진 화근을 먼저 제거하는 게 순서라는 겁니다. 우선은 그 수발 하녀부터 처리하세요. 불씨는 남겨두면 반드시 큰불이 되기 마련입니다. 차라리 토노의 귀환으로 성 안이 다소 어수선한 게 오히려 다행이에요. 이럴 때일수록 남의 이목을 피하기는 더 쉽겠지요. 시끄러운 마당이니 조심해서 눈에 띄지 않게……. 아시겠습니까?"

그러자 세 여인은 긴장한 표정으로 마른침을 꿀꺽 삼켰다.

"굳이 그렇게까지 할 필요가……."

마사코는 주저하는 빛이 역력한 그녀들을 향해 냉혹할 만큼 엄중하게 충고했다.

"못하겠다면 여러분이 죽는 수밖에요. 이 일이 백일하에 드러나면 여러분은 고사하고 각자의 친정마저도 무사치 못할 겁니다. 하찮은 인정 따위에 얽매였다가는 더 큰 화를 초래하게 된다는 걸 명심하세요."

그때 밖에서 하녀가 작게 문기척을 냈다.

"카에데 마님, 쇤네이옵니다."

"그래, 내실은 지금 어떠하다더냐?"

"사내……아기씨랍니다."

자신의 수발 하녀가 전하는 소식에 카에데는 분함을 감추지 못하고 주먹을 움켜쥐었다.

"살았다고? 그 약을 먹게 되면 산모는 물론이거니와 태아도 무사치 못하리라 했건만!"

"일은 벌어졌습니다. 이제 어쩌렵니까? 이대로 불씨를 남겨둘 셈인가요?"

마사코가 넌지시 채근하자 카에데는 분한 나머지 이를 갈았다.

"하는 수 없지요!"

뭔가 결심한 듯 그녀의 얼굴에 비장한 기색이 감돌았다.

이에 마사코는 슬며시 미소를 감추며 속으로 쾌재를 불렀다. 매복자(賣卜者)를 통해 정실이 될 운명이라고 귀띔하여 카에데를 들뜨게 만든 것도 그녀였고, 하시히토의 수발 하녀를 매수해서 카에데의 밑에서 일하게끔 한 것도 그녀 자신이었던 것이다.

일이 점점 자신에게 유리한 방향으로 흐르는 것을 감지한 그녀는 기분이 좋아졌다. 솔직히 골골하는 하시히토를 처리하는 것쯤이야 손바닥 뒤집는 것보다 더 쉬운 일이었다. 그럼에도 자신이 직접 나서지 않고 굳이 류타카의 첩들을 끌어들인 것은 그녀들도 함께 제거할 요량이었기 때문이다. 이것으로 제일 말 많고 시끄러운 걸림돌을 치울 수 있게 됐다. 이제 남은 것은 갓 세상 구경을 나온 핏덩이뿐이다. 그건 천천히 처리해도 늦지 않으리라.

목욕을 마치고 나온 류타카가 하얀 무명수건으로 칼을 손질하고 있을 무렵 갑자기 문 밖에서 하녀가 부르짖는 소리가 났다.

"시타로님, 시타로님!"

그러자 밖에서 대기 중이던 시타로가 발 빠르게 나오며 꾸짖었다.

"이 무슨 경거망동이냐! 예가 어디라고 소란을 피워?"

"하시히토님이!"

"하시히토님이 왜?"

"아기씨를 낳으신 후에 갑자기 피를 토하시고는 숨을 못 쉬고 계십니다. 의원이 아무래도 심상치가 않다고 하는지라……."

하녀의 절박한 어조에 류타카가 문을 열고 나섰다.

"토노! 하시히토님이 지금……."

하녀가 눈물을 흘리며 애원하자 그는 재빨리 계단을 내려갔다.

하시히토가 있는 카미야시키의 내실은 울먹이는 하녀들과 산파의 시끄러운 외침으로 아수라장이었다.

"물을 떠오너라!"

"하시히토님! 정신 차리세요, 마님!"

"마님, 눈 좀 떠보세요!"

"마님! 하시히토님!"

류타카가 안으로 들어서니 흰 천으로 벽을 두른 산실 한가운데에 아내가 누워 있는 것이 보였다. 힐끗 의원을 바라보니 그는 고개를 가로저으며 희망이 없다는 눈짓을 했다.

"다들 물러나라."

그는 울먹거리는 하녀들을 모두 내보낸 뒤 아내의 머리맡에 앉았다.

“하시히토.”

그의 부름에 응답하기라도 하듯 혼절했던 하시히토가 힘겹게 눈을 떴다. 긴 산고 탓에 온몸이 퉁퉁 부은 그녀는 산욕열로 인해 벌겋게 달뜬 얼굴을 하고 있었다. 그리고 입가에는 각혈한 흔적인 듯 마른 핏자국이 보였다. 희미한 눈으로 멍하니 허공을 응시하던 그녀는 남편을 겨우 알아보고는 천천히 입술을 달싹였다.

“아기를…… 아……들을 낳았어요.”

“들었다.”

“제 낯을 봐서라도…… 제발 그 아이를 부탁드립니다.”

“그만 됐다, 하시히토. 지금은 그저 쉬는 게 좋아.”

그의 만류에 하시히토는 고개를 가로저었다. 자신에게 더는 시간이 없다는 것을 짐작한 까닭이었다. 이 순간이 아니면 영영 기회가 없으리라. 그녀는 가쁜 숨을 고르며 힘겹게 말을 이었다.

“저의 아비가 지은…… 죄는 제가…… 내세에 반드시 갚겠습니다.”

그 말에 류타카는 잠자코 아무 대답도 하지 않았다.

대답 없이 무표정한 얼굴로 자신을 내려다보는 남편을 하시히토는 슬픈 눈으로 응시했다. 가슴은 아프지만 그럴 수밖에 없는 그를 이해했다. 차지도 덥지도 않은 사람. 그는 그저 흐르는 물처럼 조용히, 곁에 누굴 가까이 하거나 멀리 하지도 않고 오로지 혼자만의 세상에 스스로 갇혀 지내는 사내였다.

게다가 자신과 그의 집안 사이에 빚어진 원한은 골수에 사무칠 만큼 크고 깊은지라 그녀는 감히 다가갈 엄두조차 낼 수가 없었다. 죄스러운 마음의 빛이 너무 무거워 그저 아무도 모르게 그의 등만 바라보는 게 전부였을 뿐. 그래서 그녀는 언제나 추웠다.

자신을 사랑하지 않는 사내를 홀로 사랑한다는 건 고통이다. 하시히토는 류타카의 무심한 시선에 애써 눈물을 삼켰다.

"토노께서 진심으로 좋아하시는 분……을 만나길 기원하겠습니다. 내세에는 부디 악연으로 만나지 않길 바라……."

갑자기 가슴을 들썩이며 거칠게 숨을 몰아쉬던 그녀는 그대로 숨을 거두었다. 마지막 유언도 다 하지 못하고 눈을 뜬 채로 세상과 이별을 한 하시히토. 그녀의 나이는 지아비보다 네 살 위인 스물여덟이었다.

아내의 죽음, 그제야 그 사실을 깨달은 류타카는 씁쓸한 목소리로 조용히 뇌까렸다.

"편히 가라, 하시히토."

그는 손수 아내의 눈을 감겨 주고는 옆의 강보에 싸인 핏덩이를 바라보았다. 키타가와 하시히토, 그녀가 남긴 자신의 유일한 혈육이었다.

침울한 표정으로 그는 무겁게 한숨을 쉬었다. 이 아이는 키타가와 가의 적자이자 카토쿠[41]로 그에게는 단 하나밖에 없는 자식이다. 그러니 걷기도 전에 칼을 쓰는 법부터 배우게 될 것이고 용서와 화해라는 미덕을 배우기 전에 살의와 증오를 먼저 배우게 될 것이다. 그리하여 언젠가는 제 외가인 아시카가 가와도 피를 부르는 싸움을 하게 되겠지. 복수라는 이름으로. 그러나 그런 것들이 무슨 소용인가. 따지고 보면 하시히토나 마사코 역시 제 아비가 저지른 죄의 대가로 잡혀 온 희생양에 지나지 않은 것을. 전쟁의 소용돌이 속에서 불행을 겪지 않은 사람은 없다. 가문에 속한 그들 모두가 전쟁의 소모품에 불과하므로.

---

41) **카토쿠(家督)** : 집안의 상속인. 장남.

그는 갓난아이를 바라보며 낮게 입을 열었다.

"세이쥰."

이제부터 이 아이의 이름은 세이쥰이다, 키타가와 세이쥰.

게이초 6년 인월[42] 초나흘 히고[43]의 아침.

히고의 다이묘인 가토 기요마사[44]가 거주하는 성에는 하인들이 거처하는 바깥 행랑채와는 별도로 후미진 뒤뜰에 외따로 마련된 자그마한 집이 한 채 있었다. 그런데 지난해 초부터 그곳에 낯선 두 모녀가 살기 시작했다. 그들은 게이초노에키[45]의 막바지 무렵에 조선에서 이곳으로 끌려온 자들이었다. 전란 중에 잡혀온 포로들은 대개 다이묘의 영지 내에서 허드렛일을 하는 천노가 되는 것이 관례였지만 두 모녀만큼은 무슨 까닭에서인지 당주의 특별한 배려로 편히 지내고 있었다.

모녀 중 어미 되는 이는 처음 이곳에 올 때부터 병색이 완연한 게 얼마 살지 못할 것 같아 보였다. 푸른빛이 감도는 안색으로 미루어 짐작건대 오랜 지병을 앓아온 모양이었다. 그런 어미를 보살피는 여식의 효심은 대단했다. 긴 병에 효자 없다지만 소녀는 달랐다. 하루도 빠지지 않고 새벽같이 산에서 길어 온 깨끗한 약수로 목욕물을 데워 어미를 씻기고 약을 달였다. 포로를 천대하는 하인들 사이에서도 칭찬의 말이 오갔을 정도로 소녀는 제 어미를 지극히 돌보았다. 그러나 그 정성을

---

42) 게이초(慶長) 6년 인월(寅月) : 1601년 음력 1월.

43) 히고(肥後) : 지금의 구마모토 현.

44) 가토 기요마사(加藤清正, 1562~1611) : 시즈가타케의 칠본창 중 한 명으로 임진왜란 당시 주전론파로 조선 침략 제2군 선봉장.

45) 게이초노에키(慶長の役) : 정유재란.

무색케 하듯 어미의 병세는 하루가 더해 갈수록 위중해질 뿐 나아지지 않았다.

'어머니!'

차마 소리 내어 부르지 못하고 속으로만 삼켜야 하는 서러움에 설연은 목이 메었다.

의원이 머리를 흔들며 방법이 없다고 말했다. 다만 숨이나 편히 쉬게 해준다며 침이나 놔주겠다고 했다. 그 의원이 돌아간 지도 벌써 한식경이 지났건만 어머니는 여전히 혼수상태였다. 어머니의 파리한 낯빛은 이제 남은 시간이 얼마 되지 않음을 말해 주는 듯했다. 그녀는 입술을 꼭 깨물며 뼈만 앙상한 어머니의 손을 어루만졌다. 곱디곱던 손이 병마로 인해 못쓰게 변해 버린 것을 보니 말할 수 없이 안타까웠다.

어머니의 병은 진심통(眞心痛)이었다. 진심통은 아침에 발병하면 저녁에 죽고, 저녁에 발병하면 아침에 죽는다는 무서운 병으로, 백약이 무효했다. 어머니를 진맥한 의원들 모두가 고개를 가로젓던 걸 생각하니 억장이 무너지는 것만 같았다. 가냘픈 숨소리마저 이젠 거의 들리지 않자 설연은 가만히 어머니의 가슴에 귀를 가져다대었다. 희미하게 들리던 심장소리마저 점점 약해지고 있었다.

그녀는 까맣게 타 버린 어머니의 입술을 바라보다 수건을 물에 적셔 살짝 축여 드렸다. 그 때문일까? 오래도록 의식을 잃었던 어머니가 겨우 눈을 떴다.

"어머니?"

김씨 부인은 흐릿해진 눈으로 딸을 응시했다.

이제 겨우 열다섯. 험난한 타국에 저 아이를 홀로 두고 떠날 생각을 하니 죽어도 눈을 감지 못할 것만 같았다.

"설연아."

"정신이 드세요?"

다정히 자신을 부르는 어머니의 목소리에 설연은 울음을 애써 참았다. 닷새 만에 겨우 정신을 차린 어머니를 보는 것이 반가우면서도 슬픈 탓이었다. 그녀는 어머니의 손을 잡으며 속삭였다.

"이제 절 알아보시겠어요?"

"널 두고 내가 어찌 갈까?"

누운 채로 하염없이 눈물을 흘리는 어머니의 모습에 설연은 가슴이 먹먹해졌다. 어머니의 죽음, 얼마쯤은 짐작했던 일이기에 단단히 각오하고 있었지만 그래도 감당하기 힘들었다.

"제가 걱정이 되세요?"

김씨 부인은 기운이 딸려 말하기 힘든지 고개를 끄덕여 의사 표시를 했다.

그녀는 엷게 미소 지으며 밝게 대꾸했다.

"겉보기에는 천방지축 철부지 같으나 속은 의외로 생각이 깊고 현명하다 하셨지 않아요? 그러니 제 걱정은 마세요."

"낯선 곳에서 너 혼자 어찌 살겠니?"

"저는 괜찮을 거라니까요."

설연은 애써 환하게 웃으며 어머니를 위로했다. 이것만이 그녀가 해 드릴 수 있는 위안의 전부였기에.

어머니는 강릉(江陵) 김씨 문중 출신으로 숭록대부 돈령부 판사를 지낸 외조부의 장녀로 태어났다. 그러다 해평(海平) 윤씨 문중의 아버지와 혼인한 뒤로 평생을 밖의 세상과는 담을 쌓고 살았다. 그런데 임진년에 일어난 전란이 오래도록 소강상태에 이르자 어머니의 건강을 염려한 아버지가 그녀와 어머니를 강릉 외가댁으로 비접을 보낸 것이다. 그러다 결국 정유년에 다시 발발한 난리에 휘말리게 되어 왜국으로 끌려오게 된 것이었다. 손에 물 한 방울 묻힐세라 마냥 귀하게만 자란 탓에 허드렛일이라곤 전혀 해본 적이 없는 어머니는 낯선 타국에서의 험난한 생활을 끝내 견디지 못했다.

이곳에 온 지도 햇수로 사 년째. 그간 하루도 고국을 생각하지 않은 날이 없었으나 돌아갈 길은 보이지 않았다. 그리움이 사무쳐 골수에 스민다는 게 어떤 건지 깨달을 만큼 시간이 오래 흘렀어도 여전히 조선은 너무 멀리 있는 나라였던 것이다.

"설연아!"

자신을 부르는 어머니의 음성에 그녀는 숙이고 있던 고개를 들었다.

"예."

김씨 부인은 숨이 차는 듯 거칠게 가슴을 들썩이더니 힘겹게 말문을 열었다.

"내가 죽거든…… 땅에 묻지 말고 화장하여 다오. 살아 고국으로 갈 수 없다면 죽어서라도 가고 싶구나."

"왜 그런 말씀을 하세요?"

"나는…… 틀렸다."

"어머니."

"혹여 기회가 닿아 네가 조선으로 가게 되면 유해로나마 네 아버지를 만나고 싶어 그런단다. 그러나 그럴 수 없다면 나를 바다에 뿌려다오. 파도에 쓸려서나마 고국으로 돌아갈 수 있게……."

"그렇게도 그리우세요?"

"죽어 혼백이 되어서라도 갈 수만 있다면 좋겠구나. 단 한 번만이라도 볼 수만 있다면 무슨 여한이 있겠니."

"아버지도 어머니를 그리워하고 계실 거예요."

딸이 속삭이는 말에 김씨 부인은 마치 꿈을 꾸는 듯한 표정으로 고개를 끄덕였다. 마치 그리운 누군가를 벌써 만나고 있기라도 한 듯 혼탁했던 눈동자에 생기가 돌고 푸른빛을 띤 창백한 두 뺨엔 옅은 홍조가 드리워졌다.

"그래, 나도 보고…… 싶구나."

설연은 어머니의 가냘픈 숨결이 점점 잦아드는 것을 보고는 임종이 찾아왔다는 것을 직감했다. 깊고도 슬픈 침묵만이 초라한 방안을 휘감았다.

"그분을 내가…… 내가……."

아주 작게 중얼거리던 말소리가 연기처럼 사라지는 것과 동시에 김씨 부인은 조용히 숨을 거두었다. 사르르 감겨진 두 눈은 잠을 자는 것처럼 보였지만 두 번 다시 떠지지 않았다. 서른다섯, 아깝기만 한 나이를 뒤로 한 채 부인은 그렇게 세상과의 인연을 끊었다.

가까이에서 모친의 죽음을 끝까지 지켜본 설연은 떨리는 손길로 어머니의 뺨을 어루만져 보았다. 따뜻한 온기가 손에 느껴졌다. 아직도 이렇게 살아 계신 것만 같은데 돌아가셨다니 믿을 수가 없었다. 너무 슬퍼 눈물도 나오지 않았다.

"이렇게…… 가십니까?"

　이것이 누구의 죄일까? 낯선 타국에 강제로 이끌려와 살아야 하는 이 현실이 대체 누구의 책임이란 말인가? 그녀는 나라의 힘없음을 탓하고 하늘의 무정함을 원망하며 다시는 깨지 않을 깊은 잠에 빠진 어머니의 가슴에 얼굴을 묻었다.

　'어머니!'

　흐르지 못한 눈물이 서리서리 얽히며 그녀를 에워쌌다.

　유해는 보잘것없는 한 줌의 허연 잿빛 가루가 전부였다. 사람의 육신이란 별것이 아니었다. 이글거리는 불길에 태워지고 나면 존재감도 없어 보이는 가벼운 재가 되는 것, 너무도 하찮고 서글픈 것이었다. 고달팠던 육신의 껍데기에서 벗어나 애끓는 한만 남긴 채 어머니는 홀연히 사라졌다. 그러나 꽃상여도 소리꾼의 요령잡이소리도 그리고 곡을 하며 슬퍼해주는 이도 없었다.

　설연은 흐릿한 시선으로 약식으로 차려진 빈소를 멍하니 응시했다. 흰 천으로 싼 함이 제단 위에 덩그마니 놓여 있었다. 그 앞을 지키는 것은 오랜 세월 탓에 반쯤 우그러진 늙은 향로뿐이었다. 어머니의 혼백 앞에 상복도 제대로 갖춰 입지 못하고 그저 왜인들이 입는 키모노로 대신해야 한다는 것이 죄스러웠다.

　신위도 위패도 없이 초라하기 그지없는 빈소 앞에서 절을 하던 그녀는 그대로 바닥에 엎드린 채 서럽게 부르짖었다.

　"어머니, 어머니!"

　혹독했던 겨울이 끝나갈 무렵 끝내 봄을 보지 못한 당신을 생각하면 가슴이 찢기고 살이 에는 듯했다. 부모를 잃는다는 것은 누구에게나 하늘을 잃은 것처럼 슬프고도 막막한 일이겠지만 그녀에게는 더 큰 충격이고 아픔이었다. 이제는 정말 혼자 남았다는 생각에 무섭고 외로웠다. 초혼도 못하고 어머니를 보내야 하는 자신의 처지가 너무나 기막혔다.

"어머니……."

한숨처럼 흩어지는 그 말은 다시는 부르지 못할 호칭이었다. 아무리 외쳐 불러도 대답해 줄 이가 이제는 세상에 없다는 깨달음은 매서운 겨울 찬바람처럼 가슴을 시리게 했다.

'나 없이 세상을 살게 되더라도 눈물은 보이지 마라, 아가. 미련도 후회도 슬픔도 지나고 나면 아무것도 아니란다. 눈물이 나거들랑 마음속에 묻으려무나. 힘들겠지만 그러다 보면 다 잊힐 날이 올 게다. 울지 마라, 아가.'

어머니가 생전에 유언처럼 하시던 말을 떠올리며 설연은 서럽게 눈물을 쏟아냈다.

반쯤 열린 문가에 서서 그녀가 흐느끼는 모습을 지켜보던 중년의 사내는 차마 더는 못 보겠다는 표정으로 돌아섰다. 사내는 서른다섯이라는 너무 젊은 나이로 생을 마감한 김씨 부인의 죽음에 자신이 일말의 죄를 진 것 같아 견딜 수가 없었다.

'미안합니다, 부인.'

이제 마흔을 넘긴 그는 쇼니 신겐, 히고의 다이묘인 가토 기요마사의 사무라이[46]였다.

---

46) **가토 기요마사의 사무라이** : 한의 가신 중에서도 주코쇼(中小姓) 이상의 무사. 무가에서 가인(家人, 혈족으로서 본가와 주종 관계에 있는 자)의 칭호.

게이초노에키 당시 정찰의 임무를 띠고 강릉 일대를 조사하러 나갔던 그는 조선 관군의 활에 맞고 죽을 지경에 처한 적이 있었다. 그때 마침 전란을 피해 암자에 머물던 김씨 부인과 딸의 도움으로 요행히 목숨을 건질 수가 있었던 것이다.

그 일이 있은 지 얼마 지나지 않아 다른 소대가 태령암 일대를 소탕해 조선인들을 잡아왔다는 소식을 들었지만 그때는 그가 부상으로 인해 본국으로 가는 관선에 오른 뒤였었다. 하는 수 없이 일본에 도착하자마자 다시 조선으로 돌아가길 희망했지만 상부에서 이를 허락하지 않았다. 도요토미 히데요시[47]의 갑작스러운 죽음과 더불어 조선 출병이 실패로 돌아가게 되자 정국이 극심한 대혼란에 빠졌기 때문이다. 사태가 진정될 때까지는 어느 누구도 관할 영내를 벗어날 수 없다는 상부의 명령에 그는 꼼짝도 할 수가 없었다.

대신 그는 조선에서 끌려온 포로들이 히고에 많이 있다는 소식을 듣고는 히고 전역에 있는 천민부락을 일 년여에 걸쳐 이 잡듯 뒤지고 다녔다. 혹시 잡혀 왔다면 그곳에 있지 않을까 해서였다. 그러다 드디어 각고의 노력 끝에 두 모녀를 찾게 된 것이다. 그러나 김씨 부인의 병세는 어떻게 손 쓸 틈이 없을 정도로 깊어진 다음이었다.

신겐은 눈을 질끈 감으며 담벼락에 기대어 섰다.

'미안합니다, 부인. 이 죄는 죽어도 다 갚지 못할 것이나 그래도 나중에 제가 죽는다면 연옥에 떨어져서라도 그 벌을 달게 받겠습니다. 정말 미안합니다.'

물 흐르듯 단아하고 고운 자태와 기품이 넘치던 목소리. 그는 첫눈

---

47) 도요토미 히데요시(豊臣秀吉, 1536~1598) : 일본의 무장, 정치가로 임진왜란을 일으킨 장본인.

에 김씨 부인을 사모하게 되었다. 그러나 부인의 예의범절과 지조가 너무나 깨끗하고 맑아 감히 내색치 못했다. 가슴에 담기에도 죄스러운 마음이 들어 언제나 먼발치에서 바라보기만 했을 따름이다.

'다음 생이 있다면 부인의 충견으로라도 태어나 옆에서 모시고 싶습니다.'

진심이었다. 사모하는 이의 죽음은 사십 평생 전쟁터를 누벼 온 무장의 가슴에 짙은 회한을 남겼다.

렌과 류타카

蓮と龍鷹

"지금부터 네 이름은 렌蓮이다.
너는 이제 조선인도 천한 노비도 아닌 나의 가신
쇼니 신겐의 양녀이자 내 집안의 문사다."

게이초 6년 진월[48]의 히고.

붓을 쥔 작은 손에서 힘이 느껴졌다. 곧은 채로 하늘을 향해 뻗는 대나무의 모습이 하얀 와시[49]에 그려지기 시작했다. 먼저 죽간을 그리고 그 다음에는 가지. 이어서 여러 방향으로 흩어진 이파리를 만들고 마지막으로 마디를 그렸다. 묵죽(墨竹)이었다. 하얀 화선지의 여백 사이로 투박하고 거칠면서도 곧은 대나무가 생겨났다. 마치 종이를 뚫고 나와 바람에라도 흔들릴 것처럼 대나무에서는 생기가 흘러넘쳤다. 점점이 떨어지는 먹물이 눈과 얼음 사이로 물이 녹아 흐르고 있음을 보여주었다.

설죽(雪竹)이 모습을 드러내자 옆에서 지켜보고 있던 가토 가의 한 문

---

48) 진월(辰月) : 음력 3월.
49) 와시(和紙) : 안피나무로 만든 일본 전통 종이.

사(文士)가 무릎을 탁 쳤다. 열다섯밖에 안 된 계집이 그린 것이라고는 도저히 믿기 어려운 눈치였다.

"기가 막히는군!"

그의 찬사를 아는 듯 모르는 듯 설연은 죽화도를 그리는 데 몰두했다. 이 자리가 히고의 당주인 가토 기요마사의 앞이라는 것도, 자신이 노비라는 것도 깡그리 잊은 채 그녀는 아득한 삼매경에 빠져 있었다. 힘의 강약에 의해 붓을 쥔 손이 바삐 움직이자 청아한 죽화도가 그려졌다. 이윽고 정신을 차린 그녀는 붓을 벼루 위에 가지런히 놓고는 단정히 앉았다.

문사는 완성된 묵화(墨畵)를 보더니 입을 다물지 못했다.

"꽤 괜찮은 솜씨를 가졌구나. 이런 죽화도를 보기는 처음이다."

"당치 않으십니다. 죽화를 제대로 칠 수 있는 경지에 오르기까지는 반백년의 세월로도 모자란다고 했습니다. 아직 미흡하기 짝이 없는 잔재주에 불과합니다."

"네가 한학을 배웠다고 들었다. 그게 사실이냐?"

"글을 좀 알기는 하오나 한학을 견줄 정도는 아닙니다."

그녀가 단호한 어조로 부정하자 기요마사의 문사 니찌신(日眞)은 묘한 웃음을 띠며 물었다.

"맹자견양혜왕(孟子見梁惠王) 왕립어소상(王立於沼上) 고홍안미록왈(顧鴻鴈雁鹿曰) 현자역악차호(賢者亦樂此乎)라. 이 뒤는 무엇이더냐?"

"맹자대왈(孟子對曰) 현자이후 악차(賢者而後 樂此) 불현자 수유차 불락야(不賢者 雖有此 不樂也)입니다."

"어디에 나오는 글이냐?"

"맹자 양혜왕 상편에 있는 것으로 압니다."

"주해해 보거라."

"맹자가 양혜왕을 만났을 때 왕이 궁의 연못가에 서서 크고 작은 기러기와 크고 작은 사슴을 보며 말하길 '현자 또한 이런 것을 즐기십니까?'라고 묻자 맹자가 답하길 '현자가 된 뒤에야 즐길 줄 압니다. 현자가 아닌 사람은 비록 이런 것들이 있어도 즐길 줄 모릅니다.'라는 뜻입니다."

니찌신이 하는 질문마다 거침없이 대답하는 설연을 외실 안쪽의 발을 드리운 곳에서 중년의 사내가 지켜보고 있었다. 조용히 찻잔을 손에 쥔 채 발 너머의 광경을 지켜보는 그의 두 눈에는 흥미로운 빛이 가득 담겨 있었다.

"저 계집을 양녀로 들이겠다고?"

부복하여 앉은 쇼니 신겐은 자신의 주군에게 부탁했다.

"허락해 주십시오, 토노."

"흐음."

부관의 청에 사내는 손가락으로 턱수염을 매만지며 곰곰이 생각하는 눈치였다. 이 사내가 바로 지략과 전술이 뛰어나 도요토미 히데요시의 오른팔 역할을 톡톡히 했던 가토 기요마사로, 조선침략 당시 제2군의 선봉장을 맡았던 자다.

"글쎄."

떨떠름해하는 기요마사의 눈빛에 신겐은 불안해졌다. 어떻게 해서든 설연을 양녀로 입적하여 그 아이가 노비가 되는 것만은 막고 싶었다. 그렇게라도 하는 것이 자신이 입은 은혜의 만분지일이라도 갚는 길이라 여겼기 때문이다. 그런데 당주의 뭔가 계산하는 듯한 표정이 왠지 마음에 걸렸다.

잠시 침묵이 흐른 후 기요마사는 여전히 발 너머 쪽으로 시선을 둔 채 입을 열었다.

"조선인 계집아이 따위를 굳이 수양딸로 삼으려는 이유가 뭔가? 노비로 부리기 아깝다면 집안에서 할 일을 만들어 주면 충분할 텐데?"

"은혜를 입었으면 반드시 갚는 것이 무가의 예인 줄 압니다. 이 쇼니 신겐, 문과 예에는 무지한 일개 무사에 불과하나 지금까지 도에 어긋난 행동은 한 적이 없다고 자부합니다. 신이 도의를 지킬 수 있도록 도와주십시오, 오토노사마."

그는 신겐의 청이 자못 재미있다는 투로 중얼거렸다.

"무사의 자부심이라?"

그때 니찌신이 설연을 내보내는 소리가 들렸다.

"그만 나가봐라."

"예."

단정한 몸가짐 그대로 한 치의 흐트러짐도 없이 밖으로 물러나가는 계집의 모습을 눈여겨보던 그는 손가락을 퉁겨 자신의 문사를 불렀다.

"들어오게."

당주의 부름에 니찌신이 발을 들어 올리고 안으로 들어와 무릎을 꿇었다.

"부르셨습니까?"

"어떤가?"

"제가 보기에 사서오경은 물론 병서와 한서, 제자백가에 이르기까지

막힘이 없었습니다. 이제 겨우 열다섯밖에 되지 않은 계집아이가 저 정도의 학식을 갖추고 있다고는 믿기 어려울 정도입니다."

"그렇게 대단한가?"

"한학을 비롯해 시문서화에 능한 그 재주를 썩히기가 매우 아까운 아이였습니다."

"그래?"

문사의 충고에 기요마사가 재빨리 머리를 굴렸다. 학식과 재주가 뛰어난 계집이라니 하찮은 노비로 부려먹기보다는 그 재능을 써먹는 것이 더 득이 될 일이다. 계집의 생김새도 제법 반반하니 고운 모습이었던 걸 기억하며 그는 만족스런 웃음을 흘렸다.

"정녕 그 계집아이를 양녀로 입적시키고 싶은가, 신겐?"

"그렇습니다."

"좋다! 뜻대로 하라. 단 그 아이가 이곳 히고 성에서 살아야 한다는 것을 조건으로 한다. 니찌신이 입에 침이 마를 정도로 칭찬할 만큼 학식이 높다 하니 내 옆에 두고 중용하리라."

조건부가 붙은 허락이었지만 그나마 쉽게 해결된 것이 다행이었다. 대체적으로 조선인 포로에 대한 당주들의 방침은 절대로 변하는 법이 없기 때문에 쉽지 않을 줄 알았는데 니찌신의 말추렴이 큰 도움이 되었다.

"감사합니다, 토노."

신겐은 큰절을 하고는 문 밖으로 나갔다.

그 광경을 물끄러미 바라보던 니찌신이 당주에게 의아한 시선을 던졌다.

"소신은 토노께서 그 계집을 수발하거나 측실로 삼아 곁에 두시라 말씀드린 건데 쇼니의 양녀로 내주시다니요? 의외입니다."

문사의 속뜻을 알면서도 기요마사는 짐짓 모르는 척 대답했다.

"쇼니 신겐은 나의 가신이다. 그의 명예는 곧 내 명예와도 직결이 되는 일이니 모르는 척할 수는 없지 않나?"

"하지만 그냥 내버려두기에는 아까운 계집이라……."

"따로 생각해 둔 바가 있다."

"그게 무엇입니까?"

당주는 안광을 번득이며 회심의 미소를 지었다.

"자네의 말대로라면 진흙 속에서 진주를 찾은 셈이 아닌가? 그렇다면 단순히 내 일신을 위하기보다는 더 크게 써야 옳겠지."

"어찌 하실 요량이십니까?"

"그만한 외모에 학식도 제법 갖췄다니 잘만 이용하면 불필요한 전쟁으로 병사들을 잃지 않고도 동맹국을 쉽게 얻을 수 있을 게 아닌가? 그렇게만 된다면 내가 이곳 히고를 발판으로 좀 더 세를 공고히 할 수 있겠지."

과연 가토 기요마사였다. 눈앞의 이득보다는 앞으로의 일을 치밀하게 도모하는 것에 니찌신은 놀라움을 금치 못하며 혀를 내둘렀다.

"하오면 혹시 야마시로50)의 후시미(伏見) 성을 염두에 두고 계신 겁니까?"

후시미 성은 도쿠가와 이에야스가 머물고 있는 곳이었다.

조선 출병 후 전국의 사정은 도요토미 가와 도쿠가와 가로 양분되어

---

50) 야마시로(山城) : 지금의 교토현.

있었다. 그 무렵 도요토미 히데요시가 갑자기 죽고 정한론(征韓論)에 의거한 조선 출병이 실패로 돌아가자 그때까지 팽팽했던 양대 세력의 균형이 무너지면서 대세는 점점 도쿠가와 가 쪽으로 기울기 시작했다. 그 까닭은 히데요시의 사후 도쿠가와 이에야스가 정권을 주도하고 있기 때문이기도 했지만 다른 하나는 히데요시의 유일한 후계자인 외아들 히데요리가 너무 어린 데에 있었다.

점점 자신의 세력을 확대시켜 나가던 이에야스는 드디어 지난해 세키가하라에서 대전투를 일으켰다. 원래는 이에야스의 독주를 곱게 보지 않던 이시다 미쓰나리와 우에스기 가케가스의 두 다이묘 중 이에야스가 가케가스를 토벌하고자 군사를 일으킨 와중에 미쓰나리가 세키가하라로 진격했던 것이다. 결국 세키가하라에서 이에야스를 추종하는 동군과 미쓰나리를 따르는 서군이 맞닥뜨리면서 치열한 접전이 벌어졌고 그 결과 전투는 동군의 승리로 끝났다. 서군에 가담했던 몇몇 장수들이 미쓰나리를 배신한 탓이었다.

가토 기요마사는 그 당시 동군에 속해 평생의 숙적이었던 고니시 유키나가[51]를 참수한 공으로 히고의 단독 다이묘가 되었다. 그 덕분에 지금껏 무사할 수가 있었지만 그의 입지는 여전히 좁았다. 그가 도요토미 히데요시의 가신이었다는 것은 만천하가 다 아는 사실이기 때문이다.

이에야스는 호시탐탐 그를 처단할 명분을 찾고 있었고 그 역시 완전히 투항한 것이 아니었다. 죽은 히데요시와의 친분을 생각해서라도 어

---

51) 고니시 유키나가(小西行長, 1558~1600) : 일본 아즈치모모야마 시대의 주화론파 무장으로 조선 출병 당시 제1선봉장이었음. 독실한 천주교 신자로 세키가하라 전투에서 서군에 속했다가 패전한 뒤, 자결 대신 가토 기요마사에게 참수당했다고 함.

떻게든 오사카 성에 갇힌 그의 처자(妻子) 요도기미와 히데요리를 구해야 했기 때문이다. 그의 목적은 되도록 시간을 끌어 히데요리가 크기만을 기다리는 것이었다. 따라서 지금은 무엇보다도 도쿠가와 가의 신임을 얻기 위한 계책이 필요한 때였다.

그럼에도 그는 문사의 조심스런 추측을 차갑게 일축했다.

"흥! 예순이나 먹은 아오이[52]가 살아봐야 얼마나 더 산다고!"

"그렇다면 히데타다[53]를 이르신 겁니까?"

히데타다는 이에야스의 셋째아들로 도쿠가와 가를 계승할 명실상부한 후계자였다. 더욱이 올해 스물셋의 한창 젊은 때이니 니찌신이 생각하기에는 가장 안성맞춤인 인물이기도 했다.

그러나 당주는 틀렸다는 듯 고개를 가로저었다.

"히데타다는 고지식해서 제 아비가 하는 말을 그대로만 따를 인물이다. 도쿠가와 가의 직계보다는 척분이 낫겠지. 도쿠가와 가의 신뢰를 가장 많이 받는 사람으로 말이야."

"소신은 잘 모르겠습니다, 토노."

니찌신이 고개를 갸우뚱하자 기요마사는 피식 웃음을 흘리며 대답했다.

"바이카 하면 떠오르는 것이 없나?"

"히타치 말씀이십니까?"

"히타치의 당주 키타가와 류타카, 아주 적격인 인물 아닌가?"

당주의 말에 그는 더욱 갈피를 못 잡겠다는 얼굴을 했다.

---

52) 아오이(あおい) : 접시꽃. 도쿠가와 가의 가문(家紋).
53) 도쿠가와 히데타다(德川秀忠, 1578~1632) : 2대 쇼군.

"하지만 키타가와 가가 도쿠가와 가와 친분은 있을지언정 인척관계는 아니지 않습니까?"

"자세한 내막을 모르는 모양이군. 이에야스의 십육 장수 가운데 마쓰다이라 진타로라는 인물이 있다네. 마쓰다이라……. 어디서 많이 들어본 이름 같지 않나?"

"마쓰다이라라면 이에야스의 옛 성씨가 아닙니까? 그와는 씨가 다른 동생인 사다카쓰[54)가 마쓰다이라라는 성을 쓰는 것으로 알고 있습니다만……."

"그렇긴 하네만 아비가 다른 사다카쓰와 달리 진타로는 이에야스의 친아우지."

"하지만 그건 이치에 맞지 않습니다, 토노. 진타로가 친형제라면 그가 이에야스의 부모인 히로타다와 오다이 사이에서 태어났다는 게 되는데 오다이는 이에야스를 낳은 후 삼 년 만에 쫓겨나 나중에 히사마쓰 도시카스[55)와 재혼했지 않습니까?"

"그거야 가신들이 강제로 결정한 일이지 히로타다의 본심은 아니었질 않은가. 부부간의 정이란 말처럼 쉽게 이어지거나 끊어지는 게 아니잖나. 그래서 그는 남몰래 가리야 성에서 칩거하고 있던 오다이를 자주 만나고는 했다네. 그리고 얼마 뒤에 오다이는 쌍둥이 남매를 낳았고 말이야. 하지만 결국 강제로 재혼을 하게 됐지. 히로타다 역시 가신의 배신으로 암살을 당했고. 그 뒤 두 아이를 그녀의 친정에서 그간 쉬쉬하

---

54) **마쓰다이라 사다카쓰(히사마쓰 사다카쓰)** : 이세(伊勢, 미에현) 구와나의 영주로 이에야스의 생모인 오다이가 재혼하여 낳은 3남 4녀 중 셋째아들.
55) **히사마쓰 도시카스** : 오와리 치타의 아코야 성주로 이에야스의 생모인 오다이가 재혼한 남편.

며 양육했던 모양이야. 나중에 이에야스가 그걸 알고 두 남매에게 마쓰다이라라는 성을 주었다네. 그들을 자신의 친동기간으로 인정한다는 뜻이었지. 쌍둥이 남매 중 오라비가 진타로이고 누이가 다스히메인데 그녀가 바로 류타카의 생모라네. 그러니까 이에야스는 그의 큰외숙이 되는 셈이지."

새로운 사실에 니찌신은 놀란 목소리로 물었다.

"그래서 두 집안의 친분이 두터웠던 거군요?"

"피는 물보다 진한 법이니까."

"하지만 소문에 따르면 히타치의 다이묘는 여색을 멀리하는 사람이라고 들었습니다. 그 계집이 아무리 총명하고 재주가 많기로 그런 깐깐한 사내를 무슨 수로 휘어잡겠습니까? 더욱이 뭇 사내의 눈을 번쩍 뜨게 할 만한 외양도 아닌데다 색기도 없어 뵈던데 말입니다."

"모르는 소리! 남녀의 정분이란 세상의 이치처럼 쉽게 따져지는 게 아니지. 천하의 영웅호걸이 어디 계집의 미색에만 혹했다던가? 화무십일홍이라 했네. 아무리 계집의 젊음이나 반반한 얼굴이 좋아 혹한다 해도 그런 건 반 년도 채 못 가 질리고 말걸? 하나 사내가 계집이 가진 재주나 품성을 볼 줄 알게 되면 얘기가 달라지지. 실례로 오다 노부나가[56]는 친정으로부터 남편을 독살하라는 밀명을 받았던 정실 사이토 노히메[57]를 무척 아꼈네. 그가 자식도 낳지 못하는데다가 자신을 죽이려던 계집 따위를 귀애했던 이유가 뭐겠는가? 바로 노히메의 품성과 기질을 꿰뚫어 보았기 때문이야. 노부나가의 인품에 반한 노히메는 혼노사

---

56) **오다 노부나가**(織田信長, 1534~1582) : 일본의 전국(戰國)·아즈치 모모야마(安土桃山) 시대의 무장.
57) **사이토 노히메** : 사이토 도산의 딸.

의 정변58) 때 그가 무사답게 자결할 수 있는 시간을 벌어주기 위해 몸소 칼을 들고 적군과 싸우다 죽었네. 그게 어디 계집의 미색만으로 가능한 일이겠나? 모름지기 계집을 이용한 계책을 쓰고자 한다면 적어도 십 년은 내다볼 줄 알아야지."

무섭고도 치밀한 당주의 계책에 그는 머리를 흔들었다.

"그렇지만 히타치에는 배경이 쟁쟁한 처첩들이 여럿입니다. 그녀들을 감당할 묘수가 없다면……."

"그러니 더욱 안성맞춤이라는 게야. 배경이 쟁쟁하다는 게 뭔가? 하나같이 정략적으로 끌려왔다는 뜻이잖나. 어느 사내가 제정신이 아니고서야 친정의 잇속만 따지는 계집에게 곁을 내주려 할까? 게다가 그의 정실은 원수 가문의 딸이었다지? 그나마 죽었으니 뭐 이젠 상관없겠지만."

"그렇다 해도 그 계집을 뜻대로 다루기는 힘들지 않겠습니까? 보아하니 학식이 있는 만큼 고집과 배포가 웬만한 무사의 뺨을 치고도 남겠던데요."

아무래도 걱정된다는 듯한 문사의 표정에 기요마사는 득의양양하게 웃었다.

"이제 슬슬 적당한 족쇄를 채워야지."

"족쇄라니요?"

"솔개를 처음 길들일 때는 한쪽 발에 실을 묶어 날아가지 못하도록 하지. 날아가고자 애를 쓰면 쓸수록 실이 발목을 죄어드는 고통에 견디

---

58) 혼노사(本能寺)의 정변 : 1582년 6월 2일 아케치 마츠히데가 오다 노부나가를 교토 혼노사로 유인해 자결하게 한 사건.

지 못하고 스스로 움츠러들게끔 말이야.”

당주의 번득이는 눈빛에 왠지 기분이 섬뜩해진 니찌신은 몸서리를
쳤다.

“무슨 말씀이십니까?”

“아직은 때가 아닐세. 다소 시일이 걸리긴 하겠지만 꽤 그럴싸한 족
쇄를 건지게 될 것 같거든. 그렇게 되면 그 계집은 내가 죽으라면 죽는
시늉이라도 하게 될 게야.”

“예?”

“기다리면 자연히 알게 될 일이네. 하하!”

생각하는 것만으로도 유쾌한 듯 파안대소를 하는 그를 니찌신은 의
아한 눈빛으로 바라보았다. 또 다른 계책을 갖고 있는 듯한 당주의 얼
굴은 무척이나 만족스러워 보였다. 숱한 전투에서 살아남을 수 있었던
노련함이 엿보이는 일면이었다.

‘그 계집을 꼼짝 못하게 할 묘수가 대체 뭘까?’

자못 궁금해진 그는 가토 기요마사의 안색을 조심스레 살폈다.

진월 스무하룻날 히타치.

세키가하라에서의 전투를 마치고 돌아온 류타카는 석 달이 넘도록
세이후 성 밖을 나가지 않았다. 그는 세상과 담을 쌓은 채 지냈지만 누
구보다 열도의 전세를 정확히 꿰뚫어 보는 안목을 갖고 있었다. 별다른
언질이 있었던 것은 아니었지만 큰외숙이 서서히 오사카 성에 있는 도
요토미 히데요리의 목을 조일 준비를 하는 게 분명했다. 마지막 숨통을
끊는 가장 확실한 방법을 찾는 대로 실행에 옮기겠지.

이제 겨우 아홉 살밖에 안된 히데요리에게 무슨 실권이 있겠는가. 문제는 어린아이를 앞세워 모여드는 다이묘들이었다. 큰외숙이 하는 일에 사사건건 반기를 들며 훼방을 놓는 치들 말이다. 자신들이 나서면 나설수록 어린 히데요리를 죽음으로 몰고 간다는 사실을 뻔히 알면서도 모른 체하는 위선자들. 하긴 그들 중 진정으로 히데요리를 위하는 자가 과연 몇이나 있을라고. 다들 패권 다툼에만 눈이 먼 것을. 그렇지만 괘씸한 마음 한편으로는 애석한 마음도 있었다. 어차피 기울어진 대세라면 되도록 피를 덜 흘리는 쪽을 선택하는 게 현명한 일이건만.

이런저런 생각을 하던 끝에 그는 저도 모르게 자조적인 실소를 터뜨렸다. 무가에서 태어나 평생 칼을 쥐고 살아온 그들이 달리 무엇을 선택할 수 있겠는가. 오직 앞으로만 나아갈 뿐 뒤돌아보는 일 따위란 결코 할 수 없는 사람들인 것을. 자신 역시도 그렇게 배워 왔지 않은가.

류타카는 짧은 한숨을 내쉬며 아까 보았던 서찰을 다시 읽었다. 큰외숙이 직접 쓴 소조[59]였다. 손가락으로 연상을 톡톡 두드리며 고민해 봤지만 서찰에 적힌 내용이 그다지 내키지 않았다.

"다테 마사무네[60]라……."

그의 혼잣말에 옆에 있던 시텐노[61] 이케다 신지가 궁금하다는 표정으로 쳐다보았다.

"다테 마사무네라면 오슈[62] 지역에서 가장 큰 영향력을 행사하는 센

---

59) **소조(書狀)** : 다이묘나 주군의 개인적 글월.

60) **다테 마사무네(伊達正宗, 1567~1636)** : 센다이의 다이묘로 임진왜란에 참전. 조선의 매화를 광적일 정도로 좋아했다고 함.

61) **시텐노(四天王)** : 다이묘 측근의 용맹한 무장.

62) **오슈(奧州)** : 도산도(東山道)의 동북지역.

다이[63]의 다이묘 말씀이십니까?”

신지의 말대로 마사무네는 상당히 버거운 상대였다. 데와의 우에스기 가케가스 주고쿠의 모리 데루모토 사쓰마의 시마즈 이에히사 그리고 오슈의 다테 마사무네 이 네 명의 다이묘가 지금으로선 큰외숙을 견제하는 가장 큰 세력들이었다. 그중 오슈의 다테 마사무네가 제일 영향력이 큰 다이묘다.

“갑자기 그는 왜……?”

부관의 물음에 그는 무척이나 난처하다는 투로 중얼거렸다.

“큰외숙부께서 내게 다테의 딸과 혼인하는 것이 어떻겠느냐고 의향을 물으신 서찰일세.”

“우에사마[64]께선 이번 혼사를 통해 오슈에 대한 패권을 확보하려는 생각이신가 보군요.”

“아마도.”

“그렇다면 망설이실 이유가 없잖습니까? 이건 우에사마께서 토노께 동북지역을 양보하시겠다는 뜻입니다. 여러모로 많은 이득을 보장할 혼처인데 무얼 주저하십니까?”

옳은 말이었지만 왠지 탐탁지가 않았다. 확실히 좋은 조건을 제안한 큰외숙의 배려는 고마웠으나 또다시 그런 귀찮은 일에 말려들기가 싫었던 것이다. 여기 세이후 성에만 해도 측실이 여섯이다. 그녀들의 처리 문제만 해도 골치가 아픈 마당에 하나를 더 보탠다? 어이없는 웃음이 절로 났다.

---

63) **센다이(仙臺)** : 미야기 현 중부에 있는 도시.

64) **우에사마(上樣)** : 천황·쇼군에 대한 존칭.

"왜 웃으시는 겁니까?"

"아무래도 이번 혼담은 거절해야겠네."

"예?"

"굳이 그렇게까지 할 필요는 없어."

"하지만……."

당주의 성급한 결정에 뭐라 반박하려던 신지는 문 밖에서 들리는 인기척에 입을 다물었다.

류타카가 소조를 연상 서랍에 집어넣으며 밖을 향해 물었다.

"밖에 시타로인가?"

"가스히메입니다, 토노."

"들어오너라."

문이 열리더니 짙은 남빛 도복 차림의 이케다 가스히메가 안으로 들어왔다. 단정히 묶어 한쪽으로 틀어올린 머리와 절도가 분명한 행동거지, 그리고 허리에 찬 두 자루의 단도가 아니더라도 그녀가 키타가와 가의 메키65)라는 걸 한눈에 알 수 있을 만큼 가스히메는 타고난 여자 무사였다.

부득이한 일이 아니고서는 좀처럼 모습을 드러내지 않는 누이였기에 신지는 의아한 표정으로 물었다.

"무슨 일이냐, 가스히메?"

"성내에 흉한 소문이 나돌고 있습니다."

"흉한 소문이라니?"

---

65) 메키(女騎) : 여자 무사. 무사들 사이에서는 메키는 무사로 치지 않는 다이묘가 많았음.

“하시히토님이 독살 당하신 거라는 왼소리[66]입니다.”

“어느 놈이 그런 망발을 내뱉고 다녀!”

그녀는 오라버니의 호통에도 아랑곳하지 않고 계속해서 말했다.

“소문의 근원은 알 수 없으나 신빙성이 없는 것만도 아닙니다.”

“뭐라고?”

“이것을 보시지요, 오라버니.”

가스히메가 내민 것은 얼룩무늬가 있는 곤충과 몇 가지의 약재였다.

“그 흉물스러운 벌레는 무엇이냐?”

“가뢰라는 것으로 콩꽃이 필 무렵 콩잎에 많이 사는 독성이 강한 곤충입니다. 이걸 독약으로 사용하면 웬만한 의원들은 식별키 어려운데다 제아무리 뛰어난 검률관이라도 쉽게 사인을 규명하지 못한다고 합니다.”

신지는 긴장한 얼굴로 누이를 쳐다보았다.

“그래서 그게 어쨌다는 거냐?”

“가뢰에 오래도록 중독이 된 사람은 심한 토혈을 하다 죽는다고 합니다. 하시히토님께서 돌아가실 무렵 자주 각혈을 하셨다 들었습니다. 단순한 산욕열로는 그만한 양의 피를 흘릴 리가 없다는 게 의원의 설명이었습니다.”

“가스히메! 너 지금……”

“그만!”

그때 류타카가 손을 들어 부관의 입을 다물게 하고는 계속해 보라는 뜻으로 고개를 끄덕였다.

---

66) **왼소리** : 험하거나 궂은 소리.

“이것들을 카에데님을 비롯한 나머지 다섯 분들 마님의 처소에서 찾았습니다.”

“뭐야? 감히 일개 메키 따위가 토노의 허락도 받지 않고 측실 마님들의 처소를 멋대로 뒤졌다는 거냐?”

“저로서는 불가피한 일이었습니다.”

누이의 고집스런 표정에 신지는 답답하다는 듯 언성을 높였다.

“시끄럽다! 지금 네가 무슨 짓을 저지른 건지 알기나 하느냐?”

“저는 본 대로 말씀드리는 겁니다, 오라버니.”

두 사람의 대화를 주의 깊게 듣고 있던 류타카가 드디어 말문을 열었다.

“가스히메.”

“예.”

“무고죄가 얼마나 큰 것인지는 잘 알 것이다.”

조용하지만 칼날같이 매서운 어조에 그녀는 재빨리 머리를 조아리며 간청했다.

“용서하십시오, 토노. 불충인 줄 알지만 이대로 모른 체할 수가 없었습니다. 하시히토님의 신변을 보좌하는 것이 제 소임이었음에도 그 책임을 다하지 못했으니 저는 이미 중죄인입니다. 하지만 분명 측실 마님들께 미심쩍은 부분이 있는 것 또한 어김없는 사실 아니옵니까? 만에 하나 소인이 오해하여 그분들을 무고한 것이라면 이 가스히메 죽음으로 그 죄를 갚겠습니다. 하오나 청컨대 하시히토님의 죽음에 관해 한 치의 의혹도 남지 않도록 모든 것을 명명백백히 밝혀 주십시오.”

신지는 창백해진 얼굴로 류타카의 기색을 살폈다. 좀처럼 감정을 드러내지 않는 당주였으나 일단 화가 나면 끝장을 보는 성격이라 그게 두려운 까닭이었다.

그는 깊은 침묵 끝에 굳은 어조로 입을 열었다.

"네 말은 측실들이 서로 짜고서 하시히토를 독살했다는 거냐?"

"소인은 그리 짐작하고 있습니다. 그게 아니라면 마님들이 이런 독재(毒材)를 그것도 동시에 갖고 계실 까닭이 없질 않습니까."

"우연의 일치겠지. 사사로이들 쓰는 걸 네가 지나치게 과민하여 넘겨짚은 것일 수도 있다."

"여섯 분의 마님께서 동시에 이런 독재를 사사로이 쓰실 이유가 대체 뭐란 말입니까?"

"그야……."

할 말을 잃은 듯 신지가 말끝을 흐리자 류타카가 대신 나섰다.

"좋다, 가스히메. 만에 하나 그게 사실이라면 기필코 가법대로 처리하마. 그러나 내 허락 없이 무단으로 일을 벌인 네 죄 역시 묵과할 수는 없는 법. 각오는 돼 있겠지?"

"어떤 처분이라도 기꺼이 따르겠습니다."

"보름 동안 들판에 나가 노역을 하도록 하라."

"알겠습니다."

그는 고개 숙여 인사하고 나가는 가스히메를 음울한 시선으로 응시했다. 또 시작인건가. 하시히토가 죽은 뒤에도 측실들 사이의 쟁투는 여전했다. 그래서 되도록이면 그녀들을 무심히 대해 왔었다. 그것 말고도 신경을 써야 할 일들이 태산처럼 많았기 때문이다. 자신이 그녀들의 처소에 아예 발걸음을 하지 않으면 조용할 것이라 생각했는데 그게 오산이었던 모양이다. 어찌 되었건 하시히토는 그의 정실이었고 키타가와 가의 종부였다. 정말로 억울히 죽은 거라면 이대로 유야무야 넘길 수는 없는 일이다.

그가 연상에 놓인 종을 흔들자 집사 시타로가 문을 열고 대령했다.

"찾으셨습니까, 토노?"

"네네를 부르라."

쉰 살이 넘은 네네는 그의 어릴 적 메노토[67]로 지금은 키타가와 가의 여인들에게 집안의 예의범절을 가르치고 있는 노파였다.

잠시 후 집사와 함께 온 네네가 그의 앞에 무릎을 꿇었다.

"무슨 일이십니까?"

"측실들이 투합하여 하시히토를 독살했다는 발고를 오늘 받았다. 비록 그녀들 각자가 무시하지 못할 세력을 지닌 다이묘의 혈육들이라고는 하나 만일 이게 사실로 밝혀진다면 나는 가법대로 처리할 생각이다. 그대는 이 집안의 내사[68]를 오래도록 규찰(糾察)해 왔으니 알고 있을 테지. 가법 중에 이런 일에 정해진 당률(當律)이 따로 있는가?"

"측실이 정실을 죽이려 했다면 처벌은 오로지 죽음뿐입니다. 그 어떤 예외도 없이 말입니다. 그러니 아마도 당주이신 토노의 결정에 감히 누구도 이의를 달진 않을 것입니다만……"

뭔가 미진한 태도로 네네가 말끝을 흐리자 류타카는 무표정한 얼굴로 고개를 끄덕였다.

"계속하라."

---

67) 메노토(めのと) : 귀인의 자식을 양육하는 소임을 맡은 여자.
68) 내사(内舍) : 집의 안채. 주로 부녀자가 거처하는 집채.

"현행범이 아닌 이상 심증이나 물증만 가지고는 이제 와 죄를 추궁키 어렵습니다. 설령 죽는다 해도 측실 마님들은 절대 토설치 않을 테니까요. 그런데도 증거만을 가지고 처벌하신다면 오히려 토노께서 마님들의 본족[69] 다이묘들에게 책잡힐 수도 있는 일! 하면 사태는 더욱 혼란스러워지게 됩니다. 꼭 피를 봐야 능사인 것은 아니지요."

늙은 메노토의 충언에 그는 입을 굳게 다물었다. 네네의 말처럼 죽이는 것만이 옳은 처결은 아닐 것이다. 성급히 처리하려 했다가는 불필요한 잡음이 생길 수도 있으니 말이다. 죽은 하시히토의 원한을 갚는 것보다는 세이쥰의 앞날을 먼저 생각해야 했다. 어차피 오래도록 협력하며 지내야 할 세력들이니 쓸데없는 앙금을 만들 필요는 없었다.

그는 고심 끝에 결정을 내렸다.

"그녀들을 모두 혼마루 밖으로 부르라."

당주의 입에서 명령이 떨어지기가 무섭게 측실들이 거처하는 카미야시키의 별실은 금세 아수라장이 되었다. 젊고 아리따운 여인들이 네네의 지시를 받은 하녀들의 손에 끌려나와 마당에 억지로 꿇어 앉혀졌다. 그녀들은 하나같이 영문을 모르겠다는 표정이었다.

밖으로 나온 류타카는 여자들에게는 시선을 두지 않은 채 시타로에게 영을 내렸다.

"이들의 처소를 하나도 빠짐없이 샅샅이 뒤져라. 하시히토가 지냈던 내실도 마찬가지다. 정원이나 후원을 파헤쳐도 무방하니 수상한 물건이 발견되는 즉시 이곳으로 가져오라."

"예!"

---

69) **본족(本族)** : 여자의 친정 친족.

당주의 엄명에 하인들이 일사불란하게 움직이기 시작했다. 얼마 지나지 않아 마당 한가운데는 측실들의 별실에서 찾은 물건들이 수북이 쌓였다. 그녀들이 쓰는 장롱이나 자개장에서 나온 것은 갖가지 독극물이었고 내실 후원에 파묻혀 있던 것은 사무(師巫)들이 저주하는 데 쓰이는 각시 인형들이었다.

하인들이 일을 마치고 뒤로 물러서자 그는 엄중한 목소리로 입을 열었다.

"이 물건들이 어디에 쓰는 것인지는 묻지 않겠다. 다만 너희 스스로가 잘 알고 있으리라 믿는다. 이 시각 이후로 너희의 처소를 니노마루⁷⁰⁾의 북동쪽 별채로 옮긴다. 너희가 키타가와 가의 사람이라는 데는 변함이 없겠지만 앞으로 그에 따르는 권리는 부여하지 않을 것이다."

"류타카님!"

한 여인의 앙칼진 음성에 그는 미간을 찌푸렸다.

"할 말이 있나?"

그가 싸늘한 눈빛으로 바라보자 카에데는 붉게 상기된 얼굴로 따져 물었다.

"갑자기 무슨 까닭으로 이러시는지 알지 못하겠습니다. 저희는 키타가와 가의 대를 이을 후사를 낳을 여인들입니다. 하온데 이렇듯 욕을 보이시다니요? 저희가 류타카님을 모시는 여자들이기는 하지만 오늘의 일만큼은 도저히 참을 수가 없습니다. 이는 저희는 물론이고 저희의 집안 모두를 무시하신 처사가 아닙니까? 저희의 친정과 맺으신 동맹을 깨려는 겁니까?"

---

70) **니노마루(二の丸)** : 성의 중심 건물 바깥쪽에 있는 제2구역.

"카에데, 네가 네 친정의 권세를 빌미로 지금 나를 협박하려는 거냐?"

"그리 들으셨다 해도 할 수 없습니다. 어차피 집안끼리의 동맹을 목적으로 한 혼사가 아닙니까? 그러니 저희가 어찌하여 이런 부당한 대우를 받아야 하는지 그 연유를 일러주시지요."

"스스로가 깨닫지 못했다면 일러준다 한들 무슨 의미가 있겠느냐? 너희에게 필요한 것은 침묵뿐이다."

"지금 농담하시는 겁니까! 오늘의 일을 제 친정에서 알면 가만히 있지 않을 텐데요?"

류타카는 카에데의 기세등등한 경고를 차갑게 일축했다.

"공과 사를 구분하지 못하는 위인이라면 그게 누가 됐든 마주할 가치가 없다."

"어떻게 그런 말씀을……?"

그의 결연한 태도에 여인들은 기가 죽은 채 서로 눈치를 살폈다. 행여 발각되더라도 자신들의 친정을 보아 그냥 넘어갈 거라고 믿었던 것이다.

카에데 역시 더럭 겁에 질린 표정으로 애원했다.

"류타카님, 오해하신 겁니다. 제게 해명할 기회를 주세요!"

"너희에게 들을 말 따윈 없다. 시타로!"

"예!"

"이들을 모두 별채에 유폐한다. 그녀들 중 어느 누구도 내 허락 없이는 처소 밖으로 나갈 수 없거니와 친정붙이 또한 들일 수 없다. 명심하도록!"

차갑게 돌아서는 당주의 뒤로 여인들의 애원과 비명소리가 터져 나
왔다.

"너무 가혹하십니다!"

"류타카님!"

"이러실 수는 없어요, 류타카님!"

그러나 굳게 닫힌 혼마루의 문은 두 번 다시 열리지 않았다.

세이후 성의 니노마루 서쪽에 외따로 떨어진 별채 안에서 여인의 깔
깔거리는 웃음소리가 새어나왔다.

"호호!"

너무 웃어 눈물이 날 지경이었다. 마사코는 손수건으로 눈가를 꼼
꼼히 찍어내며 다시금 키드득거렸다. 아침나절 혼마루에서 벌어진 해
괴한 사건을 낱낱이 고한 몸종 스에의 말에 웃겨 죽을 것만 같았던 것
이다. 앞에서는 카에데를 조종하고 뒤에서는 다른 사람을 시켜 독살설
소문을 낸 게 바로 자신이건만 당하는 이들은 따로 있으니 참으로 재밌
지 않은가.

어쨌거나 와각지쟁(蝸角之爭)에 눈이 멀어 제 몸이 천 길 낭떠러지로
떨어지는 줄도 몰랐던 우매한 카에데와 불의를 보면 참지 못하는 가스
히메의 우직한 성격 덕을 톡톡히 본 셈이다.

"이를 두고 이이제이(以夷制夷)라 해야 옳겠지요? 그러게 반드시 내가
이긴다고 하지 않았습니까, 류타카님. 싸움은 이미 시작되었습니다. 그
리고 난 멈출 생각이 없습니다."

청춘을 다 바쳐 건 싸움이었다. 죽는다 해도 되돌릴 자리는 이제 없

었다. 그와 자신, 둘 중의 하나는 반드시 죽어야만 끝이 날 것이다. 그 녀는 앞에서 놀고 있는 다섯 살배기 아들을 사랑스런 눈으로 바라보며 뇌까렸다.

"일이 뜻대로 진행되고 있구나, 아가야. 네 형님은 이제 계집이라면 넌더리가 났을 테니 됐고, 이제 남은 것은 강보에 싸인 핏덩이뿐이로구 나. 세이준. 그 아이만 조용히 사라져 준다면 키타가와 가의 다음 다이 묘 자리는 네 몫이 되는 거란다, 요시노."

핏물보다 더 붉은 입술로 빙긋 미소 짓는 마사코의 눈매는 서릿발처 럼 매서웠다.

진월 스무아흐렛날 히고.

설연은 발 너머에 앉아 있는 가토 기요마사를 놀란 눈으로 응시했다. 그에게서 들은 뜻밖의 희소식에 가슴이 두근거렸다. 사촌오라비가 지금 히고 근처에 있는 휴가[71]에 있을 줄은 꿈에도 몰랐던 것이다.

"찾느라 애를 먹었지. 전란의 포로라는 게 살았을지 죽었을지 모르 는 경우가 다반사이다 보니 장담할 수가 없었다. 그래도 살아 있으니 다행이 아니냐? 직접 대면하여 만나는 것은 허락할 수 없으나 먼발치에 서 보게 해줄 수는 있다. 보겠느냐?"

그녀는 머리를 조아리며 부탁했다.

"보게 해주십시오."

"좋다. 밖에 니찌신이 있을 테니 그에게 가 보거라."

당주의 허락을 받아 혼마루 밖으로 나오니 이미 니찌신이 마당에서

---

71) **휴가(日向)** : 지금의 미야자키 현.

그녀를 기다리고 있었다.

"토노께서……"

설연의 말에 그는 묘한 웃음을 흘리며 말했다.

"알고 있다. 따라오너라."

두 사람은 함께 마차를 타고 휴가의 어느 촌락으로 향했다. 들길 가운데 마차가 멈추자 니찌신은 창을 가리고 있던 휘장을 살짝 들어 올리며 말했다.

"밖을 내다보거라."

들판에는 수십 명이 넘는 인부들이 돌을 나르며 땅을 일구고 있었다. 모두 비슷한 옷차림이었기에 누가 누구인지 구분할 수가 없었다. 하지만 저들의 대부분이 조선에서 끌려온 사람들이라는 것만은 분명했다. 그들의 굽은 어깨 위로 드리워진 슬픔과 고뇌를 읽을 수 있었기 때문이다.

"몰라보겠느냐?"

"모르겠습니다."

"그래?"

그녀가 혼란스러워하자 그는 밖에 있는 마부를 불러 세웠다.

"여봐라!"

"예, 나리."

"가서 일전에 보았던 사내를 조용히 불러오너라. 그저 목이나 축이라고 물 한 잔 권하는 말이면 될 게야. 마차에 너무 가까이는 말고 대여섯 걸음 정도 떨어진 곳이면 되겠구나."

"알겠습니다."

니찌신은 마부가 들판으로 달려가는 것을 보다가 설연에게 시선을 돌리고는 단단히 으름장을 놓았다.

"만약에 네가 여기서 한 발짝이라도 나가거나 네 오라비에게 눈곱만 큼이라도 아는 척을 하는 날에는 그놈도 너도 이 자리에서 참수당할 것 이니 명심하여라."

"알겠습니다."

그의 협박에 그녀는 건성으로 대꾸하고는 초조한 눈빛으로 창밖을 바라보았다. 그때 들판에 나갔던 마부가 한 사내를 데리고 마차 가까이 오는 것이 보였다.

"자네는 운이 튼 줄 알아야 해. 우리 주인 나리가 자네를 잘 보신 모 양인지 쉬엄쉬엄 하라고 부르셨다네. 여기서 잠시 숨 좀 돌리다 가게."

"고맙습니다."

마차가 있는 근처까지 마부를 따라온 사내는 한쪽 다리를 몹시 절 고 있어 무척 낯설었지만 분명 사촌 오라비 현영의 목소리가 틀림없었 다. 강릉에서 왜구들에게 함께 붙잡혔으나 각기 다른 관선에 나뉘어 타 는 바람에 헤어졌으니 햇수로 사 년 만에 보는 셈인가. 이젠 약관(弱冠) 의 어른이 되었으니 외양은 많이 달라졌겠지만 음성만큼은 변하지 않 은 듯했다.

설연은 두 눈 가득 눈물을 담은 채 밖을 응시했다. 그러다 땀을 식히 려고 고개를 든 사촌오라비의 얼굴을 확인하는 순간 그녀는 너무 놀란 나머지 손으로 입을 틀어막았다. 오라비의 왼쪽 뺨이 불에 덴 듯 흉하 게 일그러진 데다 눈동자도 없었기 때문이다. 대체 무슨 일을 겪은 것 일까? 그녀는 간헐적으로 떨리는 숨을 억지로 삼키며 이를 악물었다.

니찌신이 안됐다는 투로 입을 열었다.

"좀 놀랐을 게다. 여기 오기 전에 먼젓번 주인이 네 오라비의 눈을 칼로 도려냈다더군. 출혈이 너무 심해서 상처를 불로 지질 수밖에 없었다고 한다. 절름발이가 된 것도 바로 그 주인에게 몹시 맞아서라나. 뭐 그래도 사내한테야 저만한 상처쯤은 대수로울 것도 아니지."

"대체 무슨 죽을죄를 졌기에 멀쩡한 사람을 저 지경으로 만들었단 말입니까?"

"노예 생활이 다 그렇지 별다른 이유가 있겠느냐? 주인의 분풀이 상대로 잘못 걸린 탓이겠지. 그나저나 이런저런 상처로 몸이 부실한 탓에 지금의 주인에게도 눈총을 받는 모양이더구먼. 저런 몸으로 고된 노역을 하는 건 무리겠지. 얼마 못 가서 쓰러지고 말 게야."

설연은 자신이 보고 있는 줄도 모른 채 다시 들판을 향해 절룩거리며 걸어가는 오라비의 뒷모습을 하염없이 바라보았다. 어느새 두 눈에 그렁그렁 맺힌 눈물을 흘리지 않기 위해 그녀는 억지로 입술을 깨물었다.

"저리 몸이 망가지고 보니 노예로서의 가치도 떨어질 수밖에. 천민들이 사는 움막에서 겨우 찾았다. 네 집안 이야기를 들으신 토노께서 얼굴이나 보라고 배려하신 것이니 감사히 여겨야 할 것이야."

생색을 내는 듯한 니찌신의 말을 가만히 듣기만 하던 그녀가 멍하니 물었다.

"토노께서 제게 원하시는 것이 무엇입니까?"

"무슨 소리냐?"

"저 역시 저들과 마찬가지인 하찮은 천비에 불과합니다. 그런데도 토노께서는 제가 쇼니님의 양녀가 되는 걸 허락하셨고, 오늘은 제 오라버니를 볼 수 있도록 배려까지 해주셨습니다. 이렇게까지 하시는 데에는 반드시 무슨 곡절이 있을 것이란 생각이 들었습니다. 그게 무엇인지요?"

"호오!"

과연 머리 회전이 빠른 계집이었다. 그만한 눈치라면 굳이 여러 말을 할 필요가 없을 것 같았다. 니찌신은 만족스러운 듯 미소를 지으며 마부에게 소리쳤다.

"이제 돌아가자!"

"예, 나리."

그는 입을 다문 채로 가만히 있는 그녀에게 말했다.

"정히 궁금하거든 네가 직접 토노를 뵙고 여쭤보아라."

그들을 태운 마차가 질펀한 흙길을 덜컹거리며 움직이기 시작했다.

맑은 옥빛 찻잔이 그 안에 담긴 차향을 더욱 깊게 만들었다. 왜인들이 조선의 도자기에 광적으로 집착하는 이유가 어쩌면 찻잔과 차향이 어우러지는 이 그윽한 운치 때문일지도 모르리라. 설연은 자신을 뚫어져라 쳐다보는 당주의 눈길에 시선을 옆으로 돌렸다. 히고의 성에서 살게 된 지도 벌써 이태가 지났지만 발을 걷은 채 가토 기요마사와 대면하는 것은 처음이었다. 원한의 대상이면서도 다른 한편으로는 자신의 생사여탈권을 손에 쥔 자 앞에서 의연하기란 좀처럼 쉽지 않았다. 당당한 자존심보다는 두려움이 먼저 앞서는 자신의 나약함이 그저 실망스러울 뿐이었다.

"막상 네 오라비를 보고 나니 마음이 편치 않은 모양이지?"

당주의 질문에 뭔가 떠보고자 하는 의향이 있음을 간파한 그녀는 깊게 심호흡을 하며 마음을 가다듬었다.

"제게 무엇을 원하십니까?"

그녀가 단도직입적으로 묻자 기요마사는 입가에 묘한 미소를 머금었다.

"제법 눈치가 빠르구나. 하나 지금 당장은 아니다."

"하오면 언젠가는 제게 원하시는 것이 있다는 뜻입니까?"

"그럴 수도 있겠지."

"그것이 사람의 목숨을 놓고 거래할 만한 정도인지요?"

맹랑한 질문에 그는 얼굴에서 웃음기를 거두고 차갑게 되물었다.

"네 사촌오라비를 일컫는 말이냐?"

"예."

그는 머뭇거리는 기색이라고는 조금도 없이 딱 부러지게 대답하는 설연의 당찬 태도가 마음에 들었다. 다른 계집 같으면 아니 설령 사내일지라도 시즈가타케의 칠본창[72] 중 한 명인 자신과 이렇게 마주 대하고 있는 것만으로도 벌벌 떨었을 것이다. 한데 이 아이는 그러기는커녕 아주 당돌하고 건방졌다. 조금쯤은 무서워하며 몸을 사릴 법도 하건만 마주치는 시선을 피하지도 않았다. 확실히 자신의 의도대로 쉽게 따라줄 계집이 아니다.

기요마사는 재미있다는 듯 손가락으로 턱을 문지르며 말했다.

"만약 거래를 하게 된다면 너는 내게 무엇을 주겠느냐?"

---

72) 시즈가타케의 칠본창(賤ケ岳 七本槍) : 시즈가타케 전투에서 도요토미 히데요시를 수호한 일곱 명의 장수.

“제게는 사람의 목숨을 대신할 만한 능력이 없습니다.”

“그 말은 네 오라비가 어찌 되든 상관없다는 뜻이냐?”

사촌오라비의 힘든 처지를 상기시키며 자신을 궁지로 몰아넣는 그의 노련함에 순간 당황한 설연은 저도 모르게 말문이 막혔다.

“대답하라. 그래도 좋으냐?”

당주가 다그치듯 재우쳐 묻자 그녀는 잠시 망설였다. 지금 이것이 무슨 거래가 될지 짐작한 까닭이다. 선뜻 나설 수도 없고, 그렇다고 모른 척할 수도 없게 되고 말았다. 말 그대로 진퇴양난인 상황이었지만 이대로 물러설 수는 없다는 판단이 들었다. 그렇다면 정면 돌파를 하는 수밖에.

설연은 망설임을 접고는 분명한 어조로 요구했다.

“오라비를 조선으로 돌려보내 주십시오.”

“그건 안 될 일.”

“하오면……?”

“이곳 히고로 데려올 수는 있다. 그렇게만 해줘도 남은 생을 지금보다는 편히 지낼 수 있겠지.”

“제 가치가 그 정도입니까?”

“그도 못 된다.”

그녀는 가차없는 기요마사의 말에 적이 실망했다. 역시 백전노장답게 쉽게 거래를 트려 하지 않는 의도가 빤히 보였다. 빈틈이라고는 전혀 없어 보이는 이 거래에서 과연 무엇을 얻을 수 있을까? 이는 분명 그가 자신을 시험하는 것과 동시에 그녀의 인생을 놓고 종신계약을 맺으려는 계략의 일환이 틀림없었다. 그것은 바꿔 말하면 죽을 줄 알면서도 호랑이의 아가리로 들어가야만 원하는 걸 얻을 수 있다는 뜻이기도 했다.

　어차피 그녀는 지금의 당주 밑에선 결코 조선으로 돌아갈 수 없다는 것을 이미 알고 있었다. 무엇이든 간에 일단 제 손에 들어온 것은 결코 놔주는 법이 없는 기요마사다. 지나치게 소유욕이 강한 그보다는 다른 주군의 밑에서 때를 기다리는 것이 나을 것이다. 하지만 그 역시 요원하기는 마찬가지였다. 과연 그럴 기회가 올 것인가. 아무튼 지금은 그의 비위를 건드려 좋을 게 없었다. 일단 무리하지 않는 선에서 적절한 협상을 하는 게 순리였다.

　"한 가지 궁금한 것이 있습니다."

　"뭐냐?"

　"제게 이런 호의를 베푸시는 까닭이 무엇인지요?"

　"네 담력이 마음에 들었다."

　"그것뿐입니까?"

　"나름대로 쓸모가 있을 것 같기도 하고. 내가 짐작한 정도의 가치를 네가 발휘할 수 있을지는 앞으로 지켜봐야겠지만 말이다. 그렇다고 너무 우쭐하진 마라. 너 정도의 계집은 얼마든지 있으니까. 어쨌든 모험을 해보기로 하지. 어쩌겠느냐? 온전한 내 사람이 되겠느냐?"

　"토노께서 제 오라비를 구해 주시겠다면 저 역시 그만큼의 일을 하겠습니다."

　설연의 또랑또랑한 말투에 기요마사는 기분이 좋은 듯 껄껄 웃었다.

　"하하! 조금도 굽히는 법이 없는 계집이로구나."

　그는 차를 한 모금 마시며 말을 이었다.

　"좋다. 네 오라비를 데려오지. 그러나 너희 오누이가 서로 만나는 건 허락할 수 없다. 너희들 조선인은 도무지 그 속을 알 수 없을 만큼 음흉하거든."

오만하기 그지없는 말투에 그녀는 욕지기가 치밀었지만 가슴 깊이 억지로 삼켰다. 이곳에 끌려와 겪었던 설움에 비하면 이런 모욕쯤은 얼마든지 참을 수 있었다. 아무래도 당주는 오라비를 인질로 삼아 자신을 마음대로 조종할 심산인 모양이었다. 늙은 살쾡이처럼 치밀한 계략이 앞서는 위인 같으니라고. 과연 가토 기요마사다.

"방금 하신 말씀은 토노께서 왠지 조선인을 꺼리고 무서워하시는 것으로 들립니다."

은근히 조롱하는 듯한 그녀의 말에 정곡을 찔린 듯 사내의 얼굴이 붉어졌다. 그는 주먹으로 연상을 내려치며 눈을 부릅떴다.

"시건방진 계집 같으니라고! 두 번 다시 그따위 망발을 내뱉으면 거래고 뭐고 네 목숨부터 먼저 거두리라!"

기요마사의 매서운 눈길을 그대로 맞받아치던 설연은 굽히듯 시선을 반쯤 아래로 내렸다.

"소인의 실언을 용서하십시오."

"괘씸한 것!"

그는 가까스로 화를 삭이며 말했다.

"지금부터 네 이름은 렌(蓮)이다. 너는 이제 조선인도 천한 노비도 아닌 나의 가신 쇼니 신겐의 양녀이자 내 집안의 문사다. 무릇 사람의 신분이란 누가 만들어 주는 것이 아니라 저 스스로 얻는 것이란 걸 명심하도록. 그리고 만약 네가 나를 배신한다면 목숨으로 그 대가를 치러야 한다는 걸 잊지 마라."

　그녀는 싸늘한 음성으로 하냥다짐[73]을 하는 당주의 시선을 정면으로 응시했다. 그래, 지금 네놈이 줄 수 있는 것이 이것뿐이라면 아무리 굴욕적이라 하더라도 받을 것이다. 언제인지 모를 훗날을 위해 기꺼이 참고 또 참으리라.

　"알겠습니다."

　결연하게 대답하는 렌의 눈동자가 굳은 의지로 밝게 빛났다.

---

73) **하냥다짐** : 일이 잘못되면 죽여도 좋다고 두는 다짐.

연못가에서 만난 두 사람

池近で會ったふたり

게이초 9년[74] 진월 스무날의 히고.

가토 기요마사는 야마시로의 후시미 성에서 온 전갈에 골머리를 앓고 있었다. 이에야스가 그의 장남을 보고 싶어 한다는 내용 때문이었다. 그건 이제 겨우 세 살밖에 되지 않은 그의 어린 아들 다다히로를 볼모로 잡겠다는 뜻이었다. 가토 가가 얼마나 자신에게 충성하는지 시험하겠다는 의도가 다분했다.

그는 난감한 얼굴로 자신의 정실인 아키코에게 조언을 구했다.

"이 일을 어찌하면 좋겠나?"

"아무래도 토노께서 다다히로를 데리고 히타치에 한번 다녀오시는 것이 나을 것 같습니다."

---

74) 게이초 9년 : 1604년.

"히타치는 별안간 왜?"

"내달 이렛날이 히타치 당주의 탄일입니다. 분명 세이이타이쇼군[75] 께서도 세이후 성으로 오실 것이니 그곳에서 만나는 게 후시미 성으로 가는 것보다는 유리하지 않겠습니까?"

도쿠가와 히데타다의 양녀였기에 아키코는 그 집안의 연례행사를 줄줄이 꿰고 있었다. 확실히 일리가 있는 말이었다. 히타치라면 야마시로보다는 좀 더 편하게 협상할 수도 있을 것이다.

"키타가와 류타카의 탄일이라?"

"제가 친정에 있을 때 히타치의 당주는 비록 도쿠가와 가의 인척이긴 해도 당리당론에 편파적이지 않은 사람이라고 들었습니다. 토노께서 그와 교분을 쌓는다면 우리 다다히로의 안전을 보장받을 수 있을 겁니다."

"그렇겠지? 히타치의 키타가와라면……"

뭔가 골똘히 생각하던 기요마사는 밖에 대기 중인 집사를 불렀다.

"밖에 누구 있느냐?"

"부르셨습니까?"

"쇼니 신겐을 부르라."

"예, 토노."

집사가 나가자 아키코는 남편에게 조용히 말했다.

"그러면 저는 미에를 준비시키겠습니다."

미에는 다다히로의 메노토였다.

---

75) 세이이타이쇼군(征夷大將軍) : 가마쿠라 바쿠후 시대 이후 무력과 정권을 쥔 바쿠후 주권자의 직명.

“그럴 필요 없네.”

“다다히로를 데리고 가시려면 미에가 필요하지 않습니까?”

아내의 물음에 그는 고개를 흔들었다.

“쇼니의 양녀를 데리고 가면 돼.”

“렌을 말씀하시는 겁니까? 하지만 미에가 있는데 굳이 그 아이를 데려 가실 필요는……:”

“아니, 반드시 그 아이를 데리고 가야 해.”

그녀는 그제야 남편의 뜻을 짐작하고는 걱정스러운 어조로 물었다.

“계집을 이용하시려고요?”

“여인네의 치마폭이야말로 사내를 휘어잡을 수 있는 가장 확실한 방법이 아닌가?”

“하오나 그는 그리 호락호락한 사내가 아닙니다.”

“내 안목이 그렇게 허술해 보이는가? 지위만 있고 머리가 빈 사내였다면 렌을 쓰는 것이 아까웠겠지만 자네 말대로 히타치의 당주는 녹록한 인물이 아니지. 그렇기에 더욱 그 아이가 적격이란 게야. 까다로운 사내일수록 물과 같이 맑고 깨끗한 걸 선호하는 법이거든.”

“여색을 멀리하는 그가 과연 렌에게 넘어오겠습니까?”

“종이는 불에 타기도 쉽지만 꺼지기도 쉽네. 그러나 나무는 쉬이 불붙지는 않지만 한번 타기 시작하면 끄기 어렵지. 남녀 간의 정도 마찬가지 아니겠나?”

“무슨 뜻인지 알겠습니다.”

그녀는 남편의 설명에 수긍하며 고개를 끄덕였다.

“토노께서 하시는 일이니 당연히 좋은 결과가 있으리라 봅니다만 렌이 쉽게 응할지 그게 좀 걱정됩니다."

"제 일신과 오라비의 목숨이 달린 일이니 허튼짓은 못할 게야."

담뱃대를 입에 물며 기요마사가 회심의 미소를 짓는데 밖에서 인기척이 들렸다.

"토노, 쇼니 나리를 모셔 왔습니다."

"들어오라."

방문이 열리자 신겐이 안으로 들어섰다.

"찾으셨습니까, 토노?"

"거기 앉게나."

바깥일에 대한 말이 오갈 것을 눈치 챈 아키코는 조용히 자리에서 일어났다.

"하오면 말씀들 나누십시오."

안주인이 조심스레 나가는 모습을 지켜보던 신겐은 좋지 않은 예감에 긴장한 표정으로 앉았다.

"무슨 일이십니까?"

"히타치로 갈 차비를 하게."

"히타치요?"

"그곳의 다이묘인 키타가와 당주의 탄일을 축하하기 위한 방문일세."

"알겠습니다. 시텐노 모두를 불러 모으겠습니다."

"이 사람아! 나더러 전쟁을 하라는 겐가? 내가 시텐노를 대동하고 가면 우리는 세이후 성은커녕 히타치 국경지대 근처도 가지 못할 게야. 무장을 한 우리를 키타가와 당주가 반갑게 맞이하리라 보나? 더욱이 도쿠가와 가의 두 부자도 올 텐데?"

"그럼 어찌하실 생각이십니까?"

"스무 명 남짓의 하인들과 자네 그리고 자네의 딸이면 충분하겠지."

양녀가 언급되자 신겐은 불안해진 얼굴로 당주를 쳐다보았다.

"렌을 데려가시겠다는 겁니까?"

기요마사는 그의 질문이 오히려 이상하다는 듯 되물었다.

"다다히로를 보살필 일손이 필요하니 그 아이를 데려가는 것이 당연하지 않나?"

"하지만 다다히로님의 메노토는 미에가……."

"다다히로가 유난히 렌을 따르니 어쩌겠나. 자네가 양해를 하게."

핑계는 그럴 듯했지만 당주의 말에 속을 신겐이 아니었다. 만약 렌이 히타치로 가게 된다면 다시는 이곳 히고로 돌아오지 못할 것이 뻔했다. 어차피 이런 볼모로 이용할 목적으로 선택된 아이였다는 걸 알고는 있었지만 막상 닥치고 보니 충격이 컸다. 슬하에 자식이 없던 자신에게 렌은 전부나 마찬가지인 아이였다.

이제 열여덟의 한창인 딸이 결국은 정략적으로 이용되는 걸 두고 볼 수만은 없었기에 그는 기요마사 앞에 무릎을 꿇고 애원했다.

"다른 계집을 쓰시면 안 되겠습니까? 원하신다면 제가 사이카이도(西海道)의 화류항(花柳巷)을 다 뒤져서라도 언변과 미색이 빼어난 게이샤를 데려오겠습니다. 그러니 부디 그 아이만은 모른 척해 주십시오."

"자네가 감히 내게 불복종하겠다는 건가?"

"토노!"

"정녕 셋푸쿠[76]를 당하고 싶나?"

---

76) 셋푸쿠(切腹) : 할복자살. 무사의 명예를 존중하는 형벌로 실제로는 등뒤에서 카이샤쿠가

　당주가 날카롭게 언성을 높이자 신겐을 더 이상 말을 못하고 입을 다물었다.

　그의 괴로워하는 모습에 기요마사는 험상궂었던 표정을 풀며 위로하듯 말했다.

　"자네가 렌을 아끼는 마음은 나도 알고 있네. 그러나 다른 일도 아니고 우리 가토 가의 명맥을 유지하기 위한 일이 아닌가! 게다가 히타치는 적진도 아니잖나. 이보다 더 좋은 조건이 어디 있어? 더구나 히타치의 당주에게 아직 정해진 정실이 없다는 건 자네도 들어서 알고 있겠지? 측실들이 여럿 있다지만 전부 내친 것과 다를 바가 없다더군. 그러니 렌이 머리만 잘 쓴다면 히타치의 안주인이 될 수도 있는 법. 만약 그렇게만 되면 자네는 히타치 당주의 장인이 되는 걸세. 이런 절호의 기회를 어쭙잖은 연민 따위로 그르치려는가?"

　"신은 그 아이가 평범하게 살기를 원합니다."

　"이런 딱한 사람을 봤나! 클 수 있는 기회를 왜 마다해? 다른 말은 필요 없네. 렌에게 떠날 준비를 하라 이르게."

　명령에 이의를 제기하는 것을 불허하겠다는 기요마사의 냉혹한 음성에 신겐은 참담한 심정으로 고개를 숙였다.

　신겐은 답답한 듯 길게 한숨을 내쉬며 양딸을 바라보았다.

　"차라리 어딘가로 몸을 피하는 것이 어떻겠느냐?"

　그의 말에 렌은 가만히 고개를 저었다. 흑단같이 긴 생머리를 묶어 어깨 뒤로 드리운 채 단정하게 앉은 그녀는 어느새 단아한 여인으로 성

목을 벰.

장해 있었다.

"저 하나 피하는 것으로 일이 매듭지어지겠습니까?"

"렌……."

"노비 하나가 사라지면 최소한 스무 명 이상이 연루되어 연대책임을 묻는 것이 당률입니다. 다른 사람들은 다 관두고라도 제가 도망가면 아버님은 어쩌시고, 산사에 볼모로 잡혀 있는 제 오라비는 어찌합니까? 토노께서 제 손과 발을 묶어 두신 거나 마찬가지니 하는 수 없지요."

체념하듯 말하는 딸의 슬픈 낯빛에 그는 마음이 아팠다. 어떻게든 이 아이를 지켜 주고 싶었지만 자신에게는 그럴 힘도 방법도 없었다.

양부의 그런 마음을 짐작한 듯 그녀는 부드러운 미소로 위로했다.

"너무 심려하지 마세요, 아버님. 토노의 말씀대로 히타치는 적진이 아니니 불행 중 다행이 아닙니까? 한낱 힘없는 여자인 저를 그들이 죽이기야 하겠습니까?"

"아직은 혼란한 정국이다. 죄의 유무를 떠나 정략적인 이유만으로도 사람이 사람을 죽이는 게 일상화된 세상이야. 네 뜻은 다를지라도 그들은 너를 가토 가의 첩자로만 볼 게 분명하다. 그런 그곳에서의 생활이 순탄하리라 보느냐? 어쩌면 저들이 널 함정으로 몰아넣어 제거하려 들 수도 있어."

"그것이 운명이라면 따를밖에요. 어차피 지금까지도 다른 이의 손에 휘둘리며 살아왔습니다. 하늘의 뜻이 거기에 있다면 기꺼이 겪겠습니다. 조선을 떠날 때부터 목숨은 하늘에 맡기기로 한 저입니다. 그러니 무엇이 두렵겠습니까?"

렌의 결연한 어조에 신겐은 마음이 착잡해졌다.

"돌아가신 네 자당을 뵐 면목이 없구나."

그가 탄식하듯 중얼거리는 말에 그녀는 우울한 낯빛이 되었다. 어머니, 가련한 나의 어머니. 한시도 잊은 적이 없던 그분의 마지막 유언.

'그럴 수 없다면 나를 바다에 뿌려 다오. 파도에 쓸려서나마 고국으로 돌아갈 수 있게……'

콧날이 시큰해지면서 눈이 따가워졌다. 언젠가는 반드시 어머니의 유해와 함께 조선으로 돌아가리라는 희망을 잊은 것은 아니다. 하지만 이곳 환경에 적응하기 위해서 지금껏 가슴 밑바닥에 깊숙이 감춰 둬야만 했었다.

그동안 조선과 은밀히 왕래하며 밀무역을 하던 상인들을 통해 어떻게든 그곳의 식솔들과 연락을 취하려 했으나 제대로 되지 않았다. 아버지가 도승지였던 터라 전란 당시 전하를 호송하여 의주로 가셨었다. 그러니 그녀가 조선에 있을 때도 부친의 소식은 들을 수가 없었다. 설마 전란 중에 잘못 되신 것은 아니겠지?

상념에 빠져 있던 렌은 단호히 머리를 흔들었다. 불길한 생각은 금물이었다.

"떠날 준비를 하겠습니다."

"그때 네 모친과 너를 발견한 즉시 조선으로 보냈어야 했는데."

양부의 때늦은 후회에 그녀는 조용히 입을 열었다.

"아버님은 당주님의 휘하에 계신 분입니다. 가신으로서 주군의 명령에 따르는 것은 당연한 일이니 너무 자책하지 마세요. 대신 지금껏 제게 베풀어주신 은혜만으로도 지하에 계신 어머니는 아버님께 고마워하실 것입니다."

“은혜를 원수로 갚은 것 같아 마음이 편치 않구나. 조선으로 돌려보내줄 순 없었지만 그 대신 이곳에서나마 편히 살길 바랐는데…….”

“운명이라니까요.”

살포시 웃는 딸의 모습에 그는 고개를 끄덕였다.

“그래. 이것이 네 운명이라면 어쩌면 히타치에서 희망을 찾을 수도 있겠지. 그곳의 당주가 널 가엾게 여겨 조선으로 보내 준다면 오히려 전화위복이 될 수도 있을 테고.”

현실로 일어나기엔 너무나 허황된 말이었다. 대부분의 조선 노예들은 주인의 영지에서 죽을 때까지 벗어날 수 없는 것이 관례였다. 그러나 렌은 실낱같이 부질없는 희망일지라도 양부의 말을 간절히 믿고 싶었다.

히타치의 다이묘 집안인 키타가와 가는 아스카 시대를 시초로 천 년을 이어온 명문가였다. 또한 대대로 뛰어난 재상을 배출한 가문으로 지금의 당주는 키타가와 가의 35대 손(孫)이자 17대 다이묘인 키타가와 류타카였다.

사월77) 초사흗날 출발한 가토 기요마사와 렌 일행은 꼬박 달포가 걸려서야 히타치의 성에 도착할 수 있었다.

이곳의 성하촌은 벚나무 일색인 반면 세이후 성은 온통 대나무에 둘러싸여 있어 묘한 대조를 이루고 있었다. 푸른색 기와로 지어진 성과 그 주변을 빼곡히 에워싼 대나무의 정취가 성 이름 그대로 과연 맑은 바람을 뜻하는 청풍을 연상시켰다.

____

77) 사월(巳月) : 음력 4월.

유명한 성축기술을 갖고 있던 가토 기요사마 역시 세이후의 모습에 매료되어 찬사를 아끼지 않았다.

"과연 히타치의 당주가 거처하는 성답구먼."

때마침 내일이 단오절이라 성은 여기저기서 드나드는 사람들로 북적였다. 이른바 쇼부노셋쿠[78]라는 이곳의 단오절은 조선과는 달리 사내아이들을 위한 날이었다. 그 까닭은 단오절 무렵 피는 창포인 쇼부가 승부를 뜻한 쇼부와 발음이 같기 때문이라는 데서 비롯됐다고 한다.

성안으로 들어가니 곳곳에 투구며 무사 인형과 전투 부대의 깃발들이 장식되어 있었고, 마당 한가운데는 천 또는 종이로 만든 잉어 코이노보리[79]가 지붕에 매달려 바람에 나부끼고 있었다. 이는 단오절을 맞아 사내아이들의 입신출세를 기원하는 의미로 행하는 놀이였다.

마침 성의 주인은 잠시 출타 중이라는 말을 전해들은 렌 일행은 하인의 안내에 따라 손님들이 거처하는 방에 짐을 풀었다. 내일은 단오절이고 글피는 당주의 탄일이라 그런지 성안은 무척 어수선한 분위기였다.

세 살밖에 안 된 기요마사의 아들은 렌의 품에 안겨 곤히 잠이 들어 있었다. 그가 하례 물품을 실은 수레를 정리하기 위해 신겐과 더불어 밖으로 나간 뒤 방에는 그녀와 다다히로 둘만이 남게 되었다. 방안에 놓인 기물들은 단출해 보여도 하나하나 오래된 골동품이 분명해 보였다. 확실히 키타가와 가가 오랜 역사와 전통을 자랑할 만한 집안이라는 것을 알 수 있었다.

---

78) **쇼부노셋쿠(しょうぶの節句)** : 단오절.
79) **코이노보리(こいのぼり)** : 잉어 깃발.

　나비잠을 자고 있는 다다히로는 아기답게 천진난만해 보였다. 히고를 떠나 이곳 히타치로 오는 내내 잠자리가 뒤바뀐 탓에 연신 칭얼거리다 제풀에 지쳐 잠든 아이를 보니 안쓰럽기까지 했다. 그녀는 아이의 이마에 흩어진 솜털 같은 머리카락을 가만히 쓸어 주었다. 그러다 하릴없이 시간을 보내는 게 무료해졌다. 그래서 그녀는 다다히로가 잠든 것을 다시 한 번 살펴보고는 홀로 방을 나섰다.

　행랑아범인 듯한 자가 렌이 나오는 것을 보고는 다가왔다.

　"뭐 시키실 일이라도 있소?"

　"아닙니다. 잠시 산책을 하러 나왔을 뿐입니다."

　"큰 잔치를 앞두고 있어 눈코 뜰 새 없이 바쁘다오. 토노께서는 바깥 출입을 잘 안하시는 분이라 원래 조용한 곳이지만 가끔 이렇게 시끄러워지는 날이 몇 번 있지요. 귀하신 분들이 우리 토노를 한 번이라도 만나려고 줄을 이어 오니 북새통이 따로 없구려."

　푸념인지 자랑인지 모를 행랑아범의 말에 그녀는 저도 모르게 빙그레 웃고 말았다. 오면서도 보았지만 히타치의 다이묘는 백성들로부터 두터운 신망을 받는 인물 같았다.

　그때 혼마루로 통하는 중문에서 젊은 하인이 큰소리로 행랑아범을 불렀다.

　"아재! 일손이 부족해 죽겠는데 거기서 노닥거리기예요?"

　"노닥거리다니? 저놈 말하는 품새하고는!"

　"어서 와요!"

　성화를 하는 사내의 손짓에 행랑아범은 어쩔 수 없다는 듯 어깨를 으쓱이며 렌에게 재빨리 말했다.

"여기 세이후 성은 화려하고 모양 좋은 구경거리는 없어도 정문 안 왼편으로 가면 괜찮은 정원이 하나 있다오. 그곳엔 정자도 있고 연못도 있어 꽤 볼만하니 거기나 한번 가보구려."

"고맙습니다."

행랑아범이 사라지자 그녀는 그가 일러준 방향으로 걸음을 옮겼다.

성문을 통해 쉴 새 없이 들어오는 수레 안에는 하례물들이 가득 실려 있었다. 과연 열도 최고 실세의 잔치다웠다.

어린 시절 조선에서 살 때 왜국에 대해 듣기로 쌀은커녕 보리도 구하기 어려워 굶주리는 사람들과 집도 없이 거리에서 죽어가는 행려병자들이 수십만에 이른다는 것이 전부였다. 조선보다 못 사는 나라. 군자의 도가 뭔지도 모르는 무식한 이들이 상스럽게 칼부림이나 하는 곳. 그것이 그녀가 아는 왜국의 전부였다.

그러나 그는 그것이 조선의 오만이자 지나친 편견이라는 걸 이곳에 오고 나서야 새로이 깨닫게 되었다. 조선이 혼란한 정치로 인해 부국강병을 꾀하지 못하는 동안 왜국은 서역국과 교류하면서 군사력을 증강시켜 왔다. 뼈아픈 일이긴 하지만 임진년에 일어난 왜란은 국외정세에 너무나 어두웠던 조선의 탓이 크다는 걸 인정해야 했다.

칠 년에 걸친 조선 출병은 왜국에도 적잖은 혼란을 가져다주었지만 이제 그들은 도쿠가와 가를 중심으로 흩어진 정국을 하나로 통일하면서 점차 체제를 정비하고 있었다.

만약 조선이 왜란을 겪고 난 지금도 왜국을 얕보려 한다면 언젠가 다시 이들의 침략을 받게 될지도 모를 일이다. 그렇게 된다면 그때는 칠 년의 왜란보다 더한 고통스러운 나날이 될 것이 분명하다.

한낱 여인의 눈으로 본 왜국의 실정이 이러한데도 조선은 여전히 왜국과의 교역을 단절하고 있었다. 명분 때문에 실리를 외면하는 우를 범하고 있다는 사실을 조선의 정치가들은 여전히 깨닫지 못하고 있는 것이다.

"과이불개 시위과의(過而不改 是謂過矣)라, 과오를 앎에도 이를 고치지 않으니 잘못이라."

탄식하듯 중얼거리며 정문 왼편으로 향해 보니 정말 행랑아범의 말대로 시원하게 탁 트인 정원이 한눈에 들어왔다.

정원 안쪽에는 보름달처럼 생긴 커다란 연못이 하나 있었는데 희한하게도 연못 가운데로 이어져 있는 섬처럼 마른 땅 위에 적어도 오백 년 이상은 되는 듯한 매화나무 한 그루가 거대한 위용을 자랑하며 서 있었다. 이미 꽃은 지고 푸른 이파리만 남은 모습이었지만 그래도 여전히 아름다웠다.

그 아름드리나무는 장정 서넛이 두 팔을 펼치고도 둘레를 다 재지 못할 정도로 컸다. 남쪽으로 드리워진 굵은 나뭇가지는 연못가의 정자와 연결되어 홍예다리 역할을 하는 듯했다. 연못도 꽤 깊은지 물빛이 짙은데다 수많은 연잎들로 인해 초록빛으로 가득했다.

그녀가 정원의 수려한 정경에 탄복하며 구경하는데 뒤에서 인기척이 들렸다. 뒤를 돌아보니 다다히로보다 조금 큰 네댓 살은 되는 듯한 사내아이가 아망스런 얼굴로 연못을 노려보고 있었다.

"미…… 미워!"

말문을 연 지 얼마 되지 않은 듯 혀 짧은소리로 서툴게 내뱉는 꼬마의 앙증스런 목소리에 슬며시 웃음이 나왔다.

웃고 있는 렌과 시선이 마주친 아이는 자그마한 얼굴에 힘을 주고는 다시 뭐라고 지껄였다. 하지만 어린아이의 옹알거림을 제대로 알아들을 수는 없었다. 녀석은 뭔가 많이 분한 모양인 듯 자그마한 주먹을 움켜쥐고는 숫제 발까지 구르며 마구 성질을 부렸다. 뉘 집 아이인지는 모르나 돌봐주는 이가 없는 게 분명했다. 별난 아이다 싶어 관심을 두지 않고 정원을 나서려는데 뒤에서 풍덩 물소리가 났다. 깜짝 놀라 뒤를 돌아보니 그 꼬마가 물에 빠져 허우적거리고 있었다.

도움을 청하려고 좌우를 살폈지만 사람이 보이지 않았다. 저러다 아이가 죽을까 싶어 마음이 다급해진 그녀는 앞뒤 생각할 겨를도 없이 연못으로 뛰어들었다. 늦봄이란 계절이 무색할 정도로 연못물은 차가웠다. 게다가 기모노가 몸에 달라붙고 보니 물속에서 몸을 움직이기가 여의치 않았다. 급한 마음에 무작정 뛰어들기는 했지만 솔직히 헤엄치는 법을 알지 못하기는 그녀도 아이와 마찬가지였다.

어쨌든 겨우 몸을 움직여 꼬마가 있는 쪽으로 다가갔다. 어떻게든 녀석을 연못가로 이끌고 가보려 했지만 겁에 질린 아이가 손을 휘저으며 마구 허우적대는 바람에 그녀로서는 힘에 부쳤다.

"제발 그렇게 버둥대지 좀 마!"

수면을 오르락내리락하는 동안 숨이 가빠진 렌이 소리쳤지만 아이는 아무 소리도 들리지 않는 듯 그녀의 옷자락을 꼭 붙든 채 발버둥쳤다. 잘못하다간 자신과 아이 둘 다 물에 빠져 죽을지도 모르겠다는 생각이 들었다. 자신의 목을 자그마한 두 팔로 옥죄어 안은 꼬마의 힘이 어찌나 센지 숨쉬기조차 힘들었다.

어찌어찌하니 천천히 몸을 움직여 녀석과 함께 연못가로 향하는 데는 가까스로 성공할 수 있었다. 하지만 너무 지쳐서 아이를 물 밖으로 들어올리기는 벅찼다. 결국 렌은 물속에서 발판이 되어 아이가 물 밖으로 나가게끔 도왔다. 물 밖으로 나간 꼬마가 요란하게 울음을 터뜨리는 소리가 어렴풋이 들리는 것과 동시에 그녀는 자신의 몸이 연못 밑으로 무겁게 가라앉는 것이 느껴졌다. 이대로 죽는가 보다 하며 눈을 감으려는 찰나 갑자기 커다란 손이 그녀의 머리카락을 휘어잡아 끌어올렸다.

갑자기 숨을 들이쉬다 연못물까지 함께 마시는 바람에 사레가 들린 렌은 심하게 기침을 하며 땅바닥에 주저앉았다. 얼굴과 등에 달라붙은 긴 머리카락에서 물방울이 뚝뚝 떨어졌다. 잠시 숨을 돌리고 고개를 드는데 별안간 철커덩 하는 소리와 더불어 십여 개의 장검이 그녀의 목을 겨눠왔다. 시야를 가린 머리카락을 손으로 젖히며 정면을 바라보니 십여 명의 무사들이 칼을 겨눈 채 그녀를 에워싸고 있었다.

그들 중 한 명이 앞으로 나서며 캐물었다.

"누구냐?"

한눈에도 그저 평범한 사내들이 아니라는 걸 알 수 있었다. 어쩌면 히타치의 사무라이들일지도 몰랐다. 그녀는 자꾸만 몸에 달라붙는 젖은 옷자락을 손으로 늘어뜨리며 무릎을 꿇은 채 조용히 대답했다.

"히고에서 왔습니다."

"히고? 가토 당주와는 무슨 사이냐?"

"그분이 제 주인이십니다."

"측실이란 말이냐?"

"가토 가의 문사입니다."

막힘없이 대답하는 렌의 태도에서 거짓은 아니라는 판단이 들었는지 무사들은 손에 들었던 칼을 일제히 내렸다. 겨우 한숨을 돌린 그녀가 가만히 앉아 있자 그들 사이로 한 남자가 모습을 드러냈다. 어깨까지 내려오는 머리가 인상적인 사내였다. 아마도 이곳의 시텐노쯤 되는 것 같았다.

렌은 반쯤 시선을 아래로 내리깐 채 입을 꼭 다물었다.

"일국의 영토를 다스리는 한80)의 다이묘가 계집 따위를 자신의 집안 문사로 쓴다는 소리는 들은 적이 없다. 지금 네가 나를 우롱하는 거냐?"

"제가 거짓을 말하는지 아닌지는 그분을 만나서 확인하시면 될 게 아닙니까?"

그녀의 당돌한 대꾸에 질문을 하던 사내가 발끈하며 화를 냈다.

"이런 발칙한 것을 봤나? 지금 어느 분 앞인 줄 알고 세 치 혀를 함부로 나불대느냐? 네년이 단칼에 목이 잘려야 정신이 날 모양이구나!"

"지은 죄가 없는데 죽는 게 무엇이 두렵겠습니까? 하오나 저를 죽이시려거든 제 주인과 이곳 세이후 성의 당주께 먼저 허락을 받으시지요."

그 말에 사내는 기도 안 찬다는 듯 콧방귀를 뀌었다.

"흥! 네 주인에게 양해를 구하란 소리는 이해하겠다만 우리 토노의 허락이라니? 그건 또 무슨 궤변이냐?"

"저의 주인은 히고의 당주이시나 여기는 히타치이니 이곳의 당주께서 모든 송사를 처결하실 게 아닙니까? 하온데 시시비비도 가리지 않은 채 나리가 저를 죽인다면 그분께서 무고한 사람을 죽였다는 오명을

---

80) 한(藩) : 에도 시대 다이묘의 영지나 그 정치 형태.

쓰실 수도 있기에 드리는 말씀입니다. 주군의 명예를 위하는 것이 휘하에 있는 사람이 취해야 할 도리라고 여겨집니다만."

"허! 이런 맹랑한 것이 있나?"

그가 어이가 없다는 듯 고개를 흔들자 다른 사내의 목소리가 끼어들었다.

"그만두게, 신지."

"토노, 이 천둥벌거숭이를 그냥 두어서는 안 됩니다."

신지라 불린 자가 불만스럽게 중얼대자 뒤에서 지켜보고만 있던 사내가 모습을 드러냈다. 검은색 기모노 정복을 입은 사내는 손에 들고 있던 쥘부채를 접으며 무리들 사이에서 걸어 나왔다.

토노라 불린 사내. 렌은 그제야 그가 히타치의 다이묘이자 세이후 성의 당주인 키타가와 류타카라는 걸 깨달았다.

검은색 하오리(羽織)의 양어깨에 흰색 바이카 문양이 선명하게 수놓인 것이 눈에 들어왔다. 아찔한 생각이 머릿속을 스쳤다. 설마 저들 중에 이곳의 당주가 진짜로 있을 거라고는 미처 예상치 못했던 것이다.

그는 그녀가 상상했던 것 이상으로 키가 컸고 약간 마른 체격이었다. 머리는 가지런히 뒤로 묶어 정리한 단정한 모습에 검은 두 눈은 그녀의 속을 꿰뚫을 것처럼 매섭고 날카로웠다.

그의 고요한 시선에 사로잡힌 렌은 그대로 굳어버렸다. 가토 기요마사 앞에서도 이러지 않았는데 저 사내 앞에서는 마치 온몸이 쇠사슬에 묶인 것처럼 꼼짝도 할 수가 없었다.

히타치 당주의 입에서 준엄한 음성이 흘러나왔다.

"네가 연못에서 구한 아이는 내 아들이다. 알고 있었나?"

“돌보는 이가 없었기에 평민의 아이인 줄로만 알았습니다.”

“너를 죽이기 전에 내 허락이 필요하다 했나? 내가 모든 것을 지켜봤다. 그러니 이제 널 죽인다 해도 달리 할 말은 없겠지?”

언뜻 보기에도 무표정한 그의 얼굴은 몹시 딱딱해 보였다. 농담을 하는 것인지 진담을 하는 것인지 분간이 가지 않아 혼란스러울 정도였다. 그러나 곧 상대방이 자신을 떠보고 있다는 걸 깨달은 그녀는 단호한 어조로 대답했다.

“여긴 당주께서 주인이신 곳입니다. 하오니 저를 죽이신다면 죽을 수밖에요.”

류타카는 당돌하기 짝이없는 이 여자에게 뭔가 할 말이 더 남았다는 걸 눈치 채고는 다시 물었다.

“그런데?”

“다만 군자는 일구이언을 하지 않는다고 들었는데 히타치의 다이묘는 군자가 아닌 소인배라는 걸 알게 된 게 애석할 따름입니다.”

렌의 겁 없는 대답에 기겁을 한 무사들이 날카롭게 숨을 삼키는 소리가 여기저기서 났다. 굽힘없이 도도한 그녀의 말에 류타카는 솔직히 놀랐다. 아직 스물도 안 돼 보이는 계집의 어디에서 저런 용기가 나는 것일까? 어리석기 짝이 없는 무모함이라고 치부하기에는 분명 뭔가 다른 게 있었다.

“무슨 근거로 나를 군자가 아니라고 폄훼(貶毀)하는 것이냐?”

“분명히 당주께서는 저를 가리켜 아드님을 구해 주었다고 말씀하셨습니다. 그래 놓으시고는 저를 죽이려 하시니 자식의 목숨을 구한 이를 죽이려는 사람을 어찌 군자라 칭할 수가 있겠습니까?”

들으면 들을수록 어이가 없었다.

"네 이름이 무엇이냐?"

"하찮은 계집 따위에게 무슨 이름이 있겠습니까만 제 주인께서는 저를 렌이라 부르십니다."

이름을 들은 류타카는 그녀의 얼굴을 말없이 응시했다.

젖은 몸을 이끌고 숙소에 도착한 렌은 마침 안으로 들어서던 양부 신겐과 마주쳤다.

양부는 놀란 눈으로 입을 벙긋거렸다.

"대체 네 몰골이 그게 뭐냐?"

"일이 그렇게 되었습니다."

"물에 빠진 것이냐?"

"세이후 성의 연못이 깊다더니 정말 그렇더군요."

그녀의 대답에 신겐은 선뜻 이해가 가지 않는다는 표정이었다.

"뭐라고?"

혹시나 방금 전에 이곳 당주와 마주쳤다는 소리를 하면 양부가 걱정할 것 같아 그녀는 말하지 않기로 했다.

"그냥 발을 헛디뎌 물에 빠졌던 것뿐입니다. 얼른 들어가 옷을 갈아입어야겠어요."

"그래. 이곳 행랑아범을 시켜 목욕물을 준비해 달라고 해야겠다. 어서 들어가거라. 물에 빠진 생쥐처럼 몸을 떠는 걸 보니 고뿔에라도 걸릴까 걱정이다."

"토노께서는 아직 안 오셨습니까?"

"나와 함께 오는 중에 때마침 출타했다가 돌아온 이곳 당주를 만나서서 사랑방으로 가셨다. 말씀이 길어지실 것 같더구나."

"목적이 있는 방문이니 그렇겠지요."

"그렇게 멀거니 서 있지 말고 어서 안으로 들어가렴."

"예, 아버님."

등을 떠미는 양부의 채근에 렌은 살짝 웃으며 안으로 들어갔다. 갈아입을 옷을 챙겨 들며 그녀는 방금 전 히타치의 당주와 만났던 일을 다시금 떠올렸다. 조용하면서도 차가운 그 표정이 잊히지가 않는다. 그런 사람의 밑에서 과연 이 간절한 염원을 이룰 수 있을지 자신이 없어졌다. 기요마사보다도 더 빈틈이 없어 보이는 그에게서 느껴지던 왠지 모를 불안감에 마음 한 구석이 바자운[81] 까닭이었다.

성격이 모가 난 사람일수록 다루기는 오히려 쉬운 법이다. 의심이 많은 사람은 믿음을 주면 되고 욕심이 많은 사람은 그 심욕을 채워 주면 된다. 하지만 애초부터 타인에게 원하는 것이 없는 사람이라면 쉽게 다가갈 틈을 찾기 어렵다.

그런 면에서 키타가와 류타카, 그는 그녀가 상대하기에는 너무 아름찬 사내였다. 아니다. 섣부른 판단은 금물이다. 어찌 될지는 겪어봐야 알 일. 미리부터 겁먹을 필요는 없다. 그녀는 그렇게 마음을 굳게 다지고 또 다졌다.

"목욕간에 물이 준비되었다는구나."

"예."

밖에서 친절하게 알려주는 양부의 음성에 정신을 차린 렌은 옷가지

를 들고 조용히 방을 나섰다.

꼭 쥔 손아귀에 갑자기 힘이 들어가면서 가는 붓의 자루가 툭 부러졌다.

"뭐야?"

히타치와 근접해 있는 친정 시모쓰케[82]로 보낼 밀서를 쓰던 마사코는 눈을 매섭게 치켜뜨고는 몸종 스에를 노려보았다.

"뭐가 어떻게 됐다고?"

"그게…… 웬 계집이 갑자기 연못으로 뛰어드는 바람에……."

특별히 오늘로 날을 잡았던 그녀였다. 왕래하는 손님들이 많을수록 아이에게 신경을 쓰는 사람이 별로 없을 것이라 판단하고 나름 치밀하게 준비한 계획이었다.

그런데 이렇게 허무하게 일이 틀어지다니 화가 치밀어올랐다. 마사코는 다음 일을 어찌 도모해야 하는지 조언을 구하던 밀서를 손으로 구기며 얼굴을 일그러뜨렸다. 얼마 남지 않은 인내심으로 들끓는 분노를 견디려니 입술이 바르르 떨렸다.

그러다 긴 심호흡으로 마음을 가다듬고는 연상에 놓인 촛불에 구겨진 밀서를 태우기 시작했다. 불에 까맣게 타서 검은 재로 변한 종이를 쳐다보며 그녀는 나직한 음성으로 물었다.

"그래, 그 계집은 어디 소속의 하녀더냐?"

"그게 여기 세이후 성에 사는 계집이 아닌 것 같았사옵니다, 마님."

몸종이 머뭇거리자 그녀는 얼굴을 홱 돌리며 사납게 다그쳤다.

---

82) **시모쓰케(下野)** : 지금의 도치기 현.

“아닌 것 같다니? 여태 그 계집의 신분조차 제대로 파악하지 못했다는 것이냐? 대체 네가 하는 일이 무에야? 이게 얼마나 중차대한 일인지 정녕 몰라?”

“죽여주십시오, 마님!”

“너 따위의 목숨을 거두는 것으로 끝낼 일이 아니야!”

“마……마사코님!”

그녀는 촛대를 집어 들더니 몸종의 얼굴에 바싹 들이대며 으름장을 놓았다.

“죽는 거야 한순간이면 끝나는 일인데 무서울 게 무엇이냐? 짧은 고통은 처벌이라 할 수 없지. 내가 시키는 일을 제대로 하지 못하면 그 예쁘장한 얼굴을 벌겋게 달군 인두로 눌러줄 테다. 흉측한 외모로 평생 남의 조롱이나 받으며 살고 싶으냐?”

여주인의 잔인한 어조에 기겁한 스에는 머리를 조아리며 애원했다.

“사……살려주세요! 부디 살려주세요, 마사코님!”

몸종이 벌벌 떠는 모습을 잠시 지켜보던 마사코는 촛대를 치우며 말했다.

“세이준이 크면 클수록 우리에게는 시간이 부족해진다는 것을 왜 몰라? 네가 실수를 하게 되면 너뿐만 아니라 시모쓰케에 있는 네 가족들까지 피를 흘리게 된다는 걸 명심해라. 알겠느냐?”

“예, 마님.”

“가서 그 계집이 어디서 누구와 함께 온 것인지 소상히 알아오너라.”

“예……예!”

어리숙한 몸종이 놀란 토끼마냥 서둘러 밖으로 나가는 것을 지켜보던 그녀는 왼쪽 벽에 쳐진 병풍을 향해 입을 열었다.

"이젠 나와도 됩니다."

그러자 병풍이 옆으로 밀쳐지면서 한 사내가 모습을 드러냈다. 오른쪽 눈에 안대를 한 애꾸눈의 그는 굳은 음성으로 말했다.

"그러게 쉬운 일이 아니라 했잖습니까?"

"역시 그대가 옳았어요. 상대가 아이라 하여 너무 만만하게 보고 자만한 게 실수예요.

"마사코, 그리 조급해하지 말아요. 어차피 때가 되면 기회는 자연히 오는 법입니다. 시모쓰케에 계신 토노께선 언제나 그대의 불같은 성미를 걱정하고 계시다는 걸 유념하도록 해요."

"요시카즈, 그대만이 나의 힘이라는 걸 알고 있나요?"

그녀가 안대에 가려진 요시카즈의 눈을 어루만지며 슬픈 어조로 묻자 그는 그녀의 손등에 입맞춤을 하며 대답했다.

"난 항상 그대가 살아있음을 하늘에 감사할 따름입니다."

"능욕을 당한 그때를 생각하면 난 지금도 죽고만 싶어요."

"그건 그대의 잘못이 아닙니다! 절대로…… 나를 위한다면 그런 나약한 생각은 하지 말아요, 마사코."

사내의 따뜻한 위로에 감동한 그녀의 눈동자에 눈물이 고였다. 그녀는 격정을 이기지 못하고 그의 입술에 자신의 입술을 포개었다. 두 사람의 뜨거운 입맞춤이 그들의 사랑을 대변해 주는 듯했다.

"세상의 그 누가 뭐라 해도 그대는 단 하나뿐인 내 아내입니다!"

요시카즈의 선언에 마사코는 그의 품안으로 몸을 던졌다.

"내 사랑…… 단 하나뿐인 내 정인이여!"

두 사람은 어릴 적부터 정혼한 사이였다. 그런데 잔인한 운명으로 인해 그들은 영원히 부부가 될 수 없는 처지에 놓이고 만 것이다. 마사코의 아버지인 아시카가 혼지는 아시카가 가쓰오의 아들이었다. 부친의 사후 시모쓰케의 다이묘가 된 그는 몰락한 가문의 영광을 되찾고자 호시탐탐 히타치를 넘보고 있었다.

그러던 어느 날, 그는 새벽을 틈타 세이후 성을 공격했다. 느닷없는 야습으로 아수라장이 된 성에서 가까스로 도망치던 한 하녀를 우연찮게 발견한 그는 그 자리에서 그녀를 강간하고 죽이는 잔학한 행동을 저질렀다.

그런 일쯤이야 전쟁 중에는 비일비재한 일. 하여 처음에는 사소한 일로 치부하고 넘겼으나 그의 생각과는 달리 사태는 점점 심각해지고 말았다. 그때 죽인 하녀가 하필이면 히타치의 다이묘인 키타가와 히로이의 정실 키타가와 다스히메였기 때문이다. 그 당시 그녀는 전투가 벌어지자 가신들의 도움을 받아 변복을 하고 성 밖으로 빠져 나가려다 화를 당한 것이었다.

당시 야마시로에 볼일이 있어 아들 류타카와 함께 세이후 성을 비웠던 히로이는 아내 다스히메의 죽음에 격분한 나머지 소식을 듣자마자 피를 토하고 쓰러졌을 정도였다. 분노하기는 도쿠가와 이에야스도 마찬가지였다.

혼지는 다스히메가 이에야스의 누이라는 사실을 꿈에도 몰랐던 것이다. 이에야스로부터 은밀히 지원병을 하사받은 히로이는 시모쓰케에 대해 대대적인 토벌을 감행했고 결국 아시카가 가는 폐문 일보 직전까지 갔다.

하지만 불행 중 다행인지 당시의 실세였던 도요토미 히데요시가 이에야스를 설득한 끝에 혼지는 겨우 목숨을 구할 수 있었다. 그 대신 그는 자신의 가문이 멸문지화되는 걸 막기 위해 두 딸인 마사코와 하시히토를 볼모로 키타가와 가에 내주어야만 했다.

그때 열네 살이었던 마사코는 정혼자인 히겐 요시카즈와의 혼인날을 불과 보름 남겨두고 있었을 즈음이었다. 울며불며 차라리 죽겠다고 버텼지만 결국은 집안을 위해 히타치의 세이후 성으로 끌려갈 수밖에 없었다. 성에 당도한 그날 그녀는 자신의 아버지가 다스히메를 범했듯이 마흔이 넘은 히로이에게 고스란히 앙갚음을 당해야 했다. 중늙은이에게 치욕스레 무참히 짓밟히고 나서야 풀려난 그녀는 그 뒤로 아무것도 아닌 그림자가 되어 지금껏 살아왔다.

올해 나이가 서른셋이니 꼭 십구 년의 세월이 흐른 셈이다. 그 영욕의 세월 속에서 다시 정혼자인 요시카즈를 만나기까지 하루에 수천 번도 넘게 죽음을 생각했으나 실행하질 못했다. 그러다 뜻밖에도 히로이의 아들 요시노를 갖게 되면서 그 생각은 접을 수밖에 없었다. 대신 쓰디쓴 인고의 시간을 정인과의 해후로 달래며 여기까지 버텨온 것이다. 이제 그녀의 소원은 단 하나. 자신의 아들 요시노가 히타치의 다이묘가 되고, 그 뒤에서 요시카즈가 섭정하는 것을 지켜보는 것뿐이었다.

자신을 갈구하는 사내의 탐욕스런 손길을 능숙하게 피하며 마사코는 방문을 걸어 잠갔다. 문이 닫히고 촛불이 꺼진 후원의 한 별채에서는 남녀의 가쁜 숨소리가 아주 간간이 들려올 뿐 어둠은 소리 없이 깊어만 갔다.

초승달의 희미한 빛은 까만 밤을 힘없이 사르며 사라졌다. 밤기운을 쐬며 모처럼 정자에 앉은 류타카는 기요마사와 오래도록 바둑을 두었다. 등잔불 아래 놓인 바둑판 위에서 흑돌과 백돌이 삼백예순하나의 점을 사이에 두고 치열한 영토 싸움을 벌였다. 이윽고 마지막 한 수를 둔 류타카가 손을 내리며 말했다.

"제가 또 졌습니다. 번번이 세 집 이상으로 지는군요. 가토도노[83]의 바둑 실력이 대단하다는 소문은 들었지만 실제로 겪어보니 정말이지 놀랍습니다."

"과찬이오, 키타가와도노."

"이렇게 늦도록 말벗이 되어주시는 걸 보니 제게 무슨 할 말이라도 있으신가 봅니다."

흑돌을 정리하며 무심하게 묻는 류타카의 말에 잠시 움찔하던 기요마사는 그의 눈치를 살피며 조심스레 말을 꺼냈다.

"귀공(貴公)이 단도직입적으로 물으니 나도 거두절미하고 대답하리다. 일가를 어엿하게 이룬 사내라면 누구나 그러하듯 자식, 특히 가문을 이어야 할 장자에 대해 애착과 기대가 클 수밖에 없는 게 인지상정 아니겠소?"

"아! 그리고 보니 존공(尊公)께서 맏아드님을 늦게 보셨다지요. 이제야 하례를 드리는 게 참 송구스럽습니다만 진심으로 축하드립니다."

"내 말은 그게 아니오."

말꼬리를 돌리려는 그를 막으며 기요마사는 솔직하게 자신의 심정을 토로했다.

---

83) 도노(どの, 殿) : 남의 이름·직명 등에 붙여 존경을 나타내는 말.

"다다히로는 내 목숨보다도 더 소중한 아들이라오. 그러니 우에사 마께서 갑자기 그 아이를 보자고 하시는 까닭을 내게 말해 줄 순 없겠 소?"

"무슨 곡해가 있는 듯합니다. 그분께서는 당신의 외증손자를 보시고 싶어 하는 것 말고는 다른 뜻이 없으십니다."

"말이 외증손자지 내 아내 아키코는 히데타다님의 수양딸에 불과합 니다. 한데 무슨 애틋한 정이 있어 내 자식 놈을 보려 하시겠소? 이는 다다히로를 볼모로 삼으시겠다는 뜻 아니오?"

"말씀이 지나치십니다."

류타카의 싸늘한 어조에 기요마사는 안절부절못했다.

"키타가와도노! 그러지 말고 날 좀 도와주시오. 사례는 내 후히 하 리다. 조선 출병 때 내가 잡은 호랑이로 직접 호피를 만들어 가져왔 소. 그리고 이번에 내가 귀공을 위해 꽤 괜찮은 계집을 하나 데려왔는 데……."

은근히 떠보며 렌에 대해 언급하려던 기요마사는 자리를 박차고 일 어서는 류타카의 행동에 깜짝 놀랐다.

"아니, 왜 그러시오?"

"너무 늦은 것 같습니다. 밤이 깊었으니 존공께서도 주무셔야지 않겠 습니까?"

"이……이보시오! 키타가와도노!"

기요마사가 애원조로 다급히 붙잡자 그는 무표정한 얼굴로 일침을 놓았다.

"남들이 들을 때 곡해할 만한 말이라면 하지 않는 게 올바른 처신이지요. 잘못하면 쇼군께 불충이 될 수도 있다는 걸 유념하십시오. 저는 우에사마의 여러 휘하 장수들 중 한 사람일뿐 그 이상도 그 이하도 아닙니다. 그러니 존공의 청탁을 들어드릴 만한 위치가 못 됩니다. 이 점 분명히 헤아리셨길 바랍니다.”

“꼭 그리 해달라고 말을 꺼낸 건 아니었소. 귀공의 탄일을 축하하기 위한 내 성의일 뿐이니 오해하진 말아주시오. 머리에 제법 든 것이 많은 계집이니 데리고 있기 답답하진 않을 거외다.”

“말씀은 고마우나 제겐 필요치 않으니 사양하겠습니다. 다만 그리 마음 써주신 존공의 진의는 받은 걸로 하지요. 오늘 있었던 일은 가토 도노의 체모를 생각해서 없었던 것으로 하겠습니다. 하지만 다시는 이렇게 서로 얼굴 붉히는 일이 없었으면 합니다.”

냉정히 등을 돌리는 류타카를 보며 기요마사는 낭패감에 이를 악물었다.

깊고 푸른 우월의 밤 아래
深くて青い雨月のさ夜の下

“어제도 꽃이 피고 오늘도 꽃이 피는구나.
오늘 핀 꽃은 곱지만 어제 핀 꽃은 시드는구나.”

히고의 흑설루(黑雪樓)는 사이카이도 최고의 화류항으로 비록 청루
(靑樓)라고는 하나 저잣거리의 싸구려 유곽과는 근본적으로 그 격이 달
랐다. 이곳에서는 해마다 초봄이 되면 스무 명 남짓의 여자아이들을
돈을 주고 모집했다. 때문에 그맘때가 되면 흑설루 앞에는 가난한 농노
들이 모두 나와 문전성시를 이룰 정도였다. 헐벗고 굶주림에 지친 농노
들이 더는 견디지 못하고 자신의 딸이나 누이를 좋은 값에 팔고자 꾸
역꾸역 모여드는 탓이었다.

흑설루는 그녀들에게서 세 살 미만의 코흘리개 계집아이들을 사들
인 뒤 일선에서 물러난 퇴기(退妓)들로 하여금 예법에서부터 가무에 이
르기까지 아주 철저하게 가르쳤다.

그리고 그렇게 교육받은 아이들 중에서 오직 세 명만 엄선하여 남기

고 나머지는 집으로 돌려보냈다. 그렇다고 남은 세 명이 바로 게이샤가 되는 것도 아니었다. 남은 아이들은 다시 한학을 공부하고 기본적인 예악도 익힌 뒤에 시험을 통과해야 비로소 게이샤가 될 수 있었다.

그래서 흑설루의 게이샤는 모두 타유[84]라 칭할 정도였다. 그러나 히고 사람들은 이들을 설여랑(雪女郎)이라 불렀다. 설여랑은 원래 여자로 변신하여 속세에 나타난다는 눈의 정령을 말하는데 최고의 명기라는 별칭이다.

미츠키 역시 올봄에 관례를 치르고 설여랑이 된 소녀였다. 그녀는 흑설루 주변을 모처럼 한가한 기분으로 산책하고 있었다.

하루가 멀다 하고 드나드는 뭇 사내들로 인해 북적이는 곳이었지만 단오절인 오늘은 조용했다. 계집질에 미친 사내의 호주머니에서 돈을 터는 게 그녀들의 일이라지만 이런 날만큼은 사내들을 제 집으로 보내주는 아량을 베풀어야 하는 법이라며 흑설루의 여주인인 토모에가 청루의 문을 닫았기 때문이다.

정자에 올라 주변 경관을 바라보던 미츠키는 같이 수학한 동무 키쿠하나가 부르는 소리에 등을 돌렸다.

"미츠키! 니찌신 나리께서 오셨어!"

"정말?"

그녀는 반가운 미소를 지으며 정자에서 내려왔다.

"어디 계시는데?"

"지금 토모에님과 말씀을 나누고 계셔. 야, 누군 좋겠다. 지체 높은 나리가 뒤를 봐주는 것도 모자라 달포에 한 번씩 찾아와서 살뜰히 챙

---

84) **타유(太夫)** : 에도 시대의 최고급 창녀.

겨주기도 하고. 혹시 너한테 첩장가라도 들겠다고 오신 게 아닐까?"

팔짱을 끼며 부럽다는 듯 중얼거리는 동무의 말에 미츠키는 정색을 하며 화를 냈다.

"니찌신님은 그런 분이 아니야!"

"아아, 그래 알았어. 알았으니까 너무 그렇게 노려보지 마."

"다시는 그런 소리 하지 마."

"알았다니까. 계집애! 그냥 해본 소린데 그렇게까지 무섭게 굴 건 없잖니?"

키쿠하나가 서운한 듯 투덜거리자 그녀는 화를 풀며 말했다.

"그냥 하는 소리라도 듣기 싫어."

미츠키는 자신으로 인해 그분이 추문에 휩싸이는 게 싫었다. 그녀의 부모는 평범한 농민이었다. 십삼 년 전 그녀가 살던 동네에 이름 모를 괴질이 돌더니 수많은 사람들이 죽어갔다. 그러자 살아남은 사람들은 같이 죽을 순 없다며 병자들이 있는 집에 불을 지르기 시작했다.

그녀의 부모 역시 괴질에 걸려 죽자 마을 사람들이 아이도 같이 죽여야 한다며 네 살 난 그녀를 방에 가두고 함께 태우려 했다. 그때 마침 그곳을 지나가던 니찌신이 어린 그녀를 구해내어 이곳 흑설루에 맡긴 것이었다.

"미츠키?"

상념에 잠겨 있던 그녀는 흑설루 여주인이 부르는 소리에 고개를 들었다.

"예, 토모에님."

"따라오너라."

미츠키를 자신의 방으로 불러들인 토모에는 알 수 없는 눈길로 그녀
를 쳐다보았다.

"왜 하필이면 그 반병신인 게냐? 사이카이도에는 네 머리를 얹어주려
고 안달하는 고관대작들이 줄을 섰다. 네가 마음만 먹으면 너나할 것
없이 어마어마한 해웃돈을 들고 달려올 거다. 그럼 넌 그들 중 마음에
드는 이를 골라 첫날을 치르면 돼. 좋은 조건의 사내라면 얼마든지 구
할 수 있다니까."

"싫습니다."

미츠키가 단호히 거절하자 그녀는 답답한 듯 한숨을 내쉬었다.

"왜?"

"그분이 아니라면 그 누구도 싫어요."

"참, 별스러운 아이로구나. 알다가도 모를 일이야. 네가 하도 간절히
원하기에 니찌신님께 부탁드리긴 했다만 그런 볼품없는 사내의 어디가
그리 좋다는 건지. 어휴! 나도 모르겠다. 네 고집을 내가 모르는 것도
아니고. 어쨌든 오늘로 날을 잡았으니 몸가짐일랑 깨끗이 하도록 하려
무나."

뜻밖의 소식에 미츠키는 긴장한 표정을 지었다.

"오늘이라고요?"

"쇠뿔도 단김에 빼랬다고 네가 얼른 첫날을 치러야 다른 손님들도 받
을 게 아니냐. 널 보겠다고 천릿길을 마다 않고 오는 사내들을 언제까
지고 헛걸음하게 할 수도 없는 노릇이니 이왕 할 거면 빨리 치르자꾸
나."

솔직히 여주인의 말은 하나도 들리지가 않았다. 드디어 자신의 바람

대로 그분을 모실 수 있게 됐다는 소리만 귓가에 울릴 뿐이었다. 가슴이 두방망이질 치듯 설레었다. 그녀는 얼굴 가득 환한 미소를 머금으며 대답했다.

"고맙습니다! 고맙습니다, 토모에님."

"그리도 좋으냐?"

토모에가 한심해하며 묻자 그녀는 실없이 해죽거리기만 했다.

"망할 년! 웃기는. 너한테 혹한 사내들이 수두룩하건만 어째 그런 반편일 고른 게야! 하긴 철없는 계집이란 저 좋다는 사내보다야 저 마음 끌리는 사내가 더욱 애틋한 법이지. 하지만 그건 네가 세상만사를 잘 몰라 그러는 게다. 지금 당장은 네 맘 가는 게 우선일지 몰라도 더 나이 들어봐라. 나중엔 너 좋다는 사내가 제일이란 걸 깨닫는 날이 올 테니."

"준비하겠습니다."

자신의 말을 듣는 둥 마는 둥 하며 미츠키가 황급히 밖으로 나가자 토모에는 딱하다는 듯 혀를 찼다.

"쯧쯧! 저런 철딱서니하고는! 저리도 좋을까? 그래! 정인의 품에 안기는 것만큼 달콤한 꿈이 어디 있으려고. 우리네 같은 팔자에 그나마 그런 풋사랑이라도 한 번쯤은 있어야 살지. 그래야 이 신산한 인생살이가 덜 외롭고 고달플 거 아니겠나."

흔히들 설여랑은 창기가 아닌 예기라지만 추어올리기 위한 말일 뿐 특별히 다를 건 없었다. 저잣거리에서 시정잡배들과 시시덕거리는 창기나 흑설루에서 고관대작들을 상대하는 설여랑이나 노류장화란 소리를 듣기는 마찬가지인 것이다. 길거리에 피어 아무나 꺾을 수 있는 꽃. 그게 그녀들의 운명이자 팔자였다. 사내란 대개 거기서 거기일 뿐. 일자무식한 부랑배들이나 유식한 체하는 벼슬아치나 계집을 막 대하기는 종잇장만큼의 차이도 없었다.

"흥! 그러게 왕후장상의 씨는 따로 없는 게지."

혼잣말로 빈정거리던 토모에는 한없이 들떠 있기만 한 미츠키가 걱정됐다. 지금은 저가 좋아하는 남정네를 만날 생각에 잔뜩 꿈에 부풀었겠지만 나중에 별의별 손님들을 다 겪게 됐을 때 받을 충격을 어찌 감당할까.

"너도 조실부모만 하지 않았어도……"

그녀는 말끝을 흐리며 한숨을 쉬었다.

본묘사[85)]에서 불목하니로 일하는 켄에이는 남의 손가락질을 받는 절름발이였다. 더구나 한쪽 얼굴마저 불에 데어 흉한 몰골이고 보니 사람들은 그를 사위스레 여겨 가까이 하지 않았다. 그 역시 워낙 말수가 적은데다 사람들을 피하는 성격 탓에 절에서 함께 사는 이들도 그가 어디서 왔는지, 전에 무슨 일을 했었는지 전혀 알지 못했다.

켄에이, 아니 윤현영은 자신이 거처하는 뒤채 툇마루에 앉아 하늘을 올려다보았다. 산사에서 맞이하는 늦봄의 초저녁은 고즈넉하고 풍요로웠다. 언제 이런 여유를 가진 적이 있었는지 기억도 까마득할 정도였다.

'살아라! 반드시 살아야 한다!'

서로 엇갈리어 끌려가던 어린 사촌누이에게 악을 쓰며 부르짖던 자

---

85) **본묘사(本妙寺)** : 가토 기요마사가 자신의 부친 기요타다를 위해 세운 절.

신의 외침이 아직도 생생했다. 자신보다 다섯 해가 어리니 누이는 올해로 열여덟일 터였다. 붉은 댕기머리에 짙은 쪽빛 치맛자락을 거머쥐고 자신의 뒤를 졸졸 따라다니던 호기심 많은 계집아이는 이제 어엿한 처녀가 됐으리라. 길고 무거운 한숨을 내쉬던 그는 인기척 소리에 얼른 방으로 들어가 숨으려 했다. 남들이 자신의 흉한 몰골에 놀랄까봐 먼저 피해 주는 게 습관이 되었기 때문이다.

"그럴 것 없다."

퉁명스런 목소리의 주인공은 니찌신이었다. 히고 당주인 가토 가의 문사라는 자. 삼 년 전 자신을 이곳 본묘사로 데려온 사람. 그 이후로는 한 번도 이곳으로 발걸음을 한 적이 없던 그가 무슨 일일까?

그는 긴장한 눈빛으로 상대방을 쳐다보았다.

"웬일이십니까?"

니찌신은 뭔가 못마땅한 듯 무척 떨떠름해하는 얼굴이었다.

"그야 네놈에게 볼일이 있으니 왔지."

"제게 무슨 하실 말씀이라도 있습니까?"

"따라오너라."

"예?"

그의 반문에 니찌신은 신경질적으로 다그쳤다.

"뭘 그리 어릿어릿하누? 잔말 말고 냉큼 나오라니까."

고압적인 명령에 기분이 상한 그는 고집스레 대답했다.

"싫습니다."

"싫다니? 따라오라면 따라올 것이지 웬 말이 그리 많아?"

"곡절도 모른 채 끌려가기는 싫습니다."

"허허! 그것 참! 또박또박 따지는 꼴이 영락없이 닮았구먼. 그래서 피는 못 속인다는 겐가."

"그게 무슨 말씀이십니까?"

혼잣말을 뇌까리던 니찌신은 렌의 사촌오라비가 의심스러운 눈으로 쳐다보자 얼른 헛기침을 하며 말을 얼버무렸다.

"에헴! 네놈을 만나고 싶어 하는 사람이 있기에 따라오라는 게야. 그래도 안 나설 테냐?"

그 말에 켄에이는 흠칫 놀랐다.

"누가 말입니까?"

"그야 가보면 알 일이 아니냐?"

툭 말을 던지고는 혼자 불쑥 가버리는 니찌신을 멍하니 바라보던 그는 불현듯 스친 생각에 황급히 몸을 일으켰다.

어쩌면…… 설연이 아닐까? 숙모님과 사촌누이를 만나고자 강릉에 갔다가 왜구들에게 붙잡혀 온 지 벌써 햇수로 칠 년이다. 사화나루에서 관선에 오르는 두 사람을 본 게 마지막이었다. 살아는 있겠지……. 반드시 살아는 있으리란 믿음으로 버티며 어떻게든 누이의 행방을 알고자 애썼다. 그러나 솔직히 막연했다. 조선에서 끌려온 포로들은 영지를 벗어날 수도 없을뿐더러 심지어 저잣거리에 나갈 때조차 관리의 허락을 받아야 했기 때문이다.

정말 그 아이인 걸까? 자신의 짐작이 맞길 간절히 바랐다. 체머리를 내두르며 산길을 내려가는 니찌신을 그는 급히 뒤쫓기 시작했다.

"아까워! 아무리 생각해도 아까워."

니찌신은 켄에이가 절룩거리며 따라오는 걸 보려니 속이 쓰렸다.

그 아이도 참으로 별난 취향을 가진 게지, 저런 반편이의 어디가 좋다고 그리 안달을 하는 걸꼬. 정말이지 자신이 벽[86]에 빠지지만 않았어도 제일 먼저 미츠키의 머리를 올려주었을 것이다. 하지만 제아무리 요염하고 고혹적인 계집의 알몸을 봐도 마음이 동하지 않는 것을 어쩌랴.

"아무튼 네놈은 운 튼 줄이나 알고 있어."

무슨 소리일까? 뜻 모를 소리만 중얼대는 그를 따라가며 켄에이는 부디 자신의 추측이 맞기만을 바랐다.

아뿔싸! 낭패다.

기요마사는 너무 서두르는 바람에 일을 그르친 자신을 탓하며 속으로 끙끙 앓았다. 그를 만만히 본 게 화근이었다. 큰길이 보일수록 천천히 돌아가라 했건만 자신을 지키겠다는 마음이 너무 앞서 길에 놓인 덫을 보지 못한 꼴이 되고 말았다. 얻은 것도 없이 히타치의 당주에게 자신의 체모만 깎이고 말았으니 변명할 여지가 없는 실수였다.

"낭패로고."

그는 한숨을 내쉬며 물에 빠진 사람이 지푸라기라도 잡는 심정으로 렌에게 물었다.

"어찌 했으면 좋겠느냐?"

"차가 우려졌습니다. 식기 전에 드십시오."

탄식하며 인상을 찡그리는 그와 달리 그녀는 평온한 모습이었다.

"지금 그깟 차가 대수냐? 이번 일이 원만히 해결되지 않으면 내 집안

---

86) **벽** : 비역의 준말. 남자끼리 성교하는 짓.

의 대가 끊어질 마당에!"

버럭 화를 내는 당주를 보며 그녀는 슬며시 웃었다.

"너는 지금 웃음이 나오느냐?"

"하오면 통곡이라도 하란 말씀이십니까? 토노께서는 내기 바둑에서 첫수를 잘못 두었을 때 상대에게 한 수만 물러 달라고 사정을 하시겠습니까? 아니면 판을 엎으시겠습니까?"

날카로운 지적에 그는 끙끙대며 한탄했다.

"그러니 내 이러지도 못하고 저러지도 못하는 게 아니냐? 내가 어쩌다 그런 자충수를 두었을꼬!"

"이기고 지는 것은 내기 바둑이 끝나고 나야 알 수 있는 일입니다. 섣부르게 벌써부터 패자 흉내를 낼 필요는 없지요."

그녀의 아리송한 충고에 기요마사는 멍하니 고개를 들었다.

"그리 자신만만한 걸 보니 네게 무슨 묘책이라도 있는 모양이구나."

"정공법이 통하지 않는다면 우회하는 것도 한 방편입니다."

"그래서?"

렌은 싸늘히 식은 차를 빈 그릇에 버리고 새로 우린 차를 따르며 말을 이었다.

"제 짧은 소견으로는 더 큰 힘을 빌리시면 꼬인 매듭이 수월히 풀릴 것이라 여겨집니다."

그녀의 말뜻을 알아들은 그는 불가능한 일이라는 듯 고개를 흔들었다. 호랑이를 피하고자 늑대 굴에 들어온 격인데 다시 호랑이를 만나라? 어림없는 소리였다.

"쇼군은 무척 까다롭기로 소문난 분이다."

"알고 있습니다."

"가능하겠느냐?"

"글쎄요."

당주의 조급해하는 시선을 모른 척하며 그녀는 일부러 대답을 회피했다.

"밤이 깊었습니다. 편히 주무십시오."

렌이 조용히 물러 나오자 밖에서 기다리고 있던 신겐이 다가왔다.

"어쩌려고?"

안에서 주고받은 말을 들은 듯 양부가 걱정하는데도 그녀는 얼굴 가득 말간 미소만 지었다.

"우월[87]의 밤공기가 싱그럽습니다. 잠시 산책을 하고 오겠습니다, 아버님."

"렌?"

"너무 심려 마세요. 어떻게든 되겠지요."

그녀는 태평한 태도로 정원을 향해 걸음을 옮겼다.

늦은 봄으로 접어든 계절은 산천을 초록으로 물들이며 생기 가득하게 다가왔다. 렌은 멀리서 아련히 들리는 코토[88]와 샤쿠하치[89]의 애잔한 연주소리에 기대어 상념에 잠겼다.

과연 자신이 이 나라 최고의 통치자라는 쇼군의 마음을 움직일 수 있을까? 설혹 그리해서 이곳에 남는다 한들 원하는 바를 얻게 될까?

---

87) **우월(雨月)** : 음력 5월의 다른 말.
88) **코토(琴)** : 일본의 거문고.
89) **샤쿠하치(尺八)** : 일본의 퉁소.

앞일은 미지수였다. 더구나 가토 기요마사에게 손발이 묶인 처지이니 조선으로 돌아가기란 불가능한 일일지도 모른다. 그러나 그렇다고 가만히 손 놓고 있을 수만은 없었다. 안 된다면 될 때까지, 불가능하다면 가능할 때까지 해보리라. 이젠 물러설 곳도 없질 않은가. 그러니 앞으로 나아가는 수밖에 없다.

밤은 언제나 그윽하고 고요했다. 세이후 성을 에워싼 대나무의 이파리들이 바람에 가벼이 스치며 사르륵거렸다. 그녀는 매화나무 그늘 아래 오도카니 선 채로 살포시 눈을 감고 그윽한 봄밤을 음미하기 시작했다. 선선한 밤바람이 두 볼에 보드랍게 와 닿았다. 그녀는 그렇게 지친 심신을 달랬다.

그때 홀로 정원을 거닐던 류타카는 매화나무 아래에서 밤의 향에 취한 여인을 보고는 걸음을 멈췄다. 희뿌연 달빛에 비친 얼굴을 보니 일전에 자신의 아들을 구한 계집이었다. 이런 한밤중에 여기서 뭘 하는 걸까. 그러다 문득 히고의 다이묘가 했던 말이 떠올랐다.

'머리에 제법 든 것이 많은 계집이니 데리고 있기 답답하진 않을 거외다.'

저 아이인가? 그는 새삼 관찰하는 시선으로 그녀를 바라보았다. 딱히 두드러질 만한 것이 없는 평범한 외모로 단정한 이목구비가 깨끗해 보였다. 그래봐야 게이샤겠지만 왠지 그럴 것 같진 않다는 느낌이 들었다. 누굴까? 그는 일부러 인기척을 내며 그녀에게 다가섰다.

잔디를 밟는 발짝 소리에 감았던 눈을 뜬 렌은 자신을 뚫어져라 쳐다보는 사내의 눈길을 마치 알고 있었던 듯 담담히 받아들였다.

마주보는 두 사람 사이로 깊은 봄밤의 사느란 바람이 부드럽게 스쳐 지나갔다.

빈방에 앉은 켄에이는 긴장한 표정으로 주위를 둘러보았다. 사방이 미닫이문으로 되어 있는 방은 아무런 장식도 가구도 없었지만 여인이 거처하는 곳이란 느낌이 강하게 들었다. 짙은 꽃향기와 분내가 머리를 어지럽게 했기 때문이다.

그는 어리둥절한 음성으로 니찌신에게 물었다.

"여기가 어딥니까?"

"흑설루란 곳이다."

처음 듣는 이름이다. 그는 줄곧 산사에서만 지낸 탓에 히고의 물정을 잘 모르는 처지였다.

궁금증을 풀어주듯 니찌신이 설명했다.

"사이카이도 최고의 청루지."

청루란 소리에 그의 낯빛이 굳어졌다. 설마! 그 아이가 기녀가 되었다는 건가?

"예서 기다리면 널 만나고 싶어 하는 사람이 올 게다."

"그 사람이 누굽니까?"

"네가 직접 보면 알 것이다!"

니찌신은 퉁명스레 말을 내뱉고는 나가버렸다.

켄에이는 초조한 감정을 감추지 못하고 두 주먹을 불끈 움켜쥐었다. 만약 누이가 기녀가 되었다면 어찌 해야 하는 걸까? 상상도 못한 일이다. 그가 심각한 고민에 빠진 사이 방문이 열리면서 한 여인이 들어왔다. 난초가 수놓인 흰색 키모노를 입은 그녀를 보는 순간 그는 너무 놀라 눈을 휘둥그렇게 떴다.

"아가씨가 여길 어떻게? 나를 만나고 싶다는 사람이 그럼 아가씨였습니까?"

"혹설루의 미츠키입니다. 오랜만에 뵙습니다, 켄에이님."

켄에이는 다소곳이 절을 하는 미츠키를 바라보며 지난 가을에 있었던 일을 떠올렸다.

땔감으로 쓸 나뭇가지를 구해 산을 내려가던 그는 낯선 여인이 풀숲에 주저앉아 있는 것을 발견했다. 아마도 본묘사에 불공을 드리러 왔다가 길을 잃고 헤맨 모양이었다. 사람들이 자신의 흉한 몰골을 꺼리는 걸 알기에 그는 선뜻 도울 수가 없었다. 그저 길을 앞장서다 보면 그 여자도 뒤따라오겠거니 여겼다. 그래서 나뭇짐을 짊어지고 산길을 내려가는데 그녀가 그를 불러 세웠다.

"보셔요!"

"이 길을 따라 쭉 내려가면 산사가 나올 겁니다."

퉁명스레 말하고는 그냥 지나치려는데 그녀가 고통스러운 음성으로 속삭였다.

"배……뱀에 물렸습니다. 제발 도와주세요."

깜짝 놀란 그는 황급히 지게를 내려놓고 그녀에게 달려갔다. 가을철의 뱀은 동면을 준비하기 때문에 다른 때보다 독성이 강해 위험했던 것이다. 켄에이는 거침없는 손길로 그녀의 치맛자락을 들치고는 버선을 벗겨내며 물었다.

"이러고 얼마나 있었던 겁니까?"

"잘 모르겠어요."

발목에 난 상처를 보니 두 개의 이빨 자국이 선명했다. 독사였다. 그는 재빨리 허리춤에서 단도를 꺼내 상처 부위를 칼로 찢었다. 그리곤 입으로 뱀독을 강하게 빨아 뱉어냈다. 대충 응급처치를 하고 약초를 찾아 상처에 붙일 즈음 그녀는 경련을 일으키며 떨기 시작했다.

"추……추워요."

"독이 퍼져 그렇습니다."

"그……그럼 전 이제 죽는 건가요?"

그는 대답 대신 그녀를 들쳐 업고 산비탈을 바삐 내려가기 시작했다. 그게 첫 만남이었다. 그 뒤로 몇 번 마주칠 적마다 반가워하는 그녀를 켄에이는 일부러 피해 다녔다. 스쳐 가면 그뿐인 인연을 굳이 만들 필요가 없다는 생각이 들었기 때문이다.

그는 다소 굳은 눈빛으로 미츠키를 응시했다.

"내게 무슨 볼일입니까?"

"제 첫 지아비가 되어 주십시오."

"지금 나를 희롱하는 겁니까?"

날카로운 말투에 그녀는 조심스레 입을 열었다.

"진심입니다."

"나는 보다시피 절름발이에 애꾸눈입니다. 아가씨가 무엇이 부족하여 나 같은 사람과 잠자리를 하고 싶다는 겁니까? 동정해서 이러는 것이라면 그만두십시오."

"청루에 매어 사는 계집의 팔자가 무에 그리 대단하다고 남을 동정하겠습니까? 그저 진심이기에 부탁드리는 것뿐입니다."

"그게 하룻밤 춘정에 불과할 텐데도 말입니까?"

"하룻밤의 춘정이라도 잠시 잠깐 스치는 인연이라도 좋습니다. 마음 깊이 그리워하는 이와 함께 할 수 있다면 저는 그것으로 충분합니다. 제겐 이것이 처음이자 마지막 기회니까요."

미츠키는 놀라서 쳐다보는 켄에이를 향해 슬프게 웃었다.

"모르셨습니까? 그날 이후부터 은애하였습니다."

수줍은 여심이 굳게 닫혀 있던 그의 마음을 흔들었다.

오월 이렛날 열린 히타치 다이묘의 탄일 잔치는 쇼군이 세이후 성에 당도함과 동시에 분위기는 무르익었다. 일본 열도 천하제일의 일인자인 도쿠가와 이에야스의 등장은 성 안의 모든 사람들을 압도하고도 남았다. 그는 예순셋이란 나이가 무색할 정도로 의욕과 활력이 넘치는 모습이었다.

류타카는 이에야스를 마중하며 마당에 무릎을 꿇었다.

"어서 오십시오, 우에사마!"

"그딴 격식을 차릴 게 무엇이냐? 넌 너무 예법에 얽매이는 게 단점이야."

툴툴거리며 볼멘소리를 하는 쇼군의 언성에 그는 의아한 시선으로 뒤를 따르던 일행에게 시선을 던졌다.

그러자 이에야스의 셋째아들이자 그와는 내외종간인 히데타다가 씩 웃으며 말했다.

"여기까지 오는 내내 배앓이로 지치셔서 저러시는 겁니다. 너무 걱정하지 마십시오, 형님."

"하면 의원을 불러야 하는 것이 아닙니까?"

도쿠가와 히데타다가 비록 자신보다 두 살 아래이긴 하지만 쇼군의 후계자였기에 류타카는 언제나 존칭으로 그를 대했다.

"이젠 많이 좋아지셨으니 크게 괘념치 않으셔도 됩니다."

"그래도……."

"되었다, 류타카. 우에사마의 별난 성정을 네가 어찌 감당하겠느냐? 의원의 의자만 꺼내도 불호령이 떨어질 테니 그만두는 게 좋아."

작은외숙인 마쓰다이라 진타로의 말에 그는 마지못한 듯 고개를 끄덕였다.

"알겠습니다."

죠단노마[90])로 들어선 이에야스는 뚱한 얼굴로 자리에 앉기 무섭게 말했다.

"차를 마시고 싶다."

그의 말에 시타로가 즉시 대답했다.

"곧 대령하겠습니다, 우에사마!"

"음, 하는 김에 목욕물도 좀 받아놓아라. 먼 길을 왔더니 온몸이 먼지로 가득하구나."

"알겠습니다."

집사가 부리나케 밖으로 나가자 류타카가 조심스럽게 입을 열었다.

"정히 몸이 불편하시면 의원을……."

"쓸데없는 소리! 모르면 잠자코 있어."

"예?"

"의원이라면 후시미 성에서도 진저리가 날 정도로 만났었느니라. 그

---

90) 죠단노마(上段の間) : 무사의 저택에 있는 주군과 가신의 대담 장소.

런데도 쓸모 있는 놈은 하나도 없었어. 잠시 쉬면 괜찮아질 것이니 신경 쓸 것 없다."

"알겠습니다, 외숙부님."

조카가 예의를 벗고 친근하게 말을 건네자 이에야스는 그제야 마음이 풀린 듯 너털웃음을 지었다.

"이제야 내 하나뿐인 생질을 만난 것 같구나."

"저도 이제야 큰외숙부님을 뵙는 것 같습니다."

"허허! 가만 있자……. 네가 올해 스물일곱이냐 여덟이냐?"

"스물여덟입니다."

"남들은 그만한 나이면 자식을 대여섯은 두고도 남을 터인데 너는 어찌 지금껏 종무소식인 게야? 네 슬하에 세이준 하나뿐이면 너무 고적하지 않으냐?"

"하나로도 충분합니다."

"모르는 소리! 사내란 모름지기 자식을 여럿 두어야 가문에 누를 끼치지 않는 법이다. 언젠가 내가 연통으로도 언급한 적이 있다만 다테 마사무네의 여식이라면 나무랄 데가 없는 조건이다. 네 배필로는 안성맞춤인데 왜 싫다는 것이야?"

"전 지금 이대로가 좋습니다. 굳이 오슈까지 영토를 확장하고 싶은 마음이 없습니다."

류타카가 정중히 거절하자 그는 자못 아쉽다는 듯 입맛을 다셨다.

"허, 이런! 키워 주고 싶은 놈은 너무 겁박하고 지나치게 나선다 싶은 놈은 욕심이 끝이 없으니……."

"저보다 더 중용하실 다이묘들은 얼마든지 많습니다. 숙고하여 주십시오."

"어찌됐든 집안 살림을 총괄할 정실이 있어야 사내가 마음 놓고 큰일을 도모하는 법이다."

"인연이 없다면 그뿐입니다. 굳이 여자를 찾고 싶지는 않습니다."

"쯧쯧! 이런 막대기처럼 뻣뻣한 놈을 보았나?"

그가 못마땅한 듯 연신 혀를 차자 진타로가 엷은 미소로 대꾸했다.

"그만두시지요. 저 녀석의 고집을 형님께서 어찌 꺾으시겠습니까?"

"그런가? 하긴. 히로이 매제의 고집은 야마시로에서도 아주 유명했지. 저놈이 제 부친의 이짐[91]을 그대로 물려받은 모양이구먼."

"그러니 부전자전이라는 옛말이 있질 않습니까?"

아우의 농에 그는 마지못해 웃으며 고개를 끄덕였다.

"허! 딴은 그렇군."

"가토 기요마사가 이곳에 와 있습니다."

조카의 말에 이에야스는 이미 짐작하고 있었던 듯 별로 놀란 얼굴이 아니었다.

"그랬을 테지."

때마침 집사 시타로가 차를 가져오자 그는 차를 마시며 아들 히데타다를 넌지시 불렀다.

"히데타다."

"예, 아버님."

"네가 가토를 만나 확실히 못을 박아라. 이제 도쿠가와 가는 도요토미 가의 그늘에서 벗어났다는 것을 분명히 해야 할 것이야."

---

91) **이짐** : 고집이나 떼.

"명심하겠습니다."

그러자 뭔가 곰곰이 생각하던 류타카가 큰외숙의 안색을 살피며 조심스레 여쭈었다.

"그가 올 것을 짐작하고 계셨습니까?"

"가토는 도요토미 가의 충성스런 가신이었음에도 불구하고 내 눈에 거스르는 행동을 한 번도 하지 않은 자다. 그만큼 능수능란한 인물이니 후시미 성보다야 이곳에서 날 만나는 게 더 안전할 것이라는 계산쯤은 쉽게 했겠지."

"다급한 표정이 역력했습니다."

"흥! 하지만 언젠가는 정리해야 할 관계니 인정에 얽매일 필요는 없다."

"그러지 마시고 직접 만나 보시는 것이 어떻겠습니까?"

조카의 조언에 이에야스는 진의를 파악하려는 듯 눈썹을 치켜올렸다.

"가토가 날 만나려는 목적은 네가 더 잘 알지 않느냐? 제 자식이 걱정되기도 해서겠지만 그보다는 오사카 성에 있는 히데요리를 어떻게든 구하고자 야로를 부릴 수작인 게다. 그걸 알면서도 만나라는 거냐?"

"그러기에 드리는 말씀입니다. 히데요리는 이제 겨우 열두 살의 어린애일 뿐입니다. 더욱이 오사카 성에는 히데타다님의 장녀인 센히메님이 있질 않습니까? 아직 여덟 살밖에 안된 손녀따님의 외로운 처지를 살펴 주시지요."

손녀딸의 이름이 언급되자 이에야스는 속이 불편한 듯 얼굴을 찡그렸다.

“으음!”

지난해에 순전히 정치적 이유로 히데요리와 센히메의 혼인을 허락했지만 그도 내심 어린 손녀의 안위를 걱정하던 중이었다. 가느스름한 눈으로 히데타다의 낯빛을 살펴보니 녀석도 딸을 염려하는 눈치가 역력했다. 아비가 여식을 사랑하는 것은 천륜이니 당연지사다. 하지만 그렇다고 하찮은 인정에 얽매여 대사를 그르쳐서는 안 되는 일이다.

결심을 굳힌 그는 체머리를 흔들며 대답했다.

“큰일을 앞두고 사사로운 정에 흔들리면 대업을 이룰 수 없다.”

부친의 단호한 결정에 히데타다가 힘없이 고개를 숙이자 류타카는 조심스레 설득했다.

“그와 대면하는 것만으로도 외숙부님께선 원하시는 것을 얻게 되실 겁니다. 사람의 마음이란 강한 쪽보다는 약한 쪽에 기우는 법이지요. 외람되오나 지금은 오사카의 히데요리에게 세인들의 동정이 더 쏠리고 있음을 생각하십시오. 흔들리는 민심을 다독이기 위해서라도 가토 기요마사의 중재는 필요합니다.”

“흐음, 네가 정히 권하는 일이라면 가토를 만나는 것도 나쁘지는 않겠지. 좋다! 내 그리 하마.”

히데타다가 눈짓으로 고마움을 표하자 류타카는 엷게 웃으며 이에야스에게 고개를 숙였다.

“감사합니다, 우에사마.”

세이이타이쇼군의 뜻을 번복시킬 수 있는 유일한 사람, 그가 바로 류타카였다.

어린 상노[92]가 전하는 말을 들은 가토 기요마사는 긴장한 표정으로 마른침을 삼켰다. 쇼군이 직접 자신과 만나겠다니 뜻밖이었다. 이건 또 무슨 술수일까? 그가 초조한 기색을 감추지 못하며 좌불안석으로 있는데 렌이 조심스레 안으로 들어왔다.

"상노가 전하는 말을 밖에서 들었습니다."

"무슨 속셈인지 알 수가 없단 말이야. 이렇게 순순히 응할 거라곤 생각지도 않았다. 왠지 예감이 좋질 않아."

"아마도 오사카 성으로 쏠린 민심을 다독이려는 뜻에서일 것이니 그다지 심려하실 일은 아닌 듯합니다."

그녀의 추측에 기요마사는 눈살을 찌푸렸다.

"노회하기는 천년 묵은 이무기보다 더한 사람이니 오죽할까. 정황이 어찌 돌아가는지는 알려 하지 않은 채 요도기미님께선 무조건적인 이에야스의 퇴진을 요구하고 있고 정작 그는 도요토미 가의 멸문을 원하는 마당이니……."

양측이 요구하는 바가 확연히 다르기에 사실상 협상은 불가능한 일이었다. 기요마사가 아니라 그 누구라 하더라도 실로 타개하기 어려운 난제였다. 뾰족한 묘안이 떠오르지 않았다.

"거래란 모름지기 얻는 것과 잃는 것이 양측에 공평해야 뒷말이 없습니다. 하오니 사정이 어떻든 간에 무리한 요구는 하지 않으시는 게 좋을 것 같습니다."

렌의 말이 옳기는 했지만 나중에 오사카 성에 있는 요도기미에게 해명해야 할 생각을 하니 기요마사는 골머리가 쑤셔왔다. 그녀의 괄괄한

---

92) 상노(床奴) : 지난날 밥상을 나르거나 잔심부름을 하던 아이.

성질을 익히 알고 있기 때문이다.

남편 히데요시가 죽은 뒤에도 요도기미는 현실을 인정치 않고 과거의 백일몽에 빠져서는 이에야스가 순순히 쇼군 직을 내줄 것으로 믿어 의심치 않았었다. 그러다 뒤통수를 맞은 데다 마땅히 아들인 히데요리가 앉아야 할 자리를 생으로 빼앗긴 터라 그녀는 도쿠가와 일족이라면 이를 갈아붙이고 있었다. 그러니 이에야스가 내놓는 조건이라면 그게 뭐든 곱게 볼 리가 만무했다.

렌은 난감해하는 당주의 안색을 살피며 화구통을 건넸다.

"무엇이냐?"

"쇼군께서 시화(詩畫)를 좋아하신다고 들었습니다."

"그래서?"

"전하시면 됩니다."

기요마사는 미심쩍은 눈초리로 화구통을 받아들었다. 담담한 표정의 렌을 바라보며 그는 심각하게 고민했다. 사내로 태어나지 못한 것이 아까울 정도로 지모웅략(智謀雄略)이 뛰어난 계집이라지만 과연 기대한 만큼의 효과를 거둘지는 확신할 수 없었다. 그렇다고 달리 대처할 방안도 없으니 난감한 노릇이었다.

이젠 할 수 없었다. 믿고 맡기는 수밖에……

넓은 방안에서 여러 사람들과 더불어 가벼운 담소를 나누던 이에야스는 가토 기요마사가 들어오자 고개를 돌려 쳐다보았다.

"여! 가토. 오랜만이구먼?"

"우에사마, 그간 강녕하셨습니까?"

"나야 늘 그렇지."

기요마사는 잔뜩 긴장한 표정으로 쇼군을 바라보았다. 작게 찢어진 눈매에는 정치가로서의 노련미와 무사로서의 사나움이 담겨 있어 마주 대하기가 버거울 지경이었다.

상대방이 주눅 든 것을 본 이에야스는 거두절미하고 본론부터 꺼냈다.

"센히메를 오사카 성으로 보낸 그날 나는 그 아이에 대한 사사로운 정을 모두 끊었네. 그러니 내 손녀를 볼모로 뭔가 거래할 생각이었다면 그냥 돌아가는 게 좋을 게야."

"그럴 리가 있겠습니까? 오사카 성의 히데요리님과 요도기미님께서는 우에사마의 배려에 매우 만족해하고 계십니다."

"정말 그런지는 두고 봐야 알겠지."

입에 발린 소리에 넘어가지 않는 쇼군 앞에서 안절부절못하던 기요마사는 그제야 생각이 난 듯 손에 들고 있던 화구통을 내밀었다.

"소신의 성의이니 받아주십시오."

"그게 뭔가?"

"열어보시지요."

그의 말에 히데타다가 화구통을 건네받아 뚜껑을 열어보니 안에 두루마리로 된 종이가 들어 있었다.

"와시입니다, 아버님."

"와시?"

이에야스는 떨떠름한 얼굴로 와시를 펴보았다. 연한 하늘빛 와시 안에 진분홍 빛깔의 아오이가 환한 모습을 드러냈다.

"시화로군. 이건…… 내 집안의 문양이 아닌가?"

"마음에 드십니까, 우에사마?"

"흐음……."

예상과 달리 쇼군이 별다른 반응을 보이지 않자 기요마사는 괜스레 긁어 부스럼을 만든 게 아닌가 싶어 불안해졌다. 아무래도 방법이 틀린 것 같다.

잠시 시화를 감상하던 이에야스는 날카로운 눈으로 평가를 했다.

"화필이 눈에 익지 않은데다 그다지 세련미가 없는 걸 보니 유명한 화공의 것은 아니로군."

"아, 예. 그것은 화공이 아니라 소신 집안의 문사가 그린 것입니다."

"그렇군. 확실히 하잘것없는 솜씨야."

실망한 기요마사는 표정을 감추기 위해 고개를 숙였다.

"송구합니다, 우에사마."

"그렇긴 해도 자네…… 꽤 슬기로운 자를 문사로 두었구먼?"

"무슨 말씀이신지?"

이에야스는 다소 흥미롭다는 투로 물었다.

"이곳에 함께 왔나?"

"예?"

"이 시화를 그린 자네 문사라는 치 말일세."

"아! 예, 소신과 함께 왔습니다."

"내 이자의 얼굴을 직접 보고 싶군."

그야말로 파격이었다. 쇼군이 직접 지명해서 사람을 만나는 일은 드물었기 때문이다. 그것도 이름도, 출신도 모르는 이를 만나겠다고 하다니 기요마사는 물론이고 좌중에 있던 가신단(家臣團)도 크게 놀란 듯 술렁였다.

"우에사마! 좀 더 알아보시고……."

"괜찮아. 어떤 인물인지 호기심이 생겨서 그래. 내가 궁금한 것은 못 참는다는 걸 알잖나들."

가신들의 만류에 아랑곳없이 이에야스는 뭐가 재미있는지 눈을 깜박이며 기요마사를 독촉했다.

"어서 부르게, 가토."

세이후 성의 청지기인 산죠를 따라 급히 혼마루에 도착한 렌은 숨을 고르기 위해 잠시 걸음을 멈췄다. 딱히 자신이 있었던 건 아니었다. 자신은 천부적인 재능의 화사(畵師)기는커녕 어중이떠중이 같은 환쟁이 축에도 못 끼는 어쭙잖은 잔재주를 가진 것에 불과하다는 것을 알고 있었다. 그러니 과연 이 나라의 세이이타이쇼군이 자신의 그림에 감탄하리라고는 애초부터 기대하지도 않았다. 다만 그녀는 자신의 직감이 적중하기만을 바랄 따름이었다.

"서두르셔야 합니다."

청지기의 재촉에 렌은 입술을 깨물고는 혼마루 안으로 들어갔다. 천수각의 죠단노마로 향하던 그녀는 난간을 붙잡은 자신의 손이 가늘게 떨리는 것을 보고는 쓸쓸히 웃고 말았다.

이토록 두려웠던 적이 있었던가? 왜구들에게 붙잡혀 관선에 오를 때도 이 정도로 겁나진 않았었다. 마치 시퍼런 작두 위를 맨발로 선 듯 모골이 송연한 느낌이었다. 어차피 화살은 활시위를 떠났다. 나머지는 하늘의 뜻에 맡기는 수밖에 없었다. 그녀는 침착한 시선으로 한 계단 한 계단 오르기 시작했다.

렌의 등장에 쇼군과 함께 있던 십여 명의 무사들은 어이가 없다는 듯 수군거렸다.

"계집이잖아!"

"이거, 참!"

이에야스 역시 놀란 어조로 기요마사에게 물었다.

"자네 문사라는 것이 저 계집아이였나?"

"그렇습니다, 우에사마. 이리 와서 인사를 드리거라. 이 나라의 세이이타이쇼군이시다."

"뵙게 되어 무한한 영광입니다, 우에사마."

무릎을 꿇고 정중하게 절하는 그녀의 몸가짐을 눈여겨보던 이에야스가 입을 열었다.

"이걸 네가 그렸다고 들었다. 그래, 네가 만족할 만한 것이었느냐?"

"그것은 화고[93]에 불과합니다. 불쏘시개로나 적당하지요."

"하면 이따위 것을 선물이랍시고 내민 저의가 무엇이냐!"

쇼군의 갑작스런 불호령에 주위는 찬물을 끼얹은 듯 조용해졌다. 모두가 긴장한 눈빛으로 숨을 죽이고 있는데 정작 질책을 당한 렌은 의연한 모습이었다.

그녀는 이에야스의 시선을 똑바로 마주보며 대답했다.

"그림은 보잘것없어도 거기에 적힌 시는 마음에 드실 거라 생각했습니다."

맹랑하면서도 자신만만한 대꾸에 그는 갑자기 껄껄 웃음을 터뜨렸

---

93) **화고(畫稿)** : 그림을 그릴 때 초벌로 그려보는 초고.

다.

"으하하!"

"형님?"

옆에 있던 진타로가 의아해하자 그는 손사래를 치며 말했다.

"아무것도 아닐세. 내 상상이 보기 좋게 빗나갔군. 네 이름이?"

"렌이라고 합니다."

"계집이 제법 똘똘하구나. 내가 이 시를 좋아하는 줄 어찌 알았느
냐?"

"우에사마께서 가문(家紋)인 아오이와 관련된 시를 한 수 정도는 알고
계시리라 짐작했을 따름입니다."

"그런 시가 한두 수가 아닐 텐데 어째서 장삼[94]의 촉규화(蜀葵花)를
생각했는고?"

"아뢰기 외람되오나 우에사마께서는 타고난 무장이십니다. 대개 무
장의 성품은 곧고 직설적인데다 맺고 끊음이 확실하지요. 그래서 시도
산만함보다는 간결미를 선호할 거라 추측했습니다."

선문답 같은 두 사람의 대화에 가신들은 갈피를 못 잡겠는지 고개만
갸웃거렸다.

이에야스는 탄복한 시선으로 고개를 끄덕였다.

"네가 오늘 나를 여러 번 놀라게 하는구나. 어디 이 시를 한 번 읊어
보아라."

"작일일화개 금일일화개(昨日一花開 今日一花開). 금일화정호 작일화이노
(今日花正好 昨日花已老). 어제도 꽃이 피고 오늘도 꽃이 피는구나. 오늘 핀

---

94) 장삼(岑參, 715~770) : 성당(盛唐) 시대의 시인.

꽃은 곱지만 어제 핀 꽃은 시드는구나."

부드러운 음성으로 시를 읊조리는 렌의 모습은 미풍에 떠밀려 작은 파동을 일으키는 물결처럼 조용하고 깊었다. 류타카는 다소 혼란스러운 시선으로 그녀를 응시했다. 누굴까? 도무지 정체를 알 수 없는 이상한 계집이었다.

마사코는 몸종 스에가 알아온 소식을 유심히 듣는 한편 열심히 머리를 굴렸다.

"그때 세이쥰을 구한 계집이 가토의 밑에 있는 아이라고?"

"예, 마님."

"하면 가토의 측실이라더냐?"

"아니라고 하옵니다."

"이상하구나. 품에 아끼는 애첩이 아니고서야 별 볼일 없는 계집 따위를 히고에서부터 예까지 일부러 데려왔을 까닭이 없질 않느냐?"

"그것이 아니옵고 문사라 하옵니다."

스에의 설명에 그녀는 양미간을 찡그렸다.

한(藩)을 다스리는 다이묘에게 있어 문사라는 직책은 아무에게나 주는 그런 것이 아니었다. 대부분의 다이묘들이 글을 모른다는 건 공공연한 비밀이었다. 그나마 그 중 글을 깨우쳤다는 이들의 태반이 겨우 자신의 이름이나 쓸 정도였다. 한때나마 권력을 풍미했던 도요토미 히데요시도 최고의 자리에 오르고서야 자신의 이름자를 쓸 줄 알았으니 무사들의 무지함은 어제오늘의 일은 아닌 것이다.

지금껏 열도는 힘에 의해 평정되어 왔으니 어쩌면 그들이 글보다 칼에 의존하는 게 당연한지도 몰랐다. 그랬기에 다이묘들은 저마다 한학을 많이 알고 지혜와 지략이 뛰어난 자를 옆에 두려고 애썼다. 문사는 단순히 한문을 아는 것이 아니라 병법과 천문까지 능히 다룰 만큼 재능이 뛰어난 다이묘의 책사들이었던 것이다.

그런 중요한 직책에 여인을 등용했다? 그만큼 학식이 높다는 건가, 그 계집이? 마사코로서는 선뜻 이해가 가지 않았다.

"내로라하는 명문가 출신도 아니고 한낱 평민에 불과한 계집이 어찌 학문을 배웠을까?"

"혹 지난 세키가하라 전투에서 패한 서군 중 몰락한 가문의 여식이 아닐는지요."

스에가 조심스럽게 말하자 그녀는 머리를 흔들었다.

"그렇다고 해도 미심쩍구나. 대체로 고관대작의 딸들이 배우는 것은 여인으로서 덕목과 한 집안의 안살림을 통솔하는 법, 그리고 약간의 교양이 전부지 한학은 해당사항이 아니야. 나 역시 아버님을 조르고 졸라서야 겨우 독선생을 모실 수 있었던 걸 너도 알지 않느냐?"

"그렇긴 하옵니다만."

마사코는 눈동자를 이리저리 굴리며 추리를 했다. 한학의 기본은 『사서오경』이었다. 하지만 열도 내에서는 필사가 잘된 『사서오경』을 구하기가 쉽지 않았다. 대체로 명나라나 조선에서 필사된 책을 수입해다 쓰는 실정이었다. 특히 여기와는 달리 학문을 숭상하는 조선에서 많이……. 순간 불현듯 머리를 스치는 것이 있었다.

마사코의 입매가 조롱 어린 미소로 활처럼 휘어졌다.

"오호라!"

"왜 그러시옵니까, 마님?"

여주인의 섬뜩한 표정에 스에가 불안한 듯 몸을 웅크렸다.

"조선인이라……."

"예?"

"그래…… 그렇겠군."

조선에서 잡혀온 포로 따위가 히고 다이묘의 문사라니! 이거야말로 요절복통할 일이 아니고 무엇이랴.

"천하의 모사가라는 가토 기요마사도 조선 출병에서 대패하고 돌아오더니 아예 실성을 한 모양이로구나. 어디 쓸 계집이 없어 그따위 천비를!"

여주인의 빈정거리는 말투에 문득 생각난 듯 스에가 입을 열었다.

"참, 마님! 한 가지 일이 또 있사옵니다."

"무슨 일?"

"가토가 그 계집을 토노께 하례 선물로 드리겠다고 했답니다."

"뭐야?"

어이가 없는 소리였다. 마사코는 생각할 가치도 없다는 듯 코웃음을 쳤다.

"그놈이 미치지 않고서야 명문 키타가와 가의 당주에게 어찌 그런 망발을 내뱉어? 아니…… 아니야. 그 계집이 조선인이란 걸 가토가 숨긴 게 틀림없어. 그 새가슴이 쇼군 앞에서 거짓말을 했을 리는 만무하고 은근슬쩍 감추고 넘어간 게 분명해. 교활한 사기꾼 같으니라고! 그래, 우리 류타카님께서는 그 제의에 뭐라 답하셨다더냐?"

"일고할 가치도 없다고 일축하셨답니다."

"당연히 그랬을 테지."

"그런데 쇼군께서 쓸모가 있을지도 모르니 다시 생각해 보라고 권하셨답니다."

"그런 하찮은 일을 그분이 직접 언급하셨다고?"

"예. 하지만 토노께서는 생각해 보겠다 하시며 그 자리에서의 확답을 피하셨다고 하옵니다."

"계집이라면 넌더리가 났을 테니 그럴 만도 하지."

"하오나 쇼군께서 그리 말씀하셨다면 싫더라도 따르시지 않겠사옵니까?"

"아니! 쇼군의 뜻을 바꿀 수도 어길 수도 있는 자는 류타카 한 사람뿐이다. 한 번 결정한 일에 대해서는 번복이 없는 사내가 아니냐? 그분의 체모를 생각해서 마지못해 숙고해 보겠다고 한 거겠지. 결국엔 어떻게든 자신의 뜻을 관철시킬 게야."

이제 히고의 계집에 관해서는 신경을 꺼도 될 듯했다. 대수롭지 않은 일에 너무 민감하게 군 것 같아 헛웃음이 났다. 마사코는 손으로 머리를 짚으며 혼잣말을 했다.

"나이가 든 탓인가. 괜한 노파심만 생기는구먼. 어쨌든 이로써 당분간 조용하겠구나."

그녀는 만족스런 얼굴로 활짝 웃었다.

가신들이 각자의 처소로 물러간 후 이에야스는 모처럼 조카와 마주 앉아 술잔을 기울였다.

"이곳에만 있기 답답하지 않누?"

그 물음에 류타카는 슬며시 웃으며 손에 들고 있던 술잔을 상에 내려놓았다.

"어째 웃는 게냐?"

"오래 전에 외숙부님은 같은 질문을 제 아버지에게 먼저 하셨습니다."

조카의 대꾸에 이에야스는 고개를 갸우뚱하며 손으로 턱을 문질렀다.

"흠……."

"기억나지 않으십니까?"

"글쎄다."

그는 떨떠름한 표정을 짓는 외숙부에게 조용히 말을 이었다.

"그때 아버지는 외숙부의 물음에 조용히 웃기만 하셨지요. 그 미소의 의미를 그때는 어려서 몰랐습니다. 그런데 이제야 어렴풋이나마 알 것 같군요."

"뭐가 말이냐?"

외숙부가 궁금한 듯 묻자 그는 웃음기 어린 목소리로 대답을 얼버무렸다.

"딱히 할 말이 없으니 그냥 웃으신 게지요. 자! 제 술 받으십시오."

"그래, 부자간에 염화미소라도 통했다는 소리냐? 싱거운 녀석!"

류타카가 따르는 술을 받으며 이에야스는 옛일을 회상했다.

"네 부친은 천생 학자였다. 피비린내 가득한 전장보다는 뽀얀 먼지가 쌓인 서고가 어울리는 사람이었지. 반면에 네 모친은 굵은 관솔처럼 성미가 괄괄하고 드셌다. 가끔은 내게도 짓궂은 장난을 칠 정도로 천방지축이었어."

"그러셨습니까?"

그는 뜻밖의 시선으로 외숙부를 바라보았다. 어머니가 비명에 돌아가신 뒤로는 당신의 누이에 대해 일절 말을 아끼시던 분이 별일이다 싶었다.

"두 사람의 성격이 너무 다른 것이 마음에 걸렸었는데 오히려 잘 살더구나. 내 걱정이 기우였던 게야. 네 아비가 네 어미의 불같은 성격을 잘 받아주고 다독였던 게지. 너는 히로이 매제보다는 다스히메를 많이 닮았다. 겉으로는 조용한 책상물림처럼 보일지 모르나 속은 누구보다도 다혈질이야. 그런 사람이 한 번 화가 나면 물불을 가리지 않지."

류타카는 약간 긴장한 눈초리로 큰외숙을 응시했다.

"무슨 말씀이십니까?"

"칼은 반드시 칼집에 있어야 녹이 슬지 않는다. 그것이 명도라면 더더욱 칼집이 중요하지. 류타카, 너는 내가 가장 아끼는 명도다."

"외숙부님?"

"내 보기에 그 계집이라면 네 칼집으로 써도 손색이 없을 것 같더구나. 그러고 보면 이번에는 가토가 제대로 머리를 썼어. 나보다 너를 선택한 것도 그렇고 고적한 네 처지를 틈타 계집을 쓴 것도 그래. 허! 굼벵이도 구르는 재주는 있다더니."

"하지만 그 아이는 가토의 간자[95]입니다. 그걸 알면서 어떻게……."

이에야스는 자신의 권유를 사양하려는 조카의 의중을 눈치 채고는 말꼬리를 잘랐다.

"꺼려할 것 없다. 가토의 밀정이니 오히려 더 좋을 수도 있지 않느냐?

---

95) 간자(間者) : 간첩.

반간자[96]로 쓰면 될 게야. 넌 사람을 회유하는 재주를 타고났으니 계집 하나쯤 다루는 거야 어렵지 않겠지. 네가 정을 줘가며 잘 타이르면 쉽게 넘어올 게다. 저도 계집인데 별 수 있으려고."

설득을 가장한 압력이었다. 외숙으로서의 권유가 아니라 쇼군의 명령인 것이다. 필요하면 언제든 냉철한 통치자로 돌아가 사람을 도구처럼 이용하는 큰외숙이다. 그것은 아마도 수백의 군웅들이 할거하며 피를 흘려온 이 땅을 백년 만에 통일로 이끌고자 하는 위대한 무장이기에 가능한지도 몰랐다. 류타카는 착잡해진 심정으로 술을 들이켰다.

그런 조카의 모습에 이에야스는 묘한 미소를 띠며 물었다.

"내가 몰인정해 보이느냐?"

"아닙니다."

"대답은 아니라면서 표정은 다르구나. 네가 나를 그렇게 본다 해도 할 말은 없다."

"언짢게 해드렸다면 용서하십시오, 외숙부님."

"그리 어려워할 것 없다. 이용할 가치가 있기에 그 계집을 데리고 있으라고 강권한 것이긴 하지만 꼭 그것 때문만은 아니다."

그렇게 말하는 이에야스의 눈길이 아련하게 젖어들었다.

"닮았어. 분위기가 그리 흡사한 사람도 찾기 드물 텐데 말이야."

"예?"

"내게 오기만 하면 부귀영화를 누리게 해준다는 데도 그게 싫다던 여인이 있었지."

"외숙부께 그런 분이 계셨습니까?"

---

96) 반간자(反間者) : 아군에 포섭된 적의 간첩. 이중간첩.

"그런 분이라……. 그래. 신념을 지키기 위해서라면 목숨도 아깝지 않다고 했던가. 그 비슷한 말을 내게 했던 것 같구먼. 아까 보았던 계집이 그 사람의 성품까지 닮았다면 너도 애 좀 먹을 게다. 허허!"

외숙의 허탈한 웃음소리를 듣던 류타카는 문득 지난 단오의 밤을 떠올렸다. 밤 산책을 나섰다가 우연히 마주쳤던 아이. 무엇을 하느냐고 물으니 말없이 말간 눈으로 쳐다보기만 하던 그 렌이라는 계집아이…….

흔들리는 사내의 마음

搖れる男の心

"주인을 향한 네 충성심이 탐났다고나 할까?
너의 새로운 주인이 되어보는 것도 나쁘지 않겠다는
생각이 들었다. 가토에게 보여주었던 그 충성심을
네가 나에게도 보여줄 수 있을지 자못 기대가 된다. 렌."

어제 쇼군을 뵌 이후부터 무슨 소문이 돌았는지 히타치의 하인들이 자신을 쳐다보는 눈초리가 달라진 것을 느낀 렌은 마음이 불편해졌다. 누군가의 주목을 받는 것은 원치 않는 일이었기에.

그저 조용히 이곳 사람들 틈에 숨어 있길 바랐는데 아무래도 틀린 일 같았다. 그네들은 그녀가 나타날 때마다 자신들끼리 모여 수군거렸다. 그것이 호의적이든 악의적이든 사람들의 관심이 부담스러워진 그녀는 할 수 없이 정원으로 자리를 옮겼다.

아침 일찍 쇼군 일행은 후시미 성으로 떠났고, 각 영지에서 모여들었던 하례객들도 하나둘 짐을 챙기기 시작했다. 잔치가 끝났으니 가토 기요마사 또한 히고로 돌아갈 때가 된 것이다.

그러나 아직 그녀의 거취에 대해서는 결정난 것이 없다고 했다. 양부

신겐은 어쩌면 다시 돌아가게 될지도 모른다며 반색했지만 그녀는 당주의 표정에서 이미 짐작할 수 있었다. 자신은 어떻게든 이곳에 남겨진다는 것을.

앞으로의 일에 대해 고민하고 있는데 어디선가 날아온 돌멩이가 렌의 이마를 정확히 맞췄다. 둔탁한 아픔도 아픔이지만 눈앞이 핑 도는 아찔한 충격에 눈물이 날 지경이었다. 돌이 날아온 쪽으로 고개를 돌려보니 일전에 물에 빠졌던 사내아이가 몹시 화난 표정으로 그녀를 노려보고 있었다.

이곳 당주의 아들이라고 했던가? 아이는 얼굴선이 곱고 섬세한 미동(美童)이었다. 그러나 의외로 제 부친과는 닮지 않았다는 생각을 하며 렌은 정중하게 물었다. 어쨌든 꼬마는 히타치의 귀하신 도련님이었으니까.

"왜 그러십니까?"

녀석은 대답 대신 또 돌멩이를 던졌다. 아이가 뭘 몰라서 그런다고는 볼 수 없을 정도로 상당히 짓궂고 악의적인 돌팔매질을 해대자 그녀는 두 팔로 얼굴을 가리며 바닥에 앉았다. 자그마한 조약돌이라지만 무시하지 못할 정도로 호되게 아팠다. 그렇다고 화를 낼 수도 없는 노릇이었기에 그녀는 억울해하며 다시 물었다.

"도대체 왜 이러시는 겁니까, 도련님?"

그러자 아이는 마구잡이로 돌을 던지던 것을 멈추고는 혀짤배기소리로 외쳤다.

"미……미워!"

그녀가 얼굴을 들어 의아한 시선으로 바라보자 녀석은 되뇌듯 소리를 지르며 화를 냈다.

"미……미워! 미워! 미워!"

도무지 저 아이가 무슨 말을 하는 건지 이해할 길이 없었다. 기본예절이라고는 눈곱만큼도 없는 듯 완전히 안하무인으로 구는 녀석이었다. 아무리 저보다 신분이 낮은 자신이라지만 그래도 제 생명을 구해준 은인인데 감사의 말은커녕 이게 무슨 망나니 같은 짓인가! 그녀는 기분이 몹시 상했지만 애써 꾹 누르며 조심스레 아이를 달랬다.

"이러지 마시고 제가 무슨 잘못을 했는지 알려주세요."

"너……너 때문이야! 네……네가 잘못한 거야!"

마구 소리를 지르는 아이의 발광에 기가 막힐 지경이었다. 뭐 이런 괴상한 녀석이 있는 걸까?

"제가 뭘 잘못했는데요?"

렌이 되묻자 꼬마는 씩씩대며 어눌한 말투로 따졌다.

"무……무서워도 꾹 참고 일부러 무……물에 들어간 건데 네……네가 다 망쳤어!"

"예에?"

이건 또 무슨 말인가? 그녀는 잠시 이 아이가 미친 게 아닌가 하는 의심을 했다. 그렇지 않고서야 물에서 꺼내준 게 잘못이라니?

"일부러 물에 빠지셨다는 건가요?"

"쳇!"

콧방귀를 뀌는 녀석의 시건방진 태도에 울컥 화가 치밀었지만 억지로 삼켰다. 아직 어린 꼬맹이가 저런 얄미운 눈초리를 하다니. 아무래도 서둘러 이 자리를 피하는 것이 상책일 것 같아 엉거주춤 자리에서 일어서는데 갑자기 아이가 쏜살같이 달려들더니 물로 뛰어들려고 했다. 놀란 렌이 반사적으로 녀석의 허리를 부둥켜안자 아이는 거칠게 발길질을 해댔다. 꼬마는 더듬대며 말하던 조금 전과는 달리 숫제 괴성을 지르며 악다구니를 써댔다. 작은 체구의 아이치고는 그 힘이 그녀가 감당하기 어려울 정도였다.

둘이 서로 실랑이를 하는데 뒤에서 섬뜩하리만치 차가운 사내의 음성이 들려왔다.

"무슨 짓이냐?"

렌은 낯선 목소리가 들리기 무섭게 죽은 사람처럼 꼼짝도 않는 아이의 태도에 당황했다. 그녀가 꼬마를 안은 채 천천히 몸을 돌리자 뼛속까지 시리게 할 듯이 사늘한 히타치 당주의 검은 눈동자가 자신을 노려보고 있었다. 팔에 힘을 빼 아이를 놓아주었지만 놀랍게도 녀석은 그녀의 품에서 떨어지려 하지 않았다.

조막만한 주먹으로 그녀의 옷자락을 꼭 붙든 채 기어이 옆에 서려고 애를 썼다. 아까까지만 해도 언행이 하도 괘씸해서 때려주고 싶었지만 이렇게 무서워하는 걸 보니 안쓰러운 마음이 들었다. 그녀는 아이의 어깨를 한 손으로 감싸고는 류타카를 쳐다보았다.

"뭘 하는 거냐고 물었다."

그가 방금 했던 질문을 다시금 되묻자 그녀는 천천히 대꾸했다.

"산책을 하고 있었습니다."

아, 바보! 자신이 생각해도 참으로 한심한 대답이었다. 누가 봐도 분명 거짓말이라는 걸 다 아는데 당주를 속이려 들다니. 그녀는 속으로 자신을 꾸짖으며 입술을 깨물었다. 급한 마음에 둘러대긴 했지만 너무 어설펐다.

그녀가 낭패한 표정으로 입술을 깨무는데 그는 의외로 무표정한 얼굴이었다.

"세이쥰."

류타카의 엄격한 어조에 어른들의 눈치를 살피던 아이가 몸을 움찔했다. 그때까지 아이의 어깨에 손을 얹고 있던 렌은 꼬마가 간헐적으로 몸을 떠는 것을 느꼈다. 마치 사나운 맹수에게 물린 새끼짐승처럼 이 아이는 제 아버지를 두려워하고 있었다.

그는 뭔가 알아챈 듯한 그녀를 무시하고는 좀 더 강한 어조로 아들의 이름을 불렀다.

"세이쥰!"

그제야 아이는 그와 시선을 마주쳤다.

"한동안 이곳의 출입을 금한다는 걸 잊었느냐? 네 처소로 돌아가라."

류타카의 강압적인 명령이 적이 못마땅한 듯 세이쥰은 아망스러운 시선으로 그를 노려보았다. 적의가 가득한 아들의 시선에 그는 적잖이 놀랐다. 지금껏 자신에게 그 어떤 감정도 표출하지 않던 아이가 분노하고 있는 게 확실히 보였기 때문이다. 도대체 저 아이는 무슨 말을 하고 싶어 저러는 걸까?

그는 복잡한 심정을 접으며 단호하게 다그쳤다.

"어서!"

홧김에 쪼르르 달려가는 아들을 바라보던 그는 그 틈을 타 조용히 사라지려던 렌을 발견하고는 딱딱한 어조로 그녀를 불러 세웠다.

"거기 서라, 렌."

잔뜩 찌푸린 얼굴의 세이쥰은 터덜터덜 카미야시키로 들어섰다. 애꿎게 땅바닥만 노려보며 발끝으로 툭툭 차던 아이는 힐끔거리며 지나가는 하인들의 시선에 이를 앙다물고는 자신의 처소로 향했다.

안에 있던 가스히메는 쿵쾅거리며 방으로 뛰어 들어온 아이의 모습을 보고 또 무슨 일이 있었나 싶어 유심히 바라보았다.

"무슨 일이 있으셨습니까, 도련님?"

아이는 고개를 세차게 흔들면서도 찡그린 인상을 풀지 않았다. 조그마한 입술을 빼물며 무언으로 화내는 모습으로 미루어 뭔가 좋지 않은 일이 있었던 건 분명해 보였다.

"요시노 도련님과 싸우신 겁니까?"

"쳇!"

그 말이 오히려 우습다는 듯 세이쥰은 코웃음을 치며 방바닥에 털썩 앉았다.

요즘 들어 부쩍 반항적인 태도를 보이는 도련님의 행동에 가스히메는 어찌 하면 좋을지 판단이 서지 않았다. 안 그래도 키타가와 가의 적자에 대해 부정적인 말들이 나도는 이때에 무작정 토노께 여쭈었다가는 괜히 긁어 부스럼을 만드는 꼴이 될 수도 있기 때문이다.

"뭐 필요하신 것이 있으십니까?"

세이쥰은 아무것도 필요 없다는 듯 도리질을 했다. 그러고는 연상에 놓인 책을 홱 펼쳤다. 제대로 말할 줄은 몰라도 글은 꽤 잘 읽었다. 사실 그는 다섯 살배기 제 또래와는 비교도 할 수 없을 만큼 문재(文才)가 뛰어났으나 애석하게도 그걸 알아주는 사람은 없었다. 게다가 그는 주변 상황에 대해 무척 민감하게 반응하는 버릇이 있었다. 지나치게 감수

성이 예민한 탓에 저도 모르게 신경질적이 되었던 까닭이다. 그런데도 그걸 어린애가 떼쓰는 것쯤으로 치부하고는 멋대로들 오해했다. 머저리 같은 것들! 아이는 부아가 풀리지 않는 듯 입술을 비쭉이 내밀고는 투레질을 하듯 푸푸거렸다.

아무리 해도 도련님이 결코 말하지 않을 거라는 사실을 깨달은 가스히메는 하는 수 없이 물러나기로 했다.

"시키실 일이 있으시면 부르십시오. 옆방에 있겠습니다."

메키가 나간 뒤 방에 홀로 있게 된 세이쥰은 펼쳤던 책을 휙 덮어버리고는 방바닥에 벌렁 드러누웠다

자신에게 아버지는 언제나 멀고 어려운 존재였다. 물론 아버지가 기타가와 가의 당주이자 히타치의 다이묘로서 무거운 책임을 충실히 이행해 이곳 백성들의 추앙을 받는 현명한 사람이라는 건 알고 있다. 영지를 관할하고 가신들과 백성들을 이끄는 일로 인해 늘 과중한 공무에 시달리느라 바쁜 분이라는 것도. 그러니 자신과 보낼 시간이 거의 없는 걸 거라고 생각했다. 하지만 그럼에도 아버지는 다른 녀석들의 아버지와는 달랐다.

왠지 아버지가 자신을 멀리한다는 느낌을 아주 오래전부터 받아왔던 것이다. 아버지가 자신을 싫어한다고 확신한 순간부터 세이쥰은 자꾸 심통을 부리고 싶었다. 그래서 더 하인들을 못살게 굴고 괴롭히는 것이었다.

그러던 어느 날, 그는 자신을 두려워하고 꺼리는 하인들이 뒤에서 수군거리는 소리를 몰래 엿듣게 들었다. 자신의 기억에도 없는 돌아가신 어머니에 대한 이야기였다. 누군가에 의해 독살되었다는 어머니. 무슨

이유에서였을까? 그 문제로 고민하고 있던 그에게 서숙(庶叔) 요시노는 이상한 말을 했다.

'네 엄마가 죽자 시신을 연못에 버렸대. 아무도 그 시체를 찾을 수 없도록 말이야. 정말 그랬을까?'

서숙의 말대로 어머니의 시신이 연못에 있을 거라고는 믿지 않았다. 그럼에도 그는 아버지에게 들킬 걸 미리 예상하고 연못에 뛰어들었다. 아버지에게 발견되면 직접 여쭤볼 생각이었던 것이다. 어머니는 정말 독살 당하신 게 맞냐고. 그런데 그때마다 번번이 그 이상한 여자에게 방해를 받은 것이다. 자신의 계획이 틀어진 것을 생각하니 또 부아가 치밀어올랐다.

세이준은 뿌루퉁한 얼굴을 방바닥에 대고 엎드려 누웠다.

"머……멍청이!"

성의 이름처럼 맑은 바람이 정원에 불어왔다. 해거름 때문인지 기울어진 그림자는 점점 길게 늘어나며 옅어졌다.

사람의 키만큼 떨어져 있던 류타카와 렌은 잠시 각자의 침묵 속에 잠겨 있었다. 짧은 긴장감이 두 사람 사이를 스쳤으나 그녀가 먼저 정신을 차렸다. 바람 앞의 등불처럼 언제 어떻게 될지 모르는 천민이라는 운명 때문에 항상 타인 앞에서는 약자여야 했던 그녀다. 그래서 지금껏 한시도 긴장의 끈을 늦춘 적이 없었다. 죽음이 어떤 형태로 닥치더라도 흐트러진 모습을 보이고 싶지 않았던 것이다. 그 마음가짐 그대로 그녀는 그를 대하기로 했다.

뚫어질 듯 바라보는 사내의 시선을 마주한 채 그녀가 말을 꺼냈다.

“부르셨습니까?”

“내 아들과 무슨 일이 있었던 것이냐?”

“아무 일도 없었습니다.”

나지막하지만 명확하고도 맑은 음성에 그는 눈살을 찌푸렸다. 이 아이는 자신의 이마와 볼에 생채기가 난 것을 모르고 둘러대는 것이 분명했다. 아마도 세이준이 못된 장난을 친 것이리라. 천연덕스런 얼굴로 거짓말을 하는 그녀를 꾸짖을 생각으로 그는 엄격하게 말했다.

“맹랑한 계집이구나. 금세 드러날 거짓말을 내 앞에서 겁도 없이 지껄이다니.”

그녀는 무섭게 쏘아보는 류타카의 눈길에 전혀 위축되지 않은 얼굴로 고개를 숙였다.

“그리 중요한 일은 아니었기에 말씀드리지 않았을 뿐 거짓을 아뢰려던 것은 아니었습니다.”

“내 아들에 관한 일이니 당연히 내가 알아야 할 것이 아니냐? 혹여 그 아이가 네게 못된 짓을 했다면 버릇을 고쳐야겠기에 묻는 것이다.”

딱딱한 그의 표정에 렌은 잠시 난감해하다가 조심스레 대답했다.

“제가 도련님의 심기를 어지럽히는 바람에 불거진 일이니 야단을 치시려거든 제게 하십시오.”

일부러 세이준을 감싸려는 건 아니었지만 지금의 상황에서 벗어나기 위해서는 이 방법밖에 없다는 판단이 들었다. 뭇사람의 시선보다 더 불편한 것이 바로 코앞에 있는 사내의 눈길이었다. 왠지 무섭고 두려웠던 것이다. 가토 기요마사와는 전혀 다른 이 사내의 앞에서는 왠지 모르게 신경이 더 날카롭게 곤두섰다.

"너는 도대체…… 누구냐?"

질문에 담긴 중의적인 의미를 렌은 깨닫지 못했다. 그건 류타카의 혼란스러운 속마음에서 비롯된 물음이었기에 그녀로서는 전연 알 길이 없는 게 당연했다.

"저는 가토 가의 사람입니다."

자신이 예상했던 대답에서 한 치도 어긋나지 않는 그녀의 대꾸에 그는 시쁜 웃음을 지었다. 모자란 듯 어수룩한 듯 행동하며 사람을 속이고 있지만 그 뒤에 감춰진 영리함을 꿰뚫어본 그는 자신 앞에서 몸을 낮추는 그녀의 거짓 시늉이 영 마음에 들지 않았다.

"네 주인이 널 나에게 주려 하니 이제 넌 가토 가의 사람이 아니지 않느냐?"

"저는 아직 주인께 어떤 하명도 받은 바가 없습니다."

"그러니 여전히 가토 가의 사람이다?"

"예."

"네 주인의 청을 내가 받아들인다면 그게 무엇을 뜻하는지 아느냐?"

그 물음에 렌은 움찔한 표정으로 주춤했다. 자신에게서 뭔가를 캐내려는 듯한 그의 날카로운 질문이 그녀를 곤혹스럽게 했다.

"왜 대답하지 않지?"

"저는 주인께서 시키시는 일을 할 뿐 그 외의 것에 대해서는 생각하지 않습니다."

"그래?"

그는 싸늘하게 웃으며 다시 물었다.

"여기에 남고 싶으냐?"

"저는……."

"솔직하게 대답하라. 여기에 있고 싶은 것이냐?"

"그건 주인께서 정하실 일이지요. 저는 주인께서 하명하시면 그대로 따를 뿐입니다."

"나는 지금 네 생각을 물었다."

"모릅니다. 제 주인께 여쭤보심이……."

"그만!"

류타카는 몹시 짜증스러운 얼굴로 렌을 응시했다.

"판에 박힌 듯 되풀이하는 네 말을 듣는 게 지겹다. 그래, 좋다. 네가 네 주인의 명령대로만 움직이겠다면 그리할밖에!"

그의 의미심장한 말에 그녀는 불안한 얼굴로 그를 바라보았다.

"무슨 뜻인지요?"

그러자 그가 조롱조로 대꾸했다.

"주인을 향한 네 충성심이 탐났다고나 할까? 너의 새로운 주인이 되어보는 것도 나쁘지 않겠다는 생각이 들었다. 가토에게 보여주었던 그 충성심을 네가 나에게도 보여줄 수 있을지 자못 기대가 된다. 렌."

무표정했던 사내의 눈빛이 일순 냉혹하게 번득였다.

철부지 아들이 인기척도 없이 방문을 열고 들어오자 마사코는 짜증이 난 듯 미간을 찡그리며 야단쳤다.

"키타가와 요시노! 내 처소에 올 때는 허락을 받아야 한다고 몇 번이나 말했습니까?"

"어……어머니?"

"이제 여덟 살이면 더 의젓해져야지요! 내후년이면 관례를 치를 텐데 도대체 언제까지 서너 살 먹은 코흘리개처럼 버릇없이 굴 겁니까?"

늦게까지 낮잠을 즐긴 듯 속옷차림의 그녀와 마주한 아이는 당황한 표정으로 고개를 숙였다.

"잘못했습니다."

"그렇게 예의도 모르는 천둥벌거숭이처럼 굴면 아랫것들이 그대를 업숭이로 볼 게 아닙니까? 출신이 천해서 그렇다고 모두가 손가락질을 할 겁니다."

"저는 천하지 않아요! 키타가와 가의 사람이라고요!"

아들이 자존심이 상한 얼굴로 반박하며 대들자 마사코는 딱하다는 듯 혀를 찼다.

"쯧쯧! 그대가 키타가와 가의 핏줄을 이어받은 건 사실이지만 세이준이 있는 한 그대는 결코 이 집안의 사내가 될 수 없습니다. 아직도 그걸 모른단 말입니까?"

"그 벙어리 병신보다 제가 못한 게 뭔데요?"

"요시노, 그것이 적자와 서자의 차이입니다. 누가 뭐라 해도 세이준은 키타가와 가의 엄연한 적장자입니다. 하지만 그대는 아무리 영특해도 소용없어요. 뒷방 신세나 지고 있는 이 어미의 배를 빌려 태어났으니 귀찮은 외방자식일밖에요."

어머니의 슬퍼 보이는 시선에 요시노는 이를 악물었다. 절대로 인정할 수 없었다. 자신이 그 병신 놈보다 못한 것이 없는데 어째서 이런 부당한 대접을 받아야 한다는 말인가?

"세이준 따위는 아무것도 아니에요!"

그녀는 어린 아들의 가슴에 작은 분노의 불씨가 타오르기 시작한 것을 눈치 채고는 부드러운 손길로 요시노의 머리를 쓰다듬으며 말했다.

"분하겠지요. 원통하겠지요. 그러나 그런 그대를 도와줄 수 없는 어미 또한 슬프고 괴롭답니다. 그대의 아버지이신 히로이님은 그대에게 전혀 관심이 없으셨지요. 오로지 그대의 형님께 적장자가 태어나기만을 학수고대하셨답니다. 아마도 서출보다는 키타가와 가의 대를 이을 적손이 더 중요하다고 여기셨기 때문이겠죠. 히로이님도 그러셨는데 류타카님이야 오죽하겠습니까. 과연 그대를 이름이나마 제대로 기억하실까 모르겠습니다."

"기필코 인정받을 겁니다, 어머니. 토노이신 류타카 형님께 제가 세이쥰보다 더 뛰어난 키타가와 가의 사람이라는 것을 반드시 보여드릴 거예요."

그녀는 아들의 결연한 의지를 반기며 활짝 웃었다.

"장합니다, 요시노! 세이쥰이 그대의 앞길에 방해물이라는 것을 한시도 잊어서는 안 됩니다. 지금보다 더 의젓하고 더 어른스러워져야 해요. 아시겠습니까?"

"예. 명심하겠어요, 어머니."

마사코는 아무것도 모르는 아들에게 세이쥰에 대한 적개심을 심어주며 자신이 뜻한 바를 확실히 이루어나갈 준비를 천천히 시작했다.

"이제 그만 나가 보세요."

그녀는 요시노를 밖으로 내보내고는 장지문을 열고 안쪽에 있던 사내에게 다가갔다.

"어리다고는 하나 워낙 영민한 아이입니다. 그러니 우리가 더 조심하는 게 좋겠어요, 요시카즈."

"저 아이는 키타가와 히로이보다는 마사코 그대를 더 닮았군요."

"제가 낳은 자식이니 당연하지요."

"세이준이라는 꼬마도 제 아비를 안 닮았다던데."

"그 애는 제 어미를 빼다 박았죠. 하시히토는 돌아가실 때까지 병으로 고생하시던 어머니와 체질도 성격도 비슷해서 그런지 변변치 못한 약두구리였어요. 하지만 세이준은 그렇게 병약한 것 같진 않더군요."

요시카즈는 샐쭉하며 웃는 마사코의 목덜미에 입술을 대며 속삭였다.

"그렇다면 그대는 누구를 닮은 겁니까?"

"그야 시모쓰케에 계신 아버님이시죠."

"그런가요? 그래서 이렇게 뜨겁고도 차가운 여인인 겁니까?"

"요시카즈……."

마사코는 정부의 품에 안겨 행복한 표정으로 눈을 감았다. 하나씩 준비해 나간다면 반드시 원하는 목표를 얻을 수 있으리라.

사내의 익숙한 애무가 그녀를 달뜨게 했다. 그녀는 온몸을 휘감아오는 사향에 마음껏 취하기로 마음먹었다. 이 남자만 있다면 이루지 못할 게 없었다.

기(氣)라는 무정형의 힘은 매순간 끊임없이 변화하며 흐르고 있지만 눈에 보이거나 만져지지 않기 때문에 아무도 그 실체를 눈치채거나 파악하지 못한다. 다만 오랜 수련과 참선을 통해서만 느낄 수 있고, 자신의 뜻대로 운용할 수가 있는 것이다. 그렇다고 기를 단순히 힘으로만 보는 우를 범해서는 안 된다. 기란 인간이 가진 물리적 힘과 정신적 힘을 모두 포함한 개념으로 생(生) 그 자체라고도 볼 수 있다. 그래서 예로부터 무사란 살인 이전에 구인을 먼저 배워야 칼을 손에 들 수 있는 자격이 주어진다고 했다.

아직 하늘이 열리지 않은 어두운 새벽의 짙푸른 어둠이 안개처럼 세이후 성을 감싸고 있는데, 어디선가 사내들의 힘찬 기합소리가 들려왔다. 성안에 있는 연무장에 수백 명의 무사들이 둘씩 짝을 지어 대련하는 소리가 새벽을 뒤흔들었다. 그들 가운데는 이마에 더운 땀방울을 흘리며 전통무술 대련에 몰입한 류타카의 모습도 있었다.

정중동(靜中動). 기를 타고 흐르듯 허공을 스치는 가벼운 손동작은 힘과 부드러움이 일체가 된 하나의 아름다움이었다.

그와 대련을 하는 사내 역시 승패에 초연한 얼굴로 묵묵히 몸을 움직일 뿐이었다. 두 사람의 동작은 빠르지는 않았다. 오히려 무척 느린 움직임으로 이어지는 자세 하나하나에 정성을 쏟고 있었다.

연무장 안으로 들어선 신지는 무술 수련에 몰두한 당주의 모습을 뒤에서 지켜보다가 두 사람의 대련이 거의 끝날 무렵 가볍게 헛기침을 했다.

"으흠."

"어, 왔나?"

류타카는 대련을 끝내고는 신지가 건네주는 수건으로 이마에 흐르는 땀을 닦으며 반갑게 말을 건넸다.

"자네도 같이 하면 좋았을걸."

"요 며칠 무술 수련만 하고 계십니다.

"방에만 가만히 있으려니 답답해서. 굳어진 몸도 풀고 기분전환도 할 겸 가볍게 움직여 봤네. 그동안 게을렀던 티가 나더군. 움직임이 너무 둔해졌어."

그렇게 말하며 슬쩍 웃던 그는 자신의 눈치를 보는 부관의 표정에 의아한 투로 물었다.

"왜 그렇게 보는 거지?"

"갑자기 생각을 바꾸신 연유를 여쭈어도 되겠습니까, 토노?"

연무장을 나서던 그는 걸음을 멈추고는 신지를 바라보았다.

"그게 무슨 말인가?"

"히고 당주가 보낸 계집아이 말입니다."

"아!"

그제야 부관이 무엇을 궁금해하는지 깨달은 류타카는 싱겁게 웃으며 고개를 끄덕였다.

"그래, 히고. 잊고 있었군."

태평하니 아무렇지도 않은 듯한 당주의 태도에 신지는 더욱 혼란스러웠다. 그 계집이 여기에 있건 없건 그것이 중요한 게 아니었다. 그가 놀란 것은 이미 결정됐던 사항이 번복됐다는 점이었다. 지금껏 한번 결정한 일을 뒤바꾼 적이 없었던 당주였기 때문이다.

"필요 없다고 하지 않으셨습니까?"

"글쎄……. 누군가는 필요할지도 모르지."

류타카의 애매모호한 대꾸에 신지는 종잡을 길이 없다는 듯 고개를 갸웃거렸다.

"예? 그게 무슨 말씀이십니까?"

난감해하는 부관의 얼굴을 보며 그는 가볍게 말했다.

"그렇게 심각한 얼굴 할 것 없네. 우에사마께서 말씀하신 대로 어쩌면 쓸모가 있을지도 모르기에 그냥 두기로 한 것뿐이니까."

"토노?"

"자! 그런 시시한 얘기는 집어치우고 오늘 해야 할 일들을 말해 보게."

다른 때와는 달리 무척이나 활기차 보이는 당주의 모습이 신지는 낯설고 생소했다. 오래도록 침체돼 있던 주군에게 생기를 불어넣은 것이 대체 무엇인지 참으로 모를 일이다.

류타카가 자신의 호의를 받아들이기로 했다는 소식에 가토 기요마사는 목적했던 바의 절반은 이룬 셈이라며 나름대로 흡족해했다. 그는 무릎을 탁 치며 회심의 미소를 지었다.

"유독 서화에 재주가 용타 싶더니 결국 요긴하게 쓰였구나. 그러면 그렇지."

그와 달리 신겐은 그늘진 표정이었다.

"갑자기 마음을 바꾼 것이 미심쩍습니다. 혹시 그에게 뭔가 다른 속셈이 있는 것은 아닐는지요."

"기우(奇遇)일세. 그런 것이 있을 턱이 없잖나. 아마도 우에사마께서 렌을 좋게 보신 탓이겠지."

"그래도……."

"자네……. 노파심이 너무 지나치구먼."

"송구합니다, 토노."

기요마사는 귀찮다는 듯 눈살을 찌푸렸다.

"그만 되었네. 아무튼 오늘 중으로 출발할 것이니 여장이나 꾸리게."

"오늘 말씀이십니까?"

"언제까지 객지에 머무를 순 없지 않은가? 히고로 돌아가야지."

"알겠습니다."

그는 힘없이 물러나는 신겐을 보면서 옆에 앉은 렌에게 말했다.

"나와의 연락은 신겐에게 서찰을 띄우는 것으로 하도록 해라. 물론 저들이 네 일거수일투족을 감시하려 들긴 할 테지만 부녀가 서로 안부를 묻는 서신 왕래까지 금하지는 않을 터. 그때그때 적당한 틈을 봐가며 알아서 처신하도록. 날 실망시키지 마라."

"최선을 다하겠습니다."

"본묘사에 있는 네 오라비는 걱정할 것 없다. 절간 허드렛일이라 해봐야 얼마나 되겠느냐? 눈치를 봐야 할 주인이 따로 있는 것도 아니니 전보다는 심신이 모두 편할 게야. 이제 나머지는 네가 하기에 달렸다. 알겠느냐, 렌?"

기요마사의 어조는 상당히 고압적이었다. 렌의 사촌오라비를 빌미로 손발을 묶어놨으니 그녀가 절대로 배신하지 못하리라는 자신감에서 나오는 배짱이었다.

"어찌 대답이 없느냐?"

그의 채근에 그녀는 마지못해 대답했다.

"알고 있습니다."

"알았으면 됐다."

담배를 뻐끔대며 거드름을 피우는 당주를 보며 렌은 자신의 처지가 통방이에 갇힌 새와 같다는 생각이 들었다. 이곳에 남는 것은 성공했다지만 이제 그의 손아귀에서 어떻게 벗어나야 할지 막막했다.

"그만 나가봐."

"히고까지 무사한 여정이 되시기를 빌겠습니다, 토노."

인사를 하고 물러나려는 그녀에게 그가 쐐기를 박듯 말했다.

"배웅할 생각은 마라. 안 그래도 이제부터 실컷 눈총을 받을 텐데 네가 나나 신겐과 작별하는 모양새를 이곳 사람들에게 굳이 보여줄 것까지는 없으니."

인정은 생각지 않는 매몰찬 지시였다. 그러나 그녀에게는 그의 명령을 거역할 힘이 없었다. 아직까지는……

세이후 성에서 닷새간 머물렀던 가토 기요마사의 일행이 드디어 히고로 출발했다. 손님방을 나선 신겐은 차마 발걸음이 떨어지지 않는 듯 자꾸만 뒤를 돌아보았다.

멀찌감치 떨어져 양부가 떠나는 모습을 지켜보던 렌은 가슴에 이는 허전함을 견디지 못하고 등을 돌렸다. 그러고는 행여 눈물이 날까봐 입술을 깨물고는 정원으로 향했다. 차라리 배웅을 못하게 된 것이 나은지도 몰랐다. 마지막까지 보았던들 남겨진 이나 떠나는 이나 가슴앓이밖에 더 할까. 이게 오히려 잘된 일이다.

렌은 스스로를 위로하며 정원 한 곁에 놓인 야트막한 바위에 앉았다. 연못물 위로 둥둥 떠다니는 큰 연잎이며 작은 머구리밥이 눈에 들어왔다. 그 영상이 뿌옇게 흐릿해지면서 자꾸 아른거렸다. 그러다 눈시울이 뜨거워지는 것을 느끼고는 연신 눈꺼풀을 깜박였다. 울어봐야 소용없는 일이었다.

'미련도 후회도 슬픔도 지나고 나면 아무것도 아니란다. 눈물이 나거 들랑 마음속에 묻으려무나.'

어머니가 하셨던 말을 되새기며 눈물을 삼켰다. 벌써부터 약해지면 어이 하나 싶어 스스로를 탓해 보지만 생각처럼 쉽게 마음이 추슬러지지는 않았다. 길게 내쉬는 그녀의 숨결에는 서글픔이 물씬 묻어났다.

세이준은 연못을 하염없이 바라보는 렌을 먼발치서 지켜보았다. 뭐 하는 걸까? 아이는 호기심이 가득한 눈으로 그녀를 살폈다. 자신이 하려던 일을 사사건건 훼방 놓던 여자였으니 미운데도 마냥 그렇지만은 않았다. 미운 만큼 무얼 하는 사람인지 궁금해졌다. 도대체 여기에는 왜 와 있는 걸까? 다섯 살배기 사내아이의 조그마한 머릿속에 온갖 궁금증들이 생겨나기 시작했다.

면경을 들여다보며 곱게 화장을 하던 마사코는 몸종 스에가 전하는 말에 깜짝 놀라 분첩을 떨어뜨렸다.

"그 계집이 떠나지 않았다고?"

"예, 마님. 히고에서 온 사람들이 그 계집만 홀로 남겨두고는 이미 아침나절에 모두 떠났다 하옵니다."

"가토의 야로를 누구보다 잘 알면서 그 계집을 받아들이다니! 도대체 무슨 생각을 하는 거야, 류타카는!"

그녀는 씹어 뱉듯 뇌까리며 눈살을 찡그렸다. 고 앙큼한 것이 히타치에 남겨질 줄 알았다면 그 전에 미리 어떻게든 했을 텐데 틀렸다. 모두가 알아버린 지금은 달리 손을 쓰기가 어려워진 것이다.

"행랑에서 아랫것들이 입을 모아 쑥덕이는 말인즉 아무래도 토노께서 새로이 오헤야사마[97]를 맞이하실 모양인 것 같다고……."

"닥쳐라!"

"마……마사코님?"

몸종이 푼수 없이 지껄이는 말에 기분이 상한 그녀가 앙칼지게 쏘아붙였다.

"너 따위가 무얼 안다고 그런 허무맹랑한 말을 지껄여!"

"쉰네는 다만……."

"오헤야사마? 어림도 없는 소리! 벌써 몇 년째 홀로 지내 온 그가 아니냐? 그런데 이제와 다른 계집이라니 말도 안 돼. 내가 가만둘 성싶으냐!"

여주인의 격렬한 반응에 질겁한 스에가 얼른 몸을 사렸다.

"쉰네가 자……잘못하였사옵니다!"

입술을 잘근잘근 깨물던 마사코는 자리에서 벌떡 일어나더니 안절부절못하는 얼굴로 방안을 바장였다. 적의 영토에 끌려와 받은 수모와 멸시를 단 한시도 잊은 적이 없는 자신이 아니던가? 죽기를 각오하고 지금껏 버틴 세월이 열아홉 해다. 그 사이 자신은 친여동생인 하시히토를 기꺼이 죽이는 괴물로 변하고 말았다. 사람이길 거부하고 스스로 인두겁을 쓴 짐승이 되길 자처한 것이다. 왜! 그 모든 게 다 요시노를 위한 것이었기 때문이다.

초조한 듯 손톱을 잘근잘근 깨물던 그녀는 걸음을 우뚝 멈추더니 머리를 조아리고 있던 몸종에게 은밀히 일렀다.

---

97) 오헤야사마(お－へやさま, 御部屋樣) : 에도 시대, 다이묘 등 귀인의 첩.

"너는 지금 당장 대륜사로 달려가 요시카즈님께 이 사실을 알려라. 되도록 서두르되 남의 눈에 뜨여서는 절대로 안 된다."

"히겐 요시카즈님이 아직도 대륜사에 계시겠사옵니까?"

"이미 시모쓰케로 떠났다면 달리 연락을 취해야겠지. 어찌 됐건 그건 나중 일이니 어서 서둘러!"

"예, 마님."

스에가 황급히 방을 나서는 모습을 잠시 쳐다보던 마사코는 불안한 마음을 억누르며 자리에 앉았다.

"설마 벌써 그럴 리는 없겠지……."

예상치 못한 일에 적잖이 당혹한 그녀는 오른손으로 관자놀이를 문지르며 깊은 생각에 잠겼다. 자칫하면 여태까지 공들인 계획이 모두 수포로 돌아갈지도 모른다는 위기의식에 등줄기가 서늘해진 것이다.

이대로 맥 놓고 앉아 수수방관할 수만은 없다. 만약 우려하던 일이 현실화된다면 요시노는 어찌하나 싶어 왈칵 두려워진 것이다. 하지만 그렇다고 히타치의 오다이묘⁹⁸⁾가 하는 일에 이래라저래라 할 수도 없으니 애만 바짝바짝 타들어갔다. 그때 불현듯 요시카즈가 했던 충고가 떠올랐다.

'시모쓰케에 계신 토노께선 언제나 그대의 불같은 성미를 걱정하고 계시다는 걸 유념하도록 해요.'

침착하자. 그의 말대로 지금의 자신은 성질을 눅일 필요가 있었다. 조바심에 눈이 멀어 모든 걸 그르쳐선 안 되니 말이다. 어쨌거나 당장은 사태가 어찌 돌아가는지 가만히 지켜보는 게 우선이었다. 괜스레 류

---

98) **오다이묘(おーだいみょう, 御大名)** : 다이묘의 높임말.

타카의 눈밖에 나는 어리석은 짓은 하지 않는 게 좋다.

"불씨는 미리 꺼뜨리는 게 옳지만 그렇다고 너무 서두르면 자칫 도리어 빌미를 잡힐 수도 있는 일. 일단은 잠자코 보기만 할까."

그 조선인 계집이 이렇게 큰 문제를 야기하리라고는 꿈에도 생각지 못했다.

"도대체 어찌 생겨먹은 계집인지 궁금하군."

혼잣말을 중얼거리는 마사코의 눈이 적개심으로 붉게 타올랐다.

세이후 성의 행랑어멈은 모처럼 반빗간에 들렀다가 반빗아치[99]와 마주앉아 신나게 수다를 떨고 있었다.

"아유, 저번에 쇼군께서 오셨을 때 사랑채로 불려 들어가는 것을 설핏 봤는데 아주 해말갛고 얌전해 뵈는 것이 눈에 확 띄는 외모는 아니어도 제법 봐줄 만은 합디다."

"그래요?"

"우리 쥔 양반이 몇 마디 말을 주고받았다는데 게이샤는 아닌 것 같대요. 말하는 것이며 몸가짐으로 보아 꽤 배운 티가 확 나는 게 양갓집 규수 같다던데요?"

"거 참 이상하네. 그런 집 아가씨가 무슨 연유로 우리 토노의 하례물로 바쳐진 걸까?"

"그야 모르지! 워낙 뒤숭숭한 세상 아니우. 하루아침에 멸문지화를 당하거나 새로 일어서는 가문도 많으니까."

"하긴……."

---

99) **반빗아치** : 반찬 만드는 일을 하는 여자·찬모.

때마침 곁동자치를 데리고 반빗간에 잠시 들른 동자아치가 두 사람의 수다에 호기심 어린 얼굴로 끼어들었다.

"두 하님들! 예서 무슨 말들을 그리 재미나게 하는 거요? 나도 좀 같이 들읍시다."

"아이고! 그게 그 소리지 새삼 들을 게 뭐 있다고요."

아무것도 아니라는 듯 손을 내저으면서도 행랑어멈은 히쭉히쭉 웃었다.

"뭔 얘기들인데, 응?"

"거 있잖아요! 손님방에 머물고 있는 젊은 아가씨 말이우."

"아하! 토노의 새로운 측실이라는?"

"거야 모르죠. 우리 토노께서 언제 여자를 곁에 두신 적이 있으시던가. 니노마루 북동쪽에 있는 별채에만도 여섯이나 되는 측실 마님들이 있는구먼 지금껏 한 번도 부르신 적이 없잖아요."

"그거야 그분들이 정실인 하시히토님을 독살했으니까……."

동자아치가 무심코 말을 내뱉자 반빗아치가 질겁하며 연거푸 손사랫짓을 했다.

"아이고, 쉬잇! 하님은 정말! 그렇게 함부로 떠들다 가스히메님이나 신지님께 들켜 호되게 경을 치면 어쩌려고 그러쇼!"

"아따, 어쨌거나 사실은 사실이잖우! 작은 마나님들 처소에서 독약이 나온 걸 다들 알면서 뭘."

동자아치가 외려 큰소리로 대꾸하자 행랑어멈 역시 질색한 표정으로 손을 마구 내저었다.

"아유, 그만해요! 반빗하님 말대로 괜스레 동티나지 않게 입조심하자

고요. 세이쥰 도련님이 사실을 알게 되는 걸 원치 않으신 토노가 엄히 함구령을 내리신 거 아니우. 한데 도련님이 우리들 입방아 찧는 걸 아시게 되는 날이면 어쩌려고 그러우? 아이고, 끔찍해!"

생각만 해도 몸서리가 쳐지는지 행랑어멈이 어깨를 부르르 떨었다.

"어휴, 그나저나 세이쥰 도련님은 아예 말문이 트이지 않으시려나."

"그러게요. 우리 토노께는 유일한 아드님인데 어찌 그리 온전치 못하게 태어난 건지."

"하시히토님이 워낙 병약하셨잖아요."

"그렇긴 했어도 그리 쉽게 돌아가실 정도는 아니었지. 그게 다 처첩들 간에 벌어진 싸움 때문인 게야. 사내들이야 온통 바깥일에만 신경을 쓰니 집안이 어찌 돌아가는지 뭘 알겠수. 그 안에서 여자들이 죽건 살건 도통 관심 밖이니……. 쯧쯧쯧!"

"토노께서는 돌아가신 정실 마님을 무척 냉랭하게 대하셨다고들 하던데 그건 왜 그랬대요?"

그들보다 한참 어린 곁동자치가 은근히 말하자 행랑어멈이 무심코 대꾸했다.

"그야 불구대천인 원수의 딸이었으니 그럴 수밖에."

"그건 또 무슨 얘기래요?"

"그런 게 있어."

행랑어멈이 대충 말을 얼버무리는데 반빗아치가 걱정스런 투로 입을 열었다.

"그러나저러나 세이쥰 도련님이 저리 부실하시니 다음 후계자를 요시노 도련님으로 하는 게 옳지 않겠냐는 소리도 나도는 모양이던데 어떻게 되려나?"

"설마하니 그러려고요?"

"우리네야 몰라도 그만 알아도 그만인 일 아닌가. 자! 그만 일어들 납시다. 엉덩이 붙이고 노닥거리다 들켜 치도곤 치르기 전에 어서 일들을 해야지."

동자아치가 중얼거리며 먼저 자리를 떴다.

"불구대천인 원수의 딸이라니, 그게 무슨 말이에요?"

도무지 이해가 안 간다는 듯 곁동자아치가 조르며 묻자 반빗아치가 퉁명스레 면박을 주었다.

"아이고 이것아! 그런 쓸데없는 일에 신경 쓰지 말고 대청에 걸레질이나 깨끗이 해!"

"쳇! 아주머니는!"

"툴툴대지 말고 얼른 시키는 대로 해. 저번처럼 설렁설렁했다가는 오늘 나한테 혼날 줄 알아!"

퉁박을 먹은 곁동자아치가 뿌루퉁한 얼굴로 반빗간을 나서며 퉁명스레 소리쳤다.

"알았어요!"

그 모습을 지켜보던 행랑어멈과 반빗아치가 한숨을 쉬며 자리에서 일어섰다.

"어휴! 오늘도 해거름 안에 이 큰살림을 다 해치우려면 허리가 휘겠구먼."

그들의 푸념과 더불어 세이후 성의 아침이 시작되었다.

히고.

흑설루의 귀빈실에서 토모에와 마주앉은 니찌신은 믿을 수 없다는 듯 되물었다.

"정말로 그놈이 손도 안 댔다던가? 저도 사내인데 그럴 리가! 제깟 게 미츠키만한 아이를 어디서 또 만날 수 있다고 그걸 마다해?"

"어휴! 그러니 답답하지요. 손을 대기는커녕 술상을 마주하고 앉은 자세 그대로 밤을 지새우고는 새벽이 되자마자 산으로 올라갔답니다. 참 알다가도 모를 위인이에요. 혹시 고자 아닙니까?"

"설마! 절름발이라고 사내구실도 못할까?"

"그야 알 수 있나요. 아무튼 저도 기가 막힐 노릇입니다. 흑설루의 설여랑이 보잘것없는 절간 불목하니한테 초야도 못 치르고 외소박을 당하다니요? 남들이 알면 배꼽을 잡고 웃을 일입니다. 이거야 원! 어디 가서 하소연할 데도 없고."

"허어! 그 맹문이가 굴러들어온 복을 제 발로 걷어찼구먼!"

그가 탄식하듯 뇌까리자 토모에는 자신도 이제 지쳤다는 듯 손을 내저었다.

"아유! 더는 못하겠습니다, 니찌신님."

"무슨 소리! 자네가 나서지 않으면 나더러 어쩌라는 겐가?"

그는 펄쩍 뛰며 어림없다는 듯 채근했다.

"설득시키게! 어떻게든 설득시켜! 내달이면 토노께서 돌아오시는데 그 전에 마무리를 해야 해."

"세 살 먹은 어린애라야 달래고 얼러보지요. 온종일 넋을 놓고 앉아 딴 사내만 그리는 계집을 무슨 수로요? 부질없는 짓입니다. 돈이 좋아

웃음을 파는 것도 아니고 권세에 홀려 몸을 파는 것도 아닌 아이입니다. 그건 니찌신님께서 더 잘 아시잖습니까?"

"이거 야단났구먼. 이를 어쩌누."

"틀렸습니다. 그것이 고집이 웬만해야지요. 죽어도 그 반편이가 아니면 싫답니다. 저러다가는 아예 식음을 전폐하고 누울까봐 걱정이에요."

그녀의 푸념에 니찌신은 눈앞이 캄캄했다. 미츠키는 사실 토노가 점찍어둔 아이였다. 그래서 히타치에 다녀오는 대로 불러들이겠다며 그전에 미리 사내를 알게끔 해놓으라고 지시를 했던 것이다. 자신이 손수거둔 아이라 그런지 측은한 생각에 저가 좋아하는 사내와 초야를 치르게 해주었던 것인데 일이 묘하게 꼬여버렸다. 어리석은 것! 누가 몸을 주라 했지 마음을 주라 했던고!

그는 담뱃대를 재떨이에 대고 탕탕 두들기며 말했다.

"그래도 한 번 더 넌지시 다독여보게. 다른 분도 아니고 이곳 히고의 다이묘께서 눈여겨보신 아이일세. 그분의 눈 밖에 났다가는 자네나 나나 황천객이 될 게 불을 보듯 뻔해. 내 말 무슨 뜻인지 알겠나?"

"무섭게 왜 이러십니까? 어휴, 전 몰라요. 니찌신님이 그 애를 데려오셨으니 알아서 하세요."

"나야 어쩌다 인연이 닿은 것이고 미츠키를 그만큼 키운 건 자네잖나. 낳은 정보다야 기른 정이라며? 그러니 자네의 말이라면 그 아이도 허투루 듣지는 않겠지."

"시키시니 해보긴 하겠습니다만 장담은 못 드립니다. 콩깍지가 썰 대로 씌어 곰보도 보조개로 보이는 계집이니 너무 기대하지는 마세요."

"정 말을 안 들으면 강제로라도 하는 수밖에!"

　니찌신의 섬뜩한 표정에 토모에는 내심 불안했다. 미츠키의 품성을 아는지라 잘못하다가는 큰일이 벌어질 것만 같았다. 지금껏 속 한 번 썩이지 않던 아이가 어쩌다 이리 된 건지. 그녀는 속으로 혀를 차며 머리를 흔들었다.

　니찌신을 배웅한 토모에는 곧바로 미츠키의 처소를 찾았다. 하지만 해쓱해진 낯으로 멍하니 앉아 있는 아이를 보니 선뜻 말이 나오질 않았다. 그녀가 난처해하는 것을 눈치 챈 미츠키가 먼저 무릎을 꿇고 사죄의 말을 꺼냈다.

　"용서하십시오."

　"이렇게 하루가 멀다고 닦달을 당하니 나도 더는 견딜 재간이 없구나. 오늘은 니찌신님께서 단단히 못을 박고 가셨다. 여차하다가는 너나 나나 죽임을 당할지도 몰라. 어쩌려느냐? 그래도 싫으냐?"

　"저는……."

　괴로워 말을 잇지 못하는 미츠키의 표정에 토모에는 길게 한숨을 내쉬었다.

　"미츠키……. 나도 너와 같은 시절이 있었단다. 순정도 좋고 첫정도 좋지. 그러나 그건 정말 한때뿐이란다. 부평초 같은 우리네 팔자에 한 사내의 품에만 안겨 산다는 건 헛꿈인 게야. 꿈을 꿀 때는 달콤할지 몰라도 그 꿈에서 깨고 나면 차디찬 진창바닥에 뒹굴게 되는 거라고. 그걸 뻔히 알면서 왜 몸도 상하고 마음도 상할 짓을 하려 해?"

　"그분을 사모합니다."

　그녀는 그렁그렁한 눈으로 여주인을 쳐다보며 말했다.

"제 바람이 그리 큰 것입니까?"

"이 딱한 것아! 그래! 그렇다 치자. 그래서 기회까지 줬지 않으냐? 그런데도 그놈이 싫다지 않아. 지금 네가 하는 짓은 순전히 바닷가 전복의 짝사랑인 게야. 어지간한 놈이 널 집적이는 거였다면 내가 나서서라도 막았을 거다. 하나 상대는 히고의 다이묘야. 너와 나의 목숨을 손에 쥐고 있는 분이란 말이다."

토모에는 자신이 타이르는 말에 눈물만 뚝뚝 흘리는 아이를 안쓰러운 시선으로 바라보았다.

"이런 미련쟁이 같으니라고. 울지 마라. 계집이 눈물이 많으면 팔자가 고달파진단다. 하기는 더 이상 고달플 것도 없겠지만."

"토모에님……."

미츠키는 더는 고집을 부릴 수 없다는 걸 깨달았다. 그래도 실낱같은 미련을 떨칠 수가 없었다. 얼굴을 한 번만이라도 봐야 답답한 가슴이 풀릴 것 같았다.

그녀는 간절한 표정으로 애원했다.

"그분을 만나러 가게 해주세요."

"만나서 어쩌려고?"

"마지막입니다! 다른 뜻은 없어요. 이번에도 아니라면 어쩔 수 없지요. 토모에님과 니찌신님의 뜻에 따를밖에요. 하지만 다른 사내는 싫습니다. 이대로 토노를 뵐 것입니다."

토모에는 할 수 없다는 듯 고개를 끄덕였다.

"정말 이번 한 번뿐이다."

"예."

"그래! 가려무나. 가서 그 위인의 바짓가랑이를 붙잡고 울며불며 매달리든 어쩌든 네 마음껏 해봐. 그래도 꿈쩍하지 않는다면 그놈은 사내도 아닌 게야. 그럴 때는 침이나 잔뜩 뱉어주고 오너라. 알겠니?"

여주인의 농 섞인 말에 미츠키는 머리를 조아렸다.

"고맙습니다! 고맙습니다, 토모에님!"

미츠키는 산마루에 놀이 붉게 물드는 저녁 무렵에야 산사에 도착할 수 있었다. 때마침 절 안마당을 쓸던 어린 사미승이 그녀를 알아보고는 반가이 다가왔다.

"오랜만에 오셨습니다, 미츠키님. 불제를 드리시려고요?"

"아닙니다. 켄에이님을 뵈러 왔습니다. 지금 어디 계시는지……."

"아…… 예. 처사님은 저기 뒤채에서 쉬고 계실 겁니다."

"고맙습니다."

안도의 한숨을 내쉬며 그녀는 사미승이 가리켜 준 뒤채로 향했다. 조심스레 화단을 따라 본당 왼편으로 돌아가니 곧 바로 켄에이를 만날 수 있었다. 저녁 공기를 마시던 참인지 그가 툇마루에 앉아 있었던 것이다.

미츠키를 본 켄에이의 표정이 차갑게 굳어졌다.

"여기까지 무슨 일입니까?"

냉담한 어조에 그녀는 차마 입이 떨어지지 않았다. 급한 걸음으로 산을 올라올 때만 해도 할 말이 많았는데 막상 얼굴을 보니 하고 싶었던 말들이 전부 가슴에 사무치기만 할 뿐이었다. 좋아하는 이에게 좋아하는 마음을 표현하는 것이 서투르기만 한 자신이 어리석게만 느껴졌다.

“돌아가십시오.”

당황한 미츠키는 방으로 들어가려는 그를 다급히 불러 세웠다.

“저어…… 잠깐만!”

“뭡니까? 희롱할 사내를 찾으려거든 다른 데서 알아보십시오.”

“예?”

“사리분별은 하실 분이라 믿습니다. 상대방을 불쾌하게 만드는 장난은 이제 그만두십시오. 난 아가씨의 심심풀이 재밋거리가 될 생각은 없습니다.”

“그렇게…… 느끼셨습니까?”

“아닙니까?”

무정하게 쏘아보는 사내의 얼음장 같은 눈빛에 질린 그녀는 힘없이 고개를 숙였다.

“진심이었습니다. 제가 켄에이님께 입은 은혜를 달리 갚을 길이 없기에…….”

“아가씨는 은혜를 그런 식으로 갚습니까? 낯선 사내와 아무렇게나 춘정을 나누는 것으로요? 참 별난 방법이군요.”

비웃는 말투에 충격을 받은 그녀는 얼어붙은 듯 오도카니 서서 켄에이를 멍하니 바라보았다.

“돌아가요! 난 아가씨와 더 할 말이 없습니다.”

그가 못을 박듯 매몰차게 말하고 방으로 들어가자 미츠키는 휘청거리는 몸을 간신히 지탱하며 숨을 삼켰다. 오해였던 모양이다. 자신의 마음을 전하면 그가 진심으로 알아줄 거라고 착각했던 거였다. 그렇게 체념하면서도 그녀는 마지막 미련을 버리지 못한 듯 흘긋 뒤를 돌아보며 작게 중얼거렸다.

"죄송했습니다. 제가 켄에이님께 폐를 끼치고 있는 줄은…… 미처 몰랐습니다."

그새 노을도 저버린 산사의 정경은 어둠에 서서히 물들어 가고 있었다. 밀려드는 밤처럼 그녀의 심정도 까맣게 젖어갔다.

일을 마치고 법당으로 들어서던 사미승이 걱정스런 어조로 물었다.

"이제 가시려고요?"

"예."

"벌써 해가 저물었습니다. 오늘은 객방에서 쉬셨다가 날이 밝거든 내려가시지요?"

"아닙니다. 저잣거리까지 그리 먼 길도 아닌걸요."

"그럼 조심해서 가십시오."

밖에서 두런거리며 나는 말소리에 켄에이는 슬쩍 방문을 열고는 터덜터덜 발길 닿는 대로 맥없이 걸어가는 미츠키를 안타까운 시선으로 바라보았다.

일부러 모질게 굴었다. 그래야 그녀도 자신도 인연이 아닌 사람들끼리 잘못 얽히게 되는 일을 막을 수 있을 것 같아서였다. 그도 사내였다. 해당화처럼 해말간 소녀가 좋아한다고 고백할 때는 가슴이 떨릴 줄 아는 숫된 남자.

그러나 그는 돌아가야 했다. 어떻게든 누이를 찾아 반드시 조선으로 돌아가야 하는 사람이었다. 그런 그에게 다른 것을 생각할 겨를이 어디 있겠는가.

인연이 아닌 인연

緣ではない緣

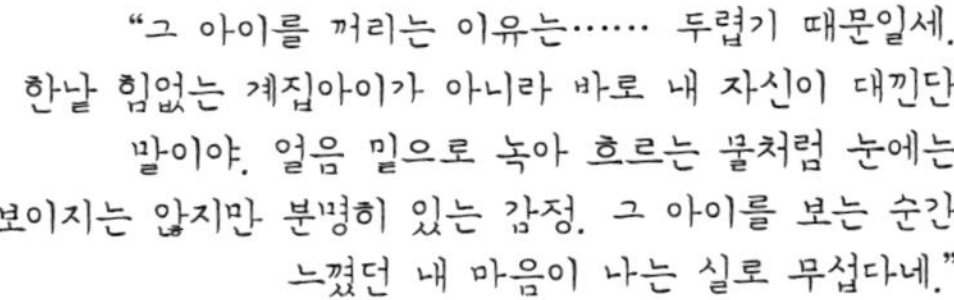

또 놓치고 말았다. 대륜사에 갔다가 헛걸음을 하고 돌아온 스에를 바로 친정인 시모쓰케에 보냈으나 요시카즈는 그곳에도 없었다. 마사코는 실망감으로 미간을 찡그리며 친정아버지가 보내온 밀서를 촛불에 태웠다. 그는 지금 데와 지역에 있는 아키타[100]의 다이묘 사타케 요시노부를 만나러 갔다는 전갈이었다. 그녀는 왠지 조급해지는 마음을 어쩌지 못하고는 입술을 깨물었다.

"하필 이런 때에!"

작게 투덜대던 그녀는 몸종에게 물었다.

"아버님의 건강은 어떠시더냐?"

"의원이 토노 곁을 항시 떠나지 않는 걸 보니 그다지 좋으신 것 같지

---

100) 데와(出羽) 지역의 아키타(秋田) : 지금의 아키타현.

는 않아 보였사옵니다."

"대체 그 여자는 뭘 하는 사람이라더냐! 아버님의 상태가 그 지경이 되도록 손을 놓고 있다니!"

불쾌한 듯 언성을 높이는 여주인의 싸늘한 질책에 스에는 깜짝 놀라 몸을 움찔했다.

그 여자란 아버지의 새 부인을 일컫는 말이었다. 아버지는 마사코가 열 살 무렵 새로이 정실을 맞았는데 계모는 죽은 하시히토와는 각별한 사이였으나 그녀와는 견원지간처럼 냉랭했다.

"그 여자가 할 줄 아는 일이라고는 제 몸치장뿐이니! 쯧쯧."

"큰마님께서는 몸소 토노의 병구완을 하시고 계시던뎁쇼?"

"그야 당연하지! 내 말은 아버님이 편찮으시기 전에 미리 조심을 했어야 한다는 뜻이다. 아직 할 일이 태산 같거늘 아버님이 병중에 계시면 큰일 아니냐!"

머리는 텅 빈 데다 아무하고나 수다 떨기를 좋아하는 계모를 생각하면 짜증이 절로 났다. 그녀는 눈살을 찌푸리며 말을 이었다.

"그 사람은 도통 생각이란 걸 하지 않는 위인이니 답답한 노릇이구나. 그래, 아버님께서는 달리 아무 말씀이 없으셨더냐?"

"섣불리 나서지 마시고 사태의 추이를 지켜보는 것이 좋겠다고 전하라 하셨사옵니다."

"말이야 쉽지! 내 생각도 그렇긴 하다만 그냥 두고 보기에는 너무 찜 찜해. 왠지 느낌이 불길하단 말이야."

"하오나 지금 당장은 별 도리가 없질 않사옵니까?"

스에의 물음에 마사코는 마지못해 고개를 끄덕였다.

"그렇긴 하지."

"하오시면 시모쓰케의 오토노사마께서 말씀하신 대로 잠시 지켜보시지요, 마님."

"지금 당장은 그럴 수밖에. 참! 도련님은 어디 계시느냐?"

"글방선생과 같이 서책을 읽고 계시옵니다."

그 말에 마사코의 얼굴에 환한 미소가 드리워졌다.

"그래?"

요즘 들어 더욱 의젓해진 아들의 모습에 그녀는 든든하고 기쁘기가 한량없었다. 이제 여덟 살이면 아주 어린 것도 아니니 제 위치가 어떤지 알 필요가 있다는 판단 아래 그녀는 요시노에게 현실에 대해 냉혹하게 말해줬다. 아이는 자신이 키타가와 가에서 세이쥰보다 신분이 낮다는 것에 상당히 충격을 받은 모양이었다. 입에 쓴 약이 몸에 좋은 법. 늘 다투면서도 금세 친해지는 두 아이 사이를 어느 정도 떼어놓을 필요가 있었다. 그래서 그녀는 일부러 요시노에게 세이쥰에 대한 경쟁심과 적개심을 불러일으킨 것이다. 그 방법이 적중한 듯했다.

"아무렴! 그래야지. 그래야 내 아드님이지."

마사코는 회심의 미소를 지으며 적이 만족스러운 표정으로 고개를 끄덕였다.

하릴없이 손님방이 있는 별채의 대청에 앉아 무료한 시간을 보내던 렌은 그 사이 친해진 행랑어멈에게 부탁해 문방사보(文房四寶)를 어렵게 구했다. 새하얀 와시를 누르고 있는 문진(文鎭)은 철을 여러 번 정제한 시우쇠로 만든 것이었다. 문진에는 음각으로 곱고도 화려한 연꽃문양이 새겨져 있었는데, 그 자국을 따라 금을 녹여 붙인 것으로 언뜻 보기에도 세공기술자가 온갖 정성을 들인 매우 귀한 것임을 알 수 있었다. 이 문진은 양부인 쇼니 신겐이 특별히 그녀를 위해 히고에서 제일 유명한 야장에게 주문 제작한 것이었다.

세이후 성을 떠나기 전날 양부는 작별도 채 못하고 헤어질 것을 예감했던지 그녀에게 문진을 주며 말했었다.

"너는 나보다 학문을 많이 배웠으니 창랑자취(滄浪自取)가 무슨 뜻인지 잘 알 것이다."

"아버님……."

"좋은 말을 듣거나 나쁜 말을 듣거나 모두 제 할 탓이니라. 네가 하는 행동거지 하나하나에 너의 운명이 달렸다는 것을 언제나 깊이 생각해야 한다."

"지금껏 저를 아껴 주시고 거둬 주신 은혜를 어찌 다 갚으오리까? 아버님을 옆에서 모시지 못하는 불효를 용서해 주십시오."

신겐과 렌은 남다른 인연을 갖고 있는 사람들이었다. 서로의 외로운 처지를 먼저 이해하여 상대방에게 힘이 되어주었던 부녀였기에 더욱 가슴 아픈 이별인 것이다.

양부는 그녀의 손을 따뜻하게 그러쥐며 말했다.

"히고에 있는 네 오라비는 내 힘이 닿는 한 뒤를 봐줄 것이니 너무 괘념치 마라. 내가 너를 위해 해줄 수 있는 일이 이젠 그것밖에 없는 것이 미안하구나."

히고로 떠나면서도 차마 발길이 떨어지지 않는다는 듯 말에 올라타고서도 연신 뒤를 돌아보던 양부의 모습이 아직도 눈에 선했다.

그녀는 말없이 문진을 손으로 어루만졌다. 그래도 자신만큼 운이 좋은 사람도 드물 것이다. 대부분의 조선 포로들은 말로 형용키 어려운 비참한 노예생활을 하는 것에 비해 그녀는 어느정도 사람대접을 받으며 살고 있으니 말이다. 이제 앞으로 어찌되는 건지……. 그녀는 침울한 생각을 떨치고 몸을 정좌했다. 그러고는 붓두껑을 열고 붓을 손에 쥐었다. 바른 자세에서만이 바른 글씨가 나오는 법이었다.

렌이 서도(書道)에 빠져 있을 무렵 문간에 작은 그림자가 어른거렸다. 벌써 며칠째 그녀에 대한 호기심을 드러내며 이곳을 맴도는 작은 염탐꾼이 또 나타난 것이다. 그녀는 쓰던 글씨를 마저 쓰고는 문 쪽은 쳐다보지 않은 채 붓을 벼루 위에 얹으며 단호히 입을 열었다.

"사내대장부가 그렇게 기백이 없어서야 무슨 뜻을 이루겠습니까?"

그녀의 말이 떨어지자 머뭇머뭇하던 작은 그림자가 드디어 모습을 나타냈다. 입술을 뿌루퉁하게 내민 세이쥰이 상당히 기분 나쁘다는 표정을 지으며 안으로 들어왔다.

렌과 시선이 마주치자 아이는 호기심을 감추지 않은 채 성큼성큼 그녀가 있는 곳으로 다가왔다. 세이쥰은 마루에 철퍼덕 주저앉으며 와시에 적힌 글씨와 그녀를 연신 번갈아 바라보았다.

그녀는 잠시 아이를 보다 진지하게 물었다.

"글은 읽을 줄 아세요?"

그 말에 자존심이 상했는지 세이쥰은 붓을 손에 움켜쥐더니 그녀가 쓴 글 바로 밑에 글씨를 썼다. 그녀가 쓴 글자는 청죽(靑竹)이었고, 아이가 쓴 글자는 취죽(翠竹)이었다. 둘 다 푸른 대나무를 일컫는 말로 세이쥰은 자신이 당연히 글을 읽을 줄도 쓸 줄도 안다는 걸 보여준 것이다.

아이의 의기양양한 시선에 렌은 웃지 않으려고 애쓰며 조심스레 말했다.

"좋습니다. 그러면 두 운자, 송(松)과 죽(竹)이 들어가는 성어(成語)를 써보세요. 제가 먼저 쓰죠."

그녀가 먼저 정송오죽(正松五竹)이라고 썼다. 그러자 세이쥰은 그 글을 유심히 보더니 그 밑에 정송오죽(淨松汚竹)이라 썼다. 아이의 재치 있는 대답에 그녀는 엷은 미소를 지었다.

"잘하시는군요."

"머……멍청이."

세이쥰의 뜬금없는 말에 렌은 황당한 얼굴로 바라보았다. 무슨 뜻인지 의아해하는 그녀의 시선 앞에서 아이는 풀이 죽은 목소리로 말문을 열었다.

"사……사람들이 나……나를 그렇게 생각해."

느릿느릿 더듬는 말투였지만 완벽한 문장이었다. 이제야 이 아이가 왜 말을 하지 않는지 알게 된 그녀는 세이쥰에게 단호한 표정을 지었다.

"세상에 완벽한 사람은 없습니다. 그리고 겉으로 보이는 것만 가지고 판단하는 건 가장 어리석은 짓이랍니다. 그런 어리석은 사람들이 아무렇게나 함부로 지껄이는 말이 중요하다고 생각하나요?"

"누……누가 날 놀리는 건 싫어!"

"그렇다고 도련님이 아무 때나 화를 내신다면 그럴수록 저들은 의기양양해질 텐데요?"

"가……가만 안 둘 거야!"

“도련님은 그들의 한심함을 비웃어 줄 용기가 없나보군요?”

렌의 말에 세이쥰은 불끈 화가 난 얼굴로 자리에서 벌떡 일어났다.

“나……날 모욕하는 거야?”

그녀는 아망스런 눈초리로 노려보는 아이의 성난 표정에도 아랑곳하지 않은 채 붓을 잡고 글씨를 썼다.

“저들이 도련님에 대해 몹쓸 말을 수군거리는 게 화가 나세요? 그러시다면 괘씸한 저들의 야코를 죽이고 싶으시겠죠?”

“나……난!”

렌은 화선지에 자득(自得)이란 글자를 쓰며 조용히 말했다.

“무시하세요. 저들이 온갖 못된 소리를 지껄일수록 무심해 보세요. 어떤 일에건 힘으로 사람을 제압하는 것은 옳지 않을뿐더러 오래 가지도 않는답니다. 자신의 과오를 스스로 깨닫게 하는 것만큼 확실한 것은 없지요. 저들이 하는 말에 도련님이 귀를 기울이지 않고 무관심해한다면 저들은 무안하여 감히 입을 열지 못할 것입니다.”

마지막 획인 주(丶)자를 쓰고 난 후 붓을 벼루 위에 놓으며 렌이 세이쥰을 쳐다보자 아이는 혼란스러운 시선으로 그녀가 쓴 글자를 내려다보았다.

류타카는 조금 놀랍다는 투로 가스히메에게 물었다.

“세이쥰이 손님방으로 쓰는 별채에 자주 간다고?”

“예. 도련님은 히고에서 온 처녀가 마음에 드신 듯합니다. 두 사람이 허물없이 웃고 떠드는 걸 여러 번 봤습니다.”

“세이쥰이 말을 하더냐?”

“예.”

가스히메의 대답에 그는 왼손으로 턱을 만지며 골똘히 생각했다. 누군가에게 스스로 마음을 터놓은 적이 없는 아들이 그 맹랑한 계집아이와는 스스럼없이 어울린다? 나쁜 징조는 아닌 것 같았다. 어쩌면 그 아이를 통해 세이쥰이 자신에게도 마음을 열지 모를 일이었다. 그렇게만 된다면, 그래서 아들이 온전하게 돌아올 수만 있다면…….

“무슨 생각을 그리 하십니까, 토노?”

옆에 있던 신지가 궁금한 듯 묻자 그는 가스히메에게 시선을 돌리며 입을 열었다.

“행랑어멈에게 세이쥰의 처소 옆에 작은 방을 마련해 두라고 일러라.”

“하오시면 히고의 처녀를……?”

뭔가 눈치 챈 가스히메의 표정에 그는 조용히 고개를 끄덕였다.

“나쁠 것은 없겠지.”

“하오나 만약 그 처녀가 가토의 사주를 받아 도련님을 위해하려 한다면 어찌합니까?”

누이의 염려에 신지는 너털웃음을 터뜨렸다.

“너무 비약해서 생각하는구나. 가토로서는 어떻게든 토노의 호의를 얻어야 할 입장인데 감히 그런 무모한 짓을 저지르겠느냐? 차라리 그 처녀의 미색을 이용해 토노의 환심을 얻으려 한다면 모를까.”

“어찌됐든 가토의 계략이 숨겨진 것 아닙니까? 그런 처녀를 도련님 곁에 두서도 무방하겠습니까?”

“글쎄……. 그건 저도 좀.”

그 말을 듣고 보니 왠지 석연치 않아진 신지가 류타카를 쳐다보았다.

“가스히메의 걱정이 기우는 아닌 것 같습니다, 토노. 그 문제는 좀 더 신중히 생각하시는 것이 어떻겠습니까?”

“생각만 한다고 뾰족한 답이 나오는 건 아니잖나?”

“하지만 굳이 화근이 될 수도 있는 일을 일부러 만들 필요는 없지 않습니까?”

“렌이라 했던가? 그 계집이 내 아들을 볼모로 감히 나와 대적하려 한다는 건가? 아니면 내가 그 아이의 미색에 홀려 정무에 소홀하게 된다는 건가?”

준엄한 되물음에 주눅이 든 두 사람은 선뜻 대답하지 못했다.

“그것이 아니오라…….”

“벌어지지도 않은 일에 대해 미리 걱정할 필요는 없겠지. 하지만 자네들의 충고는 잊지 않겠네.”

류타카는 두 사람이 무엇을 걱정하는지 잘 알고 있었다. 그리고 어쩌면 그것은 자신이 염려하는 것과 같은 것인지도 몰랐다. 그날 연못가에서 재회하게 된 이후 자신의 마음속에 잔잔한 파문이 일었던 것을 애써 외면하려 했던 때도 있었다.

그러나 이제 피하지 않으리라. 그 아이의 무엇이 자신을 끌어당기는지 찾아낼 것이다. 그리하여 찾는다면 찾아낸 그것과 맞서 싸울 것이다. 설령 누군가 피를 흘리게 될지라도!

세이후 성의 하인들이 쑥덕이던 것과 달리 렌은 세이쥰의 메노토가 되었다. 그 의외의 소식에 가장 어이 없어한 사람은 마사코였다.

“흥! 메노토라고? 도대체 무슨 꿍꿍이인지 알 수 없는 인간이라니까.”

자신이 너무 앞서 생각하는 것이라면 다행이겠지만 그녀의 육감은 불길한 쪽으로 움직이고 있었다. 요시카즈가 돌아오는 대로 가장 먼저 처리해야 할 것이 세이준의 문제였다. 더욱이 그동안 가스히메 외에는 달리 아이를 돌보거나 보호하는 사람이 없었기에 좋은 기회라 여겼는데 갑작스레 메노토를 정하다니. 그게 자꾸만 켕겼다.

"불리해. 이렇게 되면 곤란해지는데……."

손으로 턱을 괴고 앉은 그녀는 혼잣말을 중얼거리며 골몰했다.

"어찌한다. 아키타에 간 요시카즈와는 아직 연락도 닿지 않으니 큰일이로구먼."

그때 밖에서 인기척이 들렸다.

"마님! 계시옵니까?"

"누구냐?"

"카에데님의 몸종인 유라이옵니다. 저희 마님께서 한 번 뵙기를 청하시옵니다."

그 소리에 마사코의 눈이 반짝였다. 그녀는 알 만하다는 듯 싱긋 웃으며 문 밖에 대고 말했다.

"지금은 짬이 나지 않아 어렵고, 조만간 찾아뵙겠다고 여쭈려무나."

"예, 마님. 그리 전하겠사옵니다."

유라의 기척이 멀어지자 그녀는 재미있다는 듯 입술을 비쭉였다.

"손발이 잘려나가 죽은 줄만 알았더니 아직도 살아는 있다 이건가? 허기야 바깥출입을 못하는 장님 신세라 하더라도 아직 귀는 열려 있으니 듣는 것은 많을 테지. 좁은 처소 안에서 여섯 명이나 되는 계집들이 얼마나 조바심을 치고 있을지 훤하네. 배알이 뒤틀려 어찌 견딜까? 어떻게든 뒷방신세를 면하려고 발악들을 하겠구먼."

　내쳐졌다고는 하나 한 사내를 지아비로 섬겼던 그녀들이다. 그네들끼리의 경쟁도 만만치 않겠지만 새로이 나타난 인물에 신경을 곤두세우는 건 당연했다. 아마도 히고에서 온 계집에게 위기감을 느꼈을 것이다. 확실히 여자의 육감은 무시할 것이 못 된다. 그녀만큼이나 류타카의 측실들도 민감하게 구는 것을 보면 말이다.

　그렇다면 조선인 계집은 그녀들의 시샘에 맡겨두어도 괜찮을 듯했다. 눈에 불을 켜고 달려드는 드센 여자들의 등쌀에 제 스스로 나가떨어질 수도 있으리라.

　"마님! 스에이옵니다."

　마침 외부에 심부름을 갔던 몸종이 돌아오자 그녀는 옷매무시를 바로 하고 앉았다.

　"들어오너라."

　문을 열고 들어선 스에는 바닥에 무릎을 꿇고 앉아 입을 열었다.

　"대륜사의 주지승이 전하는 소식이옵니다. 요시카즈님을 직접 움직이시게 하는 건 위험부담이 크니 다른 계책을 찾아보라 하십니다."

　"누가 그걸 모르나! 철통같은 세이후 성의 방어막을 뚫을 만한 인물이 있어야 달리 써보지. 나도 그가 나서는 것은 바람직하지 않다고 보긴 한다만……."

　이런저런 생각에 골몰하던 마사코는 되었다는 듯 고개를 흔들며 손사래를 쳤다.

　"됐다. 뭐 지금 당장 급한 것은 아니니까."

산노마루[101]의 별채에서 혼마루의 카미야시키로 거처를 옮긴 렌은
긴장한 시선으로 방을 훑어보았다. 사방의 벽은 벚꽃 그림이 그려져 있
고 가구는 단출한 모양의 장롱과 연상이 전부였다. 방이 주는 간소한
느낌이 왠지 마음에 들었다. 옆의 장지문은 세이쥰의 방과 바로 연결되
어 있었다. 반쯤 열린 문 사이로 아이가 뾰로통한 얼굴로 푸푸거리는
게 보였다. 그 모습이 하도 귀여워 슬쩍 웃는데 방청소를 다한 행랑어
멈이 다가오며 물었다.

"더 필요하신 것이 있으면 말씀하세요. 지금 있는 장이 조금 작으니
의걸이장을 하나 더 마련해 드릴까요?"

"아뇨. 괜찮습니다."

"그렇지만 변변한 방세간도 없이 그냥 지내시려면 초라하기도 하거니
와 많이 불편하실 텐뎁쇼?"

"이걸로 충분합니다."

"그럼 그러시구려."

행랑어멈이 시큰둥한 표정으로 걸레통을 들고 밖으로 나가자 때를
기다렸다는 듯 세이쥰이 장지문을 밀고 들어오며 되알지게 소리쳤다.

"나……난 메노토 따위 피……필요 없어!"

"저도 다 큰 아이는 필요 없습니다."

렌이 천연덕스런 얼굴로 되받아치자 아이는 기분이 상한 듯 씩씩거
렸다.

"모……못생긴 주……주제에!"

"압니다."

____

101) **산노마루(三の丸)**: 성의 중심으로부터 세 번째 성곽. 제3구역.

"내……내가 하는 일을 바……방해하면 호……혼내줄 거야!"

"무슨 일을 하시는지에 따라서겠죠."

살짝 약을 올리는 그녀의 말에 세이쥰은 새빨갛게 달아오른 얼굴로 외쳤다.

"사……상관 마!"

"제가 가지고 있는 서책이 좀 있는데 읽으실래요?"

저번에 운자를 맞추는 실력을 보고 아이가 책을 상당히 많이 읽은 것을 간파한 렌이 먼저 말을 꺼냈다. 그녀가 내미는 화해의 신청에 세이쥰은 의심스러운 듯 경계하는 눈초리를 보냈다.

"제 것은 좀 어려워서 도련님께는 부담일지도 모르겠군요."

은근슬쩍 자존심을 자극하니 아이는 즉각 반응을 보였다.

"줘……줘봐! 내……내가 못 읽는 건 없다고!"

렌은 빙긋 웃으며 가져온 봇짐 속에서 서책을 꺼냈다.

얼마 후 두 사람은 정신없이 독서에 몰두했다. 마쿠라노소시[102]의 서정적 문체에 취해 있던 그녀는 문득 고개를 들었다가 세이쥰이 꾸벅꾸벅 조는 것을 발견했다. 반쯤 감긴 눈으로 자꾸 고개를 흔들어 어떻게든 잠을 쫓으려는데 쉽지 않은 모양이었다. 그녀는 속웃음을 삼키며 일부러 잠든 척했다. 그러자 아이는 그녀의 눈치를 살피더니 바닥에 몸을 엎드리고는 금세 잠이 들고 말았다. 그래봐야 다섯 살배기였던 것이다.

세이쥰이 완전히 곯아떨어진 것을 확인한 렌은 가만히 일어서서는

---

102) **마쿠라노소시(枕草子)** : 일본 헤이안 시대 중기의 여류작가 세이쇼

아이를 품에 안았다. 그러고는 아이의 방으로 데려가 자리에 누였는데 복도 쪽의 문이 열리면서 낯선 여자가 안으로 들어왔다.

"가스히메라고 합니다. 키타가와 가의 메키입니다."

"예."

가볍게 목례를 한 가스히메는 곤히 자는 세이쥰을 보면서 말했다.

"워낙 고집이 세서서 웬만해서는 감당키 어려울 텐데도 도련님을 잘 달래시더군요."

"너무 영특하셔서 그래요."

렌의 대꾸가 의외라는 듯 가스히메는 묘한 시선으로 바라보았다.

"필요하신 게 있으시면 부르십시오. 밖에서 항상 대기하고 있겠습니다."

"그러지요."

그녀는 기척도 없이 물러나는 가스히메를 보다가 다시 잠든 아이의 얼굴을 응시했다. 겉으로는 괴짜 같아 보이지만 실제로는 고집과 자존심으로 똘똘 뭉친 꼬마 대장부였다. 그녀는 아이의 이마에 흐트러진 머리칼을 다정히 쓸어주었다.

새벽녘에야 겨우 잠이 들었던 렌은 간간이 흐느껴 우는 아이의 울음소리에 놀라 눈을 떴다. 부스스 일어나 장지문을 열고 세이쥰의 방으로 가보니 아이가 자면서 엉엉 울고 있었다.

"엄마! 엄마……."

경기를 한 건지 가위에 눌린 건지 아이는 서럽게 흐느끼며 엄마를 찾았다. 그녀는 세이쥰을 품에 안고는 손으로 다독이기 시작했다.

“무서워······.”

“쉬이.”

“무슨 일입니까?”

문 밖에서 가스히메의 음성이 들리자 그녀는 조용히 대답했다.

“도련님께 야제병(夜啼病)이 있는 듯합니다.”

“의원을 부를까요?”

“그럴 정도는 아닙니다.”

“정말 괜찮겠습니까?”

“예. 걱정하지 마세요.”

렌은 그렇게 대답하고는 아이를 끌어안고 작은 목소리로 자장가를 불렀다.

“내가 죽거든 길가에 묻어주오. 지나는 비가 꽃을 던져 줄 거야. 꽃은 무슨 꽃 동동 동백꽃. 물은 하늘에서 절로 뿌려주지. 내가 죽으면 누가 울어 줄까? 뒷산 소나무 매미가 울어 줄 거야. 매미가 아니고 여동생이요, 귀여운 여동생 매미소리······.”

소곤소곤 속삭이는 목소리 때문일까, 아니면 제풀에 지쳐서일까. 세이쥰은 천천히 울음을 그쳤다. 점점 잦아드는 흐느낌과 간헐적으로 떨리던 작은 몸이 늘어지는 것을 보니 어느새 안정을 되찾은 듯했다.

“엄마······.”

아이는 고사리 같이 조그만 손으로 그녀의 가슴을 만지작거리며 다시 잠이 들었다. 꿈의 어느 언저리에서 기억에도 없는 어머니를 만나는지 보듬어 안은 아이의 몸은 깃털처럼 가벼웠다. 열다섯에 어머니를 잃은 자신도 아직 이렇게 그리운데 태어나자마자 헤어져야 했던 이 꼬마는 얼마나 보고플까.

"곧 있으면 아침 해가 뜰 겁니다. 어둠이 깊을수록 빛은 가까이 있으니까요. 그러면 두려운 것도 무서운 것도 해님이 모두 가져갈 거예요."

그녀는 땀이 흥건한 아이의 이마를 수건으로 닦아주며 얼른 밤이 지나길 기다렸다.

복도에서 도련님이 울음을 그친 것을 확인한 가스히메는 조용히 돌아서다 뒤에 당주가 서 있는 것을 보고는 깜짝 놀랐다.

"토노……."

류타카는 소리를 내지 말라는 뜻으로 눈짓을 했다. 산책을 마치고 돌아오던 길에 세이쥰의 얼굴이나 보려고 잠시 들렀던 그는 안에서 흘러나온 자장가 소리에 발걸음을 멈추던 참이었다.

"그만 쉬어라."

"예, 그럼."

명령이 떨어지기 무섭게 가스히메가 목례를 하고 물러났다.

그는 잠시 자리를 지키고 서서는 상념이 많은 눈으로 세이쥰의 방을 쳐다보다가 발길을 돌렸다. 천천히 계단을 오르던 그는 문득 옛 추억의 한 자락을 떠올렸다.

'류타카, 조금만 있으면 새벽이 올 겁니다. 그러면 해님이 그대의 마음에 있는 두려움도 무서움도 모두 가져갈 거예요.'

어린 시절 야제병으로 힘들어하던 그를 품에 보듬어 안고 속삭여주시던 어머니의 포근한 목소리. 닮았다, 저 아이……. 자신조차 까맣게 잊고 있었던 기억을 회상하게 하는 렌이라는 계집아이.

'반간자로 쓰면 될 게야. 사람을 회유하는 재주는 타고난 너이니 계

집 하나쯤 다루는 거야 어렵지 않겠지.'

큰외숙의 말대로 지금껏 사람을 다루는 데 어려웠던 적은 없었다. 그러나 이번에는 쉽지 않을 것 같았다. 이렇게 평정심을 잃어보기는 처음이었다.

미월[103] 초아흐렛날 밤에 떠오른 반달은 희뿌연 달무리를 가득 안고 모습을 드러냈다. 조만간 구름이 비를 뿌리려는 것을 알려주는 듯 달무리는 유난히 하얗게 빛을 발했다. 가만히 귀를 기울이면 선뜩하게 부는 바람소리도 들을 수 있을 정도로 조용한 날이었다. 방안으로 스며드는 바람에 문풍지가 파르르 떨리기 시작했다. 마치 누군가를 깨우기라도 하듯이.

어둠 속에 일어나 앉은 미츠키는 멍한 시선으로 허공을 응시했다. 옆자리에 누운 사내의 코고는 소리에 무감각해진 지는 오래였다. 털이 무성한 사내의 팔이 몸을 휘감아 와도 이젠 소름끼치지 않았다. 그러나 사내를 알게 된 여인으로서의 기쁨은 없었다. 그녀는 실오라기 하나 걸치지 않은 자신의 알몸을 흘긋 내려다보았다. 흰 몸뚱어리가 왠지 추하고 더럽게만 느껴졌다. 진흙바닥에 딩구는 썩은 낙엽도 자신보다는 깨끗할 거라고 생각했다.

자괴감에 빠진 그녀는 스스로를 비난하며 입술을 깨물었다. 바보! 토모에님 말대로 침이나 뱉어주고 오지. 무정하고 야속하다 원망이라도 해보지. 반편이 주제에 잘난 척 그만 하라고 욕이라도 퍼붓지 그랬니. 왜 한마디 말도 제대로 못하고 돌아섰니. 등신, 머저리!

---

103) 미월(未月) : 음력 6월.

“으음! 뭘 하느냐?”

불쑥 사내의 투박한 손이 미츠키의 등허리를 어루만지며 올라왔다. 그녀는 눈을 질끈 감았다 뜨며 대답했다.

“아무것도 아닙니다.”

“고것 참! 네년의 야들야들한 속살에 내 애간장이 다 녹는구나. 자, 이리 오너라.”

가토 기요마사는 잠에서 완전히 깬 얼굴로 그녀의 몸을 더듬기 시작했다.

“좋구나. 니찌신에게도 네게도 내 후한 상금을 내리리라.”

그 말에 미츠키는 이를 악물었다. 아무리 그래봐야 한낱 창녀에 불과한 것을. 아무리 그래봐야 남정네에게 돈을 받고 몸을 파는 년인 것을. 아까울 것 없는 천한 몸뚱이를 가지고 왜 그리 애면글면 속을 태웠을까? 대체 누구를 위한다고. 부질없는 짓이었다. 한 지아비의 그늘 밑에서 살 팔자도 아닌 년이 헛된 망상에 사로잡혔던 것이다. 헛꿈에서 깨고 보니 토모에님의 말대로 자신은 진창바닥에 엎어져 있었다.

그녀는 욕정에 취해 숨을 헐떡이는 기요마사를 가슴에 끌어안은 채 눈을 감았다. 사내의 게걸스런 입술이 점점 밑으로 내려가는데도 꼼짝하지 않았다. 뺏어라! 부숴라! 짓밟아라! 그녀는 속으로 그렇게 외치며 천 길 나락으로 기꺼이 떨어졌다. 까만 속눈썹 사이로 작은 이슬이 맺혔다. 그러나 미워하고 싶어도 미워지지 않는 자신의 마음을 어찌할 수는 없었다.

바보! 바보 같은 미츠키…….

매달 보름의 산사는 신불에게 소원을 빌러 오는 부녀자들로 붐비게 마련이었다. 그네들은 갖가지 바람을 발원문에 적어 소지[104]한 다음 돌아가곤 했다. 이 달은 윤달의 보름이라 다른 때보다도 많은 여인들이 절을 찾아왔다.

켄에이는 불공을 드리러 온 많은 여인네들 속에서 그 사람을 찾았다. 역시…… 오늘도 오지 않은 모양이다. 먹물처럼 번지는 실망감을 애써 삼키며 돌아서는 그의 어깨가 축 늘어졌다. 하긴 그렇게 모질게 대했는데 올 리가 없지. 자신이 그녀였더라면 벌써 정나미가 떨어져 등을 돌렸을 것이다.

하지만 이렇게 그리워하게 될 줄 알았다면 말이라도 다정히 해주고 돌려보낼 걸 하는 후회가 하루에 수천 번도 더 들었다. 곱디고운 사람이었는데 그 큰 눈망울에 눈물이나 나게 하지 말 것을. 자신은 조선인 포로였고 그녀는 왜인이라는 거부감 때문에 매몰차게 거절했지만 본심은 그게 아니었다. 이런 못난 꼴의 사내를 누군가 좋아해 준다고는 믿기 어려워서였다. 자기 자신조차도 끔찍하고 싫은데 남의 눈에는 오죽할까 싶어 숨기에만 바빴던 그였다. 그런 자신을 좋아한다니 정말 믿어지지 않았다.

"뭘 멍하니 있누?"

고개를 돌려보니 니찌신이 마땅찮은 표정으로 서 있었다.

"오셨습니까?"

"사람이 차기만 해서 나 몰라라 할 줄 알았더니 궁금하긴 한가?"

"그만두십시오."

---

104) **소지** : 신령께 비는 뜻으로, 희고 얇은 종이에 축원을 적어서 불살라 공중으로 올리는 일.

켄에이는 시시콜콜 취조당하는 것 같아 기분이 상했다.

"상관하실 일이 아닙니다."

"생면부지의 나그네끼리 같은 나무 그늘에 묵고 같은 냇물을 마시는 것도 다 전생의 깊은 인연이라는 옛말도 모르느냐? 네놈의 무정함이 안 그래도 불쌍한 인생을 더 가련하게 만들었어!"

의미심장한 말에 그는 창백해진 안색으로 물었다.

"무슨 일이 있는 겁니까?"

"그렇게 걱정이 되면 네가 알아보면 될 게 아니냐."

"니찌신님!"

"미츠키는 변했다. 이젠 옛날의 그 아이가 아니야."

"예?"

니찌신은 정색한 얼굴로 충고했다.

"정말 마음이 있으면 흑설루에 가보고, 그렇지 않을 것 같으면 그 근처에는 얼씬도 하지 마라."

켄에이는 힘없이 고개를 숙였다. 자신 때문에 그녀에게 무슨 안 좋은 일이라도 생겼다면 어찌할까. 그는 불안한 눈으로 땅바닥을 응시했다.

세이쥰과 렌은 천천히 서로에게 익숙해져 갔다. 아이는 그녀가 하는 것이라면 무조건 따라 하려 했고 배우는 데 열성을 보였다. 가르치는 이도 배우는 이도 함께 있는 것이 즐거울 정도로.

"저……정원에 가자."

자신의 치맛자락을 잡아 이끄는 작은 손길에 렌은 미소를 머금었다. 아이가 말을 더듬는 것은 급한 성격 탓이었다. 머릿속에 떠오르는 단어

들을 한꺼번에 다 내뱉으려고 하니 말이 엉키는 것이다.

"천천히 말씀하시라고 했었죠? 생각하고 천천히요."

그녀의 지적에 세이준은 우물우물하던 말을 또박또박 이었다.

"정원에 가자."

"그것 보세요. 하시면 되잖아요."

"아……알았으니까 어……얼른 가자."

다시 말을 더듬자 아이는 제풀에 놀란 듯 손으로 입을 가렸다.

"앗!"

렌은 피식 웃으며 세이준을 따라 정원으로 향했다. 연못에는 어느 틈에 물위를 뒤덮은 연잎 사이로 수많은 꽃대들이 올라와 꽃봉오리를 만들고 있었다. 얼마 전 내렸던 단비에 힘을 얻어 꽃망울을 틔울 준비를 한 모양이었다. 정원에 한가득 핀 꽃들 때문인지 어디선가 날아온 흰나비들이 춤을 추듯 팔랑거리며 돌아다녔다. 아이는 흰나비에 홀린 듯 마냥 신난 얼굴로 이리저리 뛰어다니며 나비를 잡겠다고 호들갑을 떨었다.

"자……잡을래. 내……내가 잡을 거야!"

그 흰나비를 보며 렌은 오래도록 잊고 있던 추억의 편린을 떠올렸다. 봄볕에 노랗거나 연보랏빛의 장다리꽃이 밭에 활짝 필 때면 여기저기 흰나비들이 모여드는데 그 무렵이면 사촌오라버니를 졸라 구경을 가고는 했었다. 무남독녀 외딸로 또래의 형제나 자매가 없었던 그녀는 어린 시절 현영 오라버니를 지나치다 싶을 정도로 졸졸 따라다녔었다. 그런 그녀를 오라버니는 귀찮아하지 않고 같이 산으로 들로 데리고 다니며 풀꽃도 꺾어주고 잠자리나 나비를 잡아주었다. 그러다 장다리꽃이 지고 열매가 맺히면 먹어보라며 부추기기도 했었다. 배추장다리의 열매는 그런 대로 먹을 만했으나 무장다리의 열매는 어찌나 비릿하고 아린지 눈물이 핑 돌 정도였다. 그 짓궂은 장난에 속은 게 억울해 울라치면 오라버니는 쩔쩔매며 그녀를 업고는 들판을 휘휘 달렸었다.

아스라이 밀려드는 옛 생각에 왈칵 눈시울이 뜨거워졌다. 렌은 울지 않으려고 눈을 깜박이며 까르르 웃으며 뛰어다니는 세이쥰을 바라보았다. 한참을 뛰놀던 아이는 그새 지쳤는지 그녀에게 기대며 칭얼댔다.

"어……업어줘."

조막만한 주먹으로 자꾸 눈을 비비는 것을 보니 졸린 모양이었다. 그녀는 아이를 업고는 정원을 거닐기 시작했다.

"나……나 잘래."

거드름을 피우는 듯한 어조였지만 사실은 자장가를 불러달라는 부탁의 다른 표현이었다.

"산에서 까마귀 우는구나. 아가야, 그동안 자려무나. 하늘에 달님이 혼자 떴구나. 아가야, 그동안 자려무나. 꿈속에 매미 보거든 놀자고 하려무나. 단꿈에서 깨고 나면 방긋방긋 웃으려무나."

렌이 조용조용 뇌까리는 노랫소리를 들으며 세이쥰은 사르르 눈을 감았다. 끊임없이 질문을 해대고 궁금해하는 아이는 눈에 보이는 사물과 현상에 대한 직관력이 날카로웠다.

어느 틈엔가 그녀는 이 소년을 진심으로 아끼게 되었다. 세이쥰은 정말 사랑스러운 꼬마였다.

산노마루의 성벽 개축 문제를 놓고 도편수와 함께 혼마루로 들어서던 류타카는 활짝 열린 정원의 중문 사이로 렌이 자신의 아들을 업고 있는 것을 보았다. 순간 그는 움찔한 표정으로 걸음을 멈췄다. 저 계집 아이는 어째서 내가 잊고자 하는 기억을 이토록 상기시키는 걸까? 마치 그의 어릴 적 추억을 엿보기라도 하는 듯했다. 그녀는 보이지 않으면 보이지 않는 대로, 보이면 보이는 대로 그의 신경을 거스르게 하는 뭔가가 있었다. 묵인할 수도 인정할 수도 없는 저 계집의 존재에 대해 이젠 어떻게든 결딴을 내려야 할 것 같았다.

"토노? 왜 그러시옵니까?"

도편수가 이상하다는 듯 묻자 그는 무안해하며 얼른 얼버무렸다.

"아……아무것도 아니다."

류타카는 침울한 표정으로 정원 쪽을 바라보다 고개를 돌리고는 혼마루로 향했다.

신록의 여름은 신마바람[105]을 이끌고 성안으로 스며들었다. 풀잎이 바스락거리는 소리는 여름의 정취를 한껏 드높이듯 시원하고 고즈넉하게 들리기만 했다. 미월의 스무이튿날 밤에 뜬 반달은 단출하면서도 청아했다. 그 밤의 한가운데 류타카는 정적과 고독을 벗 삼아 장지문을 열어 놓고 희미한 달무리를 감상하고 있었다. 성의 제일 높은 천수각에서 보는 하늘은 그야말로 광활하고 장대했다.

"무얼 그리 골몰하십니까?"

신지의 물음에 그는 씁쓸한 미소를 띠며 말문을 열었다.

"내가 가장 경계해야 할 적에 대해 생각하고 있었네."

"시모쓰케의 아시카가 혼지를 말씀하시는 겁니까?"

---

105) **신마바람** : 남남동풍. 주로 뱃사람들이 쓰는 말.

"아니."

"그러면 누구를……?"

"극기. 내겐 가장 힘든 일이라는 걸 새삼 깨닫고 있는 중이야."

아직도 끝없이 방황하고 있는 자신의 모습에 류타카는 조금씩 지치고 있었다. 생의 기쁨을 알기도 전에 무의미함부터 먼저 배운 그로서는 생과 사가 급변하는 전쟁이야말로 인간이 저지를 수 있는 최대의 악행이라 규정했다. 그것을 알면서도 복수라는 일념으로 손에 칼을 쥐어야만 하는 자신의 처지가 지극히도 모순이어서 혼란스러운 것이다.

영토를 관할하는 다이묘로서 키타가와 가를 위해 목숨을 바치는 가신들과 그를 따르는 백성들을 지키기 위해 그는 손에 피를 묻혀야 했다. 잔인하게 형체가 훼손된 어머니의 시신을 아홉 살 소년의 눈으로 확인해야 했을 때부터 그의 내면에는 분노와 증오심이 공존하기 시작했다. 그러나 그것이 얼마나 스스로를 자학하는 길인지 그때는 미처 깨닫지 못했다.

어머니를 윤간하고 죽인 아시카가 혼지의 딸을 아내로 맞이했을 때 류타카는 무관심으로 그녀를 대했다. 자신의 잔인함에 아내의 마음이 황폐해져 가는 것을 알면서도 역시 묵살했다. 그런 하시히토가 타인의 손에 죽은 것을 알면서도 나서지 않았던 이유는 아내가 죽음으로 자유를 얻었다고 믿었기 때문이다. 잔인하지만 그게 그의 진심이었다.

그래서일까? 하시히토가 남긴 유일한 혈육 세이쥰은 낯설고 두려워하는 시선으로 그를 바라본다. 마치 예전의 아내가 그에게서 상처받았을 때 지었던 그런 눈빛으로. 자신의 탄생을 그가 기뻐하지 않았던 것을 알기라도 하듯 다섯 살배기 어린 아들은 제 아비의 시선을 피하기만 했다. 게다가 그 녀석은 말귀를 알아들으면서도 절대 입 밖으로 소리를 내지 않았다. 자신이 말을 더듬는 것을 깨달은 후로 말문을 닫았던 것이다. 그래서 지금껏 누구도 세이쥰이 하는 말을 오롯이 다 들은 이가 없다.

그 탓에 이제 세이후 성내의 사람들은 공공연히 그의 적자인 세이쥰을 온전치 못한 아이라 낙인찍었다. 순간적으로 폭발하는 격렬한 감정을 제어하지 못하는 아들이 말을 하는 대신 괴성으로 사람들을 대하니 그런 평판을 얻은 것이다. 그러나 그는 아들의 혼란스러운 눈동자 속에서 아이가 일부러 말하지 않는다는 것을 눈치 챘다. 마치 자신에게 도전이라도 하듯 녀석은 세상과의 의사소통을 일부러 닫아 버린 것이다. 그런 아이가 이제 서투르게나마 입을 열었다고 한다. 렌의 앞에서만큼은 어리고 천진난만한 철부지 다섯 살배기가 된다는 것이다. 도대체 그 계집의 무엇이 아들의 마음을 움직인 걸까?

"세이쥰은?"

"메노토와 함께 계시다고 들었습니다."

"다른 소란을 피우지는 않았다던가?"

"가스히메 말로는 무척 즐거워하셨답니다. 솔직히 렌이라는 계집아이를 세이쥰 도련님의 메노토로 쓰신다고 하셨을 때는 걱정을 했었습니다만 이제는 다행이지 싶습니다. 도련님의 성정이 전보다 많이 온화해지신 듯하고 무엇보다도 말문을 여시게 되었으니까요."

류타카는 긍정적인 대답을 하는 신지의 어조에서 희미하지만 불안해하는 기색을 느낄 수 있었다. 그는 등을 돌려 부관을 바라보았다.

"자네도 그 아이가 키타가와 가의 카토쿠가 될 만한 자질은 없다고 보는군?"

"그건 토노께서 결정하실 문제입니다. 제가 어찌 감히 키타가와 가의 계승문제에 아는 체를 할 수 있겠습니까?"

"내 질문을 피하지 말고 솔직히 대답해 보게. 그대가 볼 때도 세이쥰이 정신이 온전치 못한 아이인 것 같은가?"

"토노?"

"어떻게 생각하나?"

대답을 강요하는 당주의 무미건조한 시선을 피하던 신지는 할 수 없다는 듯 입을 열었다.

"제가 뵙기로 도련님은 지극히 정상입니다만……."

"계속해 보게."

"다소 성격적 결함이 있는 것 역시 사실인 듯합니다. 가끔 변덕을 부리실 때는 주위 사람들이 감당하기 어려울 정도로 지나치게 화를 내시니까요."

"그러니 집안을 승계할 재목은 아니다?"

"물론 최종적 결정에 대한 권한은 토노께 있습니다만 키타가와 가의 미래를 생각하신다면 신중히 고려하셔야 할 것으로 여겨집니다."

지극히 냉정하고 사리분별이 명확한 신지마저 이런 생각을 하고 있다면 성내 가신들의 의견은 이보다 더할 것이 뻔했다. 아무리 자신의 아들이라고는 하나 가신들이 믿고 따르지 못한다면 그의 독단으로 후계자 문제를 결정할 수는 없었다.

류타카는 식은 찻잔을 손에 들고는 낮은 음성으로 말했다.

"하지만 그 아이는 적자가 아닌가?"

"적자만이 집안을 승사(承嗣)할 권리가 있는 것은 아니잖습니까?"

신지의 되물음에 그는 착잡한 얼굴로 씁쓸히 대꾸했다.

"그러면 나더러 어쩌라는 건가?"

"도련님에 대한 풍문을 우에사마께서도 들으셨기에 토노의 혼인문제를 직접 거론하시는 게 아닙니까? 새로 정실 마님을 맞이하십시오. 그게 껄끄러우시다면 별채에 유폐되신 측실 마님들 중에서 한 분을 고르시거나 아니면 다른 분을 들이십시오. 그래서 차자(次子)를 얻으시면 되는 일이 아닙니까?"

다시 원점으로 돌아오는 문제였다.

"그럴 바에야 차라리 요시노를……."

"토노! 그건 절대로 불가합니다!"

부관의 강력한 반대에 그는 답답한 듯 한숨을 내쉬었다.

"다른 대안이 없지 않은가?"

"차마 입에 담기 죄스러운 말이오나 저는 차라리 키타가와 가가 무후(無後)가 되는 것을 볼지언정 요시노 도련님은 인정할 수 없습니다. 용서하십시오, 토노."

"요시노 역시 나와 마찬가지로 돌아가신 선친의 혈육이니 자격으로 따지자면 모자람이 없는 것 아닌가?"

"히타치를 시모쓰케에 고스란히 넘겨주실 요량이십니까? 그것이 정녕 토노의 뜻입니까? 만약 그런 생각을 하시는 거라면 이 자리에서 제 목을 치십시오!"

"신지."

"돌아가신 토노께서는 늦둥이로 얻은 요시노 도련님을 멀리하신 것도 모자라 나중에는 자식으로도 인정치 않으셨습니다. 정녕 그 까닭을 모른다고 하시겠습니까?"

"그래. 그랬지."

류타카는 탄식처럼 말을 내뱉으며 쓴웃음을 삼켰다. 참 희한한 모순이었다. 돌아가신 부모님에게는 슬하에 오래도록 자식이 없었다. 아버지는 어머니를 무척이나 아끼셨으나 가문을 이을 자식이 없었기에 어쩔 수 없이 많은 측실들을 두셨지만 소생은 생기지 않았다. 한참만에 어머니가 노산으로 그를 낳았다. 두 분이 결혼하신 지 열다섯 해만의 일이었다. 그리고 아버지는 나중에 마사코에게서 요시노를 얻으셨다. 이 세상에서 가장 사랑했던 여인과 가장 증오했던 여인이 아버지의 혈육을 낳은 셈이다.

신지의 말대로 아버지는 쉰둘에 얻은 요시노를 당신이 돌아가시는 마지막 순간까지 끝내 자식으로 인정하지 않았다. 아니 오히려 당신이 죽은 뒤에 기회를 엿보아 두 모자를 조용히 처리하라는 유언을 남겼을 정도였다. 하지만 이유야 어쨌든 두 사람은 자신의 서모와 이복아우였다. 그래서 지금껏 살려둔 것이다.

"아직 토노께서는 연치 젊으십니다. 그러니 후계 문제를 지금 논의하는 것은 시기상조라 여겨집니다. 나중에 다시 숙고하신 연후에 결정하시는 것이 어떻겠습니까?"

"그때 역시 지금과 상황이 같다면 어찌할 텐가?"

"정히 그러시다면 양자를 들이시는 방법도 있습니다."

"양자라?"

"그건 그때 가서 생각해도 늦지 않는 일입니다"

“그래, 그렇게 하지.”

신지의 말에 동의하며 류타카는 긴 한숨을 토해냈다. 지금 당장은 아닐지라도 머지않아 반드시 정해야 할 일이었다. 계속 미뤄두다 보면 다음 후계를 놓고 가신들 사이에 의견이 분분하게 되어 자칫 히타치가 여러 갈래의 세력으로 나뉠 수도 있는 문제였기 때문이다. 강력한 통치권으로 가신들을 규합하지 않으면 그들은 사분오열되어 저마다의 이익다툼에 빠지게 될 테고, 그리되면 결국 무고한 백성들만 피를 흘리게 된다는 사실을 잘 알고 있는 그로서는 고민일 수밖에 없었다.

“그건 그렇고 히고의 계집을 언제까지 세이쥰 도련님의 메노토로 두실 생각이십니까? 뭐, 지금까지야 별일은 없다지만 나중을 생각하셔야지 않겠습니까?”

신지가 잊고 있었던 일을 일깨우자 류타카는 열린 문 사이로 들어오는 실바람에 흔들리는 촛불을 잠시 바라보았다. 촛대를 타고 흐르는 하얀 촛농을 쳐다보며 그는 혼잣말처럼 입을 열었다.

“그 아이의 눈동자를…… 기억하는가?”

“예?”

“잔뜩 겁먹은 것이 분명한데도 목소리에는 떨림이 없었다. 제 운명을 알고 있는 얼굴이었어.”

“제가 보기에도 꽤 당차고 야무진 계집인 것 같기는 했습니다만.”

“아니, 그건 눈속임이야.”

“무슨……?”

“물 위로 떨어지는 눈을 본 적이 있나?”

선뜻 이해하기 어려운 말만 하는 류타카를 신지는 의아한 눈으로 쳐다봤지만 그의 시선은 여전히 가냘프게 흔들리는 촛불을 향해 있었다.

"물위로 떨어지는 눈은 물에 닿는 그 순간 형체도 없이 녹아버리고 말지. 땅위에 쌓이는 것과는 달리 흔적도 없이 사라지고 만다네. 그 아이는 물위의 눈처럼 제 모습이 녹아 없어질 것을 아는 얼굴이었어."

"그래서 꺼려지십니까?"

"흠."

"숨기는 게 많은 계집 같아 보이십니까? 아무래도 가토의 간자이니 그럴 테지요."

"글쎄……."

애매모호한 류타카의 대답에 신지는 고개를 갸웃거렸다.

"그 계집이 히고의 첩자 노릇을 한다면 발견 즉시 처단을 하면 그뿐이 아닙니까? 화근덩이가 될 것 같으면 미리 싹을 자르는 것도 한 방법입니다."

"그만 돌아가 쉬게. 나도 이젠 피곤하군."

대답을 피하는 당주의 태도가 석연치는 않았지만 신지는 고개를 숙였다.

"알겠습니다, 토노. 편히 쉬십시오."

"그러지."

부관이 나간 후 빈방에 홀로 남게 된 류타카는 외로이 타던 촛불을 끄고 자리에 앉았다. 잠시 눈을 감아 어둠에 익숙해질 즈음 눈을 뜨니 반쯤 열린 창문으로 희뿌옇게 스며드는 달빛이 보였다. 그 빛의 처연함에 무거운 한숨이 절로 났다. 오랜 고독에 파묻혀 스스로 있는 듯 없는 듯 지낸 세월이 이제와 서글퍼지는 것은 무슨 까닭인가? 자신의 마음에 깃든 알 수 없는 회한이 그를 혼란스럽게 했다.

"그 아이를 꺼리는 이유는…… 두렵기 때문일세. 한낱 힘없는 계집아이가 아니라 바로 내 자신이 대낀단[106] 말이야. 얼음 밑으로 녹아 흐르는 물처럼 눈에는 보이지는 않지만 분명히 있는 감정. 그 아이를 보는 순간 느꼈던 내 마음이 나는 실로 무섭다네. 그동안 나도 몰랐던 갈망의 한 조각이 내게 남아 있었다는 사실을 너무 늦게 깨달은 것 같아 겁이 난단 말일세, 신지."

신지가 알고 싶어 했던, 그러나 감추어야 했던 그의 마음이었다. 혼잣말을 하는 것과 동시에 류타카는 어둠 속에서 벌떡 일어나 벽에 걸린 대태도(大太刀)를 뽑아 들었다. 길이가 오 척이 넘는 외날 도검을 한 손으로 잡는 순간 그 엄청난 무게를 이기지 못하고 팔뚝에 저절로 힘이 들어갔다. 칼날이 칼집과 스치며 나는 섬뜩한 소리가 고요한 방안의 적막을 갈랐다.

어둠 속에서 희미한 달빛을 받아 번득이는 날카로운 칼을 두 손으로 잡은 채 그는 천천히 호흡을 가다듬었다. 정신을 집중하기 위해, 그리고 잠시 혼란스러웠던 마음을 다잡기 위해 칼을 집어든 그였지만 허공을 단칼에 가르는 그의 눈빛은 이미 흔들리고 있었다.

"있을 수 없다. 있을 수 없는 일이야……."

그는 이를 악물고 검술의 기본자세를 취하며 숫제 눈을 질끈 감아 버렸다. 이제 완전한 암흑 속에서 마음을 바로 세우는 일만 남았지만 시간이 지날수록 그의 이마에는 구슬 같은 땀방울만 맺힐 뿐 원하는 결과는 얻지 못했다.

---

106) **대끼다** : 두렵고 마음이 불안하다.

"후우!"

그의 입에서 긴 한숨이 절로 났다. 한참의 시간이 흘렀지만 눈을 뜨지도 감지도 못하는 사면초가의 상태에 빠져 버린 탓이다. 급기야 그는 예리한 칼날에 엄지손가락을 갖다 대었다. 살짝 불에 덴 듯한 뜨거운 느낌과 더불어 왼손 안으로 따뜻하고 끈적이는 액체가 흘러들었다. 그는 그제야 감았던 눈을 뜨고는 제법 피가 많이 흐르는 왼손을 어둠 속에서 물끄러미 쳐다보았다.

"버리면 그뿐이다."

류타카는 마지막 의지를 모으듯 주먹을 꽉 움켜쥐었다.

서러운 초야

悲しい初夜

> "몸 안에 계속 쌓여 있던 열기는 점점이 흩어지더니
> 빠른 속도로 충돌하며 불꽃을 만들었다.
> 곧이어 다가온 쾌락과 작열하는 희열에
> 그는 마지막 순간 자신도 모르게 눈을 감아 버렸다."

어스레한 새벽, 세이후 성의 카미야시키에 있는 세이쥰의 처소는 다른 때와 달리 수선스러운 아침을 맞이하고 있었다. 약간 상기된 표정의 아이는 수저를 손에 쥔 채 홍분을 감추지 못하고는 연신 렌을 흘끔흘끔 쳐다보았다. 자신의 눈치를 살피는 아이의 조급한 마음을 십분 짐작한 그녀는 엷게 웃으며 말했다.

"자릿조반[107])을 다 드셔야 따라갈 거예요."

말이 떨어지기 무섭게 세이쥰은 허겁지겁 미음을 퍼먹기 시작했다.

오늘은 스무여드렛날로 조수가 조금 붇기 시작하는 물때인 무쉬였다. 이때부터 부둣가에는 먼바다로 나갔던 고깃배들이 들어오는데 새벽녘 풍어(豊漁)를 싣고 줄을 이어 도착하는 배들의 모습은 거대한 진풍

---

107) **자릿조반** : 아침에 잠에서 깨어나는 대로 그 자리에서 먹는 죽이나 미음 따위의 간단한 식사.

경을 이루었다. 아이는 렌에게 그 모습을 보여주고 싶다며 저렇게 서두르는 것이었다. 마침 장이 서지 않는 무싯날이라 부둣가에는 잡아온 생선을 팔기 위해 임시장이 열리는데, 그 장은 히타치에서 유명한 구경거리 중 하나였다.

아이의 손에 이끌려 미리 준비된 마차를 타고 세이후 성 밖을 나선 렌은 창밖으로 스치는 풍경을 눈여겨보았다. 이곳 사람들의 생활상을 자세히 보기는 처음이었다. 여기저기 새벽을 여는 이들의 움직임은 바빴다. 농사를 짓든 고기를 잡든 하나같이 자신들의 일에 몰두한 히타치의 백성들을 보면서 그녀는 아련한 향수에 젖어 들었다. 조선의 백성들이 떠올랐기 때문이다. 갑자기 고국이 그리워졌다.

그녀의 어린 시절은 오랜 왜란으로 인해 민심이 흉흉한 그런 때였기에 장날 구경은 쉬운 일이 아니었다. 대신 방물장수들이 온갖 것들을 머리에 이고 집에 들르면 안채에서 어머니와 같이 예쁘고 고운 물건을 고르며 즐거워했었다. 그 시절을 생각하니 가슴 한구석이 싸하게 아파왔다. 그때의 자신은 부모님의 외동딸이자 해평 윤씨 문중의 고명딸로 집안 어른들의 귀여움을 독차지하던 철부지였다. 어린 그녀를 눈에 넣어도 아프지 않을 정도로 어여뻐 하시던 조부모님과 큰아버님. 그리고 당숙어른들과 사촌, 육촌 오라버니들.

"뭐⋯⋯뭘 생각해?"

세이쥰이 묻는 소리에 현실로 돌아온 렌은 가만히 아이를 바라보며 씁쓸히 미소지었다. 지금의 자신은 히고의 포로이자 히타치 다이묘 가의 메노토였다. 언제 다시 조선으로 돌아갈 수 있을지 기약할 수 없는 미래만이 눈앞에 놓여 있을 뿐인.

그때 아이가 흥분한 음성으로 소리쳤다.

"여……여기야!"

마차의 문이 열리기 무섭게 훌쩍 뛰어내리는 세이쥰을 따라 그녀도 마차 밖으로 나오니 시끌벅적한 사람들의 소리가 벌써 장이 섰음을 말해주었다. 고깃배가 벌써 들어온 모양인지 사람들은 어두컴컴한 부둣가 한쪽에서 거래를 트고 있었다. 팔고자 하는 이와 사고자 하는 이 사이에서 거간꾼들은 제 나름대로 요령을 부리며 흥정을 붙이는 광경이 흥미로웠다. 그 틈을 타 주모는 음식을 실은 달구지를 길가에 아무렇게나 세워두고는 여리꾼을 앞세워 손님을 끌어 모으기에 바빴다. 어찌했든 여기 모인 이들 모두가 아침 전일 테니 주모로선 호기인 셈이었다.

"렌! 저……저기로 가자!"

아이는 신이 난 듯 렌의 손을 이끌며 이쪽저쪽 장 구경하기에 바빴다. 희뿌연 동이 트는 것과 동시에 부둣가는 훤히 밝아져 어시장이 확연히 드러났다. 마구 웃으며 돌아다니던 그들은 반대편에서 두 사내가 다가오는 것을 미처 발견하지 못했다.

"저기…… 도련님 아니십니까?"

신지가 가리키는 방향으로 고개를 돌리던 류타카는 분으로 단장하지 않은 렌의 말간 얼굴을 발견하고는 걸음을 멈췄다. 자신의 아들과 함께 해맑게 웃는 그녀의 모습에 그는 못 볼 것을 본 사람처럼 얼른 시선을 돌렸다.

일순 굳어진 당주의 낯빛에 신지는 당황한 듯 물었다.

"사람을 시켜 세이후 성으로 돌아가라 전할까요?"

부관은 자신의 허락도 없이 성 밖을 나온 두 사람에게 노여워 그러는 줄 아는 모양이었다. 그는 착잡해진 마음을 감추며 조용한 목소리로 대답했다.

"그럴 필요 없네. 그나저나 이번이 올해의 마지막 배가 되겠군."

"조만간 대외무역 길이 막힐 조짐이라던데 어떨지 모르겠습니다."

"글쎄……. 어떻게든 되겠지. 곧 태풍이 올 모양이라는군. 선주들에게 먼바다로 나가지 말고 되도록 빨리 입항하라고 각별히 주의를 주게."

"알겠습니다, 토노."

도쿠가와 이에야스는 화폐 주조권을 독점하고 교통로를 지배하여 정권을 거머쥐자 열도의 대외무역을 슬슬 통제하려는 움직임을 보이기 시작했다. 그것은 열도 내에 퍼져 있던 천주교를 금지하는 것을 기점으로 내국인들의 해외 왕래를 막아 그들을 관리하겠다는 맥락으로 이어지는 일련의 정치기술이었다. 쇼군의 이러한 결정에 아무도 이의를 제기하지 못했다. 그만큼 이에야스의 입김이 열도 내에서는 절대적일 수밖에 없었다.

류타카는 큰외숙의 이번 정책만큼은 반대였지만 이미 대세는 기울었기에 자신의 주장을 더는 고집하지 않기로 했다. 대신 외숙은 어떻게든 조선과의 국교를 다시 회복하길 원하고 있었다. 바로 쌀 때문이었다. 국내에서 소비되는 미곡량의 절반 이상을 그간 조선에서 수입해 충당하는 실정이었는데 전쟁 이후 국교가 단절되자 쌀이 턱없이 부족해진 것이다. 조선과의 국교 회복이라? 조선 출병이 패전으로 끝난 지도 벌써 육 년이다. 이제는 껄끄러워진 양국 관계를 어떤 외교술로 풀어 나가야 할지 그것이 문제였다.

"대외무역이 금지되면 앞으로 어찌해야 할지 시급한 논의가 필요할

때입니다."

"지금 당장 어떻게 되는 것은 아니니까 조금 더 추이를 지켜보지."

"그렇다고 이렇게 가만히 있을 수는 없지 않습니까?"

"어쨌든 해결책은 하나뿐이야. 조선과의 무역을 재개하는 것 말일세."

류타카의 대꾸에 신지는 말도 안 된다는 듯 고개를 흔들었다.

"이미 우리와는 국교를 단절한 나라입니다. 그들이 침략국과의 교역을 원할 리가 없지 않습니까? 더욱이 예를 중시하는 조선이 그동안 자신들을 상국으로 섬겨 왔던 우리가 전쟁을 일으켰는데 곱게 보겠습니까? 다시는 문호를 개방하지 않을 겁니다. 제가 알기로도 우에사마께서 백방으로 노력 중이시나 조선은 아직 사절단은커녕 답변조차 없다고 들었습니다."

"아마도 고도의 외교술이 필요하겠지."

"불가능한 일입니다."

"힘들겠지. 그러나 반드시 이뤄야 할 일이기도 하네."

그는 십 년 이후의 일을 생각하고 있었다. 무조건적인 쇄국은 불가능하므로 어떤 형태로든 외국과의 교섭은 이루어져야 하는 게 지금의 현실이었다. 이미 외국의 문물이 개방되었기에 그걸 막으려 든다는 건 거대한 파도를 두 팔로 막으려는 것만큼 무모한 짓인 것이다. 짐작건대 아마도 섬 하나를 무역소로 정하고 제한적 거래를 하게 될 것이 분명했다. 그럴 때까지 넉넉잡아 십 년이었다. 그 안에 무슨 수를 써서라도 조선과의 국교를 회복해야 했다. 쉽지는 않겠지만 반드시 해내야 하는 일이었다.

"세이준 도련님!"

신지의 말소리에 고개를 든 류타카는 눈앞에 아들과 렌이 서 있는 것을 보고는 흠칫 놀랐다. 그는 무슨 일이냐는 시선으로 그녀를 바라보았다.

"이곳에 계신 걸 보았기에 인사를 여쭈러 들렀습니다, 도련님."

렌의 재촉에 아이는 머뭇거리는 어조로 천천히 말문을 열었다.

"아……안녕하세요, 아버지."

세이준이 그에게 처음으로 한 말이었다. 그는 잠시 아들을 응시하다가 나지막한 음성으로 입을 열었다.

"배를 보고 싶으냐?"

그는 아들의 눈이 휘둥그렇게 떠지는 걸 보고 말을 이었다.

"외국에서 돌아온 배가 지금 짐을 부리고 있다. 신지를 따라가면 네게 구경시켜 줄 것이다."

그 말에 신지가 세이준에게 시원스런 미소를 지어 보였다.

"따라오시지요, 도련님."

흥분된 표정을 감추지 못하는 아이를 따라 걸음을 옮기던 렌은 자신을 잡는 당주의 손길에 깜짝 놀랐다.

"무슨……?"

"레……렌?"

불안한 듯 그녀에게 돌아오려는 세이준을 류타카가 막아섰다.

"렌과 나는 여기서 너를 기다릴 테니 걱정하지 말고 다녀오너라. 이번만큼 큰 배를 구경하기가 쉽지 않으니 놓치면 아까울 거다."

아이는 잠시 고민을 하는 눈치더니 금세 신지를 따라 선착장이 있는 곳으로 뛰어가기 시작했다.

류타카는 두 사람이 사라지는 것을 보다가 렌을 향해 천천히 고개를 돌렸다.

"네 처소가 마음에 드느냐?"

"예."

"내 아들이 너를 몹시 따른다고 들었다."

"도련님은 누구나 좋아할 만큼 어질고 따뜻하신 분이십니다."

"나한테는 군자가 아니라 혹평하더니 내 아들에게는 관대하구나."

"저는 다만……."

자신의 농담에 당황한 그녀가 얼굴을 붉히자 그는 피식 웃었다.

"내 앞에서 꼿꼿하게 대답하던 결기는 어디로 간 것이냐?"

"그때는 제가 무례를 범했습니다. 용서하십시오, 토노."

"무엇을 원하느냐?"

류타카의 뜬금없는 질문에 렌은 놀란 눈으로 그를 응시했다.

"무슨 말씀이신지요?"

"세이쥰이 오래도록 말문을 열지 않았던 것은 너도 들어서 알 것이다. 그런 아이가 지금 내게 말을 했다. 어두웠던 저 아이의 성격이 조금씩 밝아지고 있는 건 네 도움이 절대적이었기 때문이라는 걸 안다. 네게 그 공을 치하하고 싶어 묻는 말이다. 무엇을 원하지? 네가 바라는 것을 말해봐라."

이것이 행운일지 아니면 악운일지 그녀는 짐작할 수가 없었다. 언제나 먼발치서 자신의 행동거지 일거수일투족을 지켜보는 그의 시선을 느껴왔었다. 사냥감을 노리는 매처럼 날카로운 그의 시선을 피할 수가 없었다. 자신이 늘 의심받고 있다는 것을 알고 있었기에 매사 조심하고 또 조심했다. 그런데 지금 히타치의 다이묘가 그녀에게 호의를 베풀려 하고 있다. 과연 이것이 기회일까?

류타카는 렌의 얼굴에 다소 혼란스러워하는 빛이 스치는 것을 보았다. 예상했던 대로 그가 내미는 호의를 선뜻 받아들이지 않았다. 왜 그렇게 경계를 하는 걸까? 타고난 조심성 때문일까, 아니면 히고에서 교육을 받은 탓일까? 그는 그녀의 안색을 살피며 다시 물었다.

"뭘 원하나?"

"없습니다."

"왜?"

그의 질문처럼 그녀는 자기 자신에게 묻고 싶었다. 왜 없다고 했을까? 이유는 간단했다. 직감 때문이었다. 아직은 모든 것을 밝힐 때가 아니라는 것, 아직은 그에게 조선으로 보내 달라는 부탁을 하면 안 된다는 것을 본능적으로 느꼈기 때문이다. 히타치의 당주가 어떤 사람인지 알 수 없는 지금으로서는 자신의 소원을 입 밖에 낼 수가 없었다.

"제가 해야 할 일을 한 것일 뿐 대가를 바란 적은 없습니다."

"꽤나 그럴 듯한 대답이구나."

"예?"

"충직해 보이려는 것이 네 의도였다면 반은 성공한 셈이다. 일전에 네 충성심이 탐이 난다고 했었는데 과연 기대했던 대로 가치가 있어. 자! 겉은 충분히 보았으니 이제 그 속을 보고 싶은데? 정녕 바라는 것이 없나?"

그의 냉소적인 질문에 그녀는 침묵했다.

"왜 아무 말도 하지 않지?"

"정말 없으니까요. 그 외에 제가 무슨 말을 더 하겠습니까?"

"네 눈은 있다고 말하는데 입으로는 아니라고 말하다니 솔직하지 못하구나."

렌은 일부러 어수룩한 표정을 지어 그의 날카로운 일격을 피했다.

"설마요. 잘못 보신 거겠지요."

"좋다! 네 대신 내가 정하지. 너를 내 측실로 만들어주마."

류타카의 서늘한 눈빛을 본 렌은 말문이 막힌 듯 도무지 입을 뗄 수가 없었다.

흑설루의 오후는 많은 손님들로 북적였다. 아직 저녁이 시작되기엔 한참이건만 주색에 빠진 사내들에게는 밤낮이 따로 없었다. 그들은 하루 종일 먹고 마시며 계집과의 농탕질로 시간을 보냈다. 그런 한량들 사이에 가장 인기 있는 설여랑은 단연 미츠키였다. 붉은 연지가 발라진 입술로 한껏 미소 지으며 살짝 눈웃음을 치기만 해도 뭇 사내들은 침을 질질 흘리며 환호성을 보냈다. 그녀와 하룻밤을 보내는 데 필요한 해웃값이 금 열 냥이 넘으니 다른 게이샤들이 받는 액수의 스무 배나 됐지만 장사치건 벼슬아치건 아낌없이 갖다 바쳤다. 오죽하면 그녀의 치마폭이 금덩어리라는 소문이 나돌겠는가.

손님을 받다 지치면 쉬는 곳인 내실에서 설여랑들이 모여 부럽다는 듯 수다를 떨었다.

"아유, 사이카이도의 돈이란 돈은 죄다 미츠키의 치맛자락 속으로 들어가네요."

“아미타불의 위광도 돈으로 좌우한다는데 미츠키 고년은 좋겠구나. 갈퀴로 긁어모으듯 하니 나도 그래봤으면 원이 없겠네.”

“형님이야 든든히 뒤를 봐주는 이시에 나리가 계시면서 뭘 그렇게 바래요?”

“흥! 그깟 마치야쿠108)도 벼슬이라더냐?”

“그래도 나보단 나은 줄 알아요. 난 어쩌다 어물전 상인한테 걸려서는 해웃값이라고 받는 돈마다 비린내투성이우. 이젠 생선 썩는 냄새에 코가 삐뚤어질 지경이에요.”

한 설여랑의 푸념에 모두가 재미있다는 듯 깔깔거렸다. 그때 복도를 지나던 토모에가 안에서 흘러나오는 소리를 듣고는 문을 벌컥 열어젖혔다.

“그새 까마귀 고기를 먹은 게야? 내가 입단속 단단히 하라고 누누이 일렀지? 어째 그렇게 입들이 가벼워! 그러니 사내들이 계집은 수염이 안 난다고 비웃는 게 아니냐?”

“토……토모에님!”

“형님.”

“너희들은 벽에는 귀가 있고 장지에는 눈이 있다는 소리도 못 들었느냐? 글깨나 배웠다는 것들이 어찌 이리 푼수처럼 굴까? 철딱서니 없는 것들 같으니라고!”

토모에가 성을 내자 듣고 있던 설여랑들은 찔끔한 표정으로 눈치를 살피기에 바빴다.

“그렇다고 그리 역정 내실 거는 뭐유. 우리끼리 농담을 좀 한 건데.”

---

108) **마치야쿠(町役)** : 에도 시대에 마치부교 지배 밑에서 주민에 관한 사무를 맡아보았던 사람.

"농담? 네년들에게 돈을 갖다 바치는 자들에게도 그 소리가 농담으로 들릴까? 비린내 풍기는 어물전 장사치가 내는 돈은 돈이 아니라더냐? 사람이 사람을 가리지 돈은 사람을 가리지 않는다. 그런 썩어빠진 생각들을 가지고 손님을 모실 생각이면 당장이라도 흑설루에서 나가!"

벼락처럼 떨어지는 불호령에 설여랑들은 즉각 무릎을 꿇고 용서를 빌었다.

"잘못했습니다……토모에님!"

"노여움 푸세요, 형님. 저희가 잘못했어요."

그래도 마땅찮은지 토모에가 한소리를 더하려는데 밖에서 하녀 한 명이 다가서더니 귓속말을 전했다. 그녀는 미간을 찌푸리며 되물었다.

"그래서? 지금 어디 있어?"

"키쿠하나님께서 처소로 부축해 가셨습니다."

"알았다."

그녀는 짧게 고개를 끄덕이고는 설여랑들을 노려봤다.

"정신들 차려! 이것들아!"

서둘러 내실을 나선 토모에는 잰걸음으로 미츠키의 처소로 향했다. 어째 아슬아슬하다 싶었다. 그동안 하는 짓거리를 보아서는 사단이 났어도 벌써 났을 일이었다. 숙맥 같으니라고! 그녀가 방안에 들어서니 키쿠하나가 수건으로 냉찜질을 해주고 있었다.

"보자! 얼마나 다친 거니?"

"괜찮습니다. 됐어, 그만해."

토모에를 본 미츠키가 키쿠하나의 손길을 피하며 자리에서 일어났다.

“죄송합니다.”

“이 맹한 것아! 사내가 주먹질을 하면 우선 피하고 볼 일이지 네가 무슨 용빼는 재주가 있다고 그걸 고스란히 맞아? 다다요 그놈은 맨손으로 황소를 때려잡는 놈인데 그런 무식한 왈짜를 일부러 상대해 줄 게 뭐냐? 술만 처먹었다 하면 개망나니가 되는 그런 놈이랑 실랑이를 해봤자 너만 손해야. 가만있어 봐라! 네 이놈을 당장 관아에 넘겨야겠다!”

“그러실 것 없어요. 저잣거리의 왈짜 패거리나 높은 벼슬아치들이나 뭐가 다르다고요.”

그녀는 날카롭게 빈정대며 코웃음을 쳤다.

“흥! 허리춤 아래로는 다들 똑같아요. 계집질에 환장한 밸 빠진 놈들!”

“너 이러는 거 더는 내가 못 보겠다. 차라리 토노의 측실로라도 가려무나. 너라면 쌍수를 들어 환영하실 게다. 편히 지낼 수 있는 자리를 왜 마다하고 예서 사서 고생인 거냐?”

“무슨 재미가 있다고 한 사내만 상대하며 지냅니까? 싫습니다.”

“그럼 네 몸을 아껴가며 놀던가! 허구한 날 사내들 틈에 끼어 술타령하는 것도 고된데 이렇게 맞기까지 하면 어쩌자는 게야! 그나마 번 돈은 몽땅 비렁뱅이들한테 적선한답시고 내버리고 네 수중엔 남은 것이 하나도 없잖느냐. 뭐든 정도껏 해야지…… 이러다가는 너 죽어!”

여주인의 걱정에 그녀는 쓸쓸한 눈빛이 되었다.

“차라리 그리 됐으면 좋겠어요.”

“에구, 망할 년! 내 복장을 터뜨리려고 아주 작정을 했구나!”

그때 키쿠하나가 조심스럽게 입을 열었다.

“저기…… 나 아까 봤어.”

“뭘?”

“아까 다다요 자식이 네 머리채를 움켜잡고는 마당에서 행패부릴 때 봤어. 대문 밖에 그 사람…… 와 있더라고.”

동무가 알려주는 말에 미츠키는 차갑게 굳은 표정으로 고개를 돌렸다. 그 꼴을 봤단 말이야? 내가 사내한테 얻어터지는 걸 봤다고? 뭐 하러 온 거야! 이제 와서 무슨 할 말이 남았다고! 예전의 나는 이미 죽었는데!

“벌써 스무 날째야. 밖에 비도 오는데 웬만하면 만나주지 그러니? 어떻게든 너 보려고 온 것 같은데. 성치 않은 몸으로 온종일 서 있기도 힘들 거야.”

“난 그러라고 한 적 없어! 돌아가라고 해. 만나고 싶지 않으니까.”

“미츠키…….”

그녀의 매몰찬 대꾸에 키쿠하나는 할 말을 잃은 얼굴로 여주인을 쳐다보았다. 토모에는 눈짓을 해서 키쿠하나를 내보내고는 조용히 타일렀다.

“남녀가 연분이 닿으려면 다 때가 있단다. 전에는 너희들이 때가 아니었던 게야. 그래서 그이가 널 돌려보낸 것일 테고. 하지만 이제는 때가 된 것 같다. 그 사람도 네게 마음이 있으니 보름이 넘도록 애타게 기다리는 것 아니겠니?”

“때라고요? 쏟아진 물을 누가 주워 담을 수 있단 말입니까? 깨진 거울을 붙인들 원래대로 돌아오겠습니까? 부질없는 짓이에요.”

“네가 첫정을 준 사내가 아니냐? 먼발치서 바라만 보고 있어도 좋다던 사내다. 그 마음이 그새 바뀌었다는 게냐?"

"후훗! 원래 계집이란 게 장마철 하늘 같이 변하기 쉽다지 않아요. 제가 줬으니 거두는 것도 제 마음이죠. 그까짓 게 무슨 대수라고요."

그녀는 마음에도 없는 소리를 지껄이며 도로 자리에 누웠다.

"피곤합니다. 좀 쉬어야겠어요."

"어휴, 나도 모르겠다! 네 신세 네가 볶는 것이지."

미츠키는 장지문이 닫히는 소리를 들으며 눈을 감았다. 대문 밖에 있다는 그를 생각하지 않으려고 이불을 뒤집어쓰며 눈물을 애써 삼켰다. 잊어버리겠다고 수없이 다짐하고도 또 그리워하는 자신이 너무 한심스러워 견딜 수가 없었다. 못난이 바보……

토모에는 윗마을 고관대작의 안방마님이 은밀히 보자는 기별에 혹설루를 나섰다. 아마도 내달 혼례를 치른다는 그 댁 막내따님의 일로 부르는 것이 틀림없었다. 아무리 흉허물없는 모녀지간이라 할지라도 서로 말하기 껄끄러운 문제가 있기 마련이다. 특히 음양배합(陰陽配合)에 관한 일이라면 더욱 그랬다. 그럴 때면 친정어머니는 딸이 시집을 가기 전에 나이 지긋한 게이샤를 초빙하여 도움을 청하는 일이 종종 있었던 것이다.

세차게 쏟아지는 장대비에 길바닥은 질척해 있었다. 부리는 머슴 놈이 대령한 마차에 오르려던 그녀는 웬 사내가 불쑥 다가오는 것을 보고는 깜짝 놀랐다.

"누구요?"

"실례합니다."

자세히 보니 산사에 사는 젊은이였다. 상대를 알아본 토모에는 그제 야 놀란 가슴을 추스르며 퉁박을 주었다.

"어이구머니! 이녁 때문에 십 년은 감수했구려. 무슨 사내가 그리 기 척도 없이 다가오는 게요?"

"놀라게 해드렸다면 죄송합니다."

험상궂은 외모와 달리 차분한 어투에서 묻어나는 예의바름에 호감 이 생겼지만 그녀는 짐짓 퉁명스레 물었다.

"그건 됐고 그래 무슨 일이오?"

"많이…… 다쳤습니까?"

"싫달 때는 언제고 이제 와 여기서 기웃거리다니 댁도 참! 대체 뭔 변덕 이우?"

켄에이는 뾰족하게 가시 돋친 말에도 아랑곳없이 재우쳐 물었다.

"정말 괜찮은 겁니까?"

토모에는 그런 그를 한동안 바라보다가 다시 말을 이었다.

"지금은 괜찮다오. 하루 이틀이면 훌훌 털고 일어날 게요. 사내들 주 먹질에는 이제 이골이 난 년이니 너무 걱정 마시우. 그나저나 이녁 꼴 을 보아 하니 여태껏 기다린 모양이구려."

그는 도롱이는 고사하고 삿갓도 없이 흠뻑 젖은 모습이었다. 미츠키 가 사내에게 주먹다짐을 당하는 걸 보고는 어쩔 줄 몰라 이 근처를 맴 돌고 있었던 게 분명했다. 샌님처럼 하얀 낯빛이 걱정으로 파랗게 질려 있는 걸 보니 좀 안됐다는 생각이 들었다. 그녀는 한숨을 푹 내쉬며 중 얼댔다.

"어휴! 이녁이나 미츠키 년이나 딱하긴 마찬가지구려. 인연이 없다 할지 있다 할지……. 쯧쯧!"

"그럼 됐습니다."

발길을 돌려 빗속을 걸어가는 사내의 구부정한 어깨가 왠지 처량하게 보였다. 점점 거세게 퍼붓는 빗줄기에 시야가 흐려질 때까지 토모에는 짠한 시선으로 켄에이의 뒷모습을 바라보았다.

미월의 스무어드렛날 밤은 활시위가 아래를 향한 듯한 모양의 가느스름한 달이 희미한 빛을 발하며 세상을 어둡게 비추었다. 그사이 당주가 거처하는 카미야시키의 외실에 딸린 작은 별실에선 서너 명의 하녀들이 렌의 몸단장을 조용히 서두르고 있었다. 그들은 이번에 새로이 토노의 일곱 번째 측실 즉 오헤야사마가 될 그녀를 몹시 부러워하는 눈치였다.

예전에는 류타카의 메노토였고 지금은 기타가와가 가의 규중(閨中)의 모든 일을 총괄하고 있는 네네가 꼼꼼한 눈으로 렌의 이모저모를 살피며 능숙하게 다듬었다.

"옷은 가볍게 유카타 한 벌이면 충분할 것이다."

"화장은 어찌할까요, 네네님?"

"흐음……. 새 신부이긴 하지만 벌써 날이 저물었으니 굳이 진하게 화장할 필요는 없겠지. 오헤야사마의 피부가 고우시니 백분은 그만 됐고 대신 머리를 다시 손질해 드려라."

그녀는 하녀들의 손길에 자신의 몸을 맡긴 채 여종 하나가 받쳐 든 면경 속에 비친 자신의 모습을 담담한 눈으로 바라보았다. 언젠가는 이런 날이 오리라는 걸 짐작했지만 막상 닥치고 보니 두렵고 서글퍼지는 마음을 가눌 길이 없었다. 나는 지금 무엇을 두려워하는 걸까. 어차피 조공으로 바쳐진 노예의 신분이라는 건 변함이 없는 사실인데. 주인이 바뀌었다고 새삼 운명이 달라질 것이라고는 기대한 적도 없으면서 뭘 주저하고 망설이는 걸까. 냉정하게 스스로를 달래보지만 왠지 모를 뜨거운 것이 목안까지 차오르는 걸 막을 수는 없었다. 당주의 명을 거역하면 오로지 죽음만이 기다릴 뿐. 지금 자신의 처지로서는 복종만이 살길이었다. 한 해 두 해 세월이 지날수록 어머니의 유언을 지킬 길은 점점 멀어져만 갔다. 과연 언제고 다시 조선으로 돌아가 어머니의 유해를 선산에 모실 날이 있을는지. 왈칵 설움이 북받치자 긴장으로 인해 밀랍처럼 창백해 보이는 그녀의 하얀 뺨 위로 작은 눈물방울이 굴러 떨어졌다.

새 신부를 치장하는 데 신경을 쓰던 네네가 그 눈물을 보고는 하녀들을 물리쳤다.

"그만 되었으니 너희들은 나가 보거라."

"예."

하녀들이 바닥에 머리를 조아려 인사를 하고는 별실 밖으로 나갔다. 이윽고 방안이 조용해지자 늙은 메노토는 잠자코 빗을 들어 렌의 머리를 빗질하기 시작했다. 그녀의 머리카락은 푸렁[109]을 풀어놓은 듯 말간 옥빛 창포물로 감은지 얼마 안 돼 촉촉이 젖어 있었다. 촘촘한 빗살로 가지런히 고를 때마다 결 고운 삼단처럼 치렁치렁 늘어진 머릿발이 검푸르게 윤이 났다.

"곧 초야를 치를 신부가 눈물을 보이는 건 불경스러운 일입니다."

---

109) **푸렁** : 푸른 빛깔이나 물감.

"죄송합니다."

그녀가 처음으로 말문을 열자 네네는 손에 들고 있던 머리끈으로 긴 생머리 중간 부분을 묶었다.

"하찮은 메노토보다야 측실이 되는 게 백번천번 낫지요. 남들은 이런 기회를 잡지 못해 안달인데 렌님은 그러시지 않은가 보지요?"

"저는 마음이…… 무거울 따름입니다."

"그렇게 자신 없어 하실 게 뭡니까? 우리 토노의 눈에만 드시게 되면 그날로 마님은 이곳 세이후 성의 명실상부한 안주인이 되시는 것을요."

자신의 소극적인 태도를 외려 이상스레 여기는 노파의 반응에 렌은 말문을 닫았다. 누구도 자신을 이해해 주리라는 어리석은 생각은 하지 않았기 때문이다.

마지막으로 눈썹을 가지런히 정리하는 것을 끝으로 화장을 마무리한 네네가 만족스럽게 미소지었다

"다 되었습니다. 이제 저를 따라오십시오."

앞장서서 걷는 늙은 메노토를 따라 별실을 나서는 그녀의 발걸음은 바윗덩이를 매달아 놓은 것처럼 무겁기만 했다. 안내를 받은 곳은 별실의 두 배쯤 되는 방이었다. 당주가 머무는 외실이 분명했다. 안으로 들어서던 그녀는 방안에 놓인 술상과 가지런히 펴진 이부자리에 흠칫 걸음을 멈추었다.

"왜 그리 서 계십니까? 어서 자리에 앉으십시오. 곧 토노께서 오실 것입니다."

노파의 채근에 술상 옆에 놓인 방석에 앉은 렌은 점점 두려워지는 마음을 가다듬으려 애를 썼다. 죽기를 각오한다면 무엇이 두려울까? 어

차피 왜국으로 끌려오던 그날 이미 죽었던 것과 같지 않은가. 그녀는 살짝 아랫입술을 깨물며 의지를 모았다.

다른 필요한 것이 없는지 방안을 꼼꼼히 살피던 네네가 무릎을 꿇고 절을 했다.

"좋은 꿈 꾸십시오, 오헤야사마."

이제 방안에는 그녀 혼자 남았다. 어스름하게 비추는 등잔불을 의식하며 앉아 있자니 어디선가 그윽하고도 은은한 향이 풍겨왔다. 문득 고개를 돌려보니 방 한 구석에 놓인 작은 향로가 눈이 띄었다. 그 안에서 나는 향기는 매화꽃 향이었다. 옅은 매화향이 방안을 떠다니고 있는 듯했다.

그때 방문이 열리면서 히타치의 다이묘가 안으로 들어섰다. 말없이 그녀의 맞은편에 앉는 그 역시 가벼운 유카타 차림이었다. 뚫어질 듯 쳐다보는 사내에 그녀의 온몸은 긴장감으로 터질 것만 같았다.

"네 눈 속에는 두려움이 가득하구나."

아주 낮고 거친 음색에 그녀의 등줄기로 진동이 달음질쳤다. 내색하지 않으려 애써 보지만 떨리는 눈빛만큼은 감출 수가 없었다.

궁지에 몰린 새끼사슴처럼 불안에 떠는 어린 계집을 보며 류타카는 지극히 충동적이었던 자신의 결정에 후회를 곱씹었다. 과연 저 여인을 취하는 것이 옳은 것인지 아닌지 명쾌한 판단이 서질 않았던 탓이다. 그는 직접 술잔에 술을 따라 마시며 불쑥 입을 열었다.

"그렇게 두려워하면서도 날 거부하지 않은 이유가 뭐냐?"

렌은 뭔가를 캐묻는 듯한 그의 눈길을 피하며 조용히 입을 열었다.

"토노께서는 제 주인이십니다."

"주인이 시키는 명령이기에 따를 뿐이다? 네가 내게 거침없이 했던 시건방진 말들 가운데 가장 어리석은 대답이구나."

그는 술을 단번에 입안에 털어 넣으며 음울한 눈빛으로 그녀를 응시했다. 생각한 대로 문제가 해결될 수 있을까? 저 아이를 알게 된 뒤로 흔들리고 또 흔들렸던 자신의 마음을 오늘 밤 이후로 비울 수 있을까? 확실히 단언할 수가 없었다.

류타카는 시름이 담긴 한숨을 무섭게 내쉬며 빈 술잔을 앞으로 내밀었다.

"받아라. 내가 네게 주는 합환주다."

빈 술잔에 술을 따르며 그가 중얼거렸다.

"널 여인으로 보게 된 내가 원망스러울 뿐이다. 마셔라."

렌이 머뭇머뭇 술잔을 입에 대자 그는 다소 거친 손길로 잔에 담긴 술을 다 마시도록 했다. 무척이나 독한 술에 그녀가 얼굴을 찡그리자 그는 투박한 손끝으로 여자의 보드라운 볼을 어루만지며 나직이 입을 열었다.

"지금 내 심정이 그 술맛과 같다."

뺨을 어루만지던 그가 천천히 고개를 수그려 오자 그녀는 본능적으로 얼굴을 돌렸다.

자신을 피하는 렌의 행동이 마음에 들지 않는 듯 류타카는 그녀의 턱을 잡은 손가락에 힘을 주었다.

"피하지 마라. 너만 다칠 뿐이다."

낮은 어조로 말한 그는 이윽고 자신의 메마른 입술을 그녀의 붉은 입술에 포갰다.

낯선 이질감에 소름이 돋았다. 처음으로 느낀 이성의 숨결 앞에서 렌은 어쩔 줄 모르고 눈을 내리 뜬 채 가만히 있었다. 사내의 입술은 거칠었지만 뜨거웠다. 지금 이 순간 조금이라도 움직이거나 소리를 내면 무슨 큰일이라도 날 것만 같아 숨 쉬는 것도 잊어버릴 정도였다.

살짝 스치듯 여인의 입술을 맛본 류타카는 긴장으로 딱딱하게 굳은 그녀를 눈치 채고는 피식 웃고 말았다. 말은 청산유수처럼 맹랑하게 잘도 지껄이더니 이런 일에 대해서는 아는 게 없는 숙맥인 모양이었다. 그녀의 어수룩한 태도에 그는 웃음이 절로 나왔다.

피식 웃는 사내의 웃음소리에 렌은 눈을 동그랗게 떴다. 그가 웃는다. 웃을 줄도 안다는 건가? 의외였다. 그녀는 마치 뭔가에 홀린 듯한 눈으로 그를 바라보았다. 미소 하나만으로 무섭기만 한 사내의 얼굴이 따뜻하게 뒤바뀔 수도 있다니 참으로 뜻밖이었다. 정녕 이 사내가 히타치의 백호라 불리는 그 무시무시한 사람일까.

류타카는 다시 얼굴을 굳혔다. 이 여인을 원하는 까닭이 단순한 욕정 때문만은 아닐 것 같다는 불길한 생각이 들었다. 하지만 지금은 깊게 따지고 싶지 않았다. 그는 다시금 고개를 숙이며 투박하면서도 긴 손가락으로 그녀의 눈을 감겼다.

이번에는 아까처럼 부드럽게 스치는 입맞춤이 아니었다. 그의 몸 안에 도사리고 있던 욕망을 한꺼번에 분출시키듯 거침없고 격렬한 것이었다. 렌이 내쉬는 숨결 전부를 앗기라도 하듯 그는 다급하고도 탐욕스럽게 입술을 탐했다. 그의 다소 거친 행동에 질식할 것만 같아 그녀가 입을 벌리자 그 안으로 뜨거운 혀가 얽혀 들어왔다.

낯설고도 생소한 느낌에 화들짝 놀란 그녀가 그를 밀치려고 가슴에 손을 짚자 그는 반대로 그녀를 완전히 품에 안으며 도망가지 못하도록 옥죄어 안았다. 그의 혀가 그녀의 입안에서 매끄럽게 움직이며 모든 것을 빨아들였다. 낯선 침입자에 움츠러든 그녀의 혀를 억지로 얽으며 그는 성애를 가르치기 시작했다.

렌의 몸부림에 잠시 숨을 쉴 수 있도록 놓아준 류타카는 자신의 입술을 그녀의 가냘픈 목덜미에 대고는 두 손으로 천천히 옷자락을 풀었다. 한 겹의 유카타 속에는 속살이 훤히 비치는 얇은 속옷이 있을 뿐이었다. 그는 먼저 옷을 벗고는 그녀를 이부자리로 이끌었다. 은은한 등잔불에 반쯤 풀어진 속옷 사이로 살짝 내비친 그녀의 속살이 어렴풋하게 빛나면서 그를 매료시켰다.

사내의 커다란 손이 불쑥 속옷 안으로 들어와 젖가슴을 움켜쥐자 그녀는 기겁한 표정으로 몸을 비틀었다. 그는 여체에 대한 갈망으로 모든 게 흐릿해진 듯했다. 그녀는 격정에 찬 사내의 시선을 견디지 못하고는 눈을 질끈 감았다. 그리고 등잔불을 끄고는 자신을 끌어안는 그의 손길에 이끌려 이부자리에 누웠다. 아직 욕망이라는 것이 낯선 그녀는 난폭하기까지 한 그의 행동에 죽은 듯 누워 꼼짝도 하지 않았다. 자신의 몸을 더듬는 사내의 손을 애써 의식하지 않으려고 했지만 생각처럼 쉽지가 않았다.

그는 끈질겼다. 그녀가 좀처럼 성애에 눈을 뜨지 못하는 걸 알고는 처음부터 다시 시작했다. 그가 자신만의 욕심만 차렸다면 미워하는 게 쉬웠겠지만 하나에서부터 열까지 그녀에게 가르치고 남녀가 느끼는 희열에 동참시키는 그의 행동에는 당황할 수밖에 없었다. 그저 가만히 누워 그가 하는 일을 감내하는 것으로 끝나지 않을 거란 깨달음이 그녀를 두렵게 했다.

류타카는 렌이 느낄 수 있도록 철저하게 배려했다. 그것은 절대로 고마운 배려일 수가 없었지만 노련한 그의 손길을 거스를 수는 없었다. 그의 입술은 그녀의 입술에서 시작하여 목에서 가슴, 그리고 그 밑으로 점점 내려가며 짙은 애무와 흔적을 남기기 시작했다. 그는 유두를 입에 머금은 혀로 핥고 이로 자근자근 깨물며 거침없는 손길로 그녀의 온몸을 더듬었다. 입안 가득 그녀의 가슴을 삼키고 격렬하게 빨아들이며 자신의 욕망을 그녀가 알게끔 했다. 사내의 입에서 뿜어져 나오는 뜨거운 호흡이 어린 계집의 몸속에 차곡차곡 쌓이면서 하나의 커다란 불꽃을 만들어냈다. 몸 안에서 타오르는 낯선 열정을 어쩌지 못한 계집이 급기야 울음을 터뜨리자 사내는 귓가에 나직이 속삭여 주며 달랬다.

그는 자신의 허리께로 치미는 욕정을 애써 가두며 그녀의 몸을 더욱 뜨겁게 달구었다. 그리고 자신의 정신이 혼미해질 때 즈음 천천히 여성을 잠식해 들어가기 시작했다. 천천히 그녀가 고통스러워하지 않게……. 둔탁한 느낌에 그녀가 몸을 움츠리자 그는 손으로 땀에 젖은 머리카락을 쓸어주며 위로해 주었다.

낯선 침입이 생소하고 어색하긴 했지만 아프지는 않았다. 자신이 상상했던 것과는 전혀 다른 느낌에 감았던 눈을 뜨자 렌은 어둡게 타오르는 류타카의 시선과 정면으로 마주했다.

열에 들뜬 그는 그녀의 몸 안으로 완전히 파고들며 긴장을 풀어내듯 긴 숨을 내쉬었다. 혼잣말을 중얼거리던 그는 긴장과 이완을 반복하며 그녀에게 즐거움을 가르치기 시작했다. 몸 안에 계속 쌓여 있던 열기는 점점이 흩어지더니 빠른 속도로 충돌하며 불꽃을 만들었다. 곧이어 다가온 쾌락과 작열하는 희열에 그는 마지막 순간 자신도 모르게 눈을 감아 버렸다.

한꺼번에 모든 것을 쏟아 부은 뒤 사내는 여인의 가슴에 머리를 기댄 채 몸을 쓰러뜨렸다. 짙은 사향이 열기처럼 뜨겁게 방안을 맴돌았다. 아득해진 몸과 마음을 추스르며 그는 거친 호흡을 가다듬었다. 조용한 침묵이 한없이 흘렀지만 누구도 입을 열지는 않았다.

상대의 그림자만 보이는 어두운 밤. 그 암연 속에 자신을 묻으며 류타카는 감았던 눈을 떴다. 그는 말없이 머리맡에 놓인 명주수건을 들어 렌의 몸에 남은 자신의 흔적을 닦으려 했다. 그 손길에 놀란 그녀가 완강히 거부했지만 그는 기어코 그녀의 몸을 손수 닦았다.

달의 희미한 빛을 반기며 그녀는 붉게 달아오른 뺨을 감추었다. 여인으로서 처음 눈을 뜨게 된 오늘이었지만 기쁨보다는 앞으로 일어날 일들이 가슴을 무겁게 짓눌러 왔다. 알 수 없는 죄책감 때문인지 그녀의 감겨진 두 눈 사이로 눈물이 흘러내렸다.

가만히 그녀의 볼을 어루만지던 그는 따뜻한 물기가 느껴지자 흠칫 놀라 몸을 일으켰다.

"무슨 뜻이냐?"

그러나 대답 대신 돌아오는 것은 깊고도 싸늘한 침묵뿐이었다.

어둠 속에 앉아 계집의 서러운 눈물을 지켜보던 그는 손으로 그녀의 뺨에 남겨진 눈물 자국을 지워주었다.

이 아이가 우는 것은 보기가 싫었다. 그렇다고 뭐라 달래 줄 말도 딱히 생각나지 않았다. 그는 가만히 손가락을 들어 그녀의 콧날에서부터

입술까지 일직선으로 선을 그리며 쓰다듬다가 고개를 숙여 입맞추려
했다.

그때 그녀의 입술 사이로 새어나온 작은 흐느낌에 그는 얼어붙은 듯
동작을 멈췄다. 아직도 울고 있었던 건가. 그녀는 눈물을 멈춘 것이 아
니라 감추고 있었던 것이다. 한동안 말이 없던 그는 바닥에 놓인 유카
타를 몸에 걸치고 자리에서 일어섰다.

"눈물은 오늘 하루뿐이다."

냉혹하지도 그렇다고 부드럽지도 않은 말을 내뱉은 채 류타카는 방
을 나섰다. 그리고 렌은 다시 방안에 혼자 남겨졌다.

어두운 방 가운데 있는 그림자는 서러웠다. 운명을 거역할 수 없었던
무력함이라기보다는 텅 빈방에 홀로 남겨진 초라함 때문이었고 초야를
치른 여인으로서 기쁘기보단 벌거벗은 육체에 죄의식을 먼저 느끼는
마음이 슬펐기 때문이었다. 탓하려거든 나라를 탓하고 원망을 하려거
든 하늘을 원망하라는 말은 나약한 자의 자기변명에 불과하겠지만 그
래도 그 모두가 다 미웠다. 세상도 그리고 자기 자신도.

흐트러진 머리채가 무겁게 어깨에 드리워졌고, 길게 늘어진 앞 머리
카락은 하늘을 부끄러워하는 렌의 창백한 얼굴을 가렸다. 절망. 그녀의
마음에는 오로지 절망만이 가득했지만 밖은 그렇지가 않은 듯했다. 여
름의 바람 한 자락에 떠밀려 우는 작은 풀벌레 소리가 점점 청량하게
들려왔다. 칠흑처럼 까만 어둠 속에 앉은 그녀는 고개를 숙인 채 흐느
꼈다. 지금껏 억눌러 왔던 한을 게워내듯 그녀는 주인을 잃은 원앙침을
손으로 어루만지며 눈물을 쏟았다. 툭툭 떨어지는 눈물방울이 손등을

타고 이부자리로 스며들었지만 아픔은 쉬이 가실 줄 모른 채 오히려 죽고 싶은 마음만 들었다.

차라리 이대로 죽어 버릴까? 그냥 이름 모를 조선인 포로 계집이 되어 사라진다면 오히려 지금보다 나은 것이 아닐까? 그러면 적어도 부모님의 이름에 누가 되지는 않겠지. 하지만 이대로 죽으면 어머니의 원혼은 어쩌고 히고에 볼모로 잡혀 있는 오라버니는 어떻게 하지? 그리고 날 잃고 슬퍼하고 계실 아버지는 어찌해? 하지만 그녀는 그들 중 무엇이 자신을 붙잡고 놓아주질 않는지 몰라 그저 혼란스럽기만 했다. 아니다. 구차한 핑계일랑 더는 대지 말자. 결국엔 보고 싶고 그리워 돌아가고픈 자신의 욕심이 제일 큰 것 아니겠는가.

렌은 두 손으로 귀를 틀어막고는 거칠게 고개를 흔들었다.

"어머니……."

탄식처럼 내뱉은 작은 부르짖음. 바닥에 엎드려 웅크린 작은 어깨가 들썩임과 동시에 방밖에서는 풀벌레의 맑은 울음소리가 점점 더 크게 들렸다. 바람결에 부딪친 대나무 이파리들이 부스럭거리는 소리만 요란할 뿐 그녀의 서러움은 물에 무명천이 소리 없이 젖어들 듯 깊은 밤 속으로 스며들며 천천히 가라앉아갔다.

빈방에서 홀로 정좌하고 앉은 류타카는 찻잔을 쥔 자신의 손이 떨리는 것을 보곤 이를 악물었다. 처음에는 시선을 두지 않으려 했고, 다음에는 마음에서 버리면 그뿐이라 생각했다. 그러나 자꾸만 흔들리는 의지력을 어쩌지 못해 그 아이를 취하기로 마음먹었다. 취하고 죽이리라. 그리하면 자신 안에 타오르는 정념을 지울 수 있을 거라 믿었다. 그런데 그렇게 자신만만했던 결심은 어디로 가고 이리 떨고 있는 것인가? 대관절 그 계집의 무엇이 자신의 마음을 붙잡고 놓질 않는 것인가? 그 아이가 자신의 첫정도 아닌데 쉽게 끊어내질 못하고 이렇듯 연연해하는 스스로를 이해할 수가 없었다. 그는 자신에게 이런 집착과 애증이 있었다는 게 믿어지지 않았다.

취하고 난 순간 계집의 목을 칼로 내리치려 했다. 하지만 손에 닿았던 그 아이의 눈물이 그의 결심을 막아 버렸다. 어떻게 그럴 수가 있었던 걸까? 피비린내가 진동하는 전장에서 자신보다 월등히 뛰어난 적을 만났을 때도 두려움을 느낀 적이 없었다. 죽고 사는 것에 연연하지 않는 그였기에 무사라면 당연히 전쟁터에서 죽는 것이 영광이었다. 그래서 오히려 그런 절체절명의 위기가 반갑기까지 했었다. 그런데 한줌거리도 채 되지 않는 하잘것없는 계집 따위가 무엇이기에 내 의지를 꺾게 만들고 날 두렵게 하는 것일까?

류타카는 자신의 등줄기로 식은땀이 흐르는 것을 느끼며 거칠게 머리를 흔들었다. 방안에 켜진 한 자루의 촛불이 그의 분노를 알기라도 하듯 작게 일렁였다. 그 불꽃을 빤히 응시하던 그는 거연히 눈을 감았다. 정신을 집중하고자 애를 썼지만 그의 신경은 수백 수천으로 분산이 될 뿐이었다. 어찌하여 그 아이와의 인연을 단정(斷情)할 수가 없단 말인가.

"내가 무엇을 어찌해야만 하는가."

신음처럼 탄식을 뇌까리며 그는 혼란의 한가운데 섰다.

동쪽에서부터 피어오르기 시작한 해무(海霧)가 먼저 새벽을 알렸다.

해가 모습을 드러내진 않았지만 하늘을 꽉 채웠던 어둠은 물러가고 시
퍼런 빛이 새로 물들기 시작했다. 날이 새도록 빈방에 홀로 앉아 있던
렌은 밤새워 고민한 흔적이 역력한 몹시도 지친 모습이었다. 그녀는 해
쓱한 낯빛 그대로 고개를 숙인 채 밀려오는 피곤함에 몸을 맡기고는 이
내 졸기 시작했다.

쏟아져 오는 잠을 못 이긴 듯 앉은 자세로 꾸벅꾸벅 조는 그녀를 류
타카는 반쯤 열린 문 사이로 바라보았다. 어린 계집이 놀란 마음을 채
달래지 못하고 제풀에 지쳐 잠든 것을 보니 기분이 좋지 않았다. 좀 더
편히 잘 수 있도록 뉘어줄까 하다 마음을 접었다. 그러고는 조용히 방
문을 닫고 마당으로 나섰다. 그 사이 선연히 떠오른 해가 훤한 아침을
비췄다.

카미야시키와 천수각을 잇는 중문을 열고 들어오던 네네는 당주의
모습을 발견하고는 종종걸음으로 다가와 허리를 굽혀 인사했다.

"편히 주무셨습니까, 토노."

"수고했다. 네네."

그가 치하하자 그녀는 다시 몸을 굽혔다.

"소인이 해야 할 일을 했을 뿐입니다. 곧 행랑어멈에게 일러 조반을
준비하도록 하겠습니다. 시텐노님들을 부르도록 할까요?"

네네의 물음에 그는 대답 대신 딴소리를 했다.

"새벽녘에야 겨우 눈을 붙이는 모양이다. 곤히 자고 있으니 일어날 때
까지 깨우지도 말고 소란스럽게 하지도 마라."

눈치가 빠른 노파는 류타카가 누구를 지칭하여 이르는 말인지 얼른

알아챘다. 꼭 필요한 일 이외에는 별다른 관심을 두지 않던 당주였다. 언제나 주인의 심기를 먼저 살피는 것이 자신의 임무 중 하나였기에 전부터 그가 히고에서 온 처녀에게 끌리고 있다는 걸 짐작은 하고 있었다. 하지만 이렇듯 자신에게 그 감정의 한 자락을 쉽게 내보일 만큼이었다는 것은 몰랐다.

정말 놀라운 일이었지만 네네는 감정을 드러내지는 않았다.

"그리하겠습니다. 하오시면 조반은 어디서 드시겠습니까?"

늙은 메노토의 마음을 꿰뚫기라도 한 듯 그가 무표정한 얼굴로 쳐다보았다.

"놀라운가?"

잠시 당주를 바라보던 그녀가 시선을 돌리고는 나직이 대꾸했다.

"소인이 아는 체할 일이 아닌 것으로 압니다."

"버리지도 끊어내지도 못했다. 한 번의 인연밖에 되지 않는 것을 단정치 못한 것은 이번이 처음이다."

"무엇이 말입니까?"

자신이 뇌까리듯 내뱉은 말을 노파가 알아듣지 못하자 그는 씁쓸하게 웃었다.

"아무것도 아니다. 하는 수 없겠지. 버릴 수도 끊어낼 수도 없다면 가질 도리밖에……."

혼자 중얼거리던 그는 네네에게 일렀다.

"조반은 연무장에서 수련을 마친 후에 먹기로 하지."

"알겠습니다, 토노."

늙은 메노토를 뒤로 한 채 류타카는 연무장이 있는 쪽으로 걸음을 내디뎠다.

하녀 하나가 물동이를 머리에 이고 가다가 카미야시키 앞마당에서 그만 실수로 깨뜨리고 말았다. 그 소리에 별실에 있던 네네가 재빨리 마당으로 나왔다.

"이 무슨 경거망동이냐!"

"죄……죄송합니다, 네네님!"

"되도록이면 시끄럽게 굴지 말라고 일렀거늘."

작지만 매서운 음성으로 질책하는 늙은 메노토의 서슬 퍼런 모습에 하녀는 몸 둘 바를 모르겠다는 듯 쩔쩔맸다.

"그렇게 멍하니 서서 어릿어릿하면 어쩌자는 게야? 얼른 치워야지 뭘 꾸물거리누!"

"아, 예!"

허둥지둥 깨진 항아리 조각을 줍는 하녀의 어설픈 손길에 노파는 못마땅한 듯 이맛살을 찌푸렸다. 몸이 재지 못하고 저리 굼떠서야 무슨 일을 제대로 할까. 답답한 듯 지켜보던 그녀는 조심스러운 눈으로 외실을 쳐다보았다. 벌써 사시(巳時)가 지나도록 안에서는 아무런 인기척이 없었다. 초야를 치르기 전날 눈물을 보이던 렌을 생각하니 왠지 불안해졌다. 백분을 칠하지 않고도 창백하게 질려 있던 얼굴이 마음에 걸린 탓이었다. 다른 계집들이었다면 그런 기회를 잡지 못해 안달이었을 텐데 새로이 뽑힌 오헤야사마는 어쩐지 좀 다른 구석이 있었다. 그 처연하고 처처한 모습이 마치 죽지 못해 견디는 듯 보였던 것이다.

토노의 눈에 들었다는 것이 얼마나 큰 영광인데 그걸 모르다니! 네네의 입에서 절로 혀를 차는 소리가 흘러나왔다. 그녀는 못마땅해 투덜거리면서도 무슨 일이 있는 건 아닌가 싶어 걱정이 되어 조심스레 외실 쪽으로 향했다.

"아무튼 요즘 젊은것들은 도무지 무슨 생각을 하는지 종잡을 길이 없다니까. 쯧쯧!"

방안에서 졸고 있던 렌은 뭔가 와장창 깨지는 소리에 소스라치게 놀라 눈을 번쩍 떴다. 동쪽으로 난 창문은 이미 훤하게 밝아 있었고 바깥에서는 드문드문 사람의 인기척이 들려왔다. 당혹스러운 마음에 자리에서 일어서려는데 자신이 속옷도 입지 않은 채 유카타만 걸친 걸 깨닫고는 얼른 자리에 주저앉고 말았다. 몸을 쭈그리고 잠을 잔 탓에 발이 저렸다.

그녀는 바닥에 어지럽게 놓인 속옷을 주섬주섬 입으며 흐트러진 머리채를 손으로 매만졌다. 휑뎅그렁한 너른 방에는 싸늘하게만 보이는 주안상과 이부자리만 있을 뿐이었다. 마치 아무 일도 없었던 듯 텅 빈 모습이 허무하고 처량하기만 했다. 간밤의 어둠은 그녀를 계집아이에서 여인으로 바꿔 놓았지만 그 흔적은 그녀의 몸에만 남겨져 있을 뿐 겉으로 드러난 것은 없었다.

이미 흘려버린 물이요 지나간 일이 아닌가. 정절을 잃는 그 순간에 혀를 깨물고 죽지 못했을 바에야 미련도 원망도 다 버리고 잊는 것이 낫다고 생각했다.

'스스로를 불쌍히 여기지도 말 것이며 스스로를 탓하지도 말자. 동정을 하는 것도 받는 것도 모두 약한 마음에서 비롯되는 일이니 나를 바로잡으면 그뿐이리라.'

마음의 상처를 씁쓸히 달래며 옷을 다 입었을 즈음 방문이 조용히 열리더니 네네가 안으로 들어왔다.

"일어나셨습니까, 렌님?"

무릎을 꿇고 정중히 인사하는 늙은 메노토에게 맞절을 하며 렌이 어색한 표정으로 말문을 열었다.

"늦잠을 잤습니다."

"토노께서 곤히 주무시니 부러 깨우지 말라고 지시하셨습니다."

노파가 전하는 뜻밖의 말에 그녀는 흠칫했다. 그렇다면 자신이 잠든 사이에 그가 이곳에 왔다는 건가? 알 수 없는 감정에 그녀의 두 볼이 발그레해졌다.

"별실에 목욕물이 준비되어 있으니 우선 몸부터 씻으시지요."

"고맙습니다."

렌은 당황한 마음을 애써 감추며 자신을 빤히 바라보는 네네의 시선을 피했다.

하루 종일 연무장 밖을 나서지 않는 류타카의 행동에 신지는 연신 헛기침을 할 뿐 아는 척을 할 수는 없었다. 이유야 어쨌든 축첩은 당주 개인의 사사로운 일인지라 가신인 그가 참견할 문제가 아니었기 때문이다. 단지 그가 마음에 걸려 하는 것은 새 부인을 맞이한 그의 얼굴이 그리 편해 보이지 않는다는 것이었다. 마치 뭔가에 붙들린 옷자락을 끊어내지 못한 듯 영 개운치 않은 표정이라는 게 걱정스러웠다.

눈을 감은 채 심호흡을 하며 가쁜 숨을 조절하던 당주의 입에서 날카로운 꾸짖음이 흘러나왔다.

"하라는 연습은 하지 않고 계속 그렇게 내 눈치를 살필 요량이면 나가게!"

뜨끔해하던 신지는 이왕 말이 나온 김에 궁금한 것은 물어야겠다는 듯 조심스레 입을 열었다.

"다른 한파의 교류를 마다하시는 것으로도 모자라 에도 성에 잠시 들러 달라는 히데타다님의 전갈도 무시하고 계시는 토노의 의중을 헤아릴 길이 없습니다. 피하실 일이 아니질 않습니까?"

"내게 하고 싶은 말이 무엇인가? 요점만 말하게."

"평정심을 잃으신 듯 보이기에 드리는 말씀입니다."

부관의 지적에 류타카는 눈을 떴다. 번뜩이는 검은 눈동자에는 노기가 가득했다.

무섭게 노려보는 당주의 싸늘한 시선에 신지는 고개를 숙여 죄를 청했다.

"제가 실언을 하였습니다. 용서하십시오, 토노!"

"내 사적인 일까지 아는 체를 하려는 건가?"

"송구합니다."

"그리 하려거든 내 곁에 있지 말든지!"

류타카는 자신이 신지에게 애꿎게 화를 낸다는 걸 알면서도 참을 수가 없었다. 마음속에서 부는 걷잡을 수 없는 분노의 한 자락을 풀어내지 못하면 속이 타버릴 것만 같았다. 대체 이것이 누구를 향한 노여움이란 말인가.

"노여움을 거둬 주십시오, 토노."

신지는 당주의 발치에 무릎을 꿇고 머리를 조아리면서도 속으로는 크게 당황스러웠다. 이런 일로 불현듯 화를 낼 사람이 아니라는 걸 알고 있었기 때문이다.

"그만 일어서게."

"예."

그가 머쓱한 얼굴로 자리에서 일어서는데 밖에서 청지기 산죠의 목소리가 들려왔다.

"토노!"

"뭔가?"

"마사코님께서 꼭 뵙기를 청하십니다."

뜻밖의 전언에 류타카는 서늘한 표정으로 연무장을 나섰다.

"마사코가?"

"무척 다급한 일이라고 하셨습니다."

같은 성안에 살면서도 별다른 내왕이 없던 서모가 무슨 일일까? 그는 눈살을 찌푸리며 길을 안내하는 산죠의 뒤를 따랐다.

"확답을 해주셔야지 않겠습니까! 그동안 내 친정인 아시카가 가는 세이이타이쇼군께서 하라는 대로 다 해왔습니다. 땅이 필요하다기에 내드렸고 사병을 달라 하시면 두말없이 보냈습니다. 배를 만들어 내라는 무리한 부탁에도 돈이 얼마가 들었든 개의치 않고 했어요. 주변 지역의 반감을 무마시켜 달라기에 배신자라는 오명을 쓰면서까지 그 역시 했단 말입니다. 그런데 이제 와서 우리의 영토인 시모쓰케를 내놓으라니요? 이것이 정녕 말이 된다고 보십니까!"

분한 마음을 억누를 수 없다는 듯 흥분해서 소리치는 마사코와 달리 류타카는 비교적 냉정하고 차분한 표정으로 물었다.

"어디서 들은 말인가?"

"야마시로의 후시미 성에서 온 서찰을 아버님이 제게 보내셨습니다. 깊은 병환으로 몸도 쇠약하신 분이 얼마나 놀라셨으면 제게 연락을 취하셨겠습니까? 불미스러운 일로 얽혀 시작된 관계라 하더라도 이제 아시카가 가와 키타가와 가는 인척 관계가 아닙니까? 그러니 류타카님께서 중재에 나서주십시오!"

당연히 그래야지 않겠냐는 듯한 말투에 그는 속으로 실소를 터뜨렸다. 큰외숙이 관동지방의 중심에 있는 시모쓰케를 달라고 했다면 제일 처치 곤란이었던 도산도 지역을 서서히 압박하겠다는 뜻이었다. 어차피 열도의 패권은 외숙의 손에 들어와 있는 거나 마찬가지였던 것이다. 머지않아 쇼군 자리를 히테타다에게 이양하겠다고 공표하시겠지. 그 대신 당신은 새 쇼군의 배후에 있을 요량으로. 이는 오래 전부터 외숙의 머릿속에 구상되어 왔던 정치구도이기도 했다. 그러니 결코 번복될 리가 없다.

아시카가 가에 대한 큰외숙의 분노가 자신에 못지않다는 걸 그는 잘 알고 있었다. 그 당시에 묻지 못했던 어머니의 죽음에 대한 책임을 아마도 이제 슬슬 지우실 모양이다.

"어찌 아무 말씀도 없으십니까?"

마사코의 새된 음성에 류타카는 생각하던 것을 멈추고는 천천히 말문을 열었다.

"우에사마께서 그리 정하셨다면 나로서도 방법이 없다."

그의 단도직입적인 거절을 짐작하고 있었던 듯 그녀는 파르르 떨리는 주먹을 움켜쥘 뿐 애원도 원망도 하지 않았다. 그녀는 앙심이 가득한 눈을 새파랗게 뜨며 물었다.

"류타카님께서 이리 나오실 줄 짐작은 하였지요. 하지만 앞일을 너무 등한시하시는군요."

"무슨 뜻이지?"

"과거의 원한에 매달려 앞날을 그르치려는 것입니까? 저는 차치한다 손 치더라도 요시노를 생각하셔야지요. 그 아이가 장성하여 오늘의 일을 알게 되면 뭐라 해명하시겠습니까?"

"협박인가?"

"경고지요."

"그대가 내게 그런 말을 할 만큼 대단한 위치였던가?"

"제게는 돌아가신 히로이님의 혈육 요시노가 있으니까요. 뭐 류타카님이야 인정하고 싶지 않으시겠지만 그 아이는 엄연히 제가 낳은 자식입니다."

"그대가 낳은 자식이라?"

"부정하시겠습니까?"

"아니. 굳이 왈가왈부할 필요는 없겠지. 자네의 말대로 요시노는 아버님의 자식이니 키타가와 가의 핏줄이 분명하지. 하지만 이렇게 자신만만하게 날 위협하는 것을 보니 요시노는 키타가와 가 사람이 아닌 것 같군. 그대가 그럴수록 내게는 돌아가신 아버님의 눈을 속이고 다른 사내와 통정이라도 했다는 소리로만 들리는데 정녕 그런가?"

일종의 경고였다. 그녀의 처소로 낯선 사내가 드나들고 있다는 것을 그도 알고 있다는 무언의 협박이자 경고.

류타카의 빈틈없는 주의력에 놀란 마사코는 낭패감에 머뭇거렸다.

"저를 모함하는 것입니까? 제 정절을 의심하는 건가요?"

"의심? 글쎄……. 그대라면 아버님의 눈앞에서 보란 듯이 부정을 저지를지언정 비겁하게 뒤에 숨어서 놀아나는 은근짜 노릇은 안 할 테지. 하늘같은 자존심에 그러진 않을 거라 믿는다."

"류타카님!"

"억울한가? 그러길 바란다."

"아시카가 가와 척을 져서 좋을 것이 없을 텐데요?"

"여인이 친정을 그리는 것은 어느 정도 이해하겠지만 그대는 이제 아시카가 가가 아닌 키타가와 가에 속한 사람이라는 것을 잊지 말아야 할 것 같군. 이곳에 온 지 스무 해 가까이 되도록 그렇게 적응하지 못하겠으면 그대 홀로 시모쓰케로 돌아가든지!"

아들을 두고 친정으로 돌아가라는 그의 대꾸에 기가 질린 그녀는 말문이 막히고 말았다.

아시카가 가를 도와줄 수 없다는 것을 마사코에게 확실히 주지시킨 류타카는 별채를 나서다가 마당에서 오도카니 있는 요시노와 마주쳤다. 무시하고 지나치려는데 여덟 살 소년은 아망스런 눈빛으로 당돌하게 그의 걸음을 막아섰다.

그는 짐짓 아무렇지도 않은 표정으로 자신의 이복아우를 향해 입을 열었다.

"하고픈 말이 있느냐?"

"도와주십시오."

요시노는 작은 두 주먹을 꼭 움켜쥔 채 고집스런 눈으로 그를 바라보았다. 마치 그런 부탁을 해야 하는 자신의 처지가 억울하기라도 하다는 듯 아이는 입술을 꼭 깨물고 있었다.

"싫다."

"도와주십시오!"

"네 어미가 이리 하라고 시켰느냐?"

"제 외가와 관련된 일이니 제가 나서는 것이 당연하지 않습니까! 류타카 형님?"

언제나 넘지 못할 거대한 산이라 여겼던 형님이지만 이번만큼은 지지 않을 생각이었다. 곤궁해진 외할아버지의 처지를 말해 주며 밤새 눈물을 흘리던 어머니를 생각해서라도 무섭고 두려운 마음을 참아야 했다. 신둥부러진 눈으로 이복형을 쳐다보던 요시노는 무릎을 꿇으며 다시 한 번 간청했다.

"제발 도와주십시오, 형님."

마치 죽기를 각오하기라도 한 듯한 비장한 얼굴의 요시노를 지켜보며 류타카는 착잡한 한숨을 내쉬었다. 분명 이 아이는 영민했다. 그러나 제 어미의 잘못된 교육으로 인해 자신에게 비뚤어진 증오심을 갖고 있는 것이 틀림없었다. 예법에 어긋남이 없이 정중한 태도로 간청을 하고 있었지만 요시노의 눈에 자신에 대한 원망이 서려 있다는 것을 직감할 수 있었던 것이다. 저간의 사정이야 어쨌든 같은 부친의 피를 이어받은 형제인데 벌써부터 반목과 질시로 서로를 미워하다니. 씁쓸하기 그지없는 일이다.

"일어서라."

"도와주시겠다는 확답을 주십시오, 형님!"

"일어서!"

성난 음성으로 류타카가 벼락같이 외치자 깜짝 놀란 요시노가 벌떡 자리에서 일어섰다. 아이는 겁먹은 표정을 애써 감추려 노력하며 흘금흘금 눈치를 살폈다.

"혀……형님?"

"원한이란 양날의 검과 같아서 어찌 마음먹을지 그 매듭을 정확히 하지 않으면 자기 자신에게도 치명적인 독이 되는 감정이다. 상대와 자신이 함께 죽어도 풀 수 없는 원한이라면 스스로 버리는 게 진정한 용기일 거다."

"저는 다만……."

"잘 벼린 칼을 힘으로 휘두르고 부리는 것만이 용맹이 아니다. 버릴 것과 취할 것을 바르게 구분할 줄 아는 것도 사내가 가져야 할 덕목이야. 어짊이 바로 용맹이란 소리다. 네가 날 원망하며 경원하는 것이 인지상정일지는 모르나 그것을 버릴 수 있어야만 진정한 무사가 될 수 있을 거다."

"그러시는 형님은 저의 어머니를 미워하시잖습니까!"

원망스럽게 외치는 요시노의 음성에 류타카는 이복아우의 눈을 똑바로 바라보며 한 마디 한 마디 끊어 내뱉듯 정확하게 말했다.

"그래. 부인하진 않겠다. 나도 한때는 그런 적이 있었으니까. 그러나 지금은 아니다. 너와 세이쥰이 태어난 뒤로 난 아시카가 가에 대한 원한을 버렸다."

그의 단호한 대답에 요시노는 당황스러웠다. 언제나 이복형은 자신과 어머니 그리고 외가를 증오하고 미워할 거라고 생각했던 것이다. 형님이 지금 한 말을 진심이라고 믿기에는 의심이 들었고 그렇다고 의심을 하기에는 형님의 태도에 한 치의 흔들림도 없어 보였다.

"사사로운 감정에 얽매어 네 인생을 그르치는 우를 범하지 않길 바란다."

혼란스러워하는 요시노를 흘긋 보던 그는 그대로 마사코의 처소를 나섰다.

얽매인 정과 여인의 눈물

かまけた情そして女人の涙

"어둠에 쑥스러움을 숨기고 용기를 내어 여인에게 건넨
사내의 말은 아집도 위선도 버린 작은 부탁일 따름이었다.
'정을 나누고 싶다.'"

목욕물을 데우고 세숫물을 떠다 바치는 하녀들의 손길이 익숙지 않
았다. 지금껏 스스로 해오다가 누군가의 시중을 받으려니 편하기는커
녕 어색할 따름이었다. 렌은 불편한 시선으로 제 할 일을 하느라 부산
스러운 그들을 물끄러미 바라보았다. 하녀 하나가 그녀의 몸단장을 돕
기 위해 장경(粧鏡)[110]을 가지고 들어왔다. 그 뒤를 어린 계집종이 세숫
대야를 들고 따라왔다. 바닥에 놓인 놋대야는 잘 닦여 새것처럼 반짝거
렸고, 그 옆에 가지런히 놓인 마른 수건은 눈처럼 새하얘서 쓰기가 미
안할 정도였다.

"씻으시어요. 갈아입으실 새 의대를 내오겠사옵니다."

렌은 자기 또래의 하녀가 하는 말에 수동적으로 몸을 움직였다. 찰

---

110) **장경(粧鏡)** : 경대.

랑이는 물 위로 얼비치는 자신의 모습이 왠지 꼴 보기 싫어 손으로 그림자를 휘저었다. 여기서 이러고 있는 자신이 한심하고 어리석게만 느껴졌다.

"조반은 조금 후에 올리겠……."

"별로 생각이 없네요."

그녀의 대답에 하녀는 걱정스런 얼굴로 쳐다보았다.

"네네님께서 아시면 저희가 꾸중을 듣사와요. 어제 조반부터 한 끼도 자시질 못하셨지 않사옵니까?"

"괜찮아요."

아침 끼니를 완곡히 거절한 그녀는 다소 지친 기색으로 세안을 하기 시작했다.

잠시 뒤 머리를 손질해 주는 하녀의 수다를 듣던 렌은 반가운 표정으로 되물었다.

"연꽃이 피었다고요?"

그래서 간밤에 맹꽁이가 듣그렇게 울어댄 모양이다. 연꽃이 필 무렵이면 녀석들은 머구리보다 먼저 나서서 시끄럽게 떠들고는 했으니까.

"예, 오혜야사마. 엊그제 이슬비가 오락가락하더니 그새 연못가에 연꽃이 가득하옵니다. 신월111) 초하루부터 성안에 연향이 가득하니 모두가 길조라고들 좋아하고 있습지요."

신월 초하루……라. 그러고 보니 사내와 몸을 섞고 동침을 한 지도 벌써 사흘째였다. 그렇지만 그녀는 한 번도 그가 자는 모습을 보지 못했다. 언제나 그녀가 먼저 지쳐 잠이 들었고, 눈을 떴을 때는 빈자리만

---

111) **신월(申月)** : 음력 7월.

남겨져 있었을 뿐. 어쩌면 그는 그녀의 옆에서 편히 쉴 수 없어서 그런지도 몰랐다. 살을 섞은 사이라는 말이 우스울 정도로 그들은 남남처럼 서로가 데면데면 낯설기만 했던 것이다.

"하온데 토노께서는 언제 돌아오시옵니까?"

"그게 무슨……?"

"오늘 새벽녘께 가료바이들과 함께 백령산 기슭으로 동원훈련을 가셨질 않사옵니까?"

처음 듣는 소리에 당황한 렌과 달리 하녀는 저 혼자 지껄이느라 정신이 없었다.

"예전에는 게서 달포도 넘게 머무르시거나 아니면 보름 만에 훌쩍 오시기도 하였는데 올해는 어찌시려나 모르겠네요. 아니어요. 올해는 이렇게 꽃같이 어여쁜 마님을 얻으셨으니 일찍 돌아오시겠지요."

"글쎄요."

그녀는 생글거리는 하녀의 장단에 맞출 수가 없었다.

이마까지 내려오는 앞머리가 인상적인 하녀는 렌의 눈치를 살피더니 놀란 어조로 물었다.

"어머! 모르셨사옵니까?"

렌은 옅게 웃으며 얼버무렸지만 뒤끝이 개운하지 않았다. 하지만 자신이 이런 기분이 되는 것도 어불성설이었다. 그의 행선지에 대해 시시콜콜히 알아야 할 것도 아닌데 이렇게 쓸쓸해지는 것은 무슨 까닭일까. 어색한 미소 뒤로 스스로에게까지 감추고 싶었던 것은 무엇일까. 알 수가 없다.

"미유 요년! 뭘 그리 나불거리누!"

풍채 좋은 노파가 불쑥 나타나 꾸짖자 하녀는 깜짝 놀란 듯 몸을 움찔했다.

"엄마야! 네……네네님!"

"쓸데없이 주절대지 말고 냉큼 나가 보거라."

"예."

네네의 말이 떨어지기 무섭게 미유라 불린 하녀는 다른 하녀들과 함께 쪼르르 밖으로 나갔다. 번잡했던 방안이 일순 조용해졌다.

"마음에 걸려 하실 것 없습니다. 해마다 치르는 행사일 따름이니까요. 마님이 신경 쓰시지 않도록 일부러 말씀하지 않으신 거겠지요. 그게 토노의 배려십니다."

순간 렌은 이 늙은 메노토에게 자신의 속내를 들킨 것만 같아 낯이 뜨거워졌다.

"그럴 리가요."

노파는 다 알고 있다는 듯 묘하게 웃었다.

"그럼 저는 다시 세이쥰 도련님께 가겠습니다."

화제를 돌릴 겸 꺼낸 말에 네네는 기겁한 얼굴로 펄쩍 뛰었다.

"무슨 그런 아니 될 말씀을 하십니까. 렌님은 이제 토노의 명실상부한 오헤야사마이신데 곁방살이라니요? 토노께 별도의 지시가 내려지기 전까지 마님께서는 이곳 외실에 머무르셔야 합니다."

"하지만……."

늙은 메노토는 그녀의 말꼬리를 자르며 말을 이었다.

"무슨 말씀을 하시려는지 압니다만 그런 생각은 접으시지요. 지난날의 신분이 메노토였다는 것은 이제 문제가 안 됩니다. 이제 당신은 토노의 측실인 오헤야사마라는 걸 명심해주십시오. 마님의 처소는 토노께서 결정하실 일입니다. 괜히 섣부르게 나서시면 행여 그분의 노여움을 살 수도 있으니 모쪼록 조심하시지요.”

“저더러 이곳에서 하릴없이 지내라는 말씀이십니까?”

“허드렛일을 할 아랫것들은 얼마든지 있습니다. 그러니 이제 직접 하실 필요가 없으신 겁니다. 렌님은 그저 토노의 기분만 배려하시면 그것으로 충분합니다.”

측실. 첩이라는 신분은 결국 남정네에게 웃음을 팔며 환심을 사는 화류항의 기녀와 매한가지라는 것을 깜박했다. 잠시잠깐 렌의 얼굴에 모멸감이 스쳐 지나갔다. 좋은 옷에 좋은 처소가 무슨 소용인가? 아무 하릴없이 유유자적하는 것은 그녀가 가장 경멸해 마지않는 일이었다.

“하지만 도련님을 가르치는 일은 계속 하고 싶습니다.”

“정히 그러시다면 나중에 토노께 여쭈어 허락을 구하시지요.”

노파는 그녀의 고집을 도무지 이해를 할 수 없다는 듯 머리를 흔들었다.

같은 세이후 성안의 구역이건만 혼마루와 니노마루 사이의 성벽은 물리적 거리뿐만이 아니라 시간적 거리마저 제한을 두는 별개의 장벽과도 같았다. 이것은 등잔 밑이 어둡다는 말로는 표현키 어려운 현실이기도 했다. 허울뿐인 이름일지라도 엄연히 당주의 측실들이건만 그녀들은 카미야시키의 사정이 어찌 돌아가는지 까맣게 모르고 있었던 것이다.

니노마루의 북동쪽 별채의 한 처소에서 여인의 갈퀴진 고함소리가 터져나왔다.

"뭐라고요! 그게 대체 무슨 소리랍니까!"

카에데는 격노한 얼굴로 아드득 이를 갈았다.

"히고에서 온 계집이 류타카님의 뭐가 됐다고요?"

성정이 불같기로 소문난 카에데가 길길이 날뛰자 맞은편에 앉아 있던 나미에와 오히사는 난감한 표정으로 머뭇거렸다.

세 여인은 모두 류타카의 측실들로 한때는 세이후 성에서 실세깨나 한다는 소리를 듣기도 했었다. 게다가 그녀들의 친정 또한 열도 내에서는 모자람이 없을 정도로 막강한 권력을 자랑하는 명문대가이기도 했다. 혼란한 정국 속에서 권세가의 피붙이로 태어난 여인들은 집안의 번영과 영화를 위해 정략혼인의 희생물이 되는 것을 숙명으로 인정하고 받아들여야 했다. 그랬기에 지아비의 영원한 사랑이나 믿음은 기댈 것이 못 된다는 것쯤은 익히 알고 있는 터였다.

하지만 남편에게 이토록 야속하게 내쳐지리라고는 상상도 못했고, 더구나 정실을 독살한 죄로 소박을 맞고 별채에 유폐되어 살게 되리라고는 꿈에도 몰랐다.

벌써 다섯 해. 새파란 청춘을 고스란히 차압당한 그간의 설움과 원한은 뼈에 사무칠 정도로 깊건만 엎친 데 덮친 격으로 느닷없이 날아든 소식이 그녀들의 꼬인 심사를 더욱 뒤틀어 놓았다.

"자자 진정하세요, 카에데님. 그리 흥분한다고 해결될 일이 아니잖습니까?"

"이런 모욕이 어디 있답니까? 자그마치 여섯이나 되는 우리를 제쳐두고 새 여자라니요? 그것도 출신도 불분명한 계집을요? 하! 어이가 없어 말이 나오질 않아요. 그런 천것이 우리와 같은 신분이 된다는데 그걸 그냥 두고 보잔 말입니까!"

나미에는 카에데의 성마름에 혀를 차며 만류했다.

"글쎄, 일단은 마음을 좀 가라앉히시라니까요."

"됐습니다! 내가 두 눈을 시퍼렇게 뜨고 있는 이상 어림없어요! 그런 말 같잖은 계집을 감히 어디에 갖다 붙인답니까."

"어쩝니까. 하는 수 없지요. 경위야 어쨌든 우리가 죄를 지은 건 사실이잖습니까. 죄짓고 갇혀 지내는 주제에 무슨 자격으로 토노께서 하시는 일에 왈가왈부한답니까. 또 설령 우리가 그런다 한들 그분이 들어주시기나 하겠습니까."

"죄라뇨? 그게 어째서 죄가 됩니까? 병쟁이 하시히토는 산욕열로 죽었어요! 워낙 골골한데다 타고난 제 명이 짧아 요절한 것을 왜 우리한테 뒤집어씌운답니까?"

"그런 그녀에게 우리가 독을 먹였잖아요."

오히사의 힘없는 대꾸에 발끈한 카에데가 신경이 곤두선 목소리로 소리쳤다.

"그래서요? 어차피 죽을 사람이었어요! 그런 꼴로 살면 얼마나 더 살았게요? 더는 괴롭지 말라고 일찌감치 저승길로 보내준 것도 죄랍디까?"

"카에데님……."

"난 억울합니다. 솔직히 그건 전부 마사코가 뒤에서 저지른 일이 아닙니까? 교활하기가 구미호보다 더한 그 여자 짓이라고요!"

"하지만 그녀의 부추김에 부화뇌동했던 우리에게도 분명 잘못이 있어요.”

“뭐요?”

두 사람의 입씨름이 커지자 나미에가 끼어들었다.

“그만들 하세요!”

그녀는 진절머리가 나는 듯 머리를 흔들며 미간을 찡그렸다.

“매번 똑같은 원망과 푸념! 이젠 지겹지도 않으십니까? 이미 지난 옛 일을 들춰봤자 좋을 게 뭐예요?”

그래도 카에데는 분이 안 풀리는지 피가 나도록 입술을 깨물었다. 마사코……. 지금은 끈 떨어진 연과 같은 처지여서 어쩌지 못하지만 언젠가 때가 오면 제일 먼저 처단할 계집이다.

뭔가 곰곰이 생각하던 오히사가 조심스레 말문을 열었다.

“이렇게 살 바에는 차라리 토노께 이혼장을 써 달라거나 절로 보내 달라고 부탁하는 것이 어떻겠습니까?”

열도 내에서 부부의 이혼은 그리 큰 문제가 아니었다. 무가의 여자들은 거의가 다 정략적으로 이용되는 까닭에 이혼도 재혼도 쉬운 편인 까닭이다.

세이이타이쇼군의 후계자인 도쿠가와 히데타다도 두 번이나 이혼한 오에요와 혼인할 정도였으니 어려울 것도, 눈치 볼 것도 없는 일이었다.

하지만 이혼이 쉽다는 것은 순전히 남편의 입장에서 볼 때 그렇다는 거지 아내는 이혼을 요구할 수도 선택할 수도 없었다. 부부의 이혼은 남편이 아내에게 이혼장을 직접 써주었을 때에만 가능했고, 이혼장을 받은 여자만이 새로 재혼할 수 있었다. 그도 여의치 않은 여자들은 남편을 피해 절로 숨기도 했다. 절은 치외법권 지역이었기에 아무리 남편이라 한들 강제로 아내를 데려올 수는 없었던 것이다. 그리고 절에서 삼사 년 머무르게 되면 자연히 이혼이 성립된 것으로 간주되었다.

오히사로서는 이렇게 청상으로 늙는 것보다는 이혼을 하고 새 삶을 찾는 것이 낫겠다는 생각이 들었다.

"어리석은 소리 그만하세요. 토노께 이혼장을 얻는 것이야 어렵지는 않겠지요. 아마 오히려 흔쾌히 써주실 겁니다. 그분은 우리를 귀찮아하실 테니까요. 하지만 오히사님의 숙부이신 나가마사님은 어떻게 설득하시겠어요? 우리의 사가는 모두 토노와 맺은 인척관계가 끊어질까봐 전전긍긍하고 있는 형편인데 과연 집안어른들께서 이혼을 허락하시겠습니까?"

카에데의 냉정한 지적에 그녀는 긴 한숨을 내쉬었다.

"그러면 어찌합니까? 죽을 때까지 이렇듯 목석처럼 살아야 된다는 말입니까?"

"그렇게 살 수야 없지요. 그러기 위해서는 어떻게든 이 누명을 벗어야 합니다."

"그간 여색을 멀리하던 토노께서 새로이 여자를 들였습니다. 이게 어디 보통 일입니까? 새사람으로 인해 우리들은 더 멀어질 게 분명한데 무슨 방법이 있다고요?"

나미에의 푸념에 카에데는 틀렸다는 듯 새치름하게 웃었다.

"분명 토노께서 새 계집을 들이신 것은 큰일이지요. 하지만 그게 어디 우리에게만 해당되는 거랍니까?"

"무슨 말씀이세요?"

"지금쯤 우리보다 더 펄펄 뛰고 있을 사람이 있으니 하는 말입니다."

"아, 마사코!"

그제야 눈치를 챈 오히사가 고개를 끄덕였다.

"하긴 요시노를 위해서라면 물불을 안 가리는 성미이니 새로운 측실이 그녀에게도 반갑지 않은 존재겠지요."

"모르긴 몰라도 하시히토에게 그랬듯이 죽이려 들지도 모르지요."

나미에가 소름이 끼친다는 듯 몸서리를 쳤다.

"설마 그렇게까지야……."

"자식을 위해 친여동생도 죽인 여자입니다. 그런 사람이 새삼 뭐가 무섭다고 망설이겠어요?"

"그렇다면 이번에도?"

"기회가 오고 있어요. 이번엔 그 구미호의 교활한 언변에 놀아나지 않도록 정신을 바짝 차려야 할 겁니다. 사람을 능갈치는 재주가 어디 보통이라야 말이지요. 마사코가 제 꾀에 제가 빠지는 실수를 범하는 그때 우리가 그녀의 실체를 토노께 알려드리는 겁니다. 그래야 우리가 살아요."

카에데의 눈빛이 먹잇감을 노리는 짐승의 그것처럼 번득였다.

히고의 흑설루는 때 아닌 초상이 난 듯 소연한 분위기였다. 한량들 사이에서 한창 인기가 높던 미츠키가 그런 봉변을 당하게 될 줄 누가 알았겠는가.

"아유, 저를 어쩐대! 애를 아주 짓이겨 놓았구먼."

"얼굴로 먹고사는 계집의 낯이 그 모양이 됐으니 참 기가 막히우."

삼삼오오 모여든 설여랑들은 미츠키에게 닥친 불운을 놓고 입방아를 찢는 데 바빴다.

"다다요 놈이 전부터 미츠키를 눈독들이더니 안 넘어오니까 앙심을 품고는 그예 일을 저질렀네요."

"계집이 제 뜻대로 안 되니까 그놈이 돌은 게야. 못 먹는 감 찔러나 보겠다는 심보로 고약을 떤 거라고."

"아무리 그래도 그렇죠. 사내가 어디 할 짓이 없어 계집의 얼굴을 담뱃불로 지진답니까?"

"턱에 수염만 나면 다 사내인 줄 아니? 세상에는 그런 넋 빠진 놈이 수두룩하다."

그 소리에 한 설여랑이 재수가 없다는 듯 바닥에 침을 뱉었다.

"더러운 호래자식 같으니라고! 에잇, 퉤퉤!"

"그나저나 미츠키는 앞으로 어쩐대? 그 얼굴로는 손님들 앞에 나설 수도 없을 텐데."

"글쎄요. 여기서 오차히키[112]라고 수모를 받으며 지내느니 도부를 짊어지고 길이라도 나서는 게 낫겠죠."

"도부꾼은 아무나 하는 줄 아니? 그게 다리품을 얼마나 팔아야 하는 건데?"

"그렇다고 맥 놓고 앉아 있으면 어느 놈팡이가 불쌍하다고 쉰밥이라도 동냥해 주나요? 낯을 못 쓰게 된 게이샤를 누가 좋다고 불러주겠어요."

"딴은 그렇지……. 에구, 불쌍해서 어쩐다니. 쯧쯧!"

방 밖에서 저들끼리 지껄이는 숙덕임도 안에 누운 미츠키에게는 아

---

112) **오차히키(お茶ひき)** : 손님이 부르지 않아 한가한 기생이나 창녀.

무런 상관이 없었다. 자리보전하고 지낸 지도 벌써 이레째였다. 상처는 징그러운 흉터를 남긴 채 아물고 있었지만 그녀는 여전히 피투성이였다. 살아도 산 것 같지 않은 침울함 속으로 그녀는 침잠해 들어갔다.

"참새들이 쪼아대는 입방아는 신경 쓸 것 없다. 게이샤가 어디 손님만 받으라더냐. 네가 가진 재주면 한다하는 소리꾼 이상의 몫은 할 테니 너무 걱정하지 마라."

여주인의 자상한 위로도 아무런 힘이 되지 못했다. 아니 그녀는 점점 더 침체될 뿐이었다. 사람들의 동정 어린 시선이 이렇게 가슴에 박힐 줄은 몰랐다. 호되게 아픈 고통, 그리고 굴욕적인 열등의식이 그녀를 짓누르는 듯했다. 어쩌면 이런 기분이었기에 그가 자신을 거절한 건지도 모른다. 이제 같은 처지가 되고 보니 그의 심정을 이해할 수 있었다. 그리고 그간 자신이 얼마나 철이 없었는지도.

"다다요 자식은 니쩨신님이 관아로 압송하셨단다. 아주 오랫동안 옥살이를 해야 할 거라고 하시더구나. 에잇! 간을 빼내어 씹어 먹어도 시원찮을 놈!"

토모에는 여전히 말이 없는 미츠키를 근심어린 눈으로 쳐다보았다. 저러고 조개같이 입을 붙이고 살런가. 이마에 진 흉이야 머리카락으로 가리면 되겠지만 마음에 진 흉은 무엇으로 가릴꼬. 자신도 모르게 긴 한숨이 터져 나왔다.

그런 그녀의 마음을 안 것인지 미츠키는 자리에서 부스스 일어나며 말문을 열었다.

"한동안 바람이나 쏘일까 합니다."

"그 몸으로 어딜 가려고?"

“본묘사에서 조금 더 올라가면 우바이(優婆夷)들이 기거하는 조그만 암자가 있다던데 그곳에서 잠시 요양이나 하렵니다. 이맘때면 산바람이 시원했던 기억이 납니다.”

“알았다. 교꾼을 불러주마.”

“번거롭게 그러지 마세요. 천천히 저 혼자 걸어가면 돼요. 여기서 본묘사까지는 한식경 거리밖에 안 되는걸요.”

“혼자서는 무리다.”

“조용히 있고 싶어서 그럽니다. 전 괜찮아요, 토모에님.”

담담한 어투로 대꾸하는 그녀의 얼굴에 의외로 평온한 빛이 감돌았다.

전모로 얼굴을 가리고 대문을 나선 미츠키는 무슨 생각에서인지 흑설루를 뒤돌아보았다. 멀리 보이는 정자며 설여랑들이 기거하는 숙소와 손님을 접대하는 처소까지 세심한 눈빛으로 바라보았다. 하늘 높은 줄 모르고 우뚝 선 솟을대문 위로 켜켜이 쌓은 기와며 묵직한 크기의 주춧돌도 새삼스럽게 보였다. 이곳에 몸을 의탁한 지도 햇수로 십삼 년이 흘렀다. 가노라는 작별도 없이 떠나는 것이 죄송스럽기는 했으나 처음 왔을 때처럼 조용히 나가는 것이 낫겠다는 판단이 들었다.

“내내 건강하십시오, 토모에님.”

그녀는 마지막 인사말을 뇌까리며 길을 나섰다.

마을 어귀를 빠져나와 산길로 접어드니 한결 마음이 놓였다. 막상 떠나고자 결심하고 나서긴 했지만 당장 하룻밤조차 묵을 곳이 없으니 막막하기만 했다. 아무래도 그 암자에서 신세를 져야 할 듯했다. 아니, 그

건 핑계였다. 히고를 떠나기로 작정했다면 당장인들 못 떠날까. 암자에
서 쉬겠다고 생각한 것은 마지막 남은 미련을 버리지 못해 부리는 술수
에 지나지 않았다. 미츠키는 얄팍한 자신의 속내에 쓴웃음을 지었다.
이제 와서 그리울 것은 뭐고 보고 싶은 것은 뭔가. 그나 자신이나 다른
길을 가는 사람들인 것을……. 그러면서도 그녀는 본묘사로 걸음을 옮
겼다.

절 안은 엊그제 칠석을 떠들썩하게 지내서 그런지 비교적 한산해 보
였다. 안마당에 놓인 아기 돌부처 상 앞에는 무슨 소원을 그리 빌었는
지 타다 남은 초가 빼곡히 놓여 있었다. 미츠키는 전모를 마루에 벗어
놓고는 법당 안으로 들어갔다.

그녀는 불단 앞에 놓인 향로에 향을 피우고는 앉아서 가만히 침묵
속에 잠겼다. 포기하고 나니 부처님께 바랄 것도 원망할 것도 없었다.
법고소리가 아주 가까이에서 났지만 그녀에게는 오히려 아득하게만 들
릴 뿐이었다. 향이 다 불살라질 즈음 그녀는 자리에서 일어났다.

이젠 가야 할 시각이었다. 일부러 그의 모습을 찾지는 않았다. 보고
싶어 오긴 했지만 그렇다고 굳이 만나고 싶지는 않았다. 그것은 마지막
남은 그녀의 자존심이기도 했다.

댓돌에 놓인 신발을 신으며 마당으로 내려서던 미츠키는 자신을 빤
히 바라보는 낯선 시선을 느끼고는 옆쪽으로 고개를 돌렸다. 그였다, 켄
에이……. 그렇게 시릴 정도로 차가웠던 그의 눈빛이 무언가 간절한 빛
으로 바뀌어 있었다. 따뜻함이 넘쳐흐른다고나 할까. 처음부터 그랬더
라면 이렇게 어긋나지도 않았을 텐데. 자신의 얼굴에 난 흉터를 본 그
의 표정이 고통스러운 듯 일그러지자 그녀는 차갑게 실소했다. 그의 말

대로 동정이라면 사양한다. 누구보다도 자신이 연모한 사내에게 동정
을 받는 것만큼 굴욕적인 일은 없을 테니까.

미츠키는 머뭇대며 차마 말을 걸지 못하는 켄에이를 모른 척하며 돌
아섰다. 이것으로 족했다. 그의 얼굴을 보았으니 더 이상 미련은 남지
않겠지. 그녀는 아무렇지도 않은 듯 전모를 손에 들고는 절을 나섰다.

그냥 발길이 닿는 대로 걷다 보니 어느덧 쿠마가와(熊川) 강에까지 다
다랐다. 강물은 산자락을 따라 휘몰아치듯 내려오는 센 물살에 떠밀려
하얀 거품을 만들고 있었다. 한참동안 넋을 잃은 듯 물거품을 바라보
노라니 처음부터 작정했던 것은 아니지만 아무래도 좋다는 생각이 들
었다.

그녀는 홀린 듯 무작정 강으로 걸어 들어갔다. 물에 젖어 늘어진 치
맛자락이 다리를 무겁게 휘감아왔다. 더뎌지는 걸음을 재촉해 철벅이
며 물살을 가르고 기어이 안으로 들어가려 애썼다. 죽으면 이 사무치는
외로움도 더는 느끼지 않아도 되겠지. 그녀의 머릿속엔 오로지 그 생각
뿐이었다.

그때 낯선 손길이 미츠키의 팔을 붙들었다.

"이게 무슨 짓입니까!"

낮게 호통을 치는 켄에이의 얼굴은 분노인지 충격인지 모를 표정으
로 붉게 달아올라 있었다. 그는 치미는 화를 도저히 억누르기 어렵다
는 듯 그녀를 쏘아보았다.

"이렇게 어리석었습니까? 그깟 일로 목숨을 버릴 만큼 나약한 사람이
었냐고요?"

"무슨 상관입니까? 죽어도 제가 죽는 것이고 살아도 제가 사는 것인

데요. 꼴 보기 싫은 계집 눈 밖으로 치워버릴 수 있는 좋은 기회인데 왜 말리시는 거예요?"

서릿발처럼 매몰찬 대꾸에 그는 이를 악물고 소리쳤다.

"상관있게 만들었습니다! 아무것도 모르는 내게 사모하는 마음이 무엇인지 아가씨가 가르쳐줬잖습니까!"

뜻밖의 고백에 미츠키의 몸이 휘청거렸다. 켄에이는 그녀의 팔을 움켜잡고는 우악스레 강가로 이끌고는 거칠게 숨을 몰아쉬었다. 그녀가 놓친 전모가 물살에 떠밀려 강 하류로 흘러가는 것이 보였다.

"어차피 버릴 목숨이라면 내게 맡기겠습니까? 내가 아가씨 목숨의 주인이 되고 싶습니다."

그녀의 눈시울이 붉어지더니 금세 굵은 눈물이 뚝뚝 떨어졌다.

"왜 이제 와 그런 말을 하는 거죠? 너무 늦었어요. 너무 늦었다고요!"

그간의 서러움이 담긴 울음을 토해내며 그녀는 두 손으로 얼굴을 가렸다.

켄에이는 그제야 미안한 표정으로 미츠키를 응시했다.

"내가 어리석었다는 거 압니다. 그래도 기회를 주십시오."

"이렇게 더럽혀진 몸뚱이로는 드릴 것이 아무것도 없어요. 켄에이님을 마주 보는 것만으로 고통스럽다고요."

그녀가 울먹이자 그는 말없이 웃으며 고개를 저었다.

"아뇨. 아가씨가 할 수 있는 것이 하나 있습니다. 나와 함께 있어주십시오."

그의 청혼에 그녀는 그예 목을 놓아 울고 말았다.

모처럼 카에데의 처소를 찾아온 마사코는 반갑게 말문을 열었다.

"여름 볕이 점점 따가워지는군요."

"그런가요? 집안에만 틀어박혀 있어 그런지 계절 가는 줄도 모른답니다."

묘한 어조를 풍기는 카에데의 대꾸를 그녀는 짐짓 모르는 척했다.

"장마도 그리 길지 않았고 볕이 이리 좋으니 올해는 풍년이겠어요."

"그건 여름이 끝나봐야 아는 일이겠죠."

"그런가요?"

"앞일은 모르는 거니까요."

"아하, 그렇겠군요."

슬슬 가시를 돋우며 나오겠다는 건가. 그녀는 엷은 미소로 속내를 감추며 활짝 열린 문지방 너머의 뒤뜰을 향해 시선을 돌렸다.

"류타카님께서 새로 측실을 맞이하셨다는 소식은 들으셨죠?"

"예. 참 다행한 일이지요?"

뜻밖의 대답에 마사코는 눈썹을 치켜떴다.

"다행하다고요?"

"혹여 평생 홀로 지내시면 어쩌나 하고 내심 걱정하였답니다. 이제라도 좋은 사람을 만나셨으니 얼마나 반가운 일입니까."

"정말 놀랐습니다, 카에데님. 언제부터 그리 도량이 넓어지셨답니까?"

"도량일 것까지야 있나요. 그래봐야 저도 별 수 없이 치마 두른 아녀자에 불과한 것을요. 좁은 소견머리로 치자면 새사람에 대한 투기심이 왜 안 생기겠습니까마는 대의명분 앞에서는 어쩔 수 없지요."

“무슨 대의명분 말씀이십니까?”

그녀는 경계하는 눈초리로 상대방을 응시했다.

“류타카님의 슬하가 지금껏 너무 고적하지 않았습니까. 이제라도 새 사람이 들어왔으니 얼른 후사를 이으셔야지요.”

“말씀을 참 이상하게 하십니다. 후사라면 세이쥰이 있질 않습니까?”

“마사코님은 다다익선이란 말도 모르십니까? 당주에게는 대를 이을 아들이 많으면 많을수록 좋은 것을요.”

카에데는 새치름한 표정으로 말을 이었다.

“그나저나 마사코님의 자제이신 요시노 도령이 안됐군요.”

“그건 또 무슨 소립니까?”

“원래 형제가 많은 집안에선 서숙의 존재가 걸끄러운 법이잖아요. 더구나 요시노 도령은 차남이니 물려받을 재산이 있는 것도 세습될 작위가 있는 것도 아니니 말입니다. 대부분 차남들은 집안의 방계 혈족의 양자로 들어가게 마련이라고 들었습니다만……”

“카에데님!”

분노로 가득한 마사코의 눈이 새파랗게 일렁였다. 그녀는 주먹으로 연상을 내려치며 언성을 높였다.

“하시는 말씀을 듣고 있기가 참으로 거북합니다. 내 오늘 걸음을 잘못한 듯싶군요.”

“뜨거운 국에 데면 찬 회도 불어 먹는다지요? 누군가의 허수아비 노릇은 한 번으로 족합니다.”

카에데는 무표정한 얼굴로 덧붙여 경고했다.

“목마른 사람이 우물을 파는 겁니다.”

"제게 뭔가 오해가 있으신 것 같군요."

"왜 이러십니까? 이미 지난 일 이제 와서 시시비비를 따지려는 것이 아닙니다. 제가 아무리 옹졸한 계집이라지만 그 정도의 아량은 있답니다. 다만 남의 손을 빌려 하는 일이 얼마나 오래 가겠습니까? 저는 그저 그 사실을 염두에 두시라는 것뿐입니다."

그제야 카에데의 본심을 간파한 마사코는 깔깔 웃음을 터뜨렸다.

"호호! 무슨 뜻인지 알겠습니다. 이번에는 제가 한 방 먹었군요."

"그렇게까지 생각하실 것은 없고요."

"아무튼 카에데님의 의견 잘 들었습니다. 오늘 하신 말씀은 깊이 유념하지요."

그렇게 말하며 눈웃음을 치던 마사코의 표정이 순간 차갑게 변했다.

'자신은 급할 게 없으니 나더러 알아서 하라. 생각만큼 머리가 아주 안 돌아가는 계집은 아니로군. 뭐 굳이 그래야 한다면 하는 수 없지.'

그녀의 입가에 냉혹한 미소가 떠올랐다.

렌은 정원의 정자에 앉아 활짝 모습을 드러낸 연꽃을 바라보았다. 그러다 작게 들리는 인기척에 고개를 돌려보니 시무룩한 표정의 세이쥰이 자신을 쳐다보고 있는 것을 발견했다. 아이는 무엇이 못마땅한지 입술을 부루퉁하게 내민 채 발끝으로 땅을 툭툭 치고 있었다.

"왜 그러고 계십니까?"

"레……렌은 이제 내……내 메노토가 아니래."

한참의 침묵 후에 볼멘소리로 투덜대는 아이에게 그녀는 딱히 해줄 말을 찾지 못했다. 시들먹한 태도로 연못가에 쪼그리고 앉은 꼬마를 물

끄러미 바라보던 그녀가 엷은 미소를 지으며 손짓했다. 그러자 아이는
마지못한 듯 툴툴대며 그녀의 곁으로 다가와 털썩 주저앉았다.

"누가 그런 말을 하던가요?"

"네……네네도 그랬고 하인들이 저들끼리 수……수군거리더라고.
재……재수 없는 것들!"

"도련님은요? 도련님도 그들처럼 생각하세요?"

"레……렌은 이제 아버지의 측실이잖아. 그……그 여자들은 날 미워
해요. 요시노 서숙이 그렇게 말했어."

이것이 측실과 적자 사이의 거리인가. 본인의 의지가 아니더라도 타
인에 의해 서로를 경계할 수밖에 없는 어색한 관계. 렌은 착잡한 심정
을 가누며 불퉁대는 아이를 자상하게 달랬다.

"저는 세이후 성에서 도련님을 가장 소중한 벗으로 생각하고 있었는
데 도련님은 다른 사람들이 지껄이는 하찮은 말만 믿으시니 섭섭하네
요."

"저……정말?"

"정말이고말고요."

"그……그러면 계속 내 메노토가 되어 줄 거야? 네……네네는 이제
렌이 그런 일을 안 한다던데?"

"제가 토노께 부탁을 드려 보지요."

"쳇!"

완전한 확답이 아니란 걸 눈치 챈 꼬마는 시큰둥한 표정이었지만 아
까보다는 훨씬 밝아져 있었다.

그녀는 세이준의 윤기가 나는 까만 머리를 쓰다듬어주며 지는 햇살

에 붉게 물들어가는 연못을 하염없이 응시했다. 한 줄기 스치는 바람에 매화나무에서 푸른 이파리 하나가 가볍게 연못으로 떨어졌다. 푸른 나뭇잎이 붉은 물위에 스치듯 작은 파동을 일으키며 흔들흔들 떠다녔다. 바람에 밀려 제가 태어나고 자란 나무와 억지로 헤어져서는 낯설고도 생소한 물위를 홀로 부유하는 신세.

그녀는 저 잎사귀처럼 제자리를 찾지 못하고 물결치는 대로 떠밀려가는 모양이 자신의 처지와 너무나 흡사한 것 같아서 시선을 뗄 수가 없었다. 다시는 나무와 만날 수 없는 잎을 보며 사람과 사람의 인연 또한 저와 같지 않을까 하는 생각에 마음 한 편이 싸하게 아파 오는 것을 느꼈다. 결국은 헛된 희망을 품고 있는 것이 아닐까 하는 불안감에 자신이 없어졌다. 정말로…….

렌이 자신의 무릎에 머리를 기댄 채 곤히 잠든 아이의 이마를 어루만지며 깊은 상념에 잠겨 있을 무렵 야멸친 음성이 그녀를 일깨웠다.

"렌님!"

자신 또래의 낯선 하녀가 부르는 소리에 그녀는 조용히 물었다.

"무슨 일입니까?"

"나중에 시간이 되시거든 저의 마님께서 한번 뵙기를 청하십니다."

"무슨……?"

"제가 모시는 분은 카에데님이지요."

처음 듣는 이름에 그녀가 의아한 표정을 짓자 하녀는 야멸친 목소리로 설명했다.

"그분이 토노의 첫 번째 오헤야사마십니다."

새치름한 어조로 야지랑스럽게 대답하는 하녀의 태도는 렌이 자신의 주인보다는 손아래라는 것을 알고 얕잡아보는 것이 분명했다.

철부지 하녀의 기세등등한 태도에 그녀는 설핏 웃으며 고개를 끄덕였다.

"그렇군요."

"그럼 쇤네는 이만 물러갑니다."

그녀가 뭐라고 대꾸를 하기도 전에 하녀가 홱 돌아서는 순간 갑자기 뒤에서 매서운 음성이 날아들었다.

"유라 네 이년! 이런 벼락 맞을 것을 보았나! 네 감히 뉘 앞이라고 그런 불손한 짓거리를 해!"

"에구머니!"

렌이 뒤쪽으로 시선을 돌리니 네네의 서슬 푸른 모습이 눈에 들어왔다.

늙은 메노토는 쩔쩔매는 하녀를 싸늘하게 노려보며 다그쳤다.

"네가 카에데님의 뒷배를 믿고 기고만장한 것은 알고 있었다만 이젠 하늘 높은 줄 모르고 날뛰느냐? 아무리 철딱서니가 없어도 그렇지, 하는 꼴이 참으로 가관이로구나. 오늘은 용서치 않을 것이다. 내 너의 그 못된 버르장머리를 기어코 고쳐놔야겠다."

"네네님, 잘못하였사옵니다! 용서해 주시어요."

"오만불손한 것도 정도가 있지. 네 본분을 망각한 것도 모자라 상전이신 새 오헤야사마를 업신여기다니! 네년이 그러고도 살아남길 바랐더냐?"

"쇤네가 죽을죄를 지었사옵니다. 이번 한 번만 용서해 주시어요."

땅바닥에 무릎을 꿇고는 손을 싹싹 비는 하녀의 모습이 무척 딱해 보였다.

"이제 그만하시지요, 네네님. 이 일로 소란이 이는 것을 원치 않습니다."

렌의 만류에 노파는 잠시 그녀를 쳐다보더니 아까보다 더욱 엄한 어조로 으름장을 놓았다.

"한 번만 더 내 눈에 띄는 날엔 요절을 낼 테다! 냉큼 물러가라!"

"감사하옵니다!"

네네는 허둥지둥 도망을 치는 하녀의 뒤꽁무니를 지켜보다가 답답하다는 투로 말했다.

"위엄은 누가 세워 주는 것이 아니라 스스로 세우는 것입니다. 아랫것들이 렌님의 옛 신분을 놓고 깔보는 것은 마님께서 그런 빌미를 주셨기 때문입니다. 귀찮다 하여 그냥 내버려두는 게 좋은 것만은 아닙니다. 집안의 위계질서는 철저하고도 명확해야 하는 것임을 잊지 마세요. 기강을 흩트리고서는 마님뿐만이 아니라 집안 전체가 흔들린다는 것을 명심해 주십시오."

"제가 생각이 짧았군요. 그러지요. 앞으로 조심하겠습니다."

노파가 잠이 든 세이쥰을 바라보며 물었다.

"도련님과 함께 여기 계셨습니까?"

"왜요? 무슨 일이 있습니까?"

"내일 중으로 도련님을 에도 성으로 보낼 차비를 해야 합니다."

"갑자기 말입니까?"

"내달이 오에요님의 산월입니다. 이번에는 기필코 득남을 하셔야 하는지라 평소에 아끼시던 세이쥰 도련님을 곁에 두고 싶어 하신다는 전

같이 왔습니다.”

오에요는 도쿠가와 이에야스의 며느리로 히데타다의 정실이었다. 그녀는 명문가인 아자이 나가마사와 오다 오이치의 셋째 딸로 태어났다. 오이치는 그 유명한 오다 노부나가의 여동생이었다. 하여 그녀는 일찌감치 두 번이나 혼인을 했었으나 모두 정략적인 이유로 이혼을 하고 결국 히데타다와 세 번째 결혼을 한 것이다. 히데타다는 부친인 이에야스의 뒤를 이을 후계자였지만 그에게는 한 가지 불안한 것이 있었다. 그것은 정실인 오에요와의 사이에 딸만 내리 넷을 낳았을 뿐 아직 후사를 이을 아들이 없다는 점이었다. 그러다 이번에 드디어 다섯 번째 아이의 출산을 기다리는 상황이 된 것이다.

시아버지인 이에야스가 도쿠가와 가를 공고히 해줄 손자를 학수고대하고 있다는 걸 알기에 오에요는 엄청난 부담을 느끼면서도 그녀 자신 역시 은근히 기대하고 있는 중이었다. 그래서 출산에 임박할 즈음의 산모가 미동(美童)을 가까이 두면 아들을 얻는다는 풍속에 따라 세이준을 부른 것이었다.

곤히 잠든 아이를 품에 안으며 네네가 말을 이었다.

“이참에 오에요님께서 득남하시게 되면 장래에 우리 도련님의 출세는 보장된 것이나 진배없지요.”

“그러면 그곳에 오래 있게 되는 건가요?”

“그야 모르지요. 오에요님이나 히데타다님께서 결정하실 일이니까요.”

렌은 세이준과 오래도록 떨어져 있어야 할지도 모른다는 생각이 들자 왠지 불안한 마음이 들었다.

"아차! 내 정신 좀 보게. 까맣게 잊고 있었다니!"

"무얼 말입니까?"

"토노께서 돌아오셨습니다. 말씀은 안 하셔도 찾으시는 눈치셨습니다. 동원 훈련을 가신 지 열흘도 안 돼 돌아오신 걸 보니 마님과의 풋정에 담뿍 빠지신 탓이 아니겠습니까?"

그가 돌아왔다. 그녀는 가슴이 쿵 내려앉은 것처럼 묘한 충격을 받았다.

카미야시키 외실로 들어서는 렌의 발걸음은 가볍지가 않았다. 복도에 서 있던 하녀가 그녀를 보고 기다렸다는 듯 차제구(茶諸具)가 담긴 찻상을 들고 다가왔다.

"토노께서 차를 내오라 하셨습니다. 가지고 들어가시지요, 마님."

그녀는 고개를 끄덕이며 찻상을 받아 외실 안으로 들어섰다.

어스름해진 저녁 무렵인데도 불구하고 방안은 등잔불을 켜지 않아 어두컴컴했다. 무명 치맛자락이 문지방을 스치며 희미하게 서걱거리는 소리가 났다. 그녀는 안으로 들어서서 가만히 어둠에 눈이 익숙해지길 기다렸다.

아직 달이 뜨기 전이어서 그런지 방안은 어둠 그 자체였다. 주위가 어두워 머뭇거리는데 누군가 복도에 놓인 상야등(常夜燈)에 불을 켰는지 장지문의 창호지 틈으로 환한 빛이 새어 들어오기 시작했다. 그제야 렌은 어둠 속에서 자신을 물끄러미 쳐다보는 류타카를 볼 수 있었다. 마치 그녀의 속마음을 꿰뚫기라도 하려는 듯 뚫어지게 응시하는 그의 시선이 어렵고도 부담스러웠다. 그녀는 덫에 걸린 짐승처럼 그의 시야에서 옴짝달싹할 수가 없었다.

그때 그의 나지막한 음성이 얼어붙은 듯 굳어 있는 그녀의 영혼을 일깨웠다.

"언제까지 그러고 있을 건가?"

퍼뜩 정신을 차린 렌은 찻상을 바닥에 내려놓고는 옆에 단정히 앉아 소반에서 탕관을 들어 화로에 얹었다. 더운 여름에 무슨 화로인가 싶겠지만 차는 이렇게 불을 가까이 하고서야 제 맛이 나는 법이었다. 탕관의 물이 끓을 때까지도 그들은 별다른 말을 하지 않았다. 어쩌면 이 긴 침묵으로 무수히 하고픈 말들을 대신하는 건지도 몰랐다.

물이 끓기 시작하자 렌은 탕관을 바닥에 내려놓고는 끓인 물을 사발에 따랐다. 그러고는 예열을 위해 사발에 담겨진 물을 차관에 조금 붓고 빈 사발에는 다시 탕관의 물을 부어 어느 정도 식혔다.

차관이 금세 데워지자 물은 찻잔에 옮기고 빈 차관에 다시 사발의 물을 옮겨 부었다. 이제 차를 넣기만 하면 되었다. 그녀는 나무로 만든 차칙으로 차호에 담긴 차를 한 수저 떠서 차관에 넣었다. 어느 정도 차가 우려진 듯하자 예열을 위해 찻잔에 부었던 물을 사발에 버리고는 빈 찻잔에 세 번에 걸쳐 찻물을 따랐다. 따끈한 찻물에서 하얗게 피어오르는 향이 방안을 소리 없이 물들였다.

렌은 찻잔을 차탁에 받쳐 류타카의 앞으로 내밀었다.

그는 말없이 찻잔을 받아 들고는 먼저 천천히 차향을 들이마셨다. 그리고 한 모금 음미하자 그윽한 향이 입안 가득 퍼지는 것을 느낄 수 있었다. 말할 수 없는 상쾌함에 기분까지 느긋해지는 듯했다.

"다도는 누구한테서 배운 거지?"

"양부께서 차를 좋아하셨는데 그 어깨너머로 조금 배웠습니다."

"양부?"

"가토 가의 사무라이인 쇼니 신겐님이 저를 양녀로 키워 주셨습니다."

"그렇군."

두어 마디 말이 오가고 또다시 침묵이 흘렀다. 차를 마시는 류타카도 그 앞에 정좌하고 앉은 렌도 입을 열지 않고 다시금 적막 속으로 잠겨 들어갈 뿐이었다.

그는 창호지 틈으로 들어오는 상야등 빛에 아련히 보이는 그녀의 단아한 외모를 눈여겨보았다. 자신보다 한참이나 어린 계집이건만 왠지 편했다. 뭘까. 저런 철부지와 나눌 것이 뭐가 있다고. 아름다워서? 아니다, 단순히 겉모습 때문만은 아니었다. 만약 그런 것이라면 저애보다 더 아름답고 매혹적인 게이샤들에게도 현혹됐어야 말이 되었다. 하지만 지금껏 계집에게는 관심이 없던 자신이 아닌가. 그런데 도대체 이 아이의 무엇이 자신을 이토록 잡아끄는 걸까?

류타카는 거침없는 시선으로 렌을 살폈다. 물론 어둠 속에서 희끄무레하게 드러난 모습이 제대로 보일 리 없겠지만 그렇다고 등잔불을 켜고 싶지 않았다. 너무 환한 불빛은 오히려 저 아이가 갖고 있는 은연함을 상쇄하거나 흐트러뜨릴 것 같았기 때문이다.

한껏 욕심을 내며 뚫어져라 쳐다보는 자신의 시선이 부담스러워서라도 한 번은 움찔거릴 만도 한데 그녀는 앉은 자세 그대로 조금의 흔들림도 없었다. 아마도 이 아이는 대단한 인내력을 갖고 있거나 아니면 자신에게 무관심해서일 수도 있으리라. 두 가지 중 후자의 것은 마음에 들지 않다는 생각을 하며 그는 다시 입을 열었다.

"히고가 고향인가?"

"아닙니다."

"네 억양을 보아하니 사이카이도의 히고 출신이 분명한데?"

"더부살이하는 처지에 고향이 어디 있겠습니까. 그래도 히고에서 자랐으니 반은 그곳 사람인 셈이지요."

그녀의 모호한 대꾸에 그는 눈썹을 치켜올렸다.

"양부의 밑에서 컸다면 부모를 잃은 건가?"

"어머니는 삼 년 전에 돌아가셨습니다."

"아버지는?"

"모릅……니다."

안타까움이 가득 스며든 대답이었다.

그는 문득 호기심이 생겼다.

"헤어진 건가?"

"전란으로 소식이 끊긴 지 오래입니다."

류타카는 렌이 어쩌면 가난한 농노의 딸인지도 모른다고 추측했다. 조선 출병 시 다이묘들은 관할 영지 내에서 징병 문제에 온 심혈을 기울였으니까. 사내라면 나이가 많건 적건 관계없이 모조리 차출되어 조선으로 보내졌다. 만약 전사했다면 조선의 어디에서 어떻게 죽었는지 알 길이 없겠지.

"다른 가족은?"

"없습니다."

일가붙이 하나 없는 전쟁고아라……. 그는 상념에 젖은 눈으로 그녀를 응시했다.

"잊어라."

아무렇게나 툭 내뱉은 말은 설득도 설명도 아닌 명령이었다.

렌은 놀란 눈으로 고개를 들었다.

"이제부터 너는 키타가와 가에 속한 사람일 뿐 그 이상도 그 이하도 아니다. 되돌릴 수 없는 옛 추억 따위는 하루라도 빨리 잊는 것이 최선이다."

물론 어떤 배려를 바란 것은 아니었다. 그런데도 너무 차갑게 말하는 그의 무정함에 렌은 왠지 억울했다. 그렇다고 그의 말에 토를 달 수도 없어 그녀는 대신 입술을 꼭 깨문 채 묵묵부답으로 자신의 반감을 표시했다.

그녀의 기분을 눈치 챈 듯 쿡쿡거리는 그의 낮은 웃음소리가 들렸다.

"그 침묵은 싫다는 뜻인가?"

류타카의 질문에 그녀는 대답하지 않았다. 갑자기 그가 몸을 움직이더니 부시통에서 부싯돌을 꺼내 초에 불을 밝혔다. 미약한 초 한 자루의 불빛이라도 어둠 속에서 타오르니 갑자기 방안이 훤하게 밝아졌다.

그는 불현듯 촛대를 그녀의 코앞으로 가까이 대어 사람을 당혹하게 만들었다.

"잊으라는 말에 대답하지 않았다."

"저는……."

그녀의 말꼬리를 자르며 그가 강조했다.

"너는 키타가와 가의 여인이다."

키타가와 가의 여인이자 세이후 성 당주의 일곱 번째 측실. 그렇다. 그게 지금 자신의 처지였다. 그러나 그것만이 전부는 아니었다. 렌은 당당한 어조로 단호하게 입을 열었다.

"그렇다고 제 부모님이 물려주신 피가 바뀌는 것은 아니지요."

올차고 도랑도랑하다 못해 건방지기까지 한 그녀의 태도에 화가 나야 옳을 텐데 류타카는 어쩐 일인지 웃음이 났다. 그는 피식 웃으며 촛대를 한쪽 옆으로 치웠다.

"맹랑하군. 시건방지면서도 맹랑해."

혼잣말처럼 되뇌던 그는 그녀를 노려보다가 장지문 밖을 향해 소리쳤다.

"밖에 누가 있느냐?"

"예, 토노! 소인 대령해 있습니다."

집사 시타로의 음성이 방문 가까이에서 들려오자 그는 심드렁한 어조로 명령했다.

"허기가 지는구나."

"알겠습니다, 토노."

집사가 발 빠르게 사라지자 류타카는 렌에게 불쑥 말했다.

"네 처소는 앞으로 이곳이다."

"저는 도련님의 작은 별실에서 지내는 것이 편합니다."

"네 본분은 이제 세이쥰을 보육하는 것이 아니라는 것쯤은 알고 있을 텐데?"

신랄한 어조로 비꼬는 그의 말에 적잖이 마음이 상했지만 그녀는 애써 눌러 참았다.

“도련님과 약속을 했기 때문에……”

“세이쥰은 내일 에도 성으로 간다. 네네가 말하지 않던가?”

“듣긴 했습니다만 곧 다시 돌아오실 게 아닌지요?”

그녀의 물음에 그는 뭔가 생각에 잠긴 눈빛으로 쳐다보았다.

“내 아들에게 정을 쏟는 것은 나무랄 일이 아니지만 넌 참으로 이상한 계집이로구나.”

“무슨 말씀이십니까?”

“측실이 적자와 가까워지려 한다는 소리를 나는 들은 적이 없다.”

“저는 본디 도련님의 메노토였습니다.”

“그래 그렇군. 그 문제는 세이쥰이 돌아오면 다시 생각해 보기로 하지.”

“꼭 허락해 주셨으면 합니다.”

어떻게든 확답을 얻고자 하는 그녀의 고집에 그는 믿을 수 없다는 투로 말했다.

“지금은 그럴지 모르지만 네가 아이를 낳게 되면 그 마음도 곧 변하게 될걸?”

아이! 그는 아무런 생각 없이 내뱉은 말이었겠지만 렌으로서는 너무나 큰 충격이었다. 자신의 인생에 아이를 낳는다는 건 생각해 보지 않았기 때문이다. 갑자기 허파에서 공기가 죄다 빠져나간 듯 갑갑증이 일어 숨을 쉴 수가 없었다. 눈앞에 놓인 운명도 가늠하기 어려운 마당에 아이라니! 생각조차 하기 싫었다.

류타카는 대번에 창백해진 그녀의 낯빛을 살피며 딱딱하게 물었다.

“그 표정은 무슨 뜻이지?”

왠지 그녀의 파리한 안색이 자신의 혈육을 낳길 거부하는 것 같아 기분이 상한 것이다.

"왜 그렇게 놀라는 건가? 네가 측실이 된 이상 내 혈육을 잉태하는 것은 당연한 일이다."

"아……아무것도 아닙니다."

대충 얼버무리는 그녀의 어설픈 태도가 의심스러웠지만 마침 저녁상을 들고 안으로 들어서는 반빗아치로 인해 더는 다그치지 않았다.

"신지님께서 오늘 연무장에서의 훈련은 어찌하여야 하는지 여쭤 달라고 하셨습니다."

노 집사가 아뢰는 말에 그는 잠시 생각하더니 옆에 앉은 렌을 보며 대꾸했다.

"나는 쉴 것이니 나머지는 알아서 하라 이르라."

"예."

집사가 방을 나서자 그는 그녀에게 말했다.

"목욕을 하고 싶다. 내 수발을 들어주겠나?"

"준비하겠습니다."

그녀가 조용히 자리에서 일어서는데 그가 다시 나지막한 음성으로 입을 열었다.

"오늘 너와 함께 잘 것이다."

렌은 알았다는 뜻으로 고개를 숙이고는 방을 나섰다. 문을 닫고 돌아서는데 발걸음이 후들거렸다. 익숙해져야 할 일인데도 절대로 익숙해지지 않을 것만 같았다.

그녀가 은연중에 상기된 얼굴로 복도로 나오니 밖에 있던 네네가 다가왔다.

"무슨 일이십니까?"

"토노께서 목욕물을 준비해 달라고 하십니다."

"이미 작은 별실에 준비해 놓았습니다."

노파는 마치 짐작이나 하고 있었다는 듯 미리 척척 준비를 해놓은 모양이었다.

"마님께서 직접 토노의 수발을 드실 것인지요?"

그 질문에 그녀는 홍조가 드리워진 얼굴로 고개를 끄덕였다.

늙은 메노토는 알 만하다는 듯 미소 지으며 말했다.

"침수 준비도 함께 마련해 놓겠습니다."

"그러세요."

그녀는 붉어진 얼굴을 어쩌지 못하고는 황급히 별실로 향했다.

모든 준비가 끝나자 렌은 문밖에서 안을 향해 알렸다.

"목욕물이 준비되었습니다."

잠시 후 가벼운 유카타로 옷을 갈아입은 류타카가 방문을 열고 나왔다.

그녀는 앞장서서 별실로 들어가 등을 돌리고는 그가 목욕통 안으로 들어가기를 기다렸다. 이윽고 좌르르 물이 넘치는 소리가 들리고 나서야 그녀는 몸을 돌렸다. 김이 나는 뜨거운 목욕통에 들어앉은 그는 가슴까지 차오르는 물 밖으로 맨어깨를 드러냈다. 그녀가 목욕통 옆에 놓인 면 수건을 들고 서툰 손길로 그의 어깨를 닦기 시작하는데 그가 갑자기 그녀의 손을 붙잡았다.

"넌 날 무척이나 혼란스럽게 한다."

그의 검은 눈동자는 왠지 모를 열기로 흔들리고 있었다.

방안을 떠돌던 열기는 오래 전에 식어서 그런지 공허한 어둠만이 빼곡히 들어차 있었다. 운우지락을 함께 한 그들치고 열정의 나눔은 차다 못해 시리기까지 했다. 혼신을 다할 수 없는 관계란 죽은 것만 못하다. 활활 타오르던 정염이 싸늘하게 꺼져버리자 아무것도 모르는 철부지 여인의 가슴에 서느런 멍울만 남았다.

아스라이 들리는 소쩍새의 울음이 유난히도 처연히 들리는 밤이었다. 불여귀 불여귀 우짖는 소리는 촉(蜀)으로 돌아가지 못하는 망제(望帝)가 피를 토하며 울부짖는 통곡이리라. 그렇게나마 실컷 울기라도 해 봤으면…….

렌은 투박한 사내의 손이 자신의 맨살을 어루만지는 느낌에 감았던 눈을 떴다. 고즈넉한 어둠 속에서 그녀는 지친 표정으로 천장을 멍하니 바라보았다.

"무슨 생각을 하지?"

그들 사이가 그렇게 고요하고 쓸쓸하지 않았다면 들리지 않았을 나직한 음성이 그녀를 소연하게 일깨웠다. 손가락으로 가만히 그녀의 얼굴선을 쓰다듬는 사내의 행동은 어서 대답하라고 재촉하는 듯했다.

"그냥…… 아무것도요."

그녀의 힘없는 대꾸에 류타카는 잠시 미간을 찌푸렸다. 언제나 청랑할 것만 같던 계집아이의 목소리가 지금은 왠지 스산하게 들렸다. 굳이 이유를 댈 수는 없지만 황량한 듯한 그녀의 마음이 자신에게 전해지는 듯해서 괜스레 신경이 쓰였다. 지금껏 잠자리를 같이한 계집이 무슨 생각을 하는지 알 필요도 없었고 알고 싶지도 않았었다. 그런데 목각인형처럼 잠잠하게 누워 있는 이 여자에 대해서만큼은 뭐든 궁금했다. 스스로도 그런 자신의 심정이 혼란스러울 정도였다.

그는 잠자코 베개에 머리를 대고 누워 문창살 창호지 틈으로 스며드는 상야등 빛을 응시했다.

"자취지화(自取之禍)라는 말을 아느냐?"

류타카는 무심코 말을 꺼내고는 곧바로 쓴웃음을 삼켰다. 누구에게도 속내를 털어놓은 적이 없었는데 이 아이 앞에서는 너무나도 쉽게 말이 나오는 자신이 왠지 실없게 느껴졌다. 그러면서도 그는 옛 생각에 잠긴 목소리로 혼잣말을 중얼거렸다.

"내게는 절대 풀리지 않을 화두가 있었다. 한때는 그것이 내 삶의 전부라 믿어 의심치 않았지. 오로지 그것만이 내 앞에 놓인 길이라고 여겼다."

렌은 모른 척하고 싶었다. 그가 무슨 생각을 하든 무슨 말을 하든 자신과는 상관없다고 속으로 되뇌었다. 하지만 과거형으로 말하는 그의 쓸쓸한 음성에 자기도 모르게 귀가 기울어졌다.

"그런데 자취지화……. 스스로의 잘못으로 스스로 화를 입게 되어 결국 내 가슴에 품었던 화두를 풀지 못한 채로 버려야 했다. 아니 버려졌다는 것이 옳겠군. 그건 내 의지가 아니었으니까. 버리는 것과 버려지는 것의 차이가 뼈아픈 고통일 수도 있다는 걸 그때 처음 알았다."

그녀는 무겁게 한숨을 내쉬는 그에게서 자신과 비슷한 세월의 무게를 감지할 수 있었다. 이 사내 역시 가슴에 커다란 돌을 얹은 채 힘겹게 사는 사람이라는 생각이 들었다. 무엇인지는 모르지만 쉽게 벗어 던

질 수 없는 운명에 휩쓸린 사내의 처지에 동정이 갔다. 길고 두툼한 손
가락으로 자신의 이마에 들러붙은 머리카락을 걷어내는 그의 행동에
익숙해지는 자신을 느끼며 그녀는 다시금 눈을 감았다.

"잠이 든 것이냐?"

"아닙니다."

"그런데 왜 아무 말이 없지?"

"할 말이 없기 때문입니다."

그녀의 무뚝뚝한 말에 그는 뭐가 그리 재미있는지 쿡쿡 웃음을 터뜨
렸다.

"하하! 넌 도무지 속을 알 수가 없구나. 계집이란 본시 사내의 앞이
라면 아양을 떨거나 까탈을 부려서 사뭇 관심을 끌어보고자 애쓰는데
너는 내게 앙탈을 부리는 일도 없고 야살거리지도 않으니 말이다. 그
대신 조개처럼 입을 꼭 붙이고만 있으니 참으로 별난 성격이야. 나한테
그렇게도 할 말이 없나?"

렌은 역시나 할 말이 없다는 듯 대답을 피했다.

류타카는 어떻게든 친근하게 대하려는 자신의 노력을 그녀가 무시
하는 것 같아 은근히 기분이 상했다.

"계집이 간살스럽지 않고 말수가 적은 것은 좋으나 나를 무시하는 것
은 용서할 수 없다."

그녀는 사내의 고압적인 어조에 마지못해 입을 열었다.

"천성이 그런 것이니 오해하지 마십시오. 말이란 하면 할수록 무가치
해지는 것이니까요."

그는 그녀가 하는 말에 가만히 귀를 기울이더니 금세 못마땅한 투로

투덜거렸다.

"내 아들을 대하는 걸 보면 타고난 성품이 차지는 않은 것 같은데 왜 유독 나한테는 차갑게 굴려는 거지?"

"그런 적 없습니다."

"내가 괜한 트집을 잡는다는 거냐?"

"제가 무례를 범했다면 용서해 주십시오."

정중하고도 예의바른 태도에는 흠 잡을 데가 없었지만 그는 오히려 짜증이 났다. 마치 작은 날짐승이 덫을 피하는 것처럼 그녀가 한 걸음만큼의 거리를 두고 자신을 멀리하는 것 같아서 불쾌했던 것이다.

그는 냉랭한 얼굴로 꾸짖듯 말했다.

"내가 너에게 듣고자 했던 건 그런 입에 발린 말 따위가 아니었다."

"저는 다만……."

"다만 뭐지? 네가 나를 경원시하고 있다는 것을 모를 줄 알았나?"

말꼬리를 자르며 따져 묻는 그의 성난 눈빛에 주눅이 든 그녀는 자신도 모르게 말을 더듬었다.

"자……잘못하였습니다."

"그게 아니라는데도!"

류타카는 버럭 소리를 지르며 자리에서 벌떡 일어나 앉았다. 별 것 아닌 일로 괜스레 언성을 높이는 자신이 스스로도 어이가 없었지만 불현듯 치밀어오르는 화를 억누를 수가 없었다. 그는 숨죽여 누워 있는 렌을 사납게 노려보았다.

매끈한 가슴 굴곡 사이로 길고 탐스러운 머리채를 풀어놓은 그녀의 하얀 육체는 은은한 상야등 빛을 받아 탐스러워 보였다. 사내로서 눈을 현혹시키는 아름다운 여체에 육욕이 생기지 않는다면 오히려 이상한 일일 것이다. 그런데도 욕정이 동하는 자신이 왠지 나약한 것 같아 싫었다. 그리고 수동적으로 누워 있는 계집아이 역시…… 싫었다.

"무심한 건 고약하고도 몹쓸 일이지. 더욱이 날 상대로 제 고집만 피우려 드는 계집이라면 옆에 둘 필요가 없는 건 당연하지 않겠나?"

손가락으로 그녀의 뺨을 어루만지며 을러대듯 말하는 사내는 언뜻 보면 광포한 듯했지만 렌은 전혀 무섭지 않았다. 어떤 믿음에서인지는 몰라도 그가 자신을 해치지는 않을 것이라는 깨달음이 그녀를 안도하게 했다.

"오늘은 왜 눈물을 흘리지 않는 거냐?"

초야의 밤. 눈물은 그날 하루로 끝이라 엄포를 놓은 것은 자신이건만 그는 없는 트집이라도 잡으려는 듯 험상궂게 물었다.

"왜 울지 않지?"

"눈물은 하루뿐이라 하지 않으셨습니까?"

"그래서 내 말을 따르느라 울고 싶은 것을 억지로 참고 있다는 거냐? 나 때문에?"

다분히 시비조였다. 그녀는 그의 험악한 시선을 의식하고는 부스스 몸을 일으켰다.

"버리는 것과 버려지는 것의 차이가 뼈아픈 고통이라고 하셨습니까?"

"뭐라고?"

"그렇게 따지자면 자신의 의지로 행할 수 없는 모든 것이 고통이겠지요."

"그게 무슨 뜻이지?"

"토노께서는 제가 눈물을 버린 것으로 보이십니까 아니면 억지로 버려진 것으로 보이십니까?"

아까의 힘없는 소리가 아니라 청명한 음성이었다. 처음 보았을 때처럼 청량한 느낌에 그는 잠시 분노를 접고 그녀를 물끄러미 응시했다.

"나와 선문답이라도 하자는 건가?"

"버린다는 표현이 맞지 않음을 여쭙는 것입니다."

"맞지 않다?"

"저는 눈물을 버리거나 버려진 것이 아닙니다. 단지 눈물을 흘리지 않기로 선택한 것뿐입니다."

"선택?"

그는 아연한 표정으로 그녀를 쳐다보며 앵무새처럼 되물었다.

"선택이라고?"

"예."

"내 명령이 아니라 네 선택이라?"

"예."

류타카는 굽힘없이 당당히 대답하는 렌을 보고는 갑자기 파안대소를 했다.

"하하!"

그녀는 놀란 눈으로 그를 응시했다. 아예 무시하거나 아니면 뇌성처럼 고함을 질러 자신의 무례함을 꾸짖을 거라고 여겼는데 무슨 일일까.

그는 한참을 신나게 웃었다.

"아하하! 선택이라……. 네 선택이라 이건가?"

“토노?”

“너는 정말이지 예측불허의 대답으로 내 허를 찌르는구나. 감히 내 앞에서 내 명령을 무시하는 따위의 오만불손한 발언을 그렇게 쉽게 내뱉다니. 그런 무모하고도 어쭙잖은 객기가 도대체 어디서 나오는 거지? 넌 수수께끼 상자처럼 내 호기심을 끊임없이 자극하고 있어. 그것이 좋은 일일지 나쁜 일일지는 아직 모르겠지만 말이야.”

류타카는 렌이 마음에 들었다. 무례한 것으로 따지자면 기군(欺君)죄로 다스려도 모자람이 없겠지만 아까처럼 죽은 듯이 누워 있는 것보다는 이렇게 살아 있는 존재라는 걸 알리는 이 건방진 무모함이 훨씬 나았다.

그는 아까의 불쾌했던 감정을 지우고는 그녀를 향해 씩 웃었다. 깨끗한 낯도 그렇거니와 자신이 하는 말을 알아들을 만큼의 지모를 갖춘 것도 나쁘지 않았다. 계집이 너무 똑똑한 체를 하면 골치가 아프지만 이 아이는 그 정도를 교묘히 넘나들며 자신을 즐겁게 하고 있었다. 과연 가토 기요마사다. 그자가 왜 이 계집아이로 굳이 자신에게 미인계를 쓰려 했는지 이제야 짐작이 갔다.

“나쁘지 않아.”

“예?”

“네 그 건방진 태도가 아직은 나쁘지 않다는 뜻이다. 내 인내심을 너무 많이 자극하는 게 흠이긴 하지만.”

다분히 경고조인 그의 말투에 그녀는 눈을 동그랗게 떴다.

“무슨 말씀이신지?”

그는 손으로 그녀의 머리를 가지런히 쓰다듬다가 불쑥 고개를 숙였다. 놀란 듯 휘둥그렇게 눈을 뜨는 계집의 초롱초롱한 눈 역시 마음에 들었다. 그러고 보니 이 아이에게는 자신의 마음에 드는 구석이 많은 듯했다.

"운치가 너무 없구나."

말귀를 못 알아들은 계집이 어리둥절한 표정을 짓자 그는 피식 웃으며 나지막한 어조로 말했다.

"아무리 함께 몸을 나눈 사내라도 제 계집이 너무 빤히 쳐다보면 쑥스러움을 느낀다는 것도 모르나?"

자신의 툭툭한 말투에 움찔 놀란 듯 그녀가 눈을 질끈 감는 게 보였다. 순진하기 짝이 없는 행동이 그의 웃음을 자아냈다.

"하하, 정말이지 넌 기교 따위라고는 눈곱만큼도 없구나."

말은 퉁명스레 하면서도 그는 부드럽게 자신의 입술을 그녀의 입술에 포개었다. 한두 번 살짝 맛을 보듯 그녀의 도톰한 아랫입술을 쓰다듬는 그의 입술은 메마르고 까칠했지만 더할 나위 없이 따뜻하고 포근했다. 자잘하던 입맞춤이 작은 불씨가 되어 하나의 불꽃으로 타오르기까지는 그다지 많은 시간이 필요하지 않았다.

조금씩 거세어지는 숨결로 류타카가 입술을 빼앗자 렌은 아뜩한 전율에 숨이 멎을 것만 같았다. 사내가 주는 정념에 취해 있을 무렵 그는 갑자기 입술을 떼고는 그녀를 빤히 바라보았다.

"정을 나누고 싶다."

"예?"

"너와 정을 나누고 싶다고 했다."

순간 가슴이 미칠 것처럼 두근거리는 건 왜일까? 그녀는 묘하게 떨리는 시선으로 그를 응시했다.

"이것은 단순한 운우지락이 아니라 정을 나누는 것이다."

"저는……."

"너와 함께라면 정을 나눠도 무방하다고, 아니 그러고 싶다는 생각이 들었다."

그렇게 말하며 사내는 그녀를 와락 끌어안았다.

무심코 지난밤을 떠올리던 렌은 맑고 깨끗하게 닦인 구리거울에 비친 자신의 얼굴에 살짝 홍조가 드리워지는 것을 물끄러미 보았다. 생각해 보니 그것은 명령도 아니었고 강요도 아니었다. 어둠에 쑥스러움을 숨기고 용기를 내어 여인에게 건넨 사내의 말은 아집도 위선도 버린 작은 부탁일 따름이었다.

'정을 나누고 싶다.'

밤의 한 귀퉁이에서 불쑥 들려왔던 말. 아무런 기교도 꾸밈도 없이 그저 투박하게 내뱉은 사내의 여들없는 말이었지만 그렇기에 더욱 솔직한 그의 진심이기도 했다. 함께 정을 나누자……. 그것은 세상 여인들이 몸을 허락한 사내에게 듣는 수많은 달콤한 말들 가운데 가장 가슴이 따뜻해지는 말이 아닐까. 그저 겉치레뿐일지라도, 또는 한낱 공허한 울림에 지나지 않을지라도 사내에게 듣는 따뜻한 말 한마디에 울고 웃는 것이 계집의 소박한 마음이었다.

렌 역시 다른 여인들과 마찬가지로 마음이 두근거렸다. 그녀도 사람이요 그것도 운우지락을 터득한 여인일진대 가슴이 떨리는 것은 다른 계집들과 다를 바가 없었던 것이다. 기뻤다, 진심으로. 살을 맞댄 사내가 자신을 그렇게 여겨준다는 것이……. 여인으로서 기껍고 설레었다. 사내를 즐겁게 할 재주는 없으면서도 그가 자신을 어여쁘게 보아줬으면 하는 얄팍한 눈비음이 그녀에게도 있었던 것이다. 그래서 계집이란 단순하면서도 복잡하다는 소리를 듣는지도 모른다.

류타카가 한 말을 듣고 나니 저도 모르게 그를 생각하게 되고, 그러다 보니 그의 마음을 조금이나마 알고자 하는 바람이 생겨난다. 하지만 그것이 바로 하늘이 정한 음양의 자연스러운 이치이자 남녀 간의 끌림이라는 걸 그녀는 미처 알아채지 못했다. 자신이 서서히 그 사내에게 빠져들고 있다는 사실을……

'너와 있으면 편안하구나.'

그녀는 조금씩 변하는 자신을 깨닫지 못한 채 그렇게 말하며 마음 한 자락을 내보이는 그를 어떻게 물리쳐야 하는지 두려워졌다. 구리거울에 비친 여인의 눈동자에는 투명한 눈물이 가득 고였다.

'무엇 때문에 눈물을 보이니?'

눈물을 머금은 자신의 그림자에게 물었지만 대답은 들리지 않았다.

렌은 연지로 붉게 물들인 자신의 입술을 손가락 끝으로 어루만졌다. 보드라운 뺨을 타고 떨어지는 눈물은 방울방울 쉴 사이 없이 이어졌다. 그렇게 한 번 터진 울음은 쉽게 멈춰지지 않았다. 그녀는 어머니의 죽음 이후 처음으로 서럽게 울기 시작했다. 이제 열여덟. 자신의 보이지 않는 미래가 너무나 두려웠다. 앞으로 어느 만큼의 세월을 보내야 가슴에 묻은 한을 바람에 흩날려 보낼 수 있을까.

"너는 도대체……"

연무장에서 훈련을 일찍 마치고 들어서던 류타카는 그녀가 흐느끼는 모습에 우뚝 걸음을 멈췄다. 가냘픈 몸을 엎드리고는 숨죽여가며 서럽게 우는 계집아이를 보려니 심정이 복잡해졌다. 화가 나기도 하고 노엽기도 했다. 그러면서도 안쓰럽고 딱했다.

'이 정도였는가? 저 눈물에 이렇게 마음이 쓰일 만큼 내가……?'

그는 착잡해진 얼굴로 속에서 이는 분노를 애써 다잡았다. 그러고는 자신의 등장도 모른 채 마냥 울고 있는 철부지 계집의 옆에 조용히 다가앉았다.

옆에서 들린 인기척에 놀란 얼굴로 렌이 고개를 들어보니 그가 자신을 바라보고 있었다. 침묵하고 있었지만 그의 두 눈은 많은 말을 하는 듯했다. 마치 화를 내야 할지 달래줘야 할지 모르겠다는 표정이었다. 그녀는 눈물이 그렁그렁한 눈으로 그를 응시했다.

여태껏 우는 계집을 달래본 적이 없는 류타카로서는 어떻게 위로해줘야 할지 알 수가 없었다.

"하도 당돌하게 굴기에 당찬 줄만 알았더니 그것도 아니로구나."

자신이 무심코 건넨 말에 계집의 새빨개진 눈동자에 다시금 눈물이 차오르는 것이 보였다. 주르륵 떨어지는 굵은 눈물방울을 보던 그는 어쩔 수가 없다는 듯 가볍게 혀를 찼다.

"어허! 이런 딱한 것을 보았나. 내 앞에서 눈물을 보이면 용서하지 않겠다고 한 걸 그새 까먹었단 말이냐?"

무뚝뚝하게 꾸짖었지만 그의 어조는 어느 때보다도 다정했다. 자신을 빤히 응시하면서도 계속 우는 철딱서니를 어찌할 수가 없어 난감해하던 그는 피식 웃으며 손으로 눈물을 닦아주었다. 무엇 때문에 우느냐고 물어도 대답하지 않을 거라고 짐작한 그는 그녀를 가만히 끌어안았다.

“네 눈물을 내가 닦았다. 그러니 이젠 울지 마라.”

여들없고 딱딱하기만 한 말투였지만 그녀는 처음으로 그에게 의지하고픈 자신의 마음을 느낄 수 있었다.

여심 女心

본묘사의 재정이 어찌 돌아가고 있는지 자세히 알아보고 오라는 당주의 명령을 받아 새벽길을 서두른 신겐은 오후 무렵에야 산사에 도착할 수 있었다.

"오셨습니까?"

미리 연락을 받은 주지승이 마중을 나오자 그는 합장을 하며 인사말을 전했다.

"그간 강녕하셨습니까, 주지스님."

"다 오토노사마의 덕분입지요."

가토 기요마사는 임진왜란 당시 조선에서 수탈해 온 온갖 귀중품들로 장식을 할 정도로 본묘사에 많은 공을 들였다. 법당에 놓인 불상에서부터 벽에 걸린 족자, 그리고 기거하는 스님들이 쓰는 문방사우에 이르기까지 그의 세심한 정성이 들어가지 않은 것이 없었다.

주지승으로부터 사찰의 재정이나 돌아가는 정황을 듣던 신겐은 마침 지게에 나뭇짐을 잔뜩 짊어지고 들어오는 젊은이를 발견하고는 그를 유심히 쳐다보았다. 흉하게 일그러진 얼굴과 절뚝거리는 걸음걸이가 아니더라도 그가 렌의 사촌오라비라는 것을 금세 알 수 있었다. 닮은 얼굴은 아니었으나 모습에서 풍기는 느낌이 비슷하다고나 할까. 아무튼 렌과 분위기가 아주 흡사한 청년이었다.

"저 젊은이는 누굽니까?"

"아, 예. 켄에이라고 서너 해 전쯤에 니찌신님의 소개로 이곳에서 지내게 된 청년입니다. 워낙 말수가 적은 사람이라 놔서 가까운 이도 없이 혼자서만 지내지요."

당주는 자신과 렌의 관계를 의식해서인지 본묘사에 관한 일은 모두 니찌신에게 일임했었다. 혹시라도 저 젊은이에게 제 사촌누이에 관한 소식이 알려지는 것을 꺼린 탓이었다. 그런데 요 며칠 니찌신이 아주 중요한 일로 오사카에 갔기 때문에 마땅히 일을 맡길 사람이 없게 되자 당주도 하는 수 없이 그에게 본묘사의 일을 담당케 한 것이다.

신겐은 그에게 말해줘야 할지 말아야 할지 갈등했다. 오누이가 오래도록 서로의 소식도 모르고 사는 것이 딱하긴 했지만 그렇다고 당주의 명령을 어길 수도 없었다. 잠시 망설이던 그는 죽은 김씨 부인을 떠올렸다. 한 떨기 수선화처럼 연약하면서도 강인했던 자신이 죽어서도 흠모할 여인. 그는 부인을 위해서라도 저 청년에게 렌의 일을 알려줘야겠다고 결심했다.

장부의 기록상 몇 가지 맞지 않는 부분은 분명 주지승이 사사로이

빼돌린 것이겠지만 그는 짐짓 모르는 척하기로 했다.

"대충 큰 문제는 없는 것 같군요."

그가 장부에 적힌 숫자를 슬쩍 지우자 주지승은 입을 함지박만하게 벌리고는 연신 허리를 굽혔다.

"그럼요, 그럼요! 이거 정말 고맙습니다! 신겐님."

"일도 다 마쳤으니 저는 산사 구경이나 하다가 돌아가야겠습니다."

"그러시렵니까? 하면 소승이 직접 안내해 드리겠습니다."

"아니! 번거롭게 그러실 필요 없습니다. 혼자 유유자적 돌아다니는 게 좋으니까요."

"아, 예."

신겐은 주지승과 작별 인사를 나누고는 먼저 절을 나섰다. 잠시 길옆에서 기다리려니 켄에이가 다시 나무를 하러 나오는 것이 보였다. 그는 조심스레 젊은이의 뒤를 따라갔다. 절이 보이지 않을 만큼 산 속으로 들어선 그는 앞장서서 걷던 켄에이를 놓치고 말았다. 비탈진 산길을 어찌나 재게 걷는지 체력만큼은 남 못지않은 그가 숨을 헐떡일 정도였다. 절름발이라는 게 믿어지지 않았다. 그가 낭패한 표정으로 산길을 잃고 헤매는데 갑자기 지팡이가 그의 목을 겨누고 들어왔다.

"무슨 연유로 내 뒤를 밟는 게요?"

"허! 자넨 웬 걸음이 그리 빠른가?"

신겐의 푸념에 켄에이는 경계하는 눈초리로 다시 물었다.

"당신은 누구요?"

"나 말인가? 난 렌…… 아니 설연의 양부가 되는 사람일세."

가슴에 아무것도 담지 않은 채 홀로 서 있고 싶었으나 운명은 그 빈
자리에 무엇인가를 자꾸 채우라고 한다. 무료하다 못해 지루하기까지
한 일상들 틈바구니에서 등뒤로 느껴지는 낯설고도 호기심 어린 시선,
그리고 수군거리는 사람들의 잡담과 비아냥거림. 그런 모든 것들이 렌
에게는 부담이었다.

"렌님. 이제는 문신을 하셔야 합니다."

네네의 말에 그녀는 적잖이 당황했다.

"문신이라고요?"

히타치에서 문신을 한다는 것은 신분이 격상된다는 것을 의미했다.
헤이안 시대 때부터 귀족들 사이에 유행한 것이 문신과 카네[113])였다.
특히 카네의 경우는 귀족층에서부터 고위관리와 무사들 사이에까지
성행한 화장법으로 철을 술에 담가 산화시킨 물을 이에 발라 검게 물
들이는 방법이었다. 카네의 유명세는 세키가하라 전투에서도 드러났다.
도쿠가와 이에야스가 무사들의 시체를 확인할 때 카네의 유무로 죽은
자의 신분을 판별했던 것이다. 하지만 카네는 혼슈 지방을 중심으로 유
행하던 것이라 간토 지역에 속하는 히타치에는 카네를 하는 사람이 그
리 많지 않았다. 대신 이곳에서는 문신이 유행했다.

"키타가와 가의 여인들은 누구나 다 매화 한 송이를 가슴에 품는답
니다. 마님께서도 이제 키타가와 가의 사람이 되셨으니 문신을 하시는
것이 당연하지요."

"토노께서 하라고 하시던가요?"

"물론입니다. 일전의 분들은 이곳에서 한 해를 보낸 후에야 하셨지

---

113) 카네(かね) : 오하구로(お齒黑)라고도 하는 것으로 이를 검게 물들이는 것을 말함.

요. 그게 관례였으나 마님께는 바로 해드리라는 말씀이 있으셨습니다. 그만큼 토노게 지극히 굄을 받으시는 게 아니겠습니까?”

좋은 일이니 기뻐하는 게 당연하다는 듯한 소리에 그녀는 뭐라 대꾸할 말이 없었다.

늙은 메노토는 바닥에 문신을 할 도구들을 펼치면서 간결한 어조로 지시했다.

“옷을 벗으십시오.”

일종의 통과의례라고 생각하면 되겠지. 그녀는 체념한 눈빛으로 옷자락의 끈을 풀었다.

“고통스럽겠지만 참으십시오.”

어느새 방안으로 들어온 하녀 두 명이 렌의 양어깨를 붙잡았다. 네네의 재빠른 손놀림에 따라 움직이는 바늘이 한 땀 한 땀 그녀의 살갗을 파고들며 매화를 수놓기 시작했다. 바늘이 지나간 자리에 붉은 핏물 대신 새카만 먹물이 흔적으로 남았다. 따갑다 못해 뜨거운 통증으로 그녀의 이마에 진땀이 맺혔다.

“한 송이의 매화가 눈 속에서 피기까지의 고통입니다. 마님이 존귀한 신분으로 오르시는 과정이니 인내하고 버티십시오.”

그 말에 그녀는 속으로 실소했다. 이 이상 떨어질 곳이 없는데 무슨 존귀한 신분일까. 사람의 시선은 참으로 묘한 것 같았다. 어느 위치에서 어떻게 보느냐에 따라 이리도 다를 수 있으니 말이다.

네네와 하녀들은 일이 끝나자 조용히 물러났다. 드디어 혼자가 된 렌은 널따란 방에 덩그마니 앉아 억지로 속울음을 삼켰다. 젖가슴 위에 검붉게 번진 상처가 몹시 쓰라렸다. 그러나 육체가 느끼는 아픔은 마음이 느끼는 절망감의 절반도 안 됐다.

속은 텅 비었을지 몰라도 올곧게 우뚝 선 대나무처럼 그리 살고 싶었다. 이제껏 견뎌온 삶의 희로애락을 모두 잊을 수만 있다면……. 지다만 꽃처럼 추해진들 어떨까. 지금까지 살아온 자취를 감추고 흔적을 지울 수만 있다면 남은 평생 쑥대머리를 하고 토굴 속에서 산다 한들 어떠랴. 그래도 마음은 편할 것이다. 예전엔 하늘을 우러르면 눈물이 났다. 하지만 이젠 그런 하늘조차 볼 수 없을 것만 같았다.

그녀는 구석에 놓인 문갑을 열고는 안에서 흰 천으로 싼 함을 꺼냈다. 거칠거칠한 광목천의 투박한 감촉이 손끝에서 아릿하게 느껴졌다. 지난 삼 년간 어머니는 이곳에 계셨다.

'보셨습니까? 어머니의 딸이 첩살이를 하고 있네요. 그것도 왜장과 살을 섞는 신세랍니다. 제가 어머니께 할 짓이 없어 첩장모 소리를 듣게 해드렸습니다. 기막히시나요? 저 때문에 피눈물을 흘리고 계시나요? 그러면 일이 이렇게 되도록 왜 그리 잠자코 계셨습니까? 꿈에라도 오셔서 넋 빠진 년이라 욕이라도 하시지요. 화냥년이라 호통이라도 치시지 그러셨어요. 이제 저는 어찌해야 합니까, 어머니!'

함을 어루만지던 손가락에 자신도 모르게 힘이 들어갔다. 이제는 울 기운도 없었다. 자신의 원망 어린 넋두리를 들어줄 사람이 어디에도 없다는 현실에 지친 그녀는 함을 가슴에 끌어안고는 몸을 웅크렸다.

켄에이는 충격에 한동안 말을 잇지 못했다.

"방금 뭐라고 하셨습니까?"

"설연의 양부라고 했네. 지금은 그 아이의 이름이 렌이지."

"숙모님은요? 그분은 어찌되셨기에 설연이 어르신의 양녀가 되었단 말씀입니까?"

"렌의 자당께서는 삼 년 전에 돌아가셨다네."

"돌아가셨……다고요?"

숙모의 부음 소식에 그는 다리에 힘이 풀린 듯 털썩 바닥에 주저앉았다.

신겐 역시 괴로운 듯 한숨을 쉬며 대꾸했다.

"지병이 워낙 깊으셨던 터라……."

"그렇군요. 그럼 설연이는 어디에 삽니까? 여기 히고에 있는 겁니까? 어찌 지내고 있습니까? 어디 아프거나 그런 것은 아닙니까?"

켄에이가 다급한 듯 연거푸 퍼붓는 질문에 그는 침착하게 그간의 사정을 설명하기 시작했다. 이야기를 들을수록 젊은이의 표정은 점점 굳어졌다.

대충 설명을 마친 신겐은 옆에 있는 나뭇등걸에 걸터앉으며 착잡한 어조로 덧붙였다.

"내 힘만으로는 역부족이었네. 어떻게든 막아보려 했지만 어쩔 도리가 없었어."

"그 아이가 뭐가 됐다고요?"

켄에이는 차마 그 소리를 입 밖으로 내뱉기가 무서워 이를 악물었다. 자신을 구하고자 설연이 그런 짓을 했다니 기가 막히다 못해 억장이 무너지는 듯했다. 그것도 하필 왜놈과? 있을 수 없는 일이다!

그는 심하게 떨리는 음성으로 물었다.

"하면 지금은 어디에 있습니까?

“히타치에 있네.”

생각 같아서는 당장에라도 히타치로 달려가 설연을 데려오고 싶었다. 이렇게 더럽고 구차하게 목숨을 구걸하며 사느니 누이와 함께 죽는 것이 떳떳하지 않을까 하는 생각도 들었다. 선택의 여지가 없었다는 걸 알면서도 원망스러웠다. 오라비로서 누이를 구하기는커녕 창기로 내몬 것 같아 견딜 수가 없었다. 자신에게 이런 죄의식을 갖게 만든 설연이 한없이 미웠다.

“그렇게라도 살고 싶었다고 합니까?”

“무슨 소리인가?”

“제 한 몸 편하자고 그런 것이 아닙니까?”

그의 매몰찬 조소에 신겐의 얼굴이 싸늘해졌다.

“누이를 그런 식으로 매도하면 자네의 마음이 편한가?”

“나는 구해 달라고 하지 않았습니다!”

“용렬하군!”

“누이의 몸을 더럽혀가면서까지 살고 싶은 오라비는 없습니다!”

“켄에이라고 했던가? 자네는 그 아이만큼의 용기도 기백도 없는 옹졸한 사내로구먼!”

신겐은 젊은이의 심정을 이해하면서도 화가 나 통렬하게 비난했다.

“자네가 느끼는 참담한 기분은 십분 이해하고도 남네. 하지만 그렇다고 그게 렌을 비난할 이유가 될 줄 아나! 사내라면 좀 더 크고 넓게 이해하고 보듬어야 하는 것 아닌가? 그런데 지금 자네가 하는 짓은 뭐야? 사내로서 못할 말만 지껄이고 있지 않은가?”

켄에이는 그 말을 부정하고 싶었으나 현실은 냉정했다. 지독한 자괴감에 머리를 움켜쥐며 그는 울부짖었다.

이럴 수는 없다! 설연아, 네가 감히 이럴 수는 없지 않느냐!

분하고 원통한 마음에 목이 멨다. 누이의 가련한 처지가 불쌍해 가슴이 먹먹해졌다.

천수각은 성에서 가장 높은 망루로 전시에는 피난처이자 성주의 거처가 되는 곳이었다. 그곳에 올라서서 성 밖을 바라보면 히타치의 성하촌이 한눈에 들어왔다. 유난히 매화나무가 많은 지역. 이제 한여름이라 꽃은 없었지만 대신 매화나무에는 짙은 녹음이 선명했다.

렌은 천수각 제일 꼭대기에 있는 조망대에 올라서서 세이후 성을 내려다보았다. 성은 살아 있었다. 끊임없이 움직이는 것은 사람뿐만이 아니었다. 굴뚝에서 피어오르는 연기와 성 주변에 심어진 대나무가 바람에 흔들거리는 모양, 그리고 연무장에서 무사들이 훈련받는 소리. 또 여름의 강한 햇살에 반짝이는 연못 등이 그녀의 귓가에 속살거리는 것만 같았다.

나는 이곳에서 무얼 하고 있는 걸까? 자신의 정체성에 대한 혼돈. 그것이 그녀의 고뇌였다.

"마님?"

근엄하게 부르는 시타로의 말소리에 그녀는 몸을 돌렸다.

"토노께서 찾으십니다."

"알겠습니다."

천수각을 내려와 연못을 지나는데 한껏 흐드러지게 핀 연꽃의 환한 모습이 보였다. 살짝 흔들리는 연못의 수면은 곱게 물든 분홍빛으로 눈을 즐겁게 했다. 무심코 연꽃을 보던 그녀는 문득 떠오른 옛 기억에 조용히 미소짓고는 바지런한 걸음으로 카미야시키로 향했다.

노 집사의 인사를 받으며 외실로 향한 렌은 장지문 앞에서 작은 인기척을 내었다.

"들어오너라."

류타카의 말에 그녀는 조용히 안으로 들어섰다.

"찾으셨다고……."

말을 채 끝내기도 전에 긴 팔이 그녀의 몸을 휘감아왔다. 땀에 젖은 사내의 체취가 코끝으로 물씬하게 밀려들었다. 그는 아직 도복도 갈아입지 않은 상태였는데 무슨 좋은 소식을 들었는지 다소 상기된 표정이었다. 잠시 그녀를 끌어안고 빤히 쳐다보던 그는 타오르는 정염을 이기지 못한 듯 강렬한 입맞춤을 퍼부었다. 이렇게 감정을 드러내는 그의 모습을 보기는 처음이었다. 그는 흥분을 억제하지 못하고 날것을 그대로 드러냈다. 그녀는 다급하게 밀고 들어오는 사내의 혀를 버겁게 맞이하며 놀란 눈으로 그를 바라보았다.

류타카는 렌의 앵둣빛 입술을 한 번에 삼키며 탐욕스런 소유욕을 거침없이 드러냈다. 그녀의 입술을 격렬하게 빨아들일수록 흥분감 역시 배가되어 몸속을 치달았다. 자신의 품에서 버둥거리는 부드러운 여체의 움직임에 한껏 기분이 도취되었다. 짜릿했다. 이 아이와 함께 있으면 다른 것들은 아무래도 상관이 없을 것만 같았다. 그는 마지막으로 깊게 그녀의 숨결을 삼키고는 포개진 입술을 떼었다. 자신 때문에 두 뺨에 진한 홍조가 드리워진 그녀를 보니 만족스런 웃음이 절로 나왔다.

그녀는 무척 혼란스런 눈빛으로 물었다.

“차……찾으셨습니까?”

파르르 떨리는 입술은 감출 수 있었지만 흥분으로 격앙된 음성은 감출 수가 없었다.

그는 씩 웃으며 대꾸했다.

“앉아라. 좋은 소식이다.”

그를 따라 자리에 앉으며 그녀는 뜨거워진 낯을 진정시키느라 애를 먹었다.

“히데타다님께서 드디어 득남을 하셨다.”

“하오면?”

“세이쥰으로서는 더없는 영광이 된 셈이지.”

자식이 보장받은 미래를 걷게 되자 류타카는 아버지로서의 자부심이 한껏 드러난 표정을 지었다. 어떤 일에도 감정을 표현하지 않던 그가 저런 기쁜 얼굴을 하는 건 처음이었다. 세이쥰에 대해 늘 무뚝뚝한 것만 같아도 그 역시 자식을 사랑하는 아버지이기에 어쩔 수 없는지도 몰랐다. 웃음기 때문에 눈가에 살짝 주름이 잡힌 그의 얼굴은 여느 때보다 더욱 환하고 밝았다. 어찌됐건 세이쥰에게는 좋은 소식이라니 다행이었다.

렌은 다소 희망적인 어조로 물었다.

“그럼 도련님은 언제쯤 돌아오시는 건가요?”

“글쎄, 그야 우에사마께서나 히데타다님이 정하실 일이겠지. 적어도 석 달은 더 머물게 되지 않을까?”

그 대답에 그녀는 적이 실망한 얼굴을 했다. 무료한 일상에 세이쥰이라도 있다면 좋은 말벗이 되련만.

　그는 묘한 시선으로 그녀의 우울한 안색을 살폈다. 세이쥰을 그토록 기다린다는 건가? 그새 두 사람 사이에 저만큼의 정이 쌓였다는 건가? 히데타다로부터 서찰이 왔다. 자신의 득남 소식과 더불어 세이쥰의 일상을 알려 왔는데, 그 녀석은 늘 렌의 이름을 입에 달고 산다고 했다. 아직은 이곳이 그립다고 보채지는 않지만 메노토를 보고 싶어 한다는 것이다. 저 둘 사이에 흐르는 것이 대체 뭐란 말인가?

　류타카는 아들과 렌 사이의 기묘한 관계에 호기심이 생기면서도 기분이 썩 좋지만은 않았다. 이제 그녀는 세이쥰의 메노토가 아니라 자신의 측실이었다. 아이와는 그토록 잘 지내면서 자신에게는 도무지 곁을 내주지 않는 이유가 뭘까? 설마 히고에 두고 온 사내라도 있는 건 아니겠지? 그런 생각이 들자 그의 눈이 날카로움으로 번득였다. 너는 이제 내 여자란 말이다. 생전 처음 느끼는 질투심에 그는 화가 나기보다는 당황스러웠다. 이 보잘것없고 하찮은 계집의 어디가 마음에 들어 이런 치졸한 감정까지 생기는 걸까? 그는 속마음을 감춘 채 어두운 시선으로 그녀를 응시했다.

　"세이쥰이 보고 싶은가?"

　그녀의 눈빛에서 긍정의 대답을 읽은 그는 다소 냉정한 어투로 말을 이었다.

　"하지만 그 아이의 앞날도 생각해야지 않나?"

　"도련님께 좋은 일이라니 저도 좋습니다."

　"그래?"

　매우 조심스러워하는 대꾸에 그는 설핏 웃었다.

　"네가 내 아들을 아끼는 마음은 고맙구나. 하지만 이제 세이쥰보다는 네 자신의 일에 신경을 써야 할 것 같군."

그녀는 무슨 뜻인지 모르겠다는 듯 모호한 표정을 지었다.

"예?"

잠시 말을 끊고 침묵을 지키던 류타카는 다소 호전적인 투로 입을 열었다.

"너도 알다시피 내 슬하에는 세이준 하나뿐이다. 이젠 그 녀석에게 형제를 만들어 줄 때도 되었다는 생각이 들었다. 너도 네 자식을 낳고 보면 이곳에 더 정을 붙일 수 있겠지."

깜짝 놀란 렌은 황급히 고개를 숙였다. 아이를 낳는다는 것도 놀랍거니와 자신이 아직 이곳에서 겉돌고 있는 것을 꿰뚫어본 그의 예리한 관찰력이 놀라웠기 때문이다. 이 사내 앞에서는 방심하는 것이 금물이라는 것을 한순간 잊고 있었다.

그녀는 그의 따가운 눈총을 느끼며 바닥에 시선을 고정했다.

"왠지 날 피하려는 행동 같은데?"

떠보는 듯한 그의 질문에 그녀는 작은 목소리로 대꾸했다.

"그럴 리가 있겠습니까."

"그래. 그럴 필요가 전혀 없는데도 그렇게 느껴지는 이유는 뭐지? 고개를 들어라."

엄격한 그의 명령에 그녀는 천천히 얼굴을 들었다. 흑요석처럼 검게 빛나는 눈동자가 거침없이 자신을 훑어내렸다. 그의 시선은 마치 그녀의 속에 숨겨진 진의를 파헤치려는 듯 날카로웠다.

류타카는 어둡게 가라앉은 눈빛으로 렌을 바라보았다. 단정히 묶은 머리와 새하얀 이마, 그리고 차분해 보이는 눈매며 그 모든 것이…… 마음에 들었다. 그러다 자신의 생각에 속으로 쓴웃음을 짓고 말았다. 여자를 가까이 두어 본 일도 없거니와 여자의 생각에 촉각을 곤두세운 적도 없었다. 그런데 이 아이는 대관절 무슨 힘으로 날 끌어당기는 걸까? 렌을 볼 때마다 가슴이 이상하게 두근거리는 걸 여러 번 느꼈다. 측실로 만들어 자신의 옆에 두고서도 이 두근거림은 멈추질 않았다. 대체 이게 무슨 뜻일까?

그는 쓸쓸한 표정으로 말했다.

"가까이 오너라."

가만히 다가앉는 그녀를 품에 안으며 그는 나직하게 물었다.

"조만간 후시미 성에 갈 일이 있다. 히데타다님의 득남을 축하하는 연회에 참석하기 위해서지. 너도 갈 테냐?"

무슨 뜻으로 하는 말일까? 렌은 그의 품에 안긴 채 생각에 잠겼다. 방심하면 그 틈을 정확히 치고 들어오는 그였다. 대체 무슨 의도로 후시미 성에 같이 가자는 걸까? 매사 불분명한 것을 싫어하는 그의 성격을 이젠 어느 정도 파악한 탓에 선뜻 대답할 수가 없었다.

"그런 자리를 제가 어찌 따라갈 수 있겠습니까?"

"쇼군 가의 큰 행사이기에 다이묘들이 동부인을 하고 참석하는 자리다. 너야 가서 여러 부인네들이나 오에요님을 만나면 될 것이 아니냐?"

그의 말은 그녀더러 히타치의 세이후 성 안주인 노릇을 하라는 소리였다.

렌은 놀란 눈으로 류타카의 품에서 벗어나며 입을 열었다.

"저는 일개 측실일 뿐입니다."

"그래서?"

"그런 중대한 일은 다른 분께서 하심이……"

"다른 누구? 다들 너와 같은 측실들인데 대체 누굴 말하는 거지?"

"가법에 따라 내간의 구분에는 엄연히 서열과 그에 따르는 위계질서가 있는 것으로 압니다. 저는 아직……"

허둥거리는 그녀의 태도에 그는 피식 웃고 말았다.

"무슨 계집이 이리도 둔할까?"

"예?"

"바보 같구나. 내가 서둘러 네게 문신을 하게 한 까닭이 어디에 있는 줄 알았느냐? 가법? 그래. 그 가규(家規)에 따라 그녀들은 내가 내친 측실들이다. 이곳 세이후 성에는 너만이 내 여자였다는 것을 몰랐나?"

뚫어질 듯 바라보는 사내의 시선에 빨려 들어갈 것만 같았다. 무심히 모르는 척 관심 없는 척 무뚝뚝하다가도 가끔씩 내뱉는 그의 한마디 말은 그녀를 한껏 긴장시키기에 충분했다. 솔직히 그에게 이끌리고 있었다. 그러나 아직 열여덟이라는 나이는 사내에게 끌린다는 게 어떤 것인지를 깨닫기에 역부족이었다. 그녀는 뭐라 표현할 길이 없는 심정으로 그를 쳐다보았다.

"놀랐나?"

"그렇습니다."

"뭐가 그리 놀랍지?"

"스스로도 놀라고 계시질 않습니까?"

"뭐?"

"아닙니까?"

되받아치는 렌의 말에 류타카는 갑자기 큰소리로 웃음을 터뜨렸다.

"하하!"

방금 전까지만 해도 살짝 건드리면 깨져 버릴 유리처럼 민감하게 굴더니 이번에는 자신의 심기를 금세 눈치 채고 호전적으로 변하는 그녀가 재미있었다. 벌써부터 자신의 마음을 읽고 대처하는 것을 보면 확실히 영특한 계집아이다.

"이제야 너답구나. 계속 그렇게 힘없이 비실거렸다면 화를 냈을 것이다. 나를 속이려 들지 말고 자신을 속이려 하지도 마라. 네 속에 타오르는 도전의식을 내가 모를 것 같냐? 넌 지금의 처지가 답답하기 때문에 스스로를 감추려 드는 것이 아니냐?"

"편할 것도 답답할 것도 없습니다."

건방진 대꾸에 그는 피식 웃었다.

"그래! 그렇게 당당하게 굴어라. 혼백이 빠진 것처럼 맥알 없고 창백하기만 한 너 따위는 보고 싶지 않으니까."

뭔가를 종용하는 듯한 그의 말투에 그녀는 조심스럽게 말했다.

"토노께서 제게 원하시는 것이 뭔지 저는 잘 모르겠습니다."

"내가 달라고 하면 너는 그것을 나에게 줄 테냐?"

"무엇인지에 따라 다르겠지요."

류타카는 흡족한 눈으로 렌을 바라보았다.

"그래?"

이 아이 시건방지지만 마음에 들었다. 마치 잘 빚은 술처럼 오래도록 곁에 두어도 질리지 않을 것만 같았다.

게이초 9년 신월의 마지막 무렵 에도 성의 니시노마루에서 도쿠가와 가의 후계자가 태어났다. 이 아기가 바로 도쿠가와 이에미츠[114]다. 쇼군은 반드시 도쿠가와 가문이 세습한다고 정한 이에야스로서는 아들 히데타다가 득남하지 못하는 것을 매우 불안하게 여겼었다. 그는 그토록 염원하던 손자의 탄생소식을 듣자마자 버선발로 마당으로 뛰어나가 하늘을 향해 큰절을 할 정도로 크게 기뻐했다.

아들 내외가 후시미 성으로 인사를 드리러 오자 이에야스는 강보에 싸인 갓난아기를 감회 어린 눈으로 바라보며 조용히 입을 열었다.

"이 아이냐?"

"예, 아버님."

"어디 한번 안아보자."

말이 떨어지기가 무섭게 며느리 오에요는 아기를 시아버지의 품에 안겨 드렸다.

이에야스는 늘그막에 얻은 손자를 품에 안고는 눈을 감은 채 중얼거렸다.

"내 이제 당장 죽는다 해도 아무 여한이 없다."

비로소 눈을 뜬 그는 아들 내외를 쳐다보며 빙그레 웃었다.

"수고하였느니라."

"아버님께서 심려해 주신 덕분입니다."

히데타다의 말에 그는 고개를 끄덕였다.

"그래, 허허! 오에요, 네가 고생이 많았다."

시아버지가 만면에 웃음을 가득 띠고는 위로의 말을 건네자 며느리는 얼굴을 붉히며 작은 목소리로 대답했다.

---

114) 도쿠가와 이에미츠(德川家光, 1604~1651) : 3대 쇼군.

"그간 불효한 죄가 큽니다, 아버님."

"되었다. 이리 혈손을 낳았으니 네 도리는 한 셈이다."

흡족한 눈으로 손자를 어르던 이에야스가 나직이 아들을 불렀다.

"히데타다."

"예, 아버님."

"이 아이의 이름을 내 친히 정하리라."

"하교하십시오."

"내가 어릴 적에 쓰던 다케치요라는 이름이 어떨까 하는데?"

"알겠습니다, 아버님."

"오냐! 이제부터 이 녀석은 다케치요이니라. 어허, 고놈 참! 또랑또랑
하게도 생겼구나."

모처럼 화기애애한 분위기에 젖어 있던 그는 무슨 생각에선지 갑자
기 밖에 있는 집사를 불러들였다.

"밖에 누가 있으면 안으로 들거라."

"부르셨사옵니까, 우에사마?"

"다케치요의 백일잔치를 치르기 전에 먼저 집안 친지들과 함께 축하
연회를 베풀어야겠다. 너무 과하거나 도에 지나치는 것은 경계하되 격
조 있게 준비하도록."

"그리하겠사옵니다."

"하나 더. 내 집에 묵을 손은 가까운 친지들뿐이겠지만 지나다 들른
길손들을 대접하는 데 있어 한 치의 소홀함이 없도록 해야 하느니라."

"명심하겠사옵니다."

아기가 태어났을 경우 백일 전에는 큰 잔치를 하지 않는 게 풍속인데

도 그 금기를 깨는 시아버지의 행동에 오에요는 놀란 눈으로 남편을 쳐
다보았다.

히데타다는 부친의 말속에 숨은 뜻을 알아채고는 조용히 미소를 머
금었다.

"그리고 너희는 다케치요의 메노토를 내가 이미 정해놓았으니 그리
들 알고 있으라."

메노토라는 말에 그녀는 깜짝 놀라 시아버지를 바라보았다.

"아직 핏덩이인 아이입니다. 한동안은 제가 돌볼 것이라……."

"무슨 소리! 언젠가 히데타다의 뒤를 이어 쇼군이 될 아이니라. 크게
쓸 동량지재(棟梁之材)는 태어났을 때부터 공을 들여 키우는 법이다. 그
러니 앞으로 다케치요에 관한 일은 메노토에게 일임하도록 해. 내가 엄
선하여 고른 사람이니 너희 마음에도 들 것이야."

"도대체 이 아이의 메노토가 누구입니까?"

며느리의 걱정스러운 물음에 이에야스는 엷게 웃으며 말했다.

"원래 이름은 사이토 오후쿠[115]인데 지금은 가스가라 불리는 여인이
지. 집안으로 보나 학식으로 보나 어느 한 군데도 나무랄 데가 없는 사
람이다. 안심하고 맡겨도 좋을 게야."

시아버지께 문안인사를 마치고 남편과 함께 밖으로 나온 오에요는
무척 불안한 표정으로 입을 열었다.

"뜬금없이 메노토라니요? 다케치요는 아직 핏덩이인 아이입니다. 젖
을 다 뗄 때까지만이라도 제가 돌보면 안 되겠습니까?"

---

115) 사이토 오후쿠(齊藤於福, 1579~1643) : 오다 노부나가의 가신이었던 아케치 미츠히데의 신하
　　 사이토 나이조스케 도시미츠와 그의 아내 오안 사이에서 태어난 여성으로 도쿠가와 이에미츠의
　　 메노토. 후에 가스가노츠보네(春日局)라 불리는데, 츠보네(局)는 궁녀를 뜻함.

"아버님의 명을 거역할 셈인가? 너무 염려하지 말게. 그 녀석이 자네의 품에서 떨어져 자란다고 해서 하늘이 맺어준 모자지간의 천륜이 끊어질 리가 있겠나?"

"그렇긴 합니다만."

"됐네. 자넨 다른 일에는 신경 쓰지 말고 축난 몸이나 돌보게."

히데타다는 별것 아니라는 듯 손을 내저었지만 이 일은 훗날 두 모자 사이가 벌어지게 되는 불행한 계기가 되었다. 강보에 싸인 아들 다케치요를 빼앗긴 오에요는 한동안 마음을 둘 곳이 없어 허전해하다가 이 년 뒤에 차남 구니마츠[116]를 낳는다. 그러자 그녀는 차남에게만 정을 쏟고 장남을 미워하게 돼 결국 두 형제는 쇼군 자리를 놓고 다투는 지경으로까지 치닫게 된다. 그러나 젊은 부부는 미래에 일어날 비극은 꿈에도 모른 채 다른 이야기를 나누기에 바빴다.

오에요는 답답하다는 듯 말을 이었다.

"축하연회라니 그것도 이상합니다. 저로서는 아버님의 의중을 도무지 모르겠어요."

히데타다는 재미있다는 듯 너털웃음을 터뜨렸다.

"하하! 정녕 모르겠나?"

"예?"

"집안 친지들 중 아버님이 가장 아끼시는 인물이 누군지를 생각해 보게."

그녀는 그제야 이해가 간다는 표정을 지었다.

---

116) 쿠가와 다다나가(德川忠長, 1606~1633) : 어릴 적 이름은 구니마츠(國松)로, 도쿠가와 이에미츠의 동생.

"하오면 류타카님을 염두에 두고 하신 말씀이셨습니까?"

"다케치요의 백일잔치에는 열도 전역에서 사람들이 물밀듯 몰려올 게 아닌가! 아버님은 번잡스러운 것을 아주 질색하는 류타카 형님의 성정을 잘 아시고는 따로 자리를 마련하고자 하시는 걸세."

"저도 그분을 먼발치에서 몇 번 본 적이 있습니다만 그런다고 오겠습니까? 워낙 고집이 센 사람이라는 소문을 들었기에 드리는 말씀입니다. 저번에 토노께오서 서찰을 보내셨는데도 아직까지 이렇다 할 답신이 없지 않습니까?"

"그러니 이번엔 후시미 성에 온다는 뜻이지."

남편의 궤변에 그녀는 선뜻 이해가 가지 않는 듯 고개를 갸웃거렸다.

"형님은 안 오고 싶으면 정중하게 답신을 보내신다네. 오신다면 직접 방문하면 그만이거든. 내가 보낸 서찰에 답신이 없었으니 이번에는 여길 오시는 게 아니겠나?"

"참으로 별난 분이시군요."

아내의 말에 히데타다는 껄껄 웃음을 터뜨렸다.

"그렇지! 그런 분이지."

"축하연회라고? 하!"

마사코는 어이가 없다는 표정으로 소리를 질렀다.

"남의 집안을 쑥대밭으로 만들어 놓은 주제에 저들은 뱃속이 편안하다 이건가?"

"마님, 언성을 낮추시어요. 이러다 밖에까지 들리겠습니다."

"차라리 들으라고 해라! 실컷 엿들어서 나를 죽이든지 내쫓든지 하

라고 그래! 내가 이런 수모를 받으면서까지 여기서 살아야 하는 것이
냐?"

"아이고, 마님! 요시노 도련님을 생각하시어요."

몸종인 스에가 달래는 말에 그녀는 한풀 꺾인 음성으로 천천히 입을
열었다.

"요시노……. 그래! 내 아들이 있었구나."

"지금껏 도련님을 위해 잘 견뎌 오시질 않으셨사옵니까? 이번에도 참
으셔요, 마님."

"대체 언제까지 참아야 해? 시모쓰케는 대대로 아시카가 가의 영지
였다는 건 세상이 다 아는 일인데 갑자기 영지를 내놓으라니? 그건 내
집안을 멸문하겠다는 속셈이 아니냐! 겉으로는 화평을 주장하면서 뒤
에서 이렇게 비수를 꽂다니! 세이이타이쇼군이면 다인가? 후안무치한
것들 같으니라고!"

여주인의 앙칼진 음성에 스에는 자신도 모르게 중얼거렸다.

"그야 시모쓰케의 오토노사마께서 이 댁의 모친을 겁간하고 살해하
는 바람에……."

"무엇이라?"

"아이고머니! 쇠……쇤네가 실언을 하였사옵니다! 주……죽여주시어
요, 마님!"

벌벌 떠는 몸종을 한참이나 노려보던 마사코는 차갑게 대꾸했다.

"그때는 양가가 전쟁 중이었다. 전쟁 중에 일어나는 참극이 어디 한
둘이라더냐? 게다가 그 일로 결국에는 내가 희생양이 되었질 않아! 양
가의 화평을 위한다는 명분으로 말이다! 그래 놓고는 중재를 해야 할

쇼군이 먼저 나서서 내 집안에 칼을 들이대다니, 절대로 용서할 수가 없어!"

붉게 핏발이 선 그녀의 눈가에 풀지 못한 원한이 가득 서렸다. 스무 해를 이렇게 천대받으며 살아왔다. 밝은 미래가 보장됐던 자신의 인생이 이렇게 저당 잡힐 줄은 꿈에도 상상하지 못했다. 사방이 온통 적으로 둘러싸인 이곳에서 대체 어떻게 해야 살아남을 수 있을까?

그녀는 불안한 듯 손톱을 깨물며 방안을 서성였다.

"어머니!"

그때 밖에서 요시노가 인기척을 내며 안으로 들어왔다.

마사코는 재빨리 표정을 감춘 뒤 담담한 얼굴로 아들을 맞이했다.

"무슨 일입니까, 요시노?"

"형님께서 저더러 후시미 성에 갈 차비를 하라고 하셨습니다."

"그대를요?"

뜻밖의 소식에 그녀는 몹시 놀랐다. 이건 또 무슨 일이지? 언제나 요시노의 존재는 관심 밖이었던 류타카가 무슨 마음으로 후시미 성에 데려간다는 걸까? 혹시 내 아들을 볼모로 잡아두려는 건가?

마사코는 머릿속을 오가는 복잡한 생각에 점점 불안해졌다.

"정말 그런 말을 했단 말입니까?"

"예. 이번에 가면 우에사마를 알현케 해준다고도 하셨어요."

역시나 류타카였다. 그는 어린 소년의 마음을 무엇으로 사로잡아야 할지 잘 알고 있었던 것이다. 도쿠가와 가의 가까운 친척들조차 직접 뵙기 어려운 쇼군을 저런 철부지가 만날 수 있도록 주선해 준다? 이 무슨 의도란 말인가. 자꾸만 드는 꺼림칙한 생각에 그녀는 직접 따질 요량으로 별채를 나섰다.

"마사코님."

막 밖으로 나오는데 마당에 가스히메가 서 있는 게 보였다.

"너는 키타가와 가의 메키인 이케다 가스히메가 아니냐?"

"그렇습니다."

"네가 여긴 무슨 일이냐?"

"모레 사시(巳時)에 출발할 예정이니 요시노 도련님의 짐을 미리 꾸려 두시라는 토노의 전갈입니다."

마사코는 도무지 믿을 수 없다는 듯 날카롭게 물었다.

"하면 정말 토노께서 요시노를 후시미 성에 데리고 가신다는 거냐?"

"분명히 그렇게 말씀하셨습니다."

"하! 그래?"

메키의 대답에 그녀는 싸늘한 눈빛을 발하며 묘한 미소를 지었다.

"토노께서는 지금 어디 계시느냐?"

"시텐노들과 함께 출타를 하신 것으로 압니다."

"알았다."

"그럼 저는 이만 물러가겠습니다."

가스히메가 곧바로 돌아가는 것을 지켜보던 마사코는 도로 별채로 들어가며 몸종을 불렀다.

"스에!"

"예, 마님!"

"넌 지금……."

그러다 아들이 옆에 있는 것을 깨닫고는 말을 바꿨다.

"요시노?"

"예, 어머니."

"아랫것들을 시켜 짐을 꾸리게 할 것이니 그대는 처소로 돌아가 있으세요. 우리의 처지로는 후시미 성을 방문할 기회가 흔치 않은 법이지요. 그대에게는 분명 좋은 일인 것 같군요."

"알겠습니다!"

요시노가 기분 좋은 표정으로 나가자 마사코는 나지막한 음성으로 스에에게 일렀다.

"너는 지금 즉시 대륜사에 있는 요시카즈님을 만나뵙고 오너라."

"하오나 마님! 요시카즈님은 아직 아키타에 계시지 않을는지요? 그곳에서 시모쓰케를 거쳐 돌아오려면 꽤 시일이 많이 걸릴 텐데요?"

"늦어도 이 달 그믐 전에는 온다고 했으니 네가 도착했을 즈음이면 대륜사에 계실 것이야. 그분에게 내가 급한 볼일이 있으니 서둘러 오시라고 전해라."

"알겠사옵니다."

몸종이 나간 뒤 그녀는 연지가 칠해진 빨간 입술을 우아하게 오므리며 웃었다.

"하늘이 내게 새로운 길을 열어주셨구나. 자칫 어려워질 뻔한 일이 아주 쉽게 풀릴 수도 있겠어. 그야말로 전화위복인 셈이로군."

히타치의 당주가 성을 비운 동안 할 일이 많았다. 류타카가 후시미 성으로 간다는 것은 그녀에게 어느 쪽으로 결판을 짓든 미리 준비할 시간을 벌게 한 것이나 마찬가지였다. 그녀는 결코 이 틈을 놓치지 않을 생각이었다. 어쩌면 눈엣가시들을 한꺼번에 모조리 쓸어낼 수도 있는 호기였으므로.

　도카이도(東海道)의 북단에 위치한 히타치는 다른 지방에 비해 유난히 목욕 문화가 발달했다. 그래서 이곳의 시가지 곳곳에는 센토[117]가 즐비하게 들어서 있었다. 특히 온천을 활용한 곳이 많아 타지에서도 목욕을 즐기러 찾아오는 귀족이 많았다. 여리꾼이 센토의 개장을 알리는 신호로 뿔피리를 불며 시가지를 돌아다니면 사람들은 그 소리를 듣고 모여들었다. 어스름한 새벽녘부터 모여든 사람들로 인해 센토 앞은 진풍경이 이어지고는 했다.

　동이 튼 아침, 가까이서 들리던 뿔피리 소리가 멀어지기 시작하자 렌은 일찌감치 자리에서 일어나 끈으로 머리를 묶었다. 잠에서 깬 지 얼마 되지 않아 아직 새하얀 나가쥬반[118] 차림 그대로였다. 그녀는 부스스하게 흘러내린 앞머리를 손으로 쓸어 올리고는 옆에서 곤히 잠든 류타카를 물끄러미 바라보았다.

　평소의 엄격함을 고스란히 드러내듯 한일자로 다문 입술은 그대로였지만 감겨진 두 눈으로 인해 그는 반쯤 풀어진 모습이었다. 그렇긴 해도 언제나 완전히 긴장을 늦추는 법이 없는 그였다. 문밖에서 들리는 작은 새소리에도 눈을 뜰 만큼 신경이 예민한 사람이었기에 지금껏 한 번도 그가 자는 모습을 본 적이 없었다. 늘 그녀보다 먼저 일어나 연무장으로 가는 그가 오늘은 웬일인지 늦잠을 자고 있었다.

　저간의 사정이야 어쨌든 간에 여인으로서 한 이불을 같이 덮는 사내

---

117) **센토(錢湯)** : 에도 시대의 공중목욕탕.
118) **나가쥬반** : 긴 속옷.

를 보는 느낌이란 이런 걸까? 가까이 있으면 그와 시선을 마주하기도 어려운데 멀리 있으면 그의 모습을 살피게 된다. 이렇게 남모르게 사내의 잠든 모습을 훔쳐보며 가슴 조이는 것이 여심일까?

렌은 자신도 모르는 사이에 얼굴을 붉혔다. 지금의 처지를 생각하면 다른 것에 정을 두어선 안 되건만 그에게는 왠지 모르게 끌렸다. 사내다운 무뚝뚝함으로 자신을 대하면서도 그 하나하나의 손길에는 섬세한 배려가 담겨 있다는 것을 알기에 모른 척하기가 어려웠다. 이것이 대체 무슨 인연이고 무슨 의미인 건지 도무지 모를 일이다.

"에헴!"

문 밖에서 집사 시타로가 내는 인기척에 그녀는 화들짝 놀란 얼굴로 류타카에게서 멀찌감치 떨어져 앉았다. 마치 엄청나게 큰 죄라도 지은 양 가슴이 무섭게 두근거렸다.

"토노?"

노 집사가 정중히 부르는데도 그는 여전히 깨어날 줄 몰랐다. 안에서 아무런 대꾸가 없자 그냥 돌아가는 집사의 발소리가 들렸다. 이상했다. 다른 때 같았으면 벌써 연무장에서의 훈련을 마치고도 한참 지났을 시각이다. 그녀는 자못 걱정스러운 눈으로 그의 안색을 살폈다. 어디가 안 좋은 건가? 너무도 달게 자고 있는 그를 깨우기가 뭐했지만 아침 일찍 히타치를 출발한다고 했으니 동행할 하인들이 마냥 대기하고 있을 게 뻔했다.

렌은 조심스레 다가가 속삭이듯 그를 깨웠다.

"토노? 토노?"

나직한 그녀의 음성을 얼핏 들은 듯 그는 미간을 찌푸리며 몸을 뒤

척였지만 눈을 뜨지는 않았다.

그녀는 할 수 없이 조금 더 큰 목소리로 그를 불렀다.

"토노?"

"으음……. 무슨 일이지?"

착 가라앉은 음성으로 되물으며 류타카가 힘들게 눈을 떴다.

"아침입니다."

"아침이라고?"

낯선 말이라도 들은 듯 그는 이맛살을 찡그리며 몸을 일으켜 앉았다. 찌뿌드드한 몸을 풀려고 가볍게 목운동을 하던 그는 창문이 훤하게 밝아 있는 것에 깜짝 놀란 얼굴을 했다. 이렇게 늦게까지 잠을 잔 적이 없었기 때문이다.

"지금이 몇 시인가?"

"묘시(卯時)가 조금 지난 것으로 압니다."

류타카는 짧게 고개를 끄덕이고는 렌을 쳐다보았다. 이렇게 아침을 같이 맞이한 것은 처음이었다. 그녀 역시 자리에서 일어난 지 얼마 되지 않은 듯 반쯤 흐트러진 모습이 이상하게도 그의 마음을 편하게 했다.

"누가 왔었나?"

"시타로님이 잠시 전에 다녀갔습니다."

"그래?"

그는 살짝 고개를 숙인 채 대답하는 그녀를 향해 멋쩍게 웃었다. 뭐랄까 쑥스럽기도 하고 어색하기도 한 기분이지만 나쁘지 않았다. 아직 깨나른한 기분이 다 가시지는 않았지만 금세 털고는 활기차게 입을 열었다.

"조반을 든 후에 바로 출발할 것이다."

"예."

"소세할 물을 준비해 다오."

부드럽게 부탁의 말을 건네자 렌이 자신을 빤히 응시하는 시선이 느껴졌다. 류타카는 입가에 비스듬한 미소를 걸친 채 그녀를 마주보았다.

"왜?"

"아무것도 아닙니다."

그는 발그레해진 얼굴로 서둘러 자리에서 일어서는 그녀를 즐거운 눈으로 훑어보았다. 나름대로 예쁜 구석이 제법 있는 아이였다.

'맙소사! 이러다가는 저 아이의 얼굴만 보이겠구나.'

한탄 아닌 한탄을 하면서도 그는 어느 때보다도 밝은 표정을 했다.

본묘사에 들른 쇼니 신겐은 복잡한 심경으로 렌의 사촌오라비를 응시했다.

"꼭 그렇게 해야겠나?"

침통한 어조로 입을 여는 그의 얼굴에는 수심이 가득했다.

설연의 양부가 흔들리고 있는 것을 눈치 챈 켄에이는 더욱 단호한 태도로 자신의 생각을 피력했다.

"그 아이를 그리 살게 할 수는 없습니다."

"하늘이 정한 운명이라면 인력으로 뒤바꿀 수 없지 않겠나?"

"희생을 강요당하는 것이 설연의 운명이란 말씀입니까?"

"그게 아니라 렌에게는 오히려 지금이 나을 수도 있다는 말일세."

신겐의 조심스런 충고를 그는 고집스레 거부했다.

"인정할 수 없습니다. 세상 어느 오라비가 자기 때문에 누이가 첩살이하는 것을 원하겠습니까? 설연은 숙부님 내외분의 슬하에 단 하나뿐인 혈육입니다. 타국에서 원통하게 돌아가신 숙모님은 어찌하고, 고국에서 숙모님과 설연의 생사조차 모른 채 애통해하고 계실 숙부님은 어찌합니까? 그럴 수는 없지요. 그 아이를 그리 살게 두고 볼 수만은 없습니다."

켄에이는 그가 비록 왜국의 장수이기는 하나 누구보다도 설연을 아낀다는 걸 잘 알기에 비장한 어조로 말을 이었다.

"반드시 설연이를 찾아야 합니다."

"그렇게 쉽게 말할 문제가 아니란 걸 모르겠는가? 상대는 히타치의 다이묘일세. 열도의 실세인 세이이타이쇼군께서 가장 아끼는 조카란 말이야."

"쇼군이 아니라 천황이라 해도 두려울 것이 없습니다. 차라리 그 아이와 함께 깨끗이 목숨을 끊을지언정 나로 인해 왜장의 첩살이를 하는 꼴은 못 봅니다!"

무모하긴 했어도 그 심정이 어떨지 충분히 짐작이 가는 신겐으로서는 달리 할 말이 없었다. 그는 딱하다는 듯 한숨을 내쉬며 물었다.

"하면 어찌할 생각인가?"

"모르는 척해 주십시오. 어르신께는 그간 입은 은혜만으로도 충분합니다."

"온전치 못한 그 몸으로 히고는커녕 이 절을 빠져나가는 것도 어려울 걸세."

“어떻게든 해야지요.”

“어리석은 소리!”

그는 따끔한 어조로 나무라며 고개를 흔들었다.

“히고의 국경지대를 벗어나기도 전에 토노의 병사들에게 잡히고 말 게야. 도요토미 히데요시의 사후 세간에서는 가토님을 일컬어 종이호랑이라며 비웃을지는 몰라도 그분은 그리 호락호락한 어른이 아니네. 더욱이 렌은 그분의 계획 아래 히타치로 보내진 걸세. 그것도 자네를 볼모로 하고 말이야. 그런 마당에 자네가 영지를 이탈하는 것을 그분이 그냥 두고만 볼 것 같은가?”

“그래서 죽을 수만 있다면 차라리 그 길을 택하겠습니다. 더 이상 이렇게 치욕적으로는 살기 싫습니다.”

신겐은 외곬인 그의 생각이 틀렸다는 표정을 지었다.

“무릇 사내라면 그만한 배포와 고집이 있어야겠지. 그러나 세태의 흐름을 제대로 파악하지 못하고 오기만 부린다면 그것은 어리석은 아집에 불과하네. 그런 어리석음으로 대체 무엇을 얻으려는가? 자네는 명분을 내세워 죽는 것이 낫다고 생각하는 모양이지만, 그게 렌에게 얼마나 도움이 되겠나? 그런다고 자네와 렌의 신분이나 처지가 달라지는 것도 아닌데.”

“저는…….”

“더 듣게.”

그는 말꼬리를 자르며 다시 말을 이었다.

“죽음을 두려워하지 않는 자네의 기개는 분명 용감하네만 그로 인해 아무것도 얻을 게 없다면 틀린 것이 아니겠나? 지금의 자네 처지로는 죽는 것이 능사가 아니라는 걸 깨달아야 하네. 때로는 뒤로 물러난 다음 기회를 엿보는 융통성도 갖추는 것이 사내의 지혜야. 내가 하는 말이 무슨 뜻인지 알겠나?"

그의 말에 켄에이는 고민하는 눈치였다.

"히타치로…… 가겠습니다."

잠시 침묵이 흐른 후 젊은이의 입에서 흘러나온 고지식한 대답에 신겐은 낙담했다. 어떤 말로도 이 청년을 설득할 수 없다는 걸 깨달았기 때문이다.

"자네의 선택이 렌을 죽일 수도 있다는 걸 아는가?"

"압니다. 무모한 희생이 따를 수도 있겠지요."

"벗어날 수 없다면 적응하는 것도 방법이 아니겠나?"

그의 간절한 설득에 곰곰이 생각하던 켄에이는 이윽고 결연한 어조로 말했다.

"그래도 어쩔 수 없습니다. 안주할 수도 물러설 수도 없는 일입니다. 제 이기심 때문만은 아닙니다. 설연이나 저나 어쩔 수 없는 조선인이기 때문입니다. 이렇게 살 수는 없습니다. 그리는 못합니다."

"흐음……. 내가 무슨 말을 해도 자네는 기어이 히타치로 가겠군."

단정하듯 중얼거리던 신겐은 잠시 눈을 감았다 뜨며 입을 열었다.

"어쨌든 지금 당장은 아닐세. 잠시만 때를 기다려 보게나."

"어르신께 도움을 청하진 않겠습니다. 지금까지 제게 베풀어주신 은혜를 갚기는커녕 도리어 해를 끼쳐 드릴 수는 없습니다."

"자네 혼자서는 히고를 빠져나갈 수 없어. 더구나 암자에 있다는 처녀까지 데리고서는 불가능해."

"하지만……."

"렌이 있는 곳으로 가겠다는 것이 자네의 선택이자 의지라면 이건 내 선택이자 의지일세. 조선에서 죽었어야 할 내가 지금껏 산 것은 내 명이 길었던 때문이 아니라 돌아가신 부인과 렌의 은혜 때문이네. 그 은혜를 갚을 수만 있다면 두려워할 것이 뭐가 있겠나? 이제 난 살 만큼 살았네."

"어르신!"

"그러니 내 말대로 해. 아직은 보는 눈과 듣는 귀가 많아. 이왕에 할 일이라면 치밀하게 준비해서 성공하는 것이 좋겠지. 안 그런가, 허허."

신겐은 사람 좋은 웃음으로 켄에이를 대하며 헛헛한 마음을 달랬다.

홀로 번민하는 사내

獨りで煩悶する男

> "말을 타고 숲을 달리는 동안은 잊을 수 있을 것 같았다.
> 뺨을 거세게 스치는 나뭇가지가 따가웠지만 류타카는
> 아랑곳하지 않았다. 이대로 숨이 터져 버릴 때까지 달려서
> 자신의 가슴에 새겨진 계집의 흔적을 모조리 지우고 싶었다."

유월[119] 초이레의 후시미 성은 축하연회를 준비하는 일로 소란스러웠다. 이 성은 원래 도요토미 히데요시의 은신처였었다. 그러나 도쿠가와 이에야스가 열도의 패권을 움켜쥐게 되면서 성 역시 주인이 바뀌게 되었다. 전란의 피바람이 멈추지 않던 인고의 세월이 끝나가고 있었다. 그러나 성은 아무런 감회도 느끼지 못하는 듯 묵묵히 버티고 있을 뿐이었다. 말없이 지키고 서서는 인간들 사이에 벌어지는 권력의 향배를 놓고 무슨 생각을 할까? 아마도 남쪽에서 도도히 흘러가는 우지가와(宇治川) 강만이 후시미 성의 속내를 알지 몰랐다.

붉은 빛 천으로 가려진 가마를 중심으로 대여섯 명의 사내들이 말

---

119) 유월(酉月) : 음력 8월.

을 타고 움직였다. 야마시로의 시가지로 들어선 그들은 카미시모[120] 차림으로 양어깨에 흰색 바이카가 선명하게 눈에 띄었다. 매화. 히타치의 다이묘 가문인 키타가와 가의 문양이었다. 지나던 행인들이 무사들의 행렬에 땅바닥에 몸을 굽히거나 서둘러 자리를 피하는 바람에 시가지는 더욱 번잡스러워졌다.

류타카는 자신을 비롯한 일행의 등장에 사람들이 수군거리는 것을 보면서도 아랑곳하지 않는 얼굴로 길을 재촉했다. 이윽고 그들은 후시미 성에 당도했다. 해는 벌써 저물기 시작하는 늦은 오후였지만 성안은 북적이는 인파들로 어수선한 분위기였다.

마침 마당을 가로질러 가는 한 무리의 무사들 중에 마쓰다이라 진타로가 조카를 먼저 알아보고는 달려왔다.

"소식도 없이 어쩐 일이냐?"

"아! 작은외숙부님."

서둘러 말에서 내린 류타카가 진타로에게 정중히 고개를 숙이며 엷은 미소를 지었다.

"이번에도 큰외숙부님의 심기를 언짢게 해드렸다가는 불벼락을 맞을 것 같아서 왔습니다."

"허허! 너는 여전하구나!"

"모두 강녕하시지요?"

"오냐! 자, 어서 들어오너라."

작은외숙의 재촉에 그는 성문 앞에 세워둔 가마 쪽으로 다가갔다.

"나오너라."

---

120) **카미시모(かみしも)** : 에도 시대 무사의 예복.

그러자 가마 안에서 여인의 작은 목소리가 흘러나왔다.

"예."

류타카는 직접 가마의 문을 열어 안에 있는 렌이 밖으로 나오는 것을 도와주었다.

조카의 행동을 유심히 지켜보던 진타로는 뜻밖인 듯 눈썹을 꿈틀거렸다. 저 녀석이 지금 계집을 데리고 후시미 성에 나타난 것이 사실인가? 그는 아연한 눈초리로 두 사람을 지켜보았다.

"인사드려라. 여기 계시는 분은 우에사마의 십육 장수 중 한 분이시자 내 작은외숙부님이시다."

"렌이라 합니다, 마쓰다이라님."

노장(老將)은 희끗희끗한 눈썹을 치켜뜨며 물었다.

"나를 아는가?"

"세이후 성에서 잠시 뵈었던 적이 있습니다."

"아!"

그는 그제야 기억이 난다는 듯 고개를 끄덕이며 중얼거렸다.

"옳아! 우에사마께 시화를 바친 가토 기요마사의 문인이로군."

"이제는 키타가와 가의 사람입니다."

작은외숙의 말을 정정하는 류타카는 무표정했지만 어조에는 불만이 희미하게 내비쳤다.

"오! 그랬더냐?"

진타로는 조카의 말속에 숨은 의미를 눈치 채고는 허허거리며 말을 이었다.

"어쨌든 들어가자꾸나. 우에사마께 인사를 드려야지."

류타카를 따라 후시미 성으로 들어선 렌은 호기심 어린 시선으로 생경한 풍경을 바라보았다. 히타치의 세이후 성이 투박하고 고풍스러운 분위기라면 여기 후시미 성은 웅장하면서도 화려해 다른 어느 것과도 견줄 바가 아니었다. 물론 지금 에도에 도쿠가와 가의 새로운 터전이 될 성을 아주 크게 짓는다고는 하지만 완성이 되려면 멀었으니 지금은 열도 내에서 후시미 성만한 것이 없을 것 같았다. 그런데 성 곳곳은 왠지 도쿠가와 가가 아닌 도요토미 가의 분위기가 드러났다.

"무얼 그리 넋을 놓고 보는 게냐?"

등뒤에서 날아드는 무뚝뚝한 음성에 그녀는 얼른 고개를 돌렸다.

"아닙니다."

담담한 표정의 렌을 향해 류타카는 짜증스런 시선을 던졌다. 먼 길을 오는 동안 심한 피로감을 느낀 탓인지 전에 없던 맞갖잖은 기분에 역정만 늘었다.

그가 성마른 눈길로 그녀를 노려보는데 뒤따라 들어오던 신지가 조용히 다가왔다.

"토노?"

"무슨 일인가?"

시큰둥한 표정으로 뒤를 돌아보니 부관의 옆에 요시노가 오도카니 서 있는 것이 눈에 들어왔다. 그의 이복아우는 세이이타이쇼군이 거처하는 성의 위용에 상당히 위축된 듯 약간 창백한 얼굴이었다.

"두려우냐?"

"예? 예."

그는 머뭇거리며 대답하는 요시노를 물끄러미 바라보다가 말없이 앞장섰다. 그의 뒤를 나머지 일행들이 따르기 시작했다.

쇼군은 누구나 쉽게 알현할 수 있는 그런 존재가 아니었다. 도쿠가와 가의 가신단조차도 쇼군의 얼굴을 직접 볼 수 있는 무사와 그렇지 못한 무사로 계급 구분이 엄격했다. 하타모토는 쇼군을 직접 알현할 수 있었고 고케닌은 직접 알현할 수 없는 가신이었다.

도쿠가와 이에야스가 열도를 평정한 후 자신의 가문으로 하여금 쇼군 정치를 펼 수 있었던 그의 정치 수완은 권(權)과 재(財)를 한 곳에 집중시키지 않는다는 것에 있었다. 한 사람이 권력과 재물을 모두 갖게 되면 반드시 위험인물이 된다는 걸 잘 알고 있었던 것이다. 때문에 그는 자신의 측근들을 두 부류로 나누어 다스렸다. 하나는 높은 지위를 주되 봉급을 적게 주었고, 다른 하나는 낮은 지위를 주되 봉급을 많이 주는 방법으로 가신들을 적재적소에 배치하는 지도력을 발휘했다. 그가 육십 평생을 바쳐 준비한 것은 자신을 위한 영광이 아니라 도쿠가와 가문을 위한 영광인 셈이었다. 그에게서는 인내와 끈기, 그 두 가지가 평생의 철학이자 화두였다.

이에야스는 자신의 옆에 부동자세로 앉은 가신의 기색을 살폈다. 그의 이름은 사카이 다다스구. 시텐노의 필두이자 그의 오랜 벗이기도 했다. 다다스구의 용맹은 죽은 도요토미 히데요시도 일찍이 감탄한 바 있었다.

"표정이 왜 그러한가?"

"법도에 없는 일을 하시지 않습니까?"

"류타카는 히타치의 다이묘일세. 내가 직접 만나는 데 별다른 하자가 없을 것으로 보이는데?"

"키타가와 당주만을 만나시려는 것이 아니시질 않습니까?"

"그 녀석에게 딸린 혹을 말하는 건가? 아시카가 가의 핏줄? 그러나 그 혹이 류타카의 형제이니 법도보다는 인정을 먼저 두어도 될 듯한데?"

"그래서는 안 됩니다."

"어찌해서?"

"주군께서는 세이이타이쇼군이시기 때문입니다."

가신의 우직한 말에 그는 너털웃음을 웃었다.

"허허! 자네는 오십 년 전이나 지금이나 변한 것이 없구먼."

"송구하옵니다."

"되었네. 하면 자네의 충언대로 아시카가 가의 혹은 다음에 보는 것으로 하지."

"지금도 시모쓰케의 아시카가 혼지는 오사카 성의 히데요리와 긴밀히 만나고 있다는 것을 염두에 두십시오, 우에사마."

"알았다니까."

그는 다다스구의 충고에 손사래를 치며 문가에 앉은 하인에게 눈짓했다. 조용히 방문이 열리자 밖에서 기다리고 있던 류타카가 웬 계집과 함께 안으로 들어섰다. 저놈이 계집을 데리고 나타나다니? 순간 놀라 움찔하던 그의 표정이 금세 웃음으로 뒤바뀌었다. 어쩐지 낯이 익다 싶더니 일전에 세이후 성에서 만났던 계집이었다. 가토가 어떻게든 바치고 싶어 안달하던…… 렌이라 했던가.

이에야스는 짐짓 꾸짖는 어조로 조카에게 물었다.

“널 야마시로에서 보는 것이 대체 얼마만이냐?”

“송구합니다, 우에사마.”

“내가 쇼군으로 너를 대했다면 네 녀석은 이 자리에 들어오지도 못했다.”

큰외숙의 준엄한 음성에 류타카는 얼른 말을 바꾸었다.

“죄송합니다, 큰외숙부님.”

그러자 그는 흡족한 눈빛으로 농담을 건넸다.

“그래? 어쨌든 여기까지 왔으니 인사는 받아야겠지?”

두 사람이 바닥에 무릎을 꿇고 허리를 굽혀 인사하는 것을 받으며 그는 말을 꺼냈다.

“저 아이는 오오쿠(大奧)로 보내야겠구나?”

오오쿠란 쇼군의 정실과 측실, 그리고 그녀들을 보좌하는 하녀들이 거처하는 처소를 일컫는 말이었다. 이에야스가 렌을 가리켜 오오쿠로 보내야겠다고 말했다는 것은 일단은 그녀를 세이후 성의 안주인으로 인정하겠다는 뜻이었다.

큰외숙의 세심한 배려에 류타카는 다시 한 번 고개를 숙였다.

“감사합니다, 외숙부님.”

솔직히 그는 렌의 문제로 큰외숙이 반대를 하고 나서면 어쩌나 내심 걱정하고 있었다. 바로 얼마 전까지만 하더라도 자신의 재혼 문제가 거론됐었기 때문이다. 신분을 엄격하게 구분하기로 유명한 외숙이 그녀의 처우를 문제 삼으면 아무리 류타카라 해도 마땅히 대처할 방법이 없었다. 그런데 이렇게 쉽게 넘어가니 다행이다 싶으면서도 왠지 불안했다.

그때였다. 뭔가를 골똘히 생각하던 이에야스가 렌을 향해 불쑥 질문을 던졌다.

"너는 내가 거처하는 성을 보는 순간 무엇을 느꼈느냐?"

"주인이 없는 성에 무슨 향취가 있다고 느낄 것이 있겠습니까?"

"뭐라?"

청명한 목소리로 아무렇지도 않게 대답하는 렌의 무모한 행동에 류타카는 등줄기로 싸늘한 냉기가 퍼지는 것을 느꼈다. 무사에게 주어지는 특권 중 기리스테고멘(切捨御免)이라는 것이 있다. 그것은 평민이 무사에게 무례를 범했을 경우 그 자리에서 목을 벨 수 있으며, 그 책임을 묻지 않는다는 즉결심판권을 말했다. 하찮은 무사도 그럴진대 하물며 쇼군 앞에서 무례를 범했으니 가슴이 철렁 내려앉았다. 자칫하면 쇼군을 능멸한 죄로 이 자리에서 참수를 당한다 해도 할 말이 없는 상황이었다.

벌써 큰외숙의 시텐노인 사카이 다다스구가 허리춤에서 칼을 뽑으려 하고 있었다.

"이런 매친 것을 봤나! 그 무슨 불경한 언사냐?"

급한 마음에 류타카가 어떻게든 사태를 수습하고자 말문을 여는데 이에야스가 먼저 손을 들어 저지했다.

"나서지 마라."

그러고는 뜻밖이라는 표정으로 문제의 발단이 된 계집을 모호한 시선으로 바라보았다.

"주인이 없는 성이라? 하면 너는 내가 이 성의 주인이 아니라고 말하는 것이렷다?"

“그렇습니다, 우에사마.”

“허! 참으로 무엄하구나. 나를 이 성의 주인으로 보지도 않으면서 우에사마라 칭하다니 그 무슨 궤변인고?”

이에야스의 싸늘한 시선이 렌에게 내리꽂혔다.

“네 대답 여하에 따라 생사가 갈린다는 것을 아느냐?”

그가 으름장을 놓는 말에도 그녀는 담담했다.

“알고 있습니다.”

“안다? 겁이 없는 건지 천지 분간을 못하는 것인지 모르겠구나. 어디 말해 보거라.”

“그전에 우에사마께 먼저 여쭙겠습니다. 이곳은 훌륭한 성인데도 덴츄우121)로 쓰시지 않는 연유가 무엇입니까?”

“허?”

그는 적이 놀란 듯 눈을 껌벅였다.

칼날 같은 침묵이 방안을 메웠다. 단 한 순간 빈틈만 보여도 사카이 다다스구의 칼이 렌의 목을 내리칠 기세였다. 류타카의 손바닥은 식은 땀이 배어나와 축축해진 지 오래였다. 어찌할까? 어찌해야 이 위기를 모면할 수 있을까? 아무리 생각해도 뾰족한 묘안이 떠오르지 않았다. 저 어리석은 것이 대체 무슨 짓을 저지른 건지 알기나 하는 건가? 그는 속으로 신음을 삼키며 긴장된 시선으로 외숙부를 응시했다.

잠시간 렌을 지켜보던 이에야스는 단조로운 어조로 천천히 말문을 열었다.

“내가 잠자리를 가리는 편이라 숙소만 다른 곳으로 옮겼을 뿐인데?”

---

121) 덴츄우(殿中) : 에도 시대 쇼군의 거처.

"주인이라면 자신에게 맞게 개축할지언정 잠자리가 불편하다고 하여 성을 비우지는 않지요."

그녀는 똑 부러진 어조로 말하며 쇼군의 시선을 맞받아쳤다. 겉으로 보이는 외모와 달리 깊고 고요한 눈매는 그 안에 잠재하고 있는 굳은 의지를 내보이는 듯했다.

허언을 지껄일 계집이 아니었다. 이에야스는 그녀의 강인한 기질을 한순간에 꿰뚫어 보고는 내심 감탄했다. 자신 앞에서 후시미 성의 진짜 주인을 운운하는 대담함이라니, 계집에게는 보기 드문 기백이었다. 제 몸을 사리고자 언제나 입에 발린 아첨만 늘어놓는 한심한 사내들보다 훨씬 나았다.

그는 느긋한 얼굴로 고개를 끄덕였다.

"그래서?"

"이 성에는 주인이 없습니다. 그리고 주인이 없는 성은 언젠가는 무너지게 마련입니다."

"어찌 그런 생각을 하였느냐?"

"이 성은 우에사마께는 여모에 불과하다고 여겼을 따름입니다."

그 대답에 이에야스는 갑자기 궁금한 듯 물었다.

"하면 내게 어울리는 곳은 어디인고?"

그는 지금 두 성을 짓는 일에 심혈을 기울이고 있었다. 하나는 에도에 도쿠가와 가의 본거지가 될 성이었고, 다른 하나는 자신이 야마시로에 머물 때 숙사로 사용할 성이었다. 특히 야마시로의 니조 성은 지난해에 내부공사가 끝난 상태로 이제 외곽과 기타 세부시설을 다듬고 있는 중이었다.

두 성은 그 특성에 따라 위용에서부터 차이를 보였다. 에도 성은 앞으로 수백 년간 열도를 다스릴 도쿠가와 가의 본거지이기에 그 크기가 다른 성의 것과 견줄 만한 것이 없었다. 반면 니조 성은 단순하면서도 검소할 뿐이었다. 측근들은 모두 에도 성이 완공되는 날 그가 그곳에 입성하리라 짐작하고 있었다.

쇼군의 질문에 렌은 어렴풋이 미소를 머금었다.

"니조 성입니다."

"모두가 에도 성이라 하는데 너는 어찌하여 니조 성이라 하느냐?"

"예로부터 창업(創業)보다 수성(守成)이 더 어렵다고 했습니다. 지금 에도 성을 준비하시는 것은 오늘을 위하기보다는 내일을 위한 뜻이 아닌지요. 더욱이 니조 성에는 우에사마께서 감추고 계시나 아주 중요한 것이 있습니다."

"감추다니?"

"니조 성 가까이에 고쇼[122]가 있는 줄로 압니다."

그녀의 대답에 이에야스는 탄복한 듯 무릎을 탁 쳤다.

"네가 내 속을 꿰뚫고 있구나!"

렌의 지적은 정확했다. 그가 후시미 성이 아닌 니조 성을 일부러 숙사로 사용하는 이유는 공가(公家)[123]와 그 일족을 감시하려는 뜻에서였다. 황궁에서 가장 가까이 있는 니조 성이야말로 그의 목적에 안성맞춤인 장소였기 때문이다. 아무리 자신이 세이이타이쇼군이며 열도를 평정한 실세이고 천황은 이름뿐인 존재라 해도 경계하고 살펴야 할 것은

---

122) **고쇼(御所)** : 궁궐, 또는 천황의 높임말.
123) **공가(公家)** : 천황. 조정에 출사한 사람.

늘 있는 법이었다. 지금의 그에게는 오사카 성의 히데요리를 제거하는 것도 중요하지만 황궁을 감찰하는 것도 중요해진 것이었다. 지금껏 그 누구도 짐작하지 못한 자신의 속내를 이런 하찮은 계집이 뚫어보고 있었다니 너무도 놀라웠다.

"류타카! 저 아이는 해어화라기보다는 네 장자방이로다!"

재미있어하는 이에야스와 달리 류타카는 굳은 얼굴이었다.

"송구합니다, 외숙부님."

"허허허!"

쇼군의 흔쾌한 웃음이 문 밖에까지 울려 퍼졌다.

"네 목숨이 몇이냐?"

한동안 머물게 될 숙소로 돌아온 렌은 싸늘히 묻는 류타카의 질문에 대답하지 못했다.

"한두 번의 무모함은 실수라고 치부할 수도 있다. 그러나 오늘 네가 한 짓은 실수가 아니었어."

"저는 그저……."

"대체 무슨 생각을 하고 있는 거냐? 그렇게 나서지 않아도 네가 상당한 학식을 갖춘 문인이라는 건 다 알고 있다. 그런데 어째서 우에사마 앞에서 그런 식으로 나선 것이냐? 왜!"

격노한 그의 눈빛에 그녀는 시선을 떨어뜨렸다.

그는 치미는 노여움을 삭히기 어려운 듯 주먹을 꽉 움켜쥐었다.

"나를 보아라. 피하지 말고 나를 봐!"

사납게 노려보는 사내의 시선에 그녀는 주눅이 든 얼굴로 고개를 들었다.

"왜 그런 것이냐? 대체 왜?"

"잘못하였습니다."

"너는!"

류타카는 차마 말을 잇지 못하고 분노를 억지로 가라앉히기 위해 등을 돌렸다. 거칠게 간헐적으로 터져 나오는 그의 호흡 외에는 방안은 아무런 소리도 나지 않았다. 아까 큰외숙 앞에서 느꼈던 긴장감을 생각하면 지금도 모골이 송연할 지경이었다. 잡힐 듯 잡히지도 보일 듯 보이지도 않는 저 아이의 생각을 언제쯤이면 알게 될까? 이런 불안감은 처음이었다. 미치도록 초조하고 불편했다. 저 아이를 보고 있는 이 순간도 그는 두려워 견딜 수가 없었다.

"우에사마의 눈에 들면 네게 득이 되는 것이 무엇이냐? 너는 마치 어딘가로 가고 싶어 안달이 난 것처럼 보인다. 그곳이 어디냐? 네가 그토록 가고 싶어 하는 곳이 대체 어디야? 히고인가? 그곳에 네 정인이라도 있단 말이냐?"

나직한 그의 물음에 렌은 가만히 숨을 삼켰다. 한 번도 내비친 적이 없었던 자신의 바람을 그가 짐작할 거라고는 생각해 본 적이 없었다. 그는 냉정히 등을 돌린 채였지만 그의 오감은 온통 자신을 향해 있다는 것을 느낄 수 있었다. 시간이 갈수록 점점 깊어만 가는 그의 관심과 집착이 그녀를 슬프게 했다.

"정말 그런 건가?"

"잘못하였습니다."

똑같은 말만 반복하며 자신의 질문에 대답하길 거부하는 렌의 태도에 류타카는 눈을 질끈 감았다. 아직도인가. 저 아이는 아직도 내게 마음을 닫고 있는 건가? 처음으로 느끼는 패배감이 그의 입안으로 쓰디쓰게 번져갔다. 어린 계집을 상대로 이 무슨 치기 어린 번민이란 말인가? 그는 스스로가 경멸스러워 견딜 수가 없었다.

"그때…… 너를 죽였어야 했다!"

류타카는 냉혹하게 말을 내뱉으며 방문을 박차고 나가버렸다.

시리도록 차갑게 가라앉은 공기는 유월의 더운 열기를 무색케 만들었다. 렌은 허물어지는 모래성처럼 바닥에 주저앉아 고개를 숙였다.

"그때…… 죽었다면 이리 아픔을 느끼지도 않았겠지요."

허무하게 흘러나오는 그녀의 혼잣말은 허공에 흩뿌려진 연기처럼 순식간에 사라져버렸다. 그러나 그녀의 가슴에 남은 짙은 회한은 가실 줄 몰랐다.

말을 타고 숲을 달리는 동안은 잊을 수 있을 것 같았다. 뺨을 거세게 스치는 나뭇가지가 따가웠지만 류타카는 아랑곳하지 않았다. 이대로 숨이 터져 버릴 때까지 달려서 자신의 가슴에 새겨진 계집의 흔적을 모조리 지우고 싶었다. 남김없이 미련을 떨칠 수만 있다면……. 죽어도 좋으리라.

"토노! 토노!"

그림자처럼 자신의 뒤를 따르는 신지가 부르짖는 소리가 들렸지만 그는 멈추지 않았다. 가만히 있다가는 머리가 깨질 것만 같아 견딜 수가 없었다.

"왜 내 눈에 띈 것이냐? 대체 왜!"

하늘을 향해 고함을 질렀지만 후련해지질 않았다. 먹먹해질 정도로 답답하게 막힐 뿐 풀어지지 않는 감정의 응어리로 인해 그는 좌절감 가득한 소리를 질렀다.

"아악!"

탐하거나 욕심을 내거나 또는 미워하거나 증오하는 것, 그리고 집착하는 모든 일에는 애(愛)가 깔려 있었기 때문이다. 하잘것없는 계집에게 느끼는 감정을 말로 설명치 못하는 못난 자신이 미웠다. 죽이고 싶도록 미웠다.

"빌어먹을!"

거칠게 욕지거리를 내뱉으며 달리는 말에 채찍질을 하던 류타카는 눈앞에 크게 가로질러 뻗은 벚나무 가지를 미처 피하지 못하고는 그대로 치이고 말았다. 쿵하는 소리와 함께 그의 육중한 몸이 땅바닥으로 떨어졌다. 뼈 전체를 울리는 둔탁한 통증이 그를 뒤흔들었다. 아찔한 충격이 폐부 깊숙이 전달되었다. 그는 아득한 느낌을 이기지 못하고 땅바닥에 누워 버렸다. 일어날 기운이 없기도 했지만 일어날 의지도 없었기 때문이다. 그는 모든 것에 의욕을 상실한 사람처럼 그렇게 죽은 듯이 누워 시퍼런 하늘을 바라보다 눈을 감았다.

"토노!"

그의 사고를 보자마자 급히 달려온 듯 신지가 숨이 찬 목소리로 외치며 달려와 무릎을 꿇었다.

"괜찮으십니까, 토노?"

신지는 하얗게 질린 얼굴로 자신의 주군을 쳐다보았다.

"토노!"

"그렇게 악을 쓰듯 부르면 죽은 사람도 벌떡 일어나겠네."

류타카의 퉁명스러운 대답에 그는 안도의 한숨을 내쉬며 말했다.

"다행입니다, 토노. 일어나실 수 있겠습니까? 아니면 사람을 불러오 겠습니다."

"쓸데없이 번거롭게 굴지 말게. 잠시 눈을 감고 있었을 뿐이야."

"하지만……."

"그만! 가만히 좀 있을 수 없나? 아주 잠깐이라도 입을 다물고 있으 란 말이야."

그의 날카로운 질책에 신지는 하는 수 없이 입을 다물었다.

"고맙네."

부관에게 감사의 말을 건넨 뒤 류타카는 깊은 침묵 속으로 침잠했 다.

'어찌할 것이냐?'

그의 속에 내재된 또 다른 그가 물어왔다.

'버릴 테냐?'

대답하기 싫었다.

'끊어 내라! 지금 끊어 내지 못하면 그 아이는 네 심장을 움켜쥐고 조 이게 될 것이다.'

대답하고 싶지 않았다.

'버려라! 하찮은 노비에 불과한 계집일 뿐이다!'

아우성치는 마음의 소리가 머릿속을 온통 헝클어 놓았다. 류타카는 땅바닥에 잡히는 풀포기를 아무렇게나 쥐어뜯으며 거세게 고개를 흔들 었다.

‘그럴 수는…… 없다!’

그럴 수는 없다. 아니 싫었다. 이미 너무 깊이 빠져 버린 자신이었기에 이제와 놓아줄 수는 없는 것이다. 그 아이가 원하는 모든 것을 해주고픈 마음이 들지라도 놔주는 것만은 할 수가 없었다.

‘처음이자 마지막으로 내게 갖고픈 마음을 들게 만든 사람이다! 그냥 가게 내버려둘 순 없어!’

성난 파도처럼 무서운 집착이 그의 속에서 휘몰아쳤다. 들끓는 마음을 주체하지 못한 류타카는 벌떡 몸을 일으키며 절규했다. 가슴에 담은 욕심을 한껏 풀어내듯 터질 듯한 목소리로 소리를 질렀다. 그 지독한 소리에 새들이 놀라 숲을 요란하게 깨웠다.

비파나무에 열매가 열리면 집안에 우환이 생긴다는 속설이 있었다. 식솔들 중 누군가 병이 들거나 죽게 된다는 미신이었다. 한낱 풍설이 지나지 않는 말이었지만 후시미 성의 뒤뜰에 홀로 있던 비파나무에 가지가 휘어질 듯 열매가 맺힌 것은 처음 있는 일이었다. 간밤에 쏟아진 폭우에도 비파나무의 열매는 그 자리 그대로였다.

그래서일까? 오랜만에 자신의 거처를 찾은 조카가 갑작스런 오한으로 인해 자리에 눕게 된 것이 다 그 비파열매 때문인 건가. 류타카의 병고와 다른 해와 달리 많은 열매를 맺은 비파나무와는 아무런 상관이 없겠지만 왠지 마음이 꺼려지는 것은 어쩔 수 없었다.

집사로부터 비파나무에 관한 일을 보고받은 이에야스는 하얀 눈썹을 찌푸리며 짧게 명령했다.

“베어 버려라.”

집사가 물러간 뒤 그는 아무렇지도 않은 태도로 보검을 손질했다. 흰 명주수건으로 칼날을 닦는 그의 손길은 늘 그랬던 것처럼 평온해 보였다. 그러나 그 무심함 뒤에 감춰진 염려를 읽은 다다스구는 조심스러운 어조로 입을 열었다.

"잠시 전에 의원이 다녀갔습니다."

궁금하기도 하련만 이에야스는 아무런 대꾸도 없이 반짝반짝 윤이 도는 칼날을 바라보며 미소 지었다.

"가벼운 오한이니 며칠 쉬면 될 거라 했습니다."

"오사카는?"

"아직까지 별다른 움직임은 없는 걸로 알고 있습니다."

다다스구는 화제를 바꾸는 쇼군의 심기를 살피며 말을 이었다.

"결정하셨습니까?"

"아직은 때가 아니야. 열두 살배기 아이를 향해 예순의 칼끝을 겨눈다면 세상이 나를 조롱할 것이야."

"어차피 피할 수는 없는 일입니다. 반드시 넘어야 할 산이라면 시일을 조금 앞당기는 것도 한 방법이 아니겠습니까, 우에사마?"

"육십 년을 기다린 내가 앞으로 이십 년을 더 못 기다리겠는가?"

실로 무서운 말이었다. 보잘것없이 작은 미카와 오카자키 영주의 아들로 태어나 힘없는 설움 속에 볼모생활만 십 수 년을 견딘 도쿠가와 이에야스였다. 자신의 야망을 감춘 채 사십 년이 넘도록 도요토미 히데요시의 발아래 무릎을 꿇고 인내할 수 있었던 끈기가 지금의 이 자리에 오르게 한 것이다. 그런 그에게 히데요시의 아들 히데요리는 한줌거리도 안 되는 애송이에 불과했다. 다만 지금은 오랜 전란으로 각박해진 민심을 다스릴 필요가 있기에 기다리는 것일 뿐이었다. 그 기다림이 끝나는 날 도요토미 가는 전몰하게 될 것이다.

다다스구는 이에야스의 무서운 집념에 소름끼치는 전율을 느꼈다.

"자네는 내가 가장 애통해했던 일이 무엇인지 아는가?"

"무슨 말씀이신지요?"

뜬금없는 질문에 다다스구는 긴장한 눈초리로 쇼군을 쳐다보았다.

"부모가 죽으면 산에 묻고 자식이 죽으면 가슴에 묻는다지? 내겐 부모님의 불행도 원통한 일이지만 역시 가장 가슴 아픈 건 노부야스의 일일세. 그 아이를 그렇게 잃은 것이 아직도 쓰라려."

노부야스는 이에야스와 정실인 스키야마와의 사이에 태어난 장남으로 전략가적 기질과 정치적 수완을 타고난 인물이었다. 그랬기에 이에야스가 가장 아끼는 아들이기도 했었다. 그는 언젠가 자신의 꿈을 노부야스가 이어나갈 것을 믿어 의심치 않았다. 아니, 반드시 그렇게 될 거라고 철석같이 믿었었다. 그러나 스키야마가 아들인 노부야스를 앞세워 자신에게 대항한다는 소식을 접한 오다 노부나가는 자신의 사위이자 이에야스의 장남인 노부야스에게 할복을 명령했다. 이에야스는 어떻게든 아들의 목숨을 구하고자 정실인 스키야마의 목까지 베어 바쳤지만 노부나가는 용서하지 않았다. 그는 결국 자신의 힘없음을 통렬히 절감하며 피를 토하는 심정으로 가장 아꼈던 자식을 희생시킬 수밖에 없었다. 겨우 스물하나밖에 되지 않은 젊은 아들이 할복하는 걸 지켜본 이에야스는 남몰래 통한의 눈물을 삼켜야 했다.

쇼군이 죽은 장남 노부야스에 대해 언급하자 사카이 다다스구는 입이 열이라도 할 말이 없어졌다. 그 당시 사위를 의심하던 오다 노부나가가

로부터 출두 명령을 받은 그는 노부나가 앞에서 노부야스의 결백을 증명하지 못했었기 때문이다. 이에 격분한 노부나가는 노부야스의 할복을 명령했다.

'이에야스에게 노부야스를 할복케 하라고 전하라!'

그리고 이어진 노부야스의 죽음. 그것은 다다스구에게도 씻을 수 없는 치명적인 실수가 되었다.

"내가 유난히 류타카를 아끼는 이유는 그 녀석이 노부야스를 닮았기 때문일세. 생김을 뜻하는 것이 아니라 기질을 말하는 것이야. 두 아이 모두 타고난 무장이지."

지금껏 표현하지 않았던 조카에 대한 쇼군의 마음에 다다스구는 고개를 숙였다. 그 당시 자신의 죄는 하늘을 덮고도 남음이 있건만 이제까지 입 밖에 내어 언급한 적도, 탓을 한 적도 없는 쇼군의 낯을 뵐 면목이 없었기 때문이기도 했다.

"그때는 힘이 없어 노부야스를 잃었다. 그러나 지금은 감히 내게 대적할 이가 없다. 류타카만큼은 지켜 줄 힘이 있단 말일세. 그렇지 않은가?"

"그렇습니다, 우에사마!"

이에야스는 힘차게 대답하는 가신을 흘긋 보고는 칼자루를 쥐고 있는 자신의 손에 눈길을 던졌다.

"그래……. 그럴 게야."

"너무 심려치 마십시오, 우에사마. 히타치의 당주는 강건한 장부가 아닙니까?"

"흐음."

"곧 자리를 털고 일어날 겁니다."

"당연히 그래야지."

그까짓 오한쯤이야 대수롭지 않은 것이지만 내심 걱정이 되었다. 제 어미가 그리 무참히 죽었을 때도 아픈 내색을 하지 않던 녀석이 자리에 눕다니 대체 무슨 일일까?

늦대야에 담긴 맑은 물에 손을 담가 무명수건을 적시는 렌의 손길은 정갈했다. 무릇 무사의 임종이나 병구완은 계집의 손에 맡기지 않는 것이 무가의 관례였으나 신지는 특별히 그녀에게 류타카의 병구완을 부탁했다.

'다른 누구에게도 약한 모습을 보이지 않으셨던 토노이십니다. 부탁 드립니다, 렌님.'

그와 인연을 끊을 생각이었다면 그때 거절했어야 했다. 그러나 그녀는 거절할 수가 없었다. 자신에게 다 풀지 못한 노여움을 삼키고는 방을 박차고 뛰쳐나가던 그의 뒷모습에 가슴 시린 아픔을 느낀 순간부터 그녀는 그에게서 벗어날 수 없다는 걸 깨달았다. 육신이 타국에 묶여 있어 조선으로 갈 수 없는 현실은 아무것도 아니었다. 정작 그녀가 떠날 수 없도록 붙잡는 것은 그의 마음이었다.

또르르. 무명수건에서 떨어지는 물소리에 퍼뜩 정신을 차린 렌은 슬픈 눈으로 꼼짝 않고 누워 있는 그를 하염없이 바라보았다. 이렇게 한없이 보고 있어도 그리운 마음이 드는 건 왜일까? 이 사내와 내가 갈 길이 다르다는 걸 알기 때문에 그립고 슬픈 건가?

그녀는 꼭 짠 무명수건을 류타카의 이마에 대주며 물기 젖은 손으로

열로 인해 뜨거워진 그의 뺨을 어루만졌다.

어젯밤이었다. 어제 낮부터 갑자기 퍼붓던 폭우는 한밤중이 되어도 그칠 기미가 없었다. 하늘을 찢어 놓을 듯한 벼락과 우렛소리가 세상을 뒤엎을 것만 같았다.

렌은 왠지 답답함 마음을 달래려고 방문을 열었었다. 그 순간 수십만 개의 촛불이 켜진 듯 훤한 번개가 내리치며 빗속에 우두커니 서 있던 류타카를 비추었다. 언제부터 그렇게 있었는지 모를 정도로 그는 흠뻑 젖은 채 그녀가 거처하고 있는 방을 뚫어지게 바라보고 있었던 것이다. 숨이 멎을 것만 같았다. 어둠 속에 가려진 그의 음울한 눈길과 마주친 순간 숨을 쉴 수가 없었다.

거세게 퍼붓는 빗소리가 너무도 요란해 귀가 따가울 지경이었지만 그녀는 침묵하고 있는 그를 보며 마음의 소리를 들을 수 있었다. 자신을 원망하는 그의 노여움을 느낄 수 있었다. 그가 자신을 죽이고 싶어 한다는 걸 알 수 있었다.

두 사람은 그렇게 문을 사이에 두고 밖과 안이 갈리어 미동도 않은 채 한참을 있었다. 결국 류타카가 먼저 등을 돌렸다. 빗물에 진흙탕으로 범벅이 된 땅을 디디며 멀어져가던 그의 어깨에 놓인 외로움을 렌은 잊을 수가 없었다. 그 역시 사무칠 만큼 고독한 사람이라는 걸 알게 된 자신이 원망스러울 뿐이었다.

"하아……."

몸에서 뿜어지는 열기로 인해 류타카가 내뱉는 숨결 또한 뜨거웠다. 그 빗속에 얼마나 서 있었던 걸까? 그녀는 복잡한 심정으로 그의 감겨진 눈을 응시했다.

‘제게 무엇을 원하십니까?’

묻고 싶지만 지금은 차마 입 밖으로 낼 수 없는 질문이었다. 사람의 마음이 밑 깨진 독처럼 아무리 부어도 채워지지 않을 수만 있다면 얼마나 좋을까? 뭔가를 가슴에 담는다는 것은 고통이었다. 그는 그녀에게 고통이었다.

“렌님?”

밖에서 자신을 부르는 신지의 음성에 그녀는 조용히 자리에서 일어나 방밖으로 나왔다.

“어떠십니까?”

주군을 걱정하는 충신의 얼굴은 어두웠다. 렌은 살며시 고개를 흔들었다.

“아직 아무런 차도가 없으십니다.”

“행랑아범에게 의원을 다시 불러오라고 시켰습니다. 조금 있으면 의원이 당도할 것입니다.”

“알겠습니다.”

“부탁드립니다.”

머리까지 숙여가며 인사하는 신지의 간절한 마음에 그녀는 입술을 깨물었다.

다시금 방으로 돌아온 그녀는 류타카의 옆에 앉았다. 몸에서 나는 열기로 인해 젖은 무명수건이 금세 말라가고 있었다. 다시금 수건을 갈아주며 그녀는 무거운 한숨을 내쉬었다. 다 잊을 수만 있다면 옛 기억을 모른 채 살 수만 있다면……. 생각하는 것조차 막아야 하는 그녀의 바람 한 자락이었다.

렌은 간간이 간헐적으로 무섭게 떠는 그의 몸을 부둥켜안고 진정시키며 나지막하게 속삭였다.

"일어나세요. 이렇게 한없이 나약한 모습은…… 당신께 어울리지 않습니다."

바싹 마른 그의 입술은 회색빛이었다. 그녀는 물을 만진 손가락으로 그의 입술을 적셔 주었다. 그의 혀가 생명수를 찾듯 입술에 묻은 물을 핥기 시작했다. 아직 의식이 돌아온 것은 아니지만 이제 서서히 외부자극에 반응하는 것이었다. 반가웠다. 그리고 그의 작은 움직임에 세상을 얻은 듯 기뻐하는 자신이 슬퍼졌다. 그녀는 꽁꽁 숨기고 있던 속내를 토로하듯 깊은숨을 내쉬었다.

자그마한 암자에서 우바이들과 지내며 지친 심신을 달랜 미츠키는 기운을 많이 차린 모습이었다. 해가 완전히 사라졌을 무렵 그녀는 켄에이를 만나기 위해 길을 나섰다. 늦여름의 산바람에 우거져 자란 밤나무들이 바스락거리며 시끄럽게 떠들어댔다. 캄캄한 여름밤도, 스산하게 울어대는 짐승소리도 무섭지 않았다. 산에서 제일 무서운 것은 낯선 사람과 맞닥뜨릴 때뿐이다. 그녀는 계곡물이 흐르는 소리를 따라 숲 안쪽으로 들어갔다. 얼마를 걸었을까. 달이 부스스한 모습을 드러내 야트막한 계곡을 환히 비췄다. 미츠키는 그가 너럭바위에 앉아 있는 것을 발견했다.

"많이 기다리셨어요?"

그녀가 약간 숨찬 어조로 물으며 다가오자 켄에이는 대답 대신 천천히 고개를 흔들었다. 왠지 힘이 없어 보였다. 무슨 걱정거리라도 생긴 사람처럼 심각한 얼굴이었다.

"왜 그러세요? 무슨 일이 있나요?"

미츠키는 불안한 표정으로 연거푸 물었다.

"혹시 누이동생 분을 못 만날까봐 그러세요? 쇼니 신겐이라는 분이 도와주신다면서요? 뭐가 잘못됐군요?"

"그게 아닙니다."

켄에이는 침울한 어조로 대꾸하며 한숨을 내쉬었다.

"자신이……없습니다."

"뭐가요?"

"그 아이를 어떻게 봐야 하는 건지 자신이 없어요."

그녀는 그제야 그의 고민을 눈치 챘다. 조선인이기에 느끼는 고뇌랄까. 자신으로서는 이해하기 힘든 부분이었지만 그가 왜 음울한 시선으로 세상을 보는지 정도는 짐작이 갔다.

"왜요? 첩살이를 해서요? 그게 그렇게 중요한 건가요? 살아 있다는 것만으로 기뻐하면 안 되나요?"

"아가씨는 모릅니다. 조선에서 여인의 정절은 목숨보다 소중하다는 것을요."

그의 괴로워하는 표정에 미츠키는 쓸쓸히 웃으며 말했다.

"죽으려던 저를 가리켜 어리석다고 하셨던 분이 켄에이님이세요. 그새 잊으셨나요?"

"아가씨."

"켄에이님의 식으로 따지자면 저는 누이 되시는 분보다도 더 더러운 여자군요. 다이묘의 측실도 아닌 게이샤 따위가 어디 사람 축에나 들겠어요?”

그녀의 자조적인 말에 그는 깜짝 놀란 듯 강변했다.

“아닙니다! 사람의 귀천이 어디 있다고 그런 말씀을 하십니까?”

“저는 그렇게 이해해 주시면서 누이 분의 사정은 어찌 헤아리지 못하세요?”

“그건……”

“죽으면 아무 소용없는데 누이 분이 순결을 지키지 못한 게 그리 중요한가요?”

미츠키의 물음에 켄에이는 말문이 막혔다. 아니 할 말이 없었다. 정말 누이에게 뭐가 중요한 건지 스스로도 헷갈리기 시작했다.

다시 의원의 진맥을 받은 덕분일까? 류타카는 아까보다 고른 숨을 내쉬며 잠든 것 같았다. 의원은 별다른 일은 없을 것이라고 했다. 다만 기력이 너무 쇠해진 것뿐이라고만 말했다. 태산보다 더 커 보이던 그도 때로는 이렇게 나약해질 수 있는 사람이라는 걸 잊고 있었다. 그 역시 평범한 사내인 것이다.

그 깨달음으로 렌은 류타카라는 사내를 인간으로서 한층 더 깊이 이해할 수 있게 되었지만 정작 자신의 마음이 그에게 한 걸음 다가섰다는 것은 알지 못했다.

그녀가 무명수건을 물에 적실 즈음 류타카가 힘겹게 눈을 떴다. 반쯤 돌려 앉은 렌의 모습이 보였다. 목이 타는 듯한 갈증으로 입안이 껄끄러웠지만 꽉 잠겨서 그런지 소리를 낼 수가 없었다. 그리고 무엇보다도 조용히 생각에 잠긴 듯한 그녀를 방해하고 싶지 않았다. 늦대야에 무명수건을 헹구고 또 헹구며 그녀는 깊이 골몰하는 모습이었다. 무엇이 저토록 몰입하게 만드는 걸까? 무거운 눈꺼풀을 억지로 뜨며 그는 그녀를 뚫어질 듯 쳐다보았다.

등뒤에서 따가운 시선을 느낀 것일까? 갑자기 몸을 돌린 렌과 류타카의 시선이 마주쳤다. 어떤 떨림이 그녀의 눈에 스친 것을 그는 분명히 보았다. 뭐지? 대체 그게 뭐였지?

"깨어나셨습니까?"

대답이 없는 그를 향해 그녀는 해사한 미소를 지었다. 처음이다. 그렇게 활짝 웃는 그녀의 얼굴은 처음이었다.

"우에사마께서 걱정을 많이 하셨습니다."

그딴 말 따위를 듣고 싶은 게 아니다! 그런 건 아무래도 상관없었다. 풀리지 않는 지독한 갈증과 견딜 수 없는 성마름을 느낀 그는 자신의 이마에 수건을 얹는 그녀의 손목을 거칠게 움켜잡았다.

"……가지 마라!"

힘겹게 내뱉어진 류타카의 가라앉은 음성에 렌의 가슴이 덜컥 내려앉았다.

하권에서 계속